Meg Waite Clayton est une autrice américaine. Elle étudie le droit, la psychologie et l'histoire avant de travailler en tant qu'avocate. Elle se tourne ensuite vers l'écriture et publie plusieurs romans dont *Dernier train pour Londres*, paru en 2022 aux Escales.

DERNIER TRAIN
POUR LONDRES

MEG WAITE CLAYTON

DERNIER TRAIN POUR LONDRES

*Traduit de l'anglais (États-Unis)
par Oscar Perrin*

LES ESCALES

Titre original :
THE LAST TRAIN TO LONDON

Le Code de la propriété intellectuelle n'autorisant, aux termes de l'article L. 122-5, 2° et 3° a, d'une part, que les « copies ou reproductions strictement réservées à l'usage privé du copiste et non destinées à une utilisation collective » et, d'autre part, que les analyses et les courtes citations dans un but d'exemple et d'illustration, « toute représentation ou reproduction intégrale ou partielle faite sans le consentement de l'auteur ou de ses ayants droit ou ayants cause est illicite » (art. L. 122-4). Cette représentation ou reproduction, par quelque procédé que ce soit, constituerait donc une contrefaçon, sanctionnée par les articles L. 335-2 et suivants du Code de la propriété intellectuelle.

© 2019 by Meg Waite Clayton, LLC
Publié en accord avec HARPERCOLLINS PUBLISHERS
Tous droits réservés
Édition française publiée par :
© Éditions Les Escales, un département d'Édi8, 2022
ISBN 978-2-266-33570-6
Dépôt légal : octobre 2023

To Mum, — 4WT

Happy Birthday!
Hope this year is full of
great memories! Peter Kay!
Italy! France! It's looking
like a great year.
Love from,
   Andy
    xxx

Pour Nick.

À la mémoire de Michael Litfin
(1945-2008), qui a transmis les récits
du *Kindertransport* à mon fils,
qui me les a ensuite transmis,
de Truus Wijsmuller-Meijer (1896-1978)
et des enfants qu'elle a sauvés.

« Je me souviens. C'est arrivé hier ou des éternités plus tôt. [...] Et voilà que maintenant ce petit garçon se tourne vers moi et m'interroge : "Dis-moi, qu'as-tu fait de mon avenir ? Qu'as-tu fait de ta vie qui est la mienne ?" [...] Une personne capable d'intégrité et de courage peut faire la différence, celle qui sépare la vie de la mort. »

Elie Wiesel[1].

---

1. Discours prononcé à l'occasion de la remise du prix Nobel de la paix, 10 décembre 1986. *Discours d'Oslo*, Paris, Grasset, coll. « Essais et Documents », 1987.

Note de l'autrice

Après l'annexion de l'Autriche, pays indépendant, par l'Allemagne en mars 1938 et les violences de la Nuit de cristal en novembre de la même année, une incroyable tentative pour mettre en sûreté dix mille enfants juifs en Grande-Bretagne débuta. Bien que fictionnel, ce roman est basé sur le véritable *Kindertransport* de Vienne, organisé par Geertruida Wijsmuller-Meijer, d'Amsterdam, qui, dès 1933, s'était mise à sauver de petits groupes d'enfants. Ils la connaissaient sous le nom de Tante Truus.

Première partie

AVANT
Décembre 1936

À LA FRONTIÈRE

De gros flocons estompaient la vue depuis la fenêtre du train : sur une colline enneigée, les contours d'un château lui aussi couvert de neige se dessinaient au travers du blizzard. Le contrôleur annonça : « Bad Bentheim, ici Bad Bentheim, en Allemagne. Les voyageurs à destination des Pays-Bas sont priés de présenter leurs papiers. » Geertruida Wijsmuller – une Néerlandaise aux sourcils marqués, au menton et au nez forts, à la bouche large et aux yeux gris cachemire – embrassa le bébé assis sur ses genoux. Elle l'embrassa une seconde fois, attardant ses lèvres sur son front doux. Elle tendit l'enfant à sa sœur puis retira la kippa de leur frère, qui n'était qu'un bambin. « *Es ist in Ordnung. Es wird nicht lange dauern. Dein Gott wird dir dieses eine Mal vergeben* », répondit Truus aux protestations des enfants, dans leur propre langue. *Tout va bien. Ce n'est que pour quelques instants. Votre Dieu nous pardonnera pour cette fois.*

Alors que le train s'arrêtait brusquement, le petit garçon bondit vers la fenêtre et cria : « Mama ! »

Truus lui caressa les cheveux et suivit son regard à travers les vitres enneigées ; sur le quai, des Allemands en rangs bien ordonnés malgré la tempête, un porteur poussant un chariot chargé de bagages, un homme-sandwich courbé, faisant de la réclame pour un tailleur. Oui, il y avait bien la femme que l'enfant avait aperçue – une femme mince vêtue d'un manteau sombre et d'une écharpe, qui se tenait dos au train à côté d'un vendeur de saucisses, tandis que le garçon lui criait : « Maaaa-maaaa ! »

La femme se retourna : elle mordait distraitement dans une saucisse graisseuse, les yeux rivés sur le panneau d'affichage. Le garçon se recroquevilla. Bien sûr, ce n'était pas sa mère.

Truus tira l'enfant vers elle et lui murmura « Allons, allons », incapable de lui faire des promesses qu'elle ne pourrait pas tenir.

Les portes du wagon s'ouvrirent dans un cliquetis retentissant suivi d'un sifflement. Sur le quai, un garde-frontière nazi tendit le bras pour aider une passagère à descendre, une Allemande enceinte qui accepta son aide de sa main gantée. Truus défit les boutons de nacre de ses propres gants en cuir jaune et desserra les poignets festonnés ornés de délicats motifs noirs. Alors qu'elle les enlevait, le cuir s'accrocha au rubis de l'anneau niché entre deux autres bagues, tandis que, de ses mains légèrement tavelées et fripées, elle essuyait les larmes du garçon.

Elle ajusta rapidement les vêtements et les cheveux des enfants, tout en les appelant chacun par leur prénom, un œil rivé sur la file de voyageurs qui diminuait.

« Très bien, dit-elle en essuyant la bave du bébé alors que les derniers passagers descendaient du train.

Maintenant, allez vous laver les mains, comme on l'a répété. »

Déjà, le garde-frontière nazi montait le marchepied.

« Dépêchez-vous, allez-y, mais prenez votre temps pour vous laver les mains », continua Truus calmement.

Puis, s'adressant à la petite fille :

« Garde tes frères dans les toilettes, ma chérie.

— Jusqu'à ce que tu remettes tes gants, Tante Truus », répondit la fillette.

Il fallait que Truus n'ait pas l'air de vouloir cacher les enfants, mais elle ne voulait pas qu'ils soient trop près non plus lors de la négociation. *Alors, nous nous concentrons non pas sur ce qui est vu, mais sur ce qui n'est pas vu*, pensa-t-elle, portant sans s'en rendre compte le rubis à ses lèvres, comme pour l'embrasser.

Elle ouvrit son sac à main, plus délicat que ce qu'elle aurait choisi si elle avait su qu'elle rentrerait à Amsterdam accompagnée de trois enfants. Elle fouilla à l'intérieur et retira ses bagues, tandis que les enfants, qui étaient maintenant derrière elle, s'éloignaient dans le couloir d'un pas sautillant.

Devant elle, le garde-frontière fit son apparition. Il était jeune, mais pas suffisamment pour ne pas être marié, ou ne pas avoir d'enfants.

« Visas ? Vous avez des visas pour quitter l'Allemagne ? » demanda-t-il à Truus, la seule adulte qui restait dans le wagon.

Truus continua à fouiller dans son sac, comme si elle allait en sortir les papiers nécessaires.

« Les enfants peuvent être si épuisants, n'est-ce pas ? répondit-elle chaleureusement, la main posée sur son unique passeport néerlandais, toujours dans son sac. Vous avez des enfants, monsieur l'agent ? »

Le garde laissa échapper l'esquisse d'un sourire peu réglementaire.

« Ma femme est enceinte de notre premier enfant, qui arrivera peut-être pour Noël.

— Quelle chance vous avez ! » dit Truus, souriant à sa bonne fortune tandis que le garde jetait un coup d'œil en direction du bruit de l'eau qui coulait dans le lavabo, des enfants qui bavardaient doucement. Elle lui laissa le temps de prendre conscience de sa pensée : bientôt, il aurait un bébé, semblable au petit Alexi, qui deviendrait un enfant comme Israël ou comme cette chère Sara.

Truus toucha le rubis – brillant et chaud – du seul anneau qu'elle portait désormais.

« Vous avez prévu quelque chose pour votre femme, pour fêter l'événement, je présume.

— Quelque chose pour ma femme ? répéta le nazi en se tournant vers elle.

— Quelque chose de beau, à porter tous les jours, pour se souvenir de ce moment si précieux. »

Elle enleva son anneau et ajouta :

« Mon père a offert cette bague à ma mère le jour de ma naissance. »

Ses doigts pâles et fermes tendirent le rubis avec son unique passeport.

Il regarda l'anneau, sceptique, et prit le passeport qu'il examina avant de jeter un œil au fond du wagon.

« Ce sont vos enfants ? »

Les enfants néerlandais pouvaient être inscrits sur le passeport de leurs parents, mais le sien n'en portait aucune mention.

Elle inclina le rubis qui scintilla dans la lumière et dit :

« Les enfants sont la chose la plus précieuse au monde. »

La rencontre

Stephan sortit à toute allure et dévala les marches recouvertes de neige, sa sacoche claquant contre son blazer alors qu'il se hâtait vers le Burgtheater. Arrivé à la papeterie, il s'arrêta brusquement : la machine à écrire était toujours là, dans la vitrine. Il rajusta ses lunettes, colla les mains sur la vitre et fit semblant de taper sur le clavier.

Il se remit à courir, zigzaguant parmi la foule du *Christkindlmarkt*, le marché de Noël, parmi les odeurs de vin chaud et de pain d'épice, répétant « Pardon, pardon, pardon ! » et gardant sa casquette baissée sur le front pour ne pas être reconnu. Sa famille était comme il faut : leur fortune provenait de leur fabrique de chocolat, établie avec leur capital, et leur compte à la banque Rothschild était toujours dans le vert. Si son père apprenait qu'il avait de nouveau renversé une vieille dame dans la rue, cette machine à écrire resterait plus proche du sapin illuminé sur la Rathausplatz que de celui qui se trouvait chez eux, dans la galerie d'hiver.

Il salua le marchand de journaux près de son stand : « Bonjour, monsieur Kline !

— Où est votre manteau, monsieur Stephan ? » lui lança l'homme.

Stephan baissa les yeux – il avait encore oublié son manteau à l'école – mais ne ralentit qu'une fois sur le Ring, où une manifestation impromptue de nazis bloquait le passage. Il plongea sous un kiosque couvert d'affiches et fit résonner sous ses pas les escaliers métalliques qui descendaient dans les entrailles de Vienne, pour ressortir près du Burgtheater. Il poussa les portes du théâtre et descendit quatre à quatre les marches jusqu'à l'échoppe du barbier, au sous-sol.

« Monsieur Neuman, quelle surprise ! » le salua M. Perger, haussant ses sourcils blancs par-dessus des lunettes aussi rondes et noires que celles de Stephan, mais moins tachées par la neige.

Le barbier, courbé, poussait avec une balayette les cheveux de son dernier client de la journée.

« Mais est-ce que je n'ai...

— Juste une coupe rapide. Ça fait déjà quelques semaines. »

M. Perger se redressa et jeta les cheveux dans une poubelle, puis rangea la pelle et la balayette près d'un violoncelle appuyé contre le mur.

« Eh bien, les souvenirs ne se gravent pas aussi bien dans un vieil esprit que dans un jeune, je suppose, dit-il amicalement en désignant d'un mouvement de tête le fauteuil. Ou peut-être ne s'impriment-ils pas aussi profondément dans l'esprit d'un jeune homme qui a de l'argent ? »

Stephan fit tomber sa sacoche, quelques pages de sa nouvelle pièce glissèrent sur le sol, mais quelle importance ; M. Perger savait qu'il écrivait des pièces de théâtre. Il se débarrassa de son blazer, prit place dans le fauteuil et enleva ses lunettes. Le monde devint trouble, le violoncelle et le balai étaient maintenant un couple de danseurs qui valsaient dans le coin, son visage dans le miroir celui d'un inconnu au-dessus de sa cravate. Il frissonna quand M. Perger lui passa la cape ; Stephan détestait se faire couper les cheveux.

« J'ai appris qu'ils allaient peut-être commencer les répétitions pour une nouvelle pièce, dit-il. C'est une pièce de Stefan Zweig ?

— Ah oui, c'est vrai que tu es un grand admirateur de Stefan Zweig. Comment ai-je pu l'oublier ? » répondit Otto Perger, taquinant gentiment Stephan, et de toute façon, M. Perger connaissait les moindres secrets des auteurs, des stars et du théâtre.

Les amis de Stephan ne savaient pas d'où lui venaient toutes ses informations ; peut-être de quelqu'un d'important.

« La mère de monsieur Zweig habite toujours Vienne, dit Stephan.

— Et pourtant, il reste discret quant à ses visites depuis Londres. Bien, au risque de te décevoir, Stephan, cette nouvelle pièce, *3 novembre 1918*, est de Csokor. C'est à propos de la chute de l'Empire austro-hongrois. Il y a beaucoup de rumeurs et de bruits de couloir sur si oui ou non la pièce sera jouée. J'ai bien peur que M. Csokor ne soit obligé de vivre avec ses valises déjà prêtes. Mais on m'a dit que la pièce sera maintenue, précédée toutefois d'un avertissement précisant que l'auteur n'a voulu offenser aucune des nations de l'ancien Empire allemand. Un peu de ci, un peu de ça, ce qu'il faut pour survivre. »

Le père de Stephan aurait objecté : ici c'est l'Autriche, pas l'Allemagne ; la tentative de putsch nazie avait été déjouée il y a des années. Mais Stephan ne s'intéressait pas à la politique, ce qu'il désirait savoir, c'était qui avait le premier rôle.

« Peut-être que tu voudrais que je te fasse deviner ? proposa M. Perger en tournant le fauteuil de Stephan vers lui. Tu es plutôt doué pour les devinettes, si mes souvenirs sont bons. »

Stephan garda les yeux fermés, frissonnant de nouveau malgré lui, bien qu'heureusement aucun cheveu n'atterrît sur son visage.

« Werner Krauss ? essaya-t-il.

— Eh bien, voilà ! » lança M. Perger avec un enthousiasme étonnant.

Il tourna le fauteuil vers le miroir et Stephan vit avec surprise – flou, sans ses lunettes – que le coiffeur ne célébrait pas sa réponse mais s'adressait à une jeune fille qui venait d'apparaître comme un tournesol surréaliste d'une bouche d'aération dans le mur au-dessous du reflet de Stephan. Elle se tenait en face de lui, tout en lunettes embuées, tresses blondes et seins naissants.

« *Ach*, Žofie-Helene, ta mère va devoir frotter cette robe toute la nuit, dit M. Perger.

— Ce n'était pas une question très juste, Grandpapa Otto – il y a deux rôles masculins principaux », répondit gaiement la jeune fille, sa voix faisant résonner quelque chose en Stephan, comme le faisait le premier *si* bémol de l'*Ave Maria* de Schubert ; sa voix et le lyrisme de son nom, Žofie-Helene.

« C'est une lemniscate de Bernoulli, dit-elle en touchant son pendentif doré. C'est-à-dire, analytiquement, l'ensemble vide du polynôme x carré plus y carré moins le produit de x carré moins y carré fois deux a au carré.

— Je…, balbutia Stephan, honteux d'avoir été surpris en train de regarder ses seins, même si elle ne l'avait pas remarqué.

— C'est mon papa qui me l'a donné. Lui aussi, il aimait les mathématiques. »

M. Perger dénoua la cape, rendit à Stephan ses lunettes et refusa d'un geste le cupronickel de Stephan, ajoutant que cette fois-ci c'était gratuit. Stephan fourra les pages de sa pièce dans sa sacoche ; il ne voulait pas que la jeune fille les voie, qu'elle sache qu'il écrivait une pièce ou qu'il se pensait capable d'écrire quelque chose qui méritait d'être lu. Il s'arrêta, interdit : le sol était complètement propre.

« Stephan, voici ma petite-fille, dit Otto Perger, ciseaux en main, balai et balayette toujours à côté du violoncelle. Žofie, Stephan ici présent est au moins aussi passionné par le théâtre que toi, mais il accorde plus d'importance à sa coupe de cheveux.

— Je suis très heureuse de te rencontrer, Stephan. Mais pourquoi est-ce que tu viens chez le coiffeur quand tu n'as pas besoin d'une coupe ?

— Žofie-Helene ! gronda M. Perger.

— Je vous ai espionnés depuis la grille d'aération. Tu n'as pas besoin d'une coupe, alors Grandpapa Otto a seulement fait semblant de te couper les cheveux. Mais attends, ne dis rien ! Laisse-moi deviner. »

Elle regarda tout autour d'elle, examina le violoncelle, le portemanteau, son grand-père et, une fois encore, Stephan lui-même. Son regard s'arrêta sur sa sacoche.

« Tu es acteur ! Et Grandpapa sait tout ce qu'il y a à savoir sur ce théâtre.

— Tu vas vite découvrir, *Engelchen*[1], que Stephan est un dramaturge. Et tu dois savoir que les plus grands auteurs font les choses les plus étranges simplement pour l'expérience », répondit Otto Perger.

Žofie-Helene regarda Stephan avec un intérêt renouvelé : « Vraiment ?

— Je... Je vais avoir une machine à écrire pour Noël, répondit Stephan. Enfin, je l'espère.

— Est-ce qu'ils en font des spéciales ?

— Des spéciales ?

— Est-ce que ça fait bizarre d'être gaucher ? »

Stephan étudia ses mains, déconcerté, tandis qu'elle rouvrait la grille d'où elle était sortie et, à quatre pattes, grimpait à nouveau à l'intérieur du mur. Un instant plus tard, elle sortit la tête du trou et ajouta :

« Allez, viens, Stephan, la répétition est presque terminée. Ça ne t'embête pas de salir un peu ta manche déjà pleine d'encre, n'est-ce pas ? Pour l'expérience ? »

---

1. « Petit ange ».

Rubis ou verroterie

Un bouton de nacre du gant festonné de Truus s'ouvrit alors que, tout en tenant le bébé dans ses bras, elle tendait la main pour rattraper le garçon ; il était si impressionné par le dôme en fonte de la gare d'Amsterdam qu'il avait manqué tomber du train.

« Truus ! » appela son mari en prenant le jeune garçon dans ses bras pour le déposer sur le quai.

Il aida également la fillette, puis Truus et le bébé.

Sur le quai, Truus serra son mari dans ses bras, dans une rare démonstration publique d'affection.

« Geertruida, dit-il, est-ce que Mme Freier n'aurait pas pu...

— S'il te plaît, n'en fais pas tout un foin maintenant, Joop. Ce qui est fait est fait et je suis sûre que la femme du gentil et jeune garde-frontière qui nous a fait passer la frontière a beaucoup plus besoin du rubis de ma mère que nous. Où est ton esprit de Noël ?

— Grand Dieu, ne me dis pas que tu as soudoyé un nazi avec de la verroterie ? »

Elle l'embrassa sur la joue.

« Si toi tu ne sais pas faire la différence, mon chéri, ça m'étonnerait que lui la découvre de sitôt. »

Joop laissa échapper un rire et prit le bébé, le tenant un peu malaisément mais en extase – en homme qui adorait les enfants mais qui n'en avait pas, en dépit des années passées à essayer. Sans le bébé pour lui réchauffer les mains, Truus les fourra dans ses poches, et tomba sur la boîte d'allumettes qu'elle avait presque oubliée. Quel drôle d'oiseau, ce médecin qui lui avait donné la boîte dans le train. « Vous êtes une envoyée de Dieu, ça ne fait aucun doute », avait-il dit en regardant avec tendresse les enfants. Il ne se séparait jamais de sa pierre porte-bonheur, avait-il dit, et il voulait qu'elle la prenne. « Pour vous protéger, les enfants et vous », avait-il insisté en ouvrant la petite boîte pour découvrir un vieux caillou plat et râpeux qui ne pouvait avoir d'autre usage que de porter bonheur. « Aux enterrements juifs, on n'offre pas des fleurs mais des pierres », avait-il expliqué, ce qui avait rendu le cadeau impossible à refuser. Il viendrait le chercher quand il aurait de nouveau besoin de sa chance, lui avait-il assuré. Puis il était descendu à Bad Bentheim, avant que le train ne quitte l'Allemagne pour entrer aux Pays-Bas, et maintenant Truus était à Amsterdam avec les enfants et se disait qu'il avait peut-être dit vrai, que cette petite pierre portait vraiment chance.

« Mon garçon, dit Joop au bébé, tu dois grandir pour faire de grandes choses, pour que les risques inconsidérés que prend mon imprudente bien-aimée ne soient pas vains. »

S'il s'était inquiété de ce sauvetage imprévu, il ne s'y était pas plus opposé que lorsque ses voyages pour faire sortir des enfants d'Allemagne étaient planifiés. Il embrassa le bébé sur la joue.

« Un taxi nous attend, dit-il.

— Un taxi ? Tu as été augmenté à la banque pendant mon absence ? »

Une petite plaisanterie : Joop était banquier, économe comme pas deux, mais il appelait toujours sa femme sa bien-aimée après vingt ans de mariage.

« Ça fait déjà une trotte entre l'arrêt de tram et la maison de leur oncle, mais en plus il neige et le docteur Groenveld ne veut pas que la nièce et les neveux de son ami arrivent avec des engelures. »

L'ami du docteur Groenveld. Ceci explique cela, pensa Truus alors qu'ils avançaient sous les entrelacs enneigés des branches, vers les chemins couverts de gadoue, vers la blancheur du canal gelé. C'était comme cela qu'une grande partie de l'aide du Comité pour les intérêts spécifiques des Juifs était distribuée : les nièces et les neveux de citoyens néerlandais, les amis d'amis, les enfants d'amis de collègues. Très souvent, des relations imprévues déterminaient le destin.

L'INDÉPENDANT VIENNOIS

LA MAISON D'ENFANCE DE HITLER DEVIENT UN MUSÉE

Les relations entre l'Autriche et l'Allemagne restent tendues malgré l'accord signé cet été

PAR KÄTHE PERGER

BRAUNAU AM INN, AUTRICHE, 20 décembre 1936. Le propriétaire de la maison natale d'Adolf Hitler a transformé deux de ses pièces en musée. À Linz, les autorités autrichiennes ont donné leur accord à condition que seul le public allemand, et non autrichien, soit admis. Si des Autrichiens sont autorisés à entrer ou si le musée devient un lieu de manifestation pour les nazis, il fermera.

L'ouverture de ce lieu a été rendue possible par l'accord germano-autrichien du 11 juillet qui rétablit entre nos deux pays une « relation d'une nature normale et amicale ». Dans le cadre de cet accord, l'Allemagne reconnaît la souveraineté totale de l'Autriche et s'engage à considérer notre régime politique comme une question intérieure sur laquelle elle n'exercera aucune influence – une concession pour Hitler qui s'oppose à l'emprisonnement par notre gouvernement de membres du parti nazi autrichien.

Des bougies au coucher du soleil

Žofie-Helene arriva près des haies couvertes de neige et des hautes grilles en fer du palais sur le Ring avec appréhension. Elle porta la main à l'écharpe à carreaux roses que sa grand-mère lui avait offerte pour Noël, aussi douce que le toucher de sa mère. La maison était plus grande que son immeuble et beaucoup plus ornementée. Quatre étages à colonnes – le rez-de-chaussée avec des portes et des fenêtres en arche, les étages avec de larges portes-fenêtres rectangulaires, s'ouvrant sur des balcons en pierre – étaient surmontés d'un cinquième étage plus modeste, décoré de statues qui semblaient soutenir le toit en ardoise ou héberger les domestiques qui devaient vivre là-haut. Ça ne pouvait pas vraiment être la maison de quelqu'un, encore moins celle de Stephan. Mais avant qu'elle puisse s'en retourner, un portier en pardessus coiffé d'un haut-de-forme sortit d'une loge pour lui ouvrir le portail, et tout à coup les portes gravées s'écartèrent, Stephan dévalait des marches aussi dénuées de neige qu'en plein été.

« Regarde ! J'ai écrit une nouvelle pièce ! dit-il en lui fourrant un manuscrit dans les mains. Je l'ai tapée sur la machine que j'ai eue à Noël ! »

Le portier sourit gentiment.

« Monsieur Stephan, peut-être voudriez-vous proposer à votre invitée d'entrer ? »

L'intérieur du manoir était encore plus intimidant, avec ses lustres, son sol en marbre finement décoré de motifs géométriques, son escalier impérial et, partout, les œuvres d'art les plus incroyables : des troncs de bouleaux à l'automne avec de fausses perspectives ; une station balnéaire sur les flancs d'une vallée extraordinairement plate et gaie ; un portrait étrange d'une femme ressemblant à Stephan – ce même regard passionné, ce long nez droit, ces lèvres rouges et cette fossette presque imperceptible au menton. Les cheveux de la femme du portrait étaient tirés en arrière et ses joues portaient des égratignures rouge vif de façon à la fois dérangeante et élégante, plus proche de la beauté et de l'émotion que de la blessure, mais Žofie ne pouvait s'empêcher de penser à la seconde option. La *Suite pour violoncelle nº 1* de Bach s'échappait d'un vaste salon où des invités bavardaient près d'un piano dont le gracieux couvercle doré à la feuille d'or ouvert révélait un spectaculaire oiseau blanc tenant dans ses serres une trompette peint sur sa face interne.

« Personne ne l'a encore lue, murmura Stephan. Ne dis pas un mot. »

Žofie regarda le manuscrit qu'il lui tendait à nouveau. Voulait-il vraiment qu'elle le lise tout de suite ?

Le portier – Rolf, c'est comme ça que Stephan l'appelait – souffla : « Votre amie a dû passer un très joyeux Noël, n'est-ce pas, monsieur Stephan ? »

Stephan, ignorant la remarque, s'adressa à Žofie :

« J'ai attendu une éternité que tu rentres.

— Oui, Stephan, ma grand-mère va bien et j'ai passé un Noël formidable en Tchécoslovaquie, merci de ta sollicitude », répondit Žofie-Helene, paroles qui furent accueillies par un sourire approbateur de Rolf tandis qu'il prenait son manteau et sa nouvelle écharpe.

Elle parcourut rapidement la première page.

« C'est un début magnifique, Stephan, dit-elle.

— Vraiment ? Tu trouves ?

— Je lirai le reste ce soir, c'est promis, mais si tu veux vraiment que je rencontre ta famille, je ne peux pas le faire avec un manuscrit sous le bras. »

Stephan jeta un coup d'œil à l'intérieur du salon de musique, prit le manuscrit et monta les escaliers quatre à quatre. À chaque virage de la rampe d'escalier, sa main frôlait une statue ; il dépassa le deuxième étage, où les portes ouvertes de la bibliothèque dévoilaient plus de livres que ce que Žofie avait imaginé que l'on puisse posséder.

Dans le salon, une femme à la minceur alors très en vogue disait : « ... Hitler qui brûle des livres – et les plus intéressants qui plus est. » La femme ressemblait à Stephan, ainsi qu'au portrait aux joues égratignées, mais une raie séparait en deux ses cheveux qui tombaient en boucles lâches. « Cet homme abominable ose traiter Van Gogh et Picasso d'incapables et de charlatans. » Elle porta la main au collier de perles qui entourait son cou, comme celui de la mère de Žofie, mais qui ensuite descendait en une seconde boucle jusqu'à sa taille, des sphères si parfaites que si le fil se rompait, elles rouleraient certainement parfaitement droit. « "La mission de l'art, ce n'est pas de se vautrer dans la crasse par amour de la crasse", voilà ce qu'il dit – comme s'il avait la moindre idée de ce qu'est la mission de l'art. Et c'est moi qui suis hystérique ?

— Pas "hystérique", répondit un homme. Ça, c'est le mot que tu utilises, Lisl. »

Lisl. Ça devait certainement être la tante de Stephan. Stephan adorait sa tante Lisl et son mari, son oncle Michael.

« C'est le mot de Freud, en réalité, mon chéri, répondit Lisl d'un ton léger.

— Il n'y a que les modernistes qui mettent Hitler hors de lui, dit Michael. Kokoschka…

— Qui a reçu la place à l'Académie des beaux-arts que Hitler estimait être la sienne », coupa Lisl.

Les dessins de Hitler avaient été jugés si mauvais qu'il n'avait pas été autorisé à se présenter à l'examen final, leur avait-elle raconté. Il en avait été réduit à dormir dans un foyer, à manger à la soupe populaire et à vendre ses peintures à des magasins qui cherchaient quelque chose pour remplir les cadres vides.

Tandis que le petit cercle riait de l'anecdote, une porte coulissa à l'autre bout de l'entrée. Un ascenseur ! Un garçon, encore petit, sauta d'une chaise à l'intérieur du salon – une magnifique chaise roulante (pas la sienne, à l'évidence) aux accoudoirs ornés de formidables volutes, avec un siège et un dossier en rotin, la couronne de ses incroyables poignées en laiton et ses roues parfaitement proportionnées. Le garçon s'aventura dans l'entrée, traînant un lapin en peluche derrière lui.

« Ça alors, bonjour ! Tu dois être Walter, dit Žofie. Et qui est ton ami lapin ?

— C'est Pierre », répondit le frère de Stephan.

Pierre Lapin. Žofie regrettait d'avoir déjà dépensé tout son argent de Noël ; elle aurait pu acheter un Pierre Lapin avec un petit manteau bleu comme celui-là pour sa sœur, Jojo.

« C'est mon papa près de mon piano, dit le garçonnet.

— Ton piano ? questionna Žofie. Tu en joues ?

— Pas très bien, répondit le garçon.

— Mais de ce piano-là ? »

Le garçon regarda l'instrument.

« Oui, bien sûr. »

Stephan redescendit en vitesse les escaliers les mains vides, juste à l'instant où Žofie remarquait le gâteau d'anniversaire dans le salon illuminé par des bougies allumées à l'aube et qui brûlaient toute la journée, deux centimètres par heure, comme le voulait la coutume autrichienne. Derrière le gâteau se trouvait le plus incroyable plateau de chocolats qu'elle eût jamais vu, chocolats au lait et chocolats noirs, tous de formes différentes, mais chacun orné du nom de Stephan.

« Stephan, c'est ton anniversaire ? » Seize bougies pour son anniversaire et une pour porter chance. « Pourquoi ne m'as-tu rien dit ? »

Stephan ébouriffa les cheveux de Walter alors que la mélodie du violoncelle s'arrêtait.

Walter s'exclama « Moi ! Je veux le faire ! » et se précipita vers son père, qui rapprocha un tabouret du gramophone Victrola.

« ... et maintenant Zweig a fui en Angleterre et Strauss compose pour le Führer », disait leur tante

Lisl – des mots qui attirèrent l'attention de Stephan. Žofie-Helene ne croyait pas aux héros, mais elle laissa Stephan l'entraîner vers le salon, pour mieux entendre.

« Tu dois être Žofie-Helene ! dit Tante Lisl. Stephan, tu ne m'avais pas dit combien ton amie était ravissante. »

Elle retira quelques épingles du chignon de Žofie dont les cheveux tombèrent en cascade.

« Oui, c'est mieux. Si j'avais des cheveux comme les tiens, je ne les couperais pas non plus, peu importe la mode. Je suis désolée que la mère de Stephan ne soit pas là pour t'accueillir, mais j'ai promis de tout lui raconter, il faut que tu me dises tout de toi.

— C'est un plaisir de faire votre connaissance, madame Wirth, répondit Žofie. Mais je vous en prie, reprenez votre conversation sur M. Zweig, ou Stephan ne me le pardonnera pas. »

Lisl Wirth rit, un tintement amical et chaleureux, en forme d'ellipse, son menton légèrement relevé en direction des plafonds incroyablement hauts.

« Je vous présente la fille de Käthe Perger. La rédactrice en chef de *L'Indépendant viennois*. »

Elle se tourna vers Žofie et ajouta : « Žofie-Helene, voici Berta Zuckerkandl, une journaliste, comme ta mère. » Puis aux autres elle dit : « Sa mère qui, je dois le dire, a plus de courage que Zweig ou Strauss.

— Vraiment, Lisl, protesta son mari, tu parles comme si Hitler était à nos portes. Tu parles comme si Zweig était en exil alors qu'il est en ville en ce moment même.

— Stefan Zweig est ici ? demanda Stephan.

— Il était au Café Central il n'y a même pas une demi-heure, occupé à deviser », répondit son oncle Michael.

Lisl regarda son neveu et sa jeune amie se ruer vers la porte tandis que Michael demandait pourquoi au juste Zweig avait abandonné l'Autriche.
« Il n'est même pas juif, ajouta Michael. Il n'est pas pratiquant.
— Dit mon goy de mari, le taquina Lisl.
— Marié à la plus belle Juive de tout Vienne. »
Lisl regarda Rolf qui arrêtait Stephan pour lui donner le manteau usé de la jeune fille. Žofie-Helene eut l'air si surprise quand Stephan l'aida à l'enfiler que Lisl faillit éclater de rire. Stephan huma furtivement les cheveux de Žofie lorsqu'elle eut le dos tourné ; Lisl se demanda si Michael avait fait la même chose quand il lui faisait la cour. Elle n'avait alors qu'un an de plus que Stephan aujourd'hui.
« Le premier amour n'est-il pas magnifique ? dit-elle à son mari.
— Elle est amoureuse de ton neveu ? répondit Michael. Je ne sais pas si je l'encouragerais à fréquenter la fille de journalistes fauteurs de troubles.
— Lequel de ses parents suspectes-tu d'être un agitateur, mon chéri ? demanda Lisl. Son père, dont on nous répète qu'il s'est suicidé dans un hôtel berlinois en juin 1934, comme par hasard la même nuit où tant d'opposants de Hitler ont trouvé la mort ? Ou sa mère qui, veuve et enceinte, a repris le travail de son mari ? »
Elle regarda Stephan et Žofie disparaître par la porte, le pauvre Rolf se ruant derrière eux, l'écharpe oubliée

de la jeune fille à la main – des carreaux roses, d'une beauté improbable.

« Bien, je ne saurais dire si elle est amoureuse de Stephan, ajouta Lisl, mais lui est certainement épris d'elle. »

À LA RECHERCHE DE STEFAN ZWEIG

« Ah ! *Mein Engelchen* et ses admirateurs : le dramaturge et le sot ! » dit Otto Perger à son client. Il n'avait pas vu sa petite-fille depuis Noël, mais il l'entendait descendre les escaliers à l'autre bout du couloir, bavardant avec le jeune Stephan Neuman et un autre garçon.

« J'espère qu'elle préfère le sot, répondit l'homme en tendant, comme d'habitude, un généreux pourboire à Otto. Nous autres auteurs, nous ne sommes pas doués en amour.

— J'ai bien peur qu'elle n'en pince justement pour celui-là, mais je ne suis pas sûr qu'elle en ait conscience. »

Il s'arrêta, essayant de retarder suffisamment son client pour lui présenter Stephan, mais son chauffeur l'attendait et les enfants s'étaient arrêtés sans raison apparente, comme le font souvent les enfants.

« Bien, je suis heureux que vous ayez apprécié votre visite chez votre mère », dit-il.

L'homme se dépêcha vers la sortie et croisa les enfants dans le couloir. Au milieu des escaliers, il se retourna et demanda : « Lequel d'entre vous est le dramaturge ? »

Stephan, riant à une plaisanterie de Žofie, ne parut même pas entendre, mais l'autre garçon le désigna du doigt.

« Bonne chance, mon garçon. Nous avons plus que jamais besoin d'auteurs de talent. »

Il partit ensuite et les enfants entrèrent dans la boutique, Žofie annonçant que c'était l'anniversaire de Stephan.

« Joyeux anniversaire, monsieur Neuman ! » dit Otto tout en serrant sa petite-fille dans ses bras, cette enfant qui ressemblait tant à son père qu'Otto pouvait entendre son fils dans l'impatience de sa voix ; il pouvait voir Christof dans le peu de cas qu'elle faisait de l'état de ses lunettes. Elle avait la même odeur – amande, lait et soleil.

« C'était M. Zweig, dit leur ami.

— Où ça, Dieter ? demanda Stephan.

— Monsieur Stephan, qu'avez-vous fait pendant l'absence de Žofie ? interrogea Otto.

— Il était aussi assis à côté de nous au Café Central avant que Stephan arrive – je veux dire, Zweig. Avec Paula Wessely et Liane Haid, qui a l'air très vieille », continua Dieter.

Otto hésita. Étrangement il ne voulait pas admettre que ce grand dadais avait raison.

« Je crains que M. Zweig ne se soit dépêché pour prendre l'avion, Stephan.

— C'était lui ? »

Les yeux sombres de Stephan étaient pleins de déception, et avec ses épis au sommet du crâne, malgré les efforts d'Otto, il ressemblait à un petit garçon. Otto aurait voulu lui assurer qu'il aurait une autre chance de rencontrer son héros, mais cela semblait compromis. Tout ce dont ils avaient parlé – ou plutôt tout ce dont Zweig avait parlé pendant qu'Otto écoutait – c'était de savoir si Londres était assez loin de Hitler. M. Zweig savait comment le fils d'Otto, Christof, était mort ; il savait qu'Otto comprenait combien une frontière était une chose fragile.

« J'espère que tu prêteras attention aux paroles de M. Zweig, ajouta Otto. Il a dit : "Nous avons plus que jamais besoin d'auteurs de talent." »

C'était quelque chose, tout de même, ce grand écrivain qui encourageait Stephan, même si le garçon n'avait pas entendu.

L'HOMME DE L'OMBRE

Adolf Eichmann fit visiter à son nouveau supérieur, le ventripotent *Obersturmführer* Wisliceny, le département juif du Sicherheitsdienst, le service de renseignements et de maintien de l'ordre de la SS, et l'emmena jusqu'à son propre bureau, à côté duquel était assis Tier, le plus beau berger allemand de tout Berlin.

« Grand Dieu, il est si immobile qu'on croirait un chien empaillé, dit Wisliceny.

— Tier a reçu une bonne éducation, répondit Eichmann. Nous serions débarrassés des Juifs et pourrions nous occuper de choses plus importantes si le reste de l'Allemagne avait ne serait-ce que la moitié de son obéissance.

— Éduqué par qui ? » demanda Wisliceny en prenant la chaise d'Eichmann pour affirmer la supériorité de son grade.

Eichmann prit la chaise réservée aux visiteurs et claqua doucement des doigts pour faire venir Tier à ses pieds. Il avait assuré à Wisliceny que « les ficelles » du département II/112 du SD étaient solides, mais elles étaient en réalité aussi fines et effilochées que n'importe quelle ficelle mâchouillée par Tier. Ils n'avaient que trois petits bureaux dans le Prinz-Albrecht-Palais tandis que la Gestapo, avec son propre bureau juif et ses moyens colossaux, se plaisait à les rabaisser. Eichmann avait toutefois appris à ses dépens que les plaintes retombaient de manière plus négative sur celui qui se plaignait.

« Votre article sur "Le problème juif" est intéressant, Eichmann – cette idée que les Juifs ne peuvent être poussés à quitter l'Allemagne que si nous détruisons leurs bases économiques ici, dans le Reich. Mais pourquoi les forcer à émigrer en Afrique ou en Amérique du Sud plutôt qu'ailleurs en Europe ? Pourquoi s'inquiéter de leur destination, du moment que nous en sommes débarrassés ? » dit Wisliceny.

Eichmann répondit poliment : « Il vaudrait mieux pour nous que leur savoir ne tombe pas aux mains de pays plus développés, qui pourraient nous faire du tort, du moins c'est mon avis. »

Wisliceny plissa ses petits yeux.

« Vous pensez que nous, Allemands, ne pouvons pas faire mieux que des étrangers aidés par des Juifs dont nous souhaitons être débarrassés ?

— Non, non, se récria Eichmann, la main sur la tête de Tier. Ce n'est pas ce que je voulais dire.

— Et la Palestine, dont vous parlez comme d'un pays arriéré, est un territoire britannique. »

Eichmann, voyant bien qu'il ne pouvait s'en sortir, demanda à Wisliceny son avis sur le sujet, se soumettant à un interminable flot de platitudes et de vantardises étayées par une ignorance complète. Il écoutait comme il le faisait toujours, mémorisant des bribes pour plus tard et conservant pour lui-même ses considérations. C'était son travail, écouter et acquiescer pendant que d'autres parlaient, et il était très doué. Régulièrement, il troquait son uniforme contre des vêtements civils pour infiltrer et surveiller de plus près les mouvements sionistes de Berlin. Il avait mis en place un petit réseau d'informateurs. Il rassemblait des informations dans la presse juive. Enquêtait sur l'Agoudat Israel. Conservait secrètement des dossiers de dénonciation. Organisait des arrestations. Aidait aux interrogatoires de la Gestapo. Il avait même essayé d'apprendre l'hébreu pour mieux faire son travail, mais c'était tombé à l'eau et maintenant tout Berlin était au courant de sa sottise – offrir trois Reichsmarks l'heure à un rabbin pour le lui enseigner alors qu'il aurait pu arrêter le Juif et le garder prisonnier pour des leçons gratuites.

Vera en était persuadée : cette bourde était la raison pour laquelle ce Prussien ignorant avait pris la tête du département juif, place qui aurait dû revenir à Eichmann, ne lui laissant qu'un ersatz de promotion au grade de sergent technique et les mêmes tâches qui devaient désormais être exécutées avec un personnel réduit, à la suite d'une purge du parti. Mais Eichmann savait que ce n'était pas pour cela qu'il n'avait pas été promu. Qui aurait pu imaginer que devenir un expert des questions sionistes le rendrait trop précieux pour être « distrait » par des responsabilités administratives ? Mieux valait être le toutou d'un Prussien avec un diplôme en théologie, un rire affreux et une expertise inexistante si l'on voulait gravir les rangs nazis.

Une fois Wisliceny parti et son bureau rangé, Eichmann autorisa Tier à bouger.

« Tu es un bon chien, dit-il en caressant ses oreilles pointues, s'attardant sur leur pavillon rosé. Allons nous amuser maintenant. On l'a bien mérité après cette comédie, tu ne trouves pas ? »

Tier secoua ses oreilles puis inclina son museau pointu, aussi plein d'espoir que Vera avant l'amour. Vera. Aujourd'hui, c'était leur deuxième anniversaire de mariage. Elle l'attendrait dans leur petit appartement de l'Onkel-Herse-Strasse avec leur fils, dont Eichmann avait dû rapporter la naissance au Rasse- und Siedlungshauptamt-SS, le Bureau pour la race et le peuplement, tout comme il avait dû informer de son mariage, après avoir prouvé que Vera était bien de souche aryenne. Il aurait dû rentrer directement à la maison, pour retrouver les grands yeux de Vera, ses jolis sourcils, son visage rond et robuste, son corps voluptueux, beaucoup plus attirant que les femmes anguleuses qui étaient maintenant à la mode.

Mais il prit le chemin le plus long, Tier marchant juste devant lui. Il traversa le fleuve afin de se promener dans le ghetto juif, parcourant lentement les rues, pour le simple plaisir de regarder les enfants fuir sur son passage, malgré l'obéissance parfaite de Tier.

LE CHOCOLAT DU PETIT DÉJEUNER

Truus abaissa son journal et regarda de l'autre côté de l'étroite table du petit déjeuner.

« Alice Salomon a été expulsée d'Allemagne, dit-elle, les mots lui échappant sous le choc de la nouvelle. Comment les nazis peuvent-ils faire ça ? Une pionnière de la santé publique, mondialement reconnue, qui ne présente de risque pour personne ? Elle est vieille et malade, elle ne fait même pas de politique. »

Joop reposa sa tartine recouverte de *hagelslag*. Une pluie de vermicelles de chocolat tomba dans son assiette tandis qu'un copeau restait au coin de ses lèvres.

« Elle est juive ? »

Truus regarda par la fenêtre du deuxième étage, au-delà des pots de fleurs sur le rebord, jusqu'au Nassaukade et au canal, au pont, au Raampoort. La docteure Salomon était chrétienne. Très pieuse. Elle venait probablement d'une famille semblable à celle de Truus, des chrétiens prospères qui appréciaient les cadeaux que Dieu leur avait faits, et qui avaient partagé ces cadeaux en recueillant des enfants belges pendant la Grande Guerre. Mais dire à Joop que les Allemands avaient expulsé une chrétienne ne ferait que l'inquiéter et Truus ne voulait pas lui donner une raison de lui demander ce qu'elle comptait faire aujourd'hui. Elle avait espéré aller en Allemagne, discuter avec Recha Freier de l'aide à apporter aux enfants juifs de Berlin, qui étaient maintenant exclus des écoles publiques, mais son message était resté sans réponse, alors qu'elle s'était déjà arrangée pour emprunter la voiture de Mme Kramarsky. Elle pouvait au moins traverser la frontière pour se rendre à la ferme des Weber.

« Des ancêtres juifs, visiblement », dit-elle, ce qui avait l'avantage d'être vrai, mais son regard glissait toujours sur le papier peint à fleurs et les rideaux de cette pièce, dans laquelle ils petit-déjeunaient depuis leur mariage, et qui avaient bien besoin d'être nettoyés. Elle n'était pas sûre que l'ascendance d'Alice Salomon explique son expulsion de sa terre natale.

« Geertruida », commença Joop, et Truus se prépara. Son nom avait toujours paru si dense et si quelconque avant sa rencontre avec Joop – Geertruida ou Truus, l'un comme l'autre –, mais quand il le prononçait, sa voix lui donnait un côté plutôt charmant. Néanmoins, il l'appelait rarement par son nom complet.

Ce qui fait fonctionner un mariage doit être protégé avec soin, lui avait dit sa mère le matin de la noce, et qui était Truus pour braver le conseil de sa mère en révélant que ce petit tic de Joop – utiliser son prénom complet lorsqu'il voulait la convaincre de ne pas faire quelque chose – l'alertait ?

Elle prit sa serviette et se pencha par-dessus la table pour essuyer le chocolat à la commissure de ses lèvres. Voilà : il était redevenu le chef caissier et directeur adjoint de la De Javasche Bank, sans tache au coin de la bouche, celui qu'il était lorsqu'ils s'étaient fiancés.

« Je te préparerai un *broodje kroket* pour le petit déjeuner demain », lança-t-elle avant que Joop puisse lui demander ce qu'elle comptait faire de sa journée. Ce sandwich de croquette frite à base de ragoût de bœuf était son plat préféré ; sa simple mention suffisait à lui remonter le moral et à le distraire.

LA CRAIE SUR SES CHAUSSURES

Sur le pas de la porte, Stephan regardait Žofie effacer la moitié d'une démonstration mathématique qui couvrait toute la surface du tableau noir.

Son professeur, inquiet, dit : « Kurt... »

L'homme plus jeune qui était avec eux se contenta de glisser ses mains dans les poches de son pantalon en lin blanc et adressa un signe de tête à Žofie. Stephan se sentait un peu comme le docteur dans *Amok ou le Fou de Malaisie*, ce personnage de Zweig qui devient si obsédé par une femme qui ne veut pas coucher avec lui qu'il se met à la suivre. Mais Stephan ne traquait pas Žofie. Elle avait suggéré qu'il vienne la chercher à l'université, peu importait que ce fût l'été et qu'il n'y eût personne en cours.

Žofie fit tomber le tampon effaceur, et, sans remarquer la craie sur ses chaussures, recommença à couvrir le tableau de symboles. Stephan tira un carnet de sa sacoche et écrivit : *Fait tomber l'effaceur sur ses chaussures et ne le remarque même pas.*

Ce n'est que lorsque Žofie-Helene eut fini son équation qu'elle l'aperçut. Elle sourit – comme la femme dans *Amok* souriait dans sa robe jaune à l'autre bout de la salle de bal.

« Est-ce que c'est compréhensible ? » demanda Žofie au plus vieux des deux hommes. Puis elle se tourna vers le plus jeune et ajouta : « Je l'expliquerai demain si ça ne l'est pas, professeur Gödel. »

Žofie donna la craie à Gödel et rejoignit Stephan, sans se soucier des deux hommes, dont le plus vieux disait :

« Extraordinaire ! Et quel âge a-t-elle ?

— Seulement quinze ans », répondit Gödel.

Le paradoxe du menteur

Stephan échappa à la pluie en se réfugiant dans l'immeuble des Chocolats Neuman, au numéro 2 Schulhof, Žofie dans son sillage. Il la mena le long d'un escalier raide en bois jusqu'à une cave, leurs chaussures mouillées laissant des empreintes imperceptibles dans la pénombre rafraîchie par la pierre, alors que le bruit des chocolatiers à l'étage disparaissait peu à peu.

« Mmmm... du chocolat », dit-elle, sans être le moins du monde effrayée.

Comment avait-il pu s'imaginer que quelqu'un d'aussi intelligent que Žofie puisse avoir peur de quoi que ce soit, au point d'avoir une excuse pour lui prendre la main, comme Dieter le faisait chaque fois qu'ils répétaient sa nouvelle pièce ? La craie s'était effacée de la chaussure de Žofie lors de leur course sous la pluie, mais Stephan ne parvenait pas à se sortir de la tête les symboles qu'elle avait écrits sur le tableau, ces mathématiques dont il ne connaissait même pas l'alphabet.

Il tira sur une chaînette pour allumer une ampoule au plafond. Des palettes pleines de caisses se changèrent en ombres carrées et en angles sur les murs en pierre inégaux de la cave. Le simple fait d'être là fit se précipiter des mots dans son esprit, bien qu'il n'écrivît plus beaucoup ici depuis qu'il avait une machine à écrire chez lui. À l'aide d'un pied-de-biche accroché au poteau de l'escalier, il souleva le couvercle de l'une des caisses puis délia l'un des sacs de jute qui s'y trouvait : des fèves de cacao à l'odeur si familière qu'il en arrivait souvent à souhaiter n'importe quoi d'autre que du chocolat, comme un garçon dont le père serait écrivain et qui serait las de lire des livres, si invraisemblable que lui parût cette idée.

« Tu vas me faire goûter, j'espère, dit Žofie-Helene.
— Les fèves ? Ça ne se mange pas, Žofie. Enfin, peut-être si tu mourais de faim. »

Elle avait l'air si déçue qu'il ravala les mots avec lesquels il voulait l'impressionner : faire du chocolat, c'était comme coordonner un ballet ; chauffer, refroidir et mélanger pour que tous les cristaux s'alignent afin de laisser le palais en extase. Extase. Un mot qu'il ne pouvait sûrement pas utiliser devant Žofie, à moins de le mettre dans une pièce.

Il grimpa les escaliers en vitesse pour prendre une poignée de truffes, mais lorsqu'il redescendit, Žofie n'était plus là.

« Žofie ? »

Sa voix se répercuta depuis le dessous des escaliers : « Vous devriez garder les fèves ici. La température est plus constante dans les caves plus profondes, non pas en raison du gradient géothermique à ces profondeurs, mais grâce à l'effet isolant des parois rocheuses. »

Il regarda les beaux vêtements qu'il avait choisis pour l'impressionner, puis il attrapa la lampe torche sur le crochet et se glissa sous les escaliers pour atteindre l'échelle qui descendait dans la caverne inférieure. Toujours pas de Žofie en vue. Il rampa le long d'un tunnel bas et poussiéreux à l'extrémité de la caverne, le faisceau de la lampe illuminait les semelles de Žofie, ses jambes repliées, les contours de ses fesses sous sa jupe. Au bout du tunnel, elle se releva, et l'espace d'une seconde, avant qu'elle abaisse le tissu, il entrevit la peau pâle à l'arrière de ses genoux et de ses cuisses.

Elle se pencha à nouveau vers le tunnel, son visage dans le faisceau de lumière cette fois-ci.

« C'est un nouveau terme, gradient géothermique, expliqua-t-elle. Ce n'est pas grave si tu ne le connais pas, la plupart des gens l'ignorent aussi.

— La cave du dessus est plus sèche, c'est mieux pour le cacao, dit-il en l'atteignant. Et c'est aussi plus facile pour entrer et sortir. »

Ce passage était d'origine naturelle, au contraire de celui cimenté sous le Ring, près du Burgtheater. En apparence, il s'arrêtait à un tas de pierres quelques mètres plus loin, mais en réalité ce n'était pas le cas. C'était ainsi que fonctionnait ce monde souterrain, ce labyrinthe d'antiques passages et de salles qui couraient sous Vienne : il y avait toujours un moyen d'avancer si l'on cherchait assez longtemps. La faible humidité de cette partie des souterrains était la raison pour laquelle son arrière-grand-père avait acheté cet immeuble pour les Chocolats Neuman. Il était arrivé à Vienne sans un sou en poche à seize ans, l'âge qu'avait maintenant Stephan, pour s'installer dans le grenier d'un taudis de Leopoldstadt. Il s'était lancé dans le chocolat à vingt-trois ans et avait acheté ce bâtiment alors qu'il vivait encore dans le grenier, afin de faire construire le palais sur le Ring où la famille de Stephan habitait désormais.

Stephan dit : « J'aurais pu attendre pendant que tu expliquais l'équation à tes professeurs.

— La démonstration ? Le professeur Gödel n'a pas besoin qu'on lui explique. Il a établi les théorèmes d'incomplétude qui ont révolutionné la logique et les mathématiques alors qu'il était à peine plus âgé que nous, Stephan – et ce sans utiliser de nombres ou de symboles. Tu aimerais beaucoup ses démonstrations. Il a utilisé le paradoxe de Russell et le paradoxe du menteur pour démontrer que dans tout système formel contenant la théorie des nombres, il y a une formule qui est indémontrable et sa négation aussi. »

Stephan tira son journal de sa sacoche et écrivit : « Le paradoxe du menteur. »

« Cette phrase est fausse, dit-elle. La phrase doit être soit vraie soit fausse, n'est-ce pas ? Mais si c'est vrai, alors, comme la phrase le dit, c'est faux. Mais si c'est faux, alors c'est vrai. Donc, elle doit être à la fois vraie et fausse. Le paradoxe de Russell est encore plus intéressant : l'ensemble des ensembles n'appartenant pas à eux-mêmes appartient-il à lui-même ? Tu comprends ? »

Stephan éteignit la lampe torche pour masquer son incompréhension. Peut-être que Papa avait un livre de mathématiques qui pourrait expliquer ce que Žofie était en train de lui dire ; peut-être que ça aiderait.

« Je ne te vois même plus ! » dit Žofie.

Lui savait où elle était pourtant. Il devinait à sa voix que son visage se trouvait à portée de main, qu'il lui suffirait de se pencher pour que leurs lèvres se touchent.

« Stephan, tu es toujours là ? demanda-t-elle avec une once de la frayeur que lui aussi ressentait parfois dans cet obscur monde souterrain, où l'on pouvait se perdre et disparaître à tout jamais. Ça sent encore le chocolat, même ici », dit-elle.

Il trouva les truffes au fond de sa poche et en sortit une.

« Ouvre la bouche et tire la langue, tu pourras goûter, proposa-t-il.

— Mais non.

— Mais si. »

Il entendit le bruit de sa langue qui passait sur ses lèvres, sentit la fraîcheur de son souffle. Il posa la main sur son bras, pour se repérer, ou peut-être pour l'embrasser.

Elle gloussa, un petit bruit de colombe qui ne lui ressemblait pas.

« Garde la bouche ouverte », dit-il doucement. Il avança sa main à l'aveuglette jusqu'à sentir la chaleur de son haleine sur ses doigts et posa la truffe sur sa langue.

« Laisse-la dans ta bouche, murmura-t-il. Fais-la durer, savoure chaque instant. »

Il voulait lui prendre la main, mais comment prendre la main de quelqu'un qui était devenu si vite sa meilleure amie sans risquer cette amitié ? Il plongea les mains dans ses poches, où elles rencontrèrent les autres truffes. Il les palpa, en sortit une et la mit sur sa propre langue ; il ne voulait pas vraiment du chocolat mais il voulait partager l'expérience – l'obscurité autour d'eux, le bruit de l'eau qui gouttait au-dessus, la pluie qui tombait par une grille et s'écoulait en direction du canal, de la rivière et de la mer alors que le chocolat fondant réchauffait leurs langues.

« C'est à la fois vrai et faux que je peux le goûter, dit-elle. C'est le paradoxe du chocolat ! »

Il se pencha en avant, pensant qu'il pouvait prendre ce risque, qu'il pouvait l'embrasser, si elle se dérobait il dirait qu'il l'avait heurtée dans le noir. Mais une bestiole quelconque (à coup sûr, un rat) courut près d'eux et il alluma la lampe torche par réflexe.

« Ne dis à personne que je t'ai amenée là, dit-il. Si on découvre que je suis revenu ici malgré les risques de mauvaises rencontres et d'effondrement, je vais être puni jusqu'à la fin de mes jours. Pourtant, c'est merveilleux, non ? Certains de ces tunnels sont des collecteurs d'eau pluviale, qu'il faut éviter en cas de fortes pluies, et d'autres sont des égouts, que j'évite quoi qu'il arrive. Mais il y a des pièces entières ici. Des cryptes pleines de vieux squelettes. Des colonnes qui pourraient dater, je ne sais pas, des Romains, peut-être. Ce réseau souterrain a été utilisé par plein de gens, des espions aux assassins en passant par des riverains et des nonnes. C'est mon endroit secret. Je n'amène même pas mes amis ici.

— Nous ne sommes pas amis ? demanda Žofie-Helene.

— Nous ne sommes pas... Quoi ?

— Tu n'amènes pas tes amis ici, mais tu m'as amenée moi, donc logiquement je ne suis pas ton amie. »

Stephan rit de bon cœur.

« Je n'ai jamais rencontré quelqu'un qui puisse être à la fois aussi logiquement brillant et pourtant si loin de la vérité. Dans tous les cas, je ne t'ai pas amenée ici, tu as trouvé l'endroit par toi-même.

— Donc nous sommes amis, puisque tu ne me l'as pas montré ?

— Bien entendu que nous sommes amis, andouille ! »

Le paradoxe de l'amitié. Elle était à la fois son amie mais pas son amie.

« Est-ce que ces tunnels vont jusqu'au Burgtheater ? demanda-t-elle. On pourrait faire la surprise à Grandpapa. Non, je sais ! Est-ce qu'on peut aller au bureau de Mama ? C'est près de Saint-Rupert, notre appartement aussi. Est-ce que les tunnels vont jusque-là ? »

Stephan avait l'habitude d'emprunter les mêmes chemins pour ne pas se perdre, mais il savait comment aller à Saint-Rupert et à son appartement. En vérité, il avait découvert plusieurs manières de s'y rendre durant les quelques semaines qui avaient suivi la fin de l'année scolaire, bien qu'il ne fût pas comme le docteur dans *Amok*, qu'il ne la suivît pas. Il pouvait lui montrer le chemin le plus long, après les cryptes sous la cathédrale Saint-Étienne et à travers les trois niveaux, incroyablement profonds, qui avaient autrefois abrité un couvent. Il pouvait la guider sous Judenplatz, les vestiges d'une synagogue datant de plusieurs siècles. Il aurait même pu l'emmener du côté des vieilles écuries. Serait-elle horrifiée par les crânes de chevaux ? Mais connaissant Žofie, elle serait fascinée. Bien, il garderait les écuries pour lui, du moins pour le moment.

« Très bien, dit-il. C'est par ici, dans ce cas.

— En route, mauvaise troupe, lança-t-elle.

— Je voulais te dire que j'ai fini *Le Signe des quatre*, je te le rapporterai demain.

— Mais je n'ai pas terminé *Kaleidoskop*.

— Tu n'es pas obligée de me le rendre. Tu peux le garder. Pour toujours, je veux dire. »

Remarquant sa réticence, il ajouta :

« J'en ai un autre exemplaire. »

Mais ce n'était pas vrai ; il aimait simplement l'idée que la moitié de son édition en deux volumes soit entre les mains de Žofie, ou même juste sur son étagère quand elle lisait au lit le soir.

« J'en avais déjà un exemplaire quand Tante Lisl m'en a offert un pour mon anniversaire, mentit-il. Je voudrais que tu aies celui-là.

— Je n'ai pas de deuxième *Signe des quatre*.

— Je te le rendrai, c'est promis », répondit-il en riant.

Il contourna le tas de gravats derrière lequel se situait un escalier métallique en colimaçon qui montait jusqu'au plafond, où se trouvait une bouche d'égout octogonale fermée par huit triangles de métal dont les sommets se rencontraient au centre, et qui pouvaient être poussés depuis le bas, ou tirés depuis la rue, en haut. Ils dépassèrent l'escalier, avancèrent quelques minutes et grimpèrent des barreaux métalliques vers un large passage voûté dont les parois étaient faites de blocs empilés de façon régulière. Une rivière longeait un chemin protégé par une barrière, illuminé par des lampes fixées au plafond, qui projetaient leurs ombres démesurées sur le mur.

« Cet endroit date de l'époque où ils ont redirigé la rivière vers les souterrains, pour agrandir la ville, dit-il en éteignant la lampe torche. Ça a aussi aidé à combattre le choléra. »

Le passage se finissait brusquement, la rivière continuant par une voûte plus petite, comme celle près du Burgtheater ; il aurait fallu nager dans les eaux boueuses pour continuer. Ici, cependant, se trouvait un escalier qui menait à une passerelle en métal au-dessus de l'eau, avec une corde et une bouée de sauvetage pendues à la rambarde, au cas où. Ils traversèrent, descendirent et firent demi-tour de l'autre côté pour se glisser dans un tunnel plus étroit et plus sec. Stephan ralluma la lampe torche, illuminant un tas de gravats.

« C'est un autre endroit où une partie du tunnel s'est effondrée, peut-être pendant la guerre, comme près du petit tunnel dans la cave de cacao », dit-il en la guidant à travers un passage exigu entre les éboulis et le mur. Juste après, il braqua la torche sur une grille fermée. Derrière, en vrac : des cercueils et des os humains qui semblaient être organisés en piles, par membres, ainsi qu'un monceau de crânes ordonné avec soin.

La plus grande
machine à écrire au monde

Stephan guidait Žofie-Helene dans les souterrains depuis près d'un quart d'heure quand ils atteignirent un escalier en colimaçon qui conduisait à une autre bouche d'égout octogonale, près du bureau de sa mère. Il y avait une sortie plus proche, juste devant son appartement, mais avec seulement des barreaux en métal menant à une grille d'égout trop lourde pour lui. Il grimpa jusqu'à la rue et lui tendit la main pour l'aider à sortir, ne la lâchant qu'à regret. Il referma les triangles d'un coup de pied et la suivit au coin de la rue jusqu'aux bureaux du journal de sa mère, où un homme travaillait sur la plus grande machine à écrire qu'il eût jamais vue.

« C'est une Linotype, expliqua Žofie. Elle est automatique, un peu comme une machine de Rube Goldberg. On l'utilise pour faire la composition d'une édition du journal.

— C'est difficile d'apprendre à s'en servir ? » demanda Stephan, qui s'imaginait imprimer une pièce dessus, au compositeur.

Désormais, pour faire des copies, il utilisait du papier carbone et appuyait très fort sur les touches de la machine, mais comme on ne pouvait pas faire plus de quelques exemplaires de cette façon, il fallait écrire pour des distributions réduites ou retaper la pièce plusieurs fois.

« Je sais déjà taper à la machine.

— C'est vraiment impressionnant que tu en saches autant, dit Žofie-Helene.

— Que moi j'en sache autant ?

— À propos des souterrains. Du chocolat. Du théâtre et des machines à écrire. Et tu en parles naturellement. Moi, quand je parle, les gens me regardent comme si j'étais une drôle de créature. Mais tu es un peu comme le professeur Gödel. Parfois lui aussi dit que j'ai tort.

— Est-ce que j'ai déjà dit que tu avais tort à propos de quelque chose ?

— Sur le fait de manger des fèves de cacao, et sur la caverne. Parfois, je dis des choses fausses simplement pour voir si quelqu'un va le remarquer. Mais la plupart du temps personne ne s'en rend compte. »

Dans le bureau de la rédactrice en chef, une petite fille, plus jeune encore que Walter, faisait des coloriages à une table tandis qu'une femme, qui devait être la mère de Žofie, était au téléphone.

« Jojojojojojo, tu m'as fait un joli coloriage ? » demanda Žofie en prenant sa sœur dans ses bras pour la faire tournoyer dans un concert de rires, ce qui donna envie à Stephan de tournoyer aussi, bien qu'il n'aimât pas tellement danser.

D'un signe de la main, sa mère indiqua que son appel était presque fini tout en disant dans le combiné :

« Oui, bien entendu, Hitler ne sera pas ravi, mais moi je ne suis pas ravie de ses efforts pour obliger Schuschnigg à lever l'interdiction du parti nazi autrichien. Et comme mon opinion n'empêche pas ses efforts, je suis persuadée que je ne devrais pas laisser la sienne m'empêcher de publier cet article. »

Elle termina l'appel et reposa le combiné en disant :
« Žofie ! Ta robe ! À nouveau !

— Maman, je te présente mon ami Stephan Neuman, répondit Žofie. Nous avons fait tout le chemin depuis l'usine de chocolat de son père en passant par… »

Stephan lui lança un regard réprobateur.

« Son père fait les meilleurs chocolats, reprit Žofie.

— Ah, tu es un de ces Neuman ? dit Käthe Perger. J'espère que tu as apporté des chocolats ! »

Stephan essuya ses mains sur le pan de sa chemise, tira les deux truffes restantes de sa poche et les tendit. Beurk, il y avait des peluches collées dessus.

« Bonté divine, c'était une plaisanterie ! » dit Käthe Perger en prenant un chocolat avant que Stephan ait pu les remettre dans sa poche et en l'enfournant dans sa bouche.

Stephan enleva la peluche collée à l'autre chocolat et l'offrit à la sœur de Žofie.

« Žofie-Helene, je crois que tu as été plus maligne que jamais en choisissant un ami qui, non seulement a toujours du chocolat sur lui, mais en plus aime vraisemblablement autant faire la lessive que toi. »

Stephan regarda ses vêtements tachés. Son père allait le tuer.

Après le départ de Stephan, Žofie dit à sa mère :

« Ce n'est qu'un seul ami, mais un est toujours supérieur à zéro, même si zéro est plus intéressant en mathématiques. »

Sa petite sœur tendit un livre à Žofie qui s'assit pour la prendre sur ses genoux. Elle tourna la première page et lut : « Pour Sherlock Holmes, elle sera toujours "la femme". »

« Je ne suis pas sûre que Johanna soit prête pour *Un scandale en Bohême* », interrompit sa mère.

Žofie adorait cette histoire, particulièrement la partie où le roi dit qu'il est dommage qu'Irene Adler ne soit pas à son niveau, et où Sherlock Holmes est d'accord, qu'elle est vraiment à un autre niveau, seulement le roi pense qu'Irene Adler lui est inférieure tandis que Sherlock Holmes considère qu'elle lui est bien supérieure. Žofie aimait également la fin, où Irene les bat tous et où Sherlock Holmes refuse l'anneau serpent en émeraude que le roi lui offre, préférant la photo de Miss Adler, en souvenir de sa défaite face à l'intelligence d'une femme.

« Il est gaucher, dit Žofie. Stephan est gaucher. Tu crois que ça fait bizarre ? Je lui ai posé la question, mais il n'a rien dit. »

Sa mère rit, une bulle de son, comme le beau zéro au centre d'une ligne qui s'étend vers l'infini dans les deux directions, positive et négative.

« Je ne sais pas, Žofie-Helene. Est-ce que toi tu te sens bizarre d'être si douée en mathématiques ? »

Žofie-Helene réfléchit quelques instants.

« Pas exactement.

— Ça paraît peut-être différent aux yeux des autres, mais tu es comme ça, tu l'as toujours été. Je pense que c'est la même chose pour ton ami. »

Žofie embrassa Jojo sur la tête.

« Tu veux qu'on chante, Jojo ? » demanda-t-elle.

Et elle se mit à chanter, avec Jojo et Mama :

« La lune s'est levée ; les étoiles dorées brillent dans le ciel illuminé. »

L'INDÉPENDANT VIENNOIS

LES NOUVELLES LOIS NAZIES CONTRE LES JUIFS N'ONT PAS ÉTÉ ÉTABLIES « PAR HAINE »

Le commissaire du Reich à la Justice :
« Ces lois découlent de l'amour du peuple allemand »

PAR KÄTHE PERGER

WURTZBOURG, ALLEMAGNE, 26 juin 1937 – Le commissaire allemand à la Justice, Hans Frank, a soutenu aujourd'hui lors d'un rassemblement national-socialiste que les lois de Nuremberg ont été mises en place « pour la protection de notre race, non par haine des Juifs mais par amour du peuple allemand ».

« Le monde critique notre attitude envers les Juifs et la juge trop brutale, a déclaré Frank. Mais le monde ne s'est jamais inquiété du nombre d'honnêtes Allemands qui ont été chassés de leur foyer par des Juifs par le passé. »

Ces lois, adoptées le 15 septembre 1935, ôtent la citoyenneté allemande aux Juifs et les empêchent de se marier aux « citoyens de sang allemand ou apparenté ». Un « Juif » est défini comme quiconque ayant trois ou quatre grands-parents juifs. Des milliers d'Allemands convertis à d'autres religions, y compris des prêtres et des nonnes catholiques, sont considérés comme juifs.

Avec la promulgation des lois de Nuremberg, des Juifs allemands ne peuvent pas être soignés dans les hôpitaux publics, des officiers juifs ont été exclus de l'armée et des étudiants n'ont pas été autorisés à se présenter à leurs examens doctoraux. Ces restrictions avaient été assouplies en préparation des jeux Olympiques l'année dernière, à Garmisch-Partenkirchen en hiver et à Berlin en été. Mais le Reich a depuis repris son processus d'« aryanisation », congédiant les travailleurs juifs et transférant les entreprises détenues par des Juifs à des non-Juifs, pour une bouchée de pain ou sans compensation aucune…

Chercher

Le pot de fleurs jaune était là, dressé sur le perron couvert de givre des Weber. Pour autant, Truus s'approcha lentement du portail dans la Mercedes de Mme Kramarsky, s'assurant, comme chaque fois, que le pot de fleurs, renversé en guise d'avertissement, n'avait pas été ensuite redressé par un nazi obligeant. Ils étaient vieux, lui avaient dit les Weber lorsqu'elle avait fait leur connaissance ; il ne leur restait plus très longtemps, mais avec leur aide les enfants auraient peut-être un avenir meilleur. Truus ouvrit le portail, avança la voiture et referma derrière elle, heureuse d'avoir mis son manteau d'hiver et sa jupe longue. Elle ralentit et traversa le champ en direction du chemin vers la forêt.

Il était bien après midi quand elle aperçut les premiers signes de mouvements, un bruissement qui aurait pu être un cerf mais se révéla, lorsqu'elle arrêta la voiture, un enfant qui s'enfuyait en zigzaguant entre les arbres. Truus n'arrivait toujours pas à imaginer que des enfants puissent survivre dans ces bois et ces tourbières pendant des jours et des jours sans plus en poche que des billets de train poinçonnés, quelques Reichsmarks s'ils avaient de la chance et des morceaux de pain empaquetés par des mères si désespérées qu'elles mettaient leurs enfants dans des trains à destination de la frontière allemande – les enfants survivaient souvent pour être ensuite arrêtés par les Allemands ou reconduits à la frontière par les gardes néerlandais.

« Tout va bien. Je suis là pour t'aider », appela Truus d'une voix douce, tâchant de trouver la cachette de l'enfant.

Elle se déplaçait lentement et essaya : « Je m'appelle Tante Truus et je suis là pour t'aider à aller aux Pays-Bas, comme ta maman te l'a dit. »

Truus ne savait pas vraiment pourquoi les enfants lui faisaient confiance, ou s'ils le faisaient réellement. Parfois elle pensait qu'ils ne la laissaient s'approcher que par pur épuisement.

« Je m'appelle Tante Truus, répéta-t-elle. Et toi, comment tu t'appelles ? »

La jeune fille, qui devait avoir quinze ans, l'étudia.

« Est-ce que tu veux que je t'aide à traverser la frontière ? » demanda doucement Truus.

Un garçon, à peine plus jeune, sortit la tête d'un buisson, puis encore un autre. Les trois n'avaient pas l'air de frères et sœur, mais ce n'était pas toujours évident.

La jeune fille quitta les autres des yeux et se tourna vers Truus : « Est-ce que tu peux nous emmener tous ?

— Oui, bien sûr. »

Quand les deux autres rendirent à la jeune fille son regard d'approbation, elle siffla un coup sec. Un autre enfant sortit de sa cachette. Puis un autre. Bonté divine, il y avait onze enfants, et l'un d'entre eux était un bébé ! Bien, la voiture serait pleine. Truus ne savait pas du tout comment les femmes parviendraient à trouver des lits pour onze enfants ce soir, mais c'était une mission pour Dieu, et Lui seul.

Truus roula péniblement à travers la forêt, en direction de la ferme des Weber, avec les enfants, tous assis les uns sur les autres ou par terre. Ils étaient silencieux, d'une façon si peu naturelle pour des enfants de n'importe quel âge, et moins encore pour de jeunes adolescents. Silencieux et sans l'ombre d'un sourire, comme les enfants que la famille de Truus avait accueillis pendant la guerre.

Truus venait d'avoir dix-huit ans, la guerre était arrivée à leur porte, à Duivendrecht, au moment où elle aurait dû recevoir ses premiers prétendants. Les Pays-Bas étaient demeurés neutres, mais un état de siège avait tout de même été déclaré et l'armée mobilisée, les garçons envoyés pour protéger les zones essentielles à la défense de la nation. Elle restait à la maison et lisait aux petits réfugiés, qui arrivaient si faibles et si affamés qu'elle désirait leur donner sa propre assiette, même si elle voulait la dévorer elle-même jusqu'à la dernière miette de peur de rester toujours aussi mince. Ils l'excédaient et l'attristaient à la fois, ces enfants dont la retenue rendait Maman si triste. Ces enfants qui poussaient Truus à materner elle aussi, elle devait bien le reconnaître, et qui lui faisaient se demander comment elle pourrait tirer sa mère de la chape de plomb du chagrin muet des enfants. Puis le matin de la première neige, épaisse et précoce cet hiver-là, Truus s'était éveillée pour découvrir les arbres dans leur blanc manteau, les rambardes des ponts pleines de neige, les chemins blancs immaculés contrastant avec l'eau noire du canal. Elle avait réveillé doucement les enfants pour leur montrer le paysage, et les avait habillés, heureuse ce matin-là d'entendre le calme de leurs voix, même quand ils parlaient. Ils s'étaient glissés à l'extérieur, sous la lumière de la lune hivernale qui se reflétait sur le blanc manteau, et avaient façonné un bonhomme de neige. Tout simplement. Un bonhomme de neige, trois boules de neige un peu boueuses empilées les unes sur les autres, des cailloux pour les yeux, des brindilles comme bras et pas de bouche, comme si les enfants avaient voulu faire une créature muette, à leur image. Maman, son thé à la main, avait regardé par la fenêtre juste au moment où ils finissaient. C'était ce qu'elle faisait tous les matins – sa façon de voir ce que Dieu lui réservait, comme elle le disait. Ce matin-là, cependant, elle avait été surprise et enchantée d'apercevoir les enfants dehors, même s'ils ne souriaient pas, même s'ils ne faisaient pas de bruit. Truus l'avait montrée du doigt, encourageant les enfants à lui faire coucou. L'un des garçons avait alors lancé une boule de neige contre la vitre, éclaboussant la fenêtre et brisant étrangement le silence. Les enfants avaient ri aux éclats devant le sursaut de Maman, qui avait laissé place à un rire franc. C'était, jusqu'à maintenant, le plus beau son que Truus eût jamais entendu, même s'il l'avait rendue honteuse. Comment avait-elle pu vouloir quoi que ce soit d'autre que le rire de ces enfants ? Comment avait-elle pu vouloir quoi que ce soit pour elle-même ?

    Truus arrêta soudain la voiture de Mme Kramarsky. Sur le sol, au bas du perron des Weber, gisait le pot de fleurs jaune, sur son flanc, déversant de la terre dans l'allée. Elle fit lentement marche arrière et se mit en quête d'un passage de la frontière à travers les bois, répétant comme chaque fois une prière, remerciant Dieu pour les Weber et tout ce qu'ils avaient fait pour les enfants d'Allemagne, et Lui demandant d'épargner le vieux couple courageux.

KLARA VAN LANGE

Arrivée chez les Groenveld, sur Jan Luijkenstraat, Truus, qui était épuisée par les heures passées à chercher un passage dans les bois et avait fini par traverser par la ferme des Weber au milieu de la nuit, phares éteints et réservoir presque vide, remit les onze enfants aux volontaires. Klara Van Lange, au téléphone et portant l'une de ces effrayantes nouvelles jupes qui dévoilaient ses mollets, couvrit le combiné de sa paume et murmura à Truus : « C'est l'hôpital juif de Nieuwe Keizersgracht. » Au téléphone, elle reprit : « Oui, nous savons bien que onze enfants ça fait beaucoup, mais c'est juste pour une nuit ou deux, le temps de trouver des familles pour… Est-ce qu'ils se sont lavés ? » Elle lança un regard inquiet à Truus. « Des poux ? Non, bien entendu qu'ils n'ont pas de poux ! »

Truus vérifia rapidement les cheveux des enfants et mit le plus âgé des garçons à part. « Vous avez un peigne à poux, madame Groenveld ? murmura-t-elle. Bien sûr que vous en avez un, votre mari est médecin.

— Oui, nous pouvons envoyer quelqu'un pour aider à prendre soin du bébé, ajouta Klara au téléphone. J'irai moi-même », articula-t-elle en direction de Truus.

Bien, même si Truus aurait aimé accompagner les enfants elle-même, elle ne devait pas laisser Joop seul toute la nuit ; elle lui était reconnaissante de cette proposition.

« Très bien, qui veut prendre un bon bain chaud ? » demanda Truus aux enfants. Puis, se tournant vers les femmes, elle ajouta : « Madame Groenveld, pouvez-vous vous occuper des fillettes avec Mlle Hackman ? » À la plus âgée des filles, elle demanda : « Si nous te faisons couler un bain, tu pourras te débrouiller seule ?

— Je peux aussi vous aider pour les poux de Benjamin, Tante Truus », répondit la jeune fille.

Truus posa délicatement la main sur la joue de la jeune fille et dit : « Si je pouvais choisir une fille, ma chérie, elle serait aussi gentille que toi. Maintenant, tu vas profiter d'un bon bain chaud pour toi toute seule, et je vais te trouver des sels de bain. »

S'adressant à Klara, qui venait de raccrocher, elle ajouta : « Madame Van Lange, pouvez-vous préparer des sandwichs au fromage ?

— Oui, j'ai réussi à convaincre l'hôpital juif de prendre en charge les enfants alors qu'ils n'ont pas de papiers ; de rien, madame Wijsmuller », répondit Klara avec ironie, rappelant à Truus la jeune femme qu'elle avait été, bien que Klara fût plus jolie.

Klara Van Lange n'avait vraiment pas besoin de découvrir ses mollets, comme le prescrivait cette incompréhensible nouvelle mode, pour attirer l'attention des hommes. Bonté divine, si elle ne faisait pas attention, on verrait ses genoux quand elle s'assiérait.

« Bien sûr que tu les as convaincus, Klara, dit Truus. Même le Premier ministre ne pourrait pas te résister ! »

Peut-être faudrait-il essayer les jupes en vogue de Klara et son pouvoir de persuasion sur le Premier ministre Colijn avant que, comme le bruit courait, le gouvernement néerlandais n'empêche les étrangers de s'installer ici, ne fermant pas totalement la frontière mais signifiant aux Allemands qui fuyaient le Reich sans ressources que les Pays-Bas étaient un pays de transit et non une destination.

À TRAVERS UNE VITRE, MÉLANCOLIQUE

Eichmann délaissa le rapport qu'il ébauchait, dont Hagen, son nouveau patron, s'attribuerait tout le mérite, si mérite il y avait – encore un autre imposteur qui exploitait son expertise pour son propre compte. Il ouvrit la fenêtre du train et inspira une grande bouffée d'air automnal tandis qu'ils traversaient en cahotant la frontière entre l'Italie et l'Autriche ; il avait été si malade lors de la traversée de la Méditerranée, du Moyen-Orient à Brindisi, sur le *Palestina*, que le médecin de bord avait essayé de le faire descendre à Rhodes. Le voyage avait été un fiasco complet : un mois entier de déplacements pour que les Britanniques ne leur accordent que vingt-quatre heures à Haïfa et que les autorités cairotes leur refusent des visas pour la Palestine. Douze longues journées d'Égypte, voilà tout ce qu'ils avaient récolté pour leurs efforts.

« Les Juifs s'arnaquent les uns les autres, c'est l'origine du chaos financier de la Palestine, dit Hagen.

— Il serait peut-être plus efficace d'entrer dans les détails, monsieur, répondit Eichmann. Il y a quarante banquiers juifs à Jérusalem.

— Quarante escrocs de banquiers juifs, convint Hagen. Bien, cinquante mille Juifs de plus émigreraient chaque année si on écoutait Polkes et qu'on les laissait emporter tant de choses. »

Le Juif Polkes, l'unique véritable contact qu'ils avaient établi pendant le voyage, avait suggéré que si l'Allemagne voulait vraiment se débarrasser de ses Juifs, il fallait les laisser emporter un millier de livres britanniques pour émigrer en Palestine. C'est ainsi qu'il l'avait formulé : « un millier de livres britanniques », comme si les Reichsmarks allemands relevaient de l'indicible.

Eichmann griffonna dans le rapport : *Notre objectif n'est pas de voir du capital juif sortir du Reich mais plutôt de pousser les Juifs sans ressources à émigrer.*

Sa mine se cassa, incapable de supporter la pression de ses pensées qui se bousculaient. Il sortit son canif, repensant à sa belle-mère, froide et économe, dont la famille viennoise avait épousé de riches Juifs, le genre de Juifs qui refuseraient de partir sans leurs biens mal acquis.

« J'ai grandi ici, à Linz », dit Eichmann à Hagen alors que le train parvenait au sommet d'une longue côte et que la forêt laissait place à une vue de l'Autriche dans toute sa splendeur. Le froid qu'il sentait sur son visage était celui des courses avec son ami Mischa Sebba dans des forêts comme celle-ci, le vide dans ses mains celui qu'il avait éprouvé lorsque ses parents avaient pris les mains de ses jeunes frères et sœurs pour traverser le quai de la gare de Linz, lorsque la famille s'était retrouvée là après un an de séparation. Il avait huit ans alors, et dix quand la voix douce de sa mère avait été remplacée par celle de sa belle-mère lisant la Bible, dans l'appartement encombré du 3 Bischof Strasse. Il y avait quatre ans qu'il n'était pas revenu chez lui, quatre ans qu'il n'était pas retourné sur la tombe de sa mère.

« Je passais des journées entières à faire du cheval à travers des campagnes comme celle-ci », expliqua-t-il à Hagen. Il montait le plus souvent avec Mischa, qui lui avait montré comment reconnaître des empreintes de cerfs, comment faire tout un tas de bruits d'oiseaux, comment mettre un préservatif longtemps avant qu'il ne songe aux filles. Il se souvenait encore du mépris dans la voix de Mischa en apprenant le nom de la troupe de scouts de Wandervogel à laquelle appartenait Eichmann : « Griffon ? C'est une espèce d'oiseaux qui s'est éteinte avant même la naissance de nos grands-parents, une charogne qui se nourrissait sur les cadavres. » Mischa était jaloux, bien entendu – impossible pour lui de se joindre aux garçons plus âgés pour randonner des week-ends entiers, en uniforme, drapeau à la main, parce qu'il était juif.

Eichmann taillait son crayon au couteau. « Je suis bon cavalier, dit-il. J'ai appris à tirer dans des bois comme ceux-ci avec mon meilleur ami, Friedrich von Schmidt. Sa mère était comtesse, son père un héros de guerre. »

Friedrich lui avait proposé de rejoindre l'association des jeunes vétérans austro-allemands et ils allaient ensemble aux entraînements paramilitaires. Mais des deux, Mischa était resté son meilleur ami, même après qu'Eichmann eut adhéré au parti – le 1er avril 1932 ; membre n° 889 895. Il était resté proche de Mischa, même s'il était de plus en plus en désaccord avec lui, jusqu'à ce que l'Autriche ferme ses « Maisons brunes » nazies et que la Vacuum Oil Company le renvoie pour ses opinions politiques. Il avait alors pris son uniforme et ses bottes, et avait traversé la frontière vers l'Allemagne, vers la sécurité à Passau.

« Nous ne financerons pas la Palestine avec de l'argent allemand, même pas avec de l'argent de Juifs allemands », dit Hagen.

Eichmann se détourna du paysage pour revenir à son rapport et inscrivit : *Puisque l'émigration annuelle susmentionnée de 50 000 Juifs ne ferait que renforcer le judaïsme en Palestine, ce projet ne peut être soumis à discussion.*

Autoportrait

Žofie-Helene, accompagnée de Stephan et de sa tante Lisl, se tenait devant la première œuvre de la salle d'exposition du palais de la Sécession, *Autoportrait d'un artiste dégénéré*. Le tableau et son titre la mettaient mal à l'aise.

« Qu'est-ce que tu en penses, Žofie-Helene ? demanda Lisl Wirth.

— Je n'y connais rien en peinture, répondit Žofie.

— Tu n'as pas besoin d'avoir des connaissances en art pour ressentir quelque chose, la rassura Lisl. Dis-nous simplement ce que tu vois.

— Eh bien, son visage est bizarre – il y a plein de couleurs, mais elles sont belles et se mélangent pour ressembler à de la peau, dit Žofie d'une voix hésitante. Il a un gros nez et un menton particulièrement long, comme s'il avait peint son reflet dans un miroir déformant.

— Beaucoup de peintres sont devenus presque analytiques dans leur abstraction ; Picasso, Mondrian. Kokoschka est plus émotionnel, plus intuitif, expliqua Lisl.

— Pourquoi est-ce qu'il se qualifie lui-même de "dégénéré" ?

— C'est de l'ironie, Žofe, répondit Stephan. C'est comme ça que Hitler parle des artistes comme lui. »

Žofe, et non Žofie. Elle aimait bien que Stephan lui donne un surnom, comme quand sa sœur l'appelait Žozo.

Ils passèrent au portrait d'une femme dont le visage et les cheveux noirs formaient un triangle presque parfait. Les yeux de la femme étaient de tailles différentes, sa figure était couverte de taches rouges et noires, et la façon dont elle tenait ses mains était terrifiante.

« Elle est plutôt laide, et belle à la fois, dit Žofie.

— C'est vrai, n'est-ce pas ? répondit Lisl.

— Celui-là ressemble au portrait dans ton vestibule, Stephan, dit Žofie-Helene. La femme aux joues éraflées.

— Oui, c'est aussi un Kokoschka, expliqua Lisl.

— Mais c'est un tableau de vous, ajouta Žofie-Helene. Et il est encore plus beau. »

Lisl rit chaleureusement, un rire en forme d'ellipse, un tintement, et posa la main sur l'épaule de Žofie-Helene. Papa posait la main sur son épaule ainsi parfois. Žofie restait là, désirant que ce contact dure toujours et souhaitant avoir un portrait de Papa par cet Oskar Kokoschka. Elle avait des photographies, mais d'une certaine façon les photos étaient moins vraies que ces tableaux, même si elles étaient plus réelles.

Pieds nus dans la neige

Truus et Klara Van Lange étaient assises dans le bureau de M. Tenkink à La Haye, avec M. Van Vliet du ministère de la Justice. Sur le bureau encombré de Tenkink se trouvait une autorisation permettant aux enfants de la forêt près de chez les Weber de rester aux Pays-Bas – un document que Truus avait rédigé et qui n'attendait que la signature de M. Tenkink. Elle avait constaté que plus vous mâchiez le travail, plus la pilule était avalée facilement.

« Des enfants juifs ? disait Tenkink.

— Nous avons des maisons pour les accueillir », répondit Truus, ignorant le regard de Klara Van Lange.

Klara tenait la vérité en plus haute estime que Truus, mais, après tout, elle était très jeune et mariée depuis peu.

« C'est une situation délicate, je le vois bien, madame Wijsmuller, répondit Tenkink. Mais la moitié des Néerlandais est maintenant du côté des nazis et le reste d'entre nous refuse tout simplement de devenir une décharge à Juifs.

— Le gouvernement souhaite apaiser Hitler…, commença M. Van Vliet.

— Exactement, l'interrompit Tenkink, et voler les enfants d'un pays n'est pas vraiment ce qu'on appelle se comporter en bon voisin. »

Truus toucha l'épaule de Van Vliet ; Tenkink était un homme qui répondait plus volontiers positivement aux femmes. Tant d'autres étaient comme lui, même les hommes bien. Maintenant, elle regrettait de ne pas avoir emmené les enfants – c'était beaucoup plus difficile de rejeter ces boucles noires et ces regards pleins d'espérance que d'écarter l'idée d'un enfant, ou de onze. Mais il lui avait semblé cruel de traîner ces pauvres petits exténués hors de leurs lits pour le long trajet en train d'Amsterdam à La Haye simplement pour les faire parader devant un homme qui aurait dû être capable de prendre la bonne décision, qui s'était toujours laissé persuader.

« La reine Wilhelmina compatit beaucoup à la détresse des Allemands qui souhaitent échapper aux foudres de Hitler, dit Truus à Tenkink.

— Même la famille royale... Vous devez comprendre l'ampleur de ce problème juif. Si Hitler met à exécution sa menace d'annexer l'Autriche..., répondit Tenkink.

— Le chancelier Schuschnigg a envoyé les leaders nazis autrichiens en prison, monsieur Tenkink, répliqua Truus, et il n'existe aucune ville au monde dont la prospérité ne dépende plus de ses Juifs que Vienne. La plupart de ses médecins, de ses avocats, de ses banquiers, la moitié de ses journalistes sont juifs de naissance, sinon de culte. Pouvez-vous vraiment imaginer qu'un coup d'État réussisse face à la presse et à l'argent autrichiens ?

— Madame Wijsmuller, je ne dis pas non. Je dis simplement que ce serait plus facile si les enfants étaient chrétiens.

— Je suis sûre que Mme Wijsmuller gardera cela à l'esprit la prochaine fois qu'elle subtilisera des enfants d'un pays qui a déjà fait disparaître leurs parents », répondit Klara.

Truus retint un sourire alors qu'elle tendait la main vers un cadre posé au milieu des piles sur le bureau : Tenkink, plus jeune, avec une femme à l'air doux, deux garçons et une toute petite fille aux joues rebondies. La repartie étonnante de Klara était l'une des raisons pour lesquelles Truus lui avait demandé de l'accompagner.

« Quelle jolie famille ! » dit Truus.

Elle se rassit, essayant de ne pas trop dévoiler son jeu, endurant patiemment le soliloque de fierté paternelle de M. Tenkink qu'elle avait, après tout, encouragé. La patience était l'une des rares vertus dont elle pouvait se targuer.

Elle rendit la photo à Tenkink, qui sourit affectueusement.

« L'un des enfants allemands est un bébé, plus jeune encore que votre fille sur cette photo, monsieur Tenkink, dit Truus, substituant "allemand" à "juif", détournant l'attention de la caractéristique qui perturbait le plus l'homme pour finir son raisonnement avant qu'il n'ait reposé la photographie de son propre enfant. Assurément, même les cœurs les plus froids se réchaufferaient devant un bébé ? »

Le regard de Tenkink passa de la photographie au formulaire d'autorisation, puis à Truus.

« C'est un garçon ou une fille ?

— Qu'est-ce que vous préférez, monsieur Tenkink ? On ne peut pas vraiment faire de différence entre les bébés quand ils sont tout emmaillotés pour être admirés par la presse. »

Tenkink, hochant la tête, signa l'autorisation et dit : « Madame Wijsmuller, quand les nazis envahiront les Pays-Bas, j'espère que vous répondrez de moi. Visiblement, vous pouvez convaincre n'importe qui de n'importe quoi.

— Que le bon Dieu nous en préserve, répliqua Truus. Mais dans ce cas-là, Lui répondra de vous. Merci beaucoup. Il y a tant d'enfants qui ont besoin de notre aide.

— Bien, si c'est réglé…

— Je sais bien que c'est impossible, le coupa Truus, mais j'ai appris qu'il y avait dans les Alpes allemandes trente orphelins mis à la rue par des SS, sans rien d'autre sur le dos que leurs pyjamas.

— Madame Wijsmuller…

— Trente enfants en pyjama, pieds nus, dans la neige, tandis que les SS mettaient le feu à leur orphelinat. »

Tenkink soupira.

« Vous disiez "seulement onze" il n'y a pas une minute. »

Il jeta un coup d'œil à la photo et ajouta :

« Et ces trente enfants sont tous juifs, je suppose ? Vous avez l'intention de sauver tous les Juifs du Reich ?

— Ils sont hébergés en Allemagne par des non-Juifs, expliqua Truus. Je n'ai pas besoin de vous rappeler ce que les nazis font aux chrétiens qui bravent les interdictions de venir en aide aux Juifs.

— Avec tout mon respect, madame Wijsmuller, les lois nazies qui interdisent d'aider les Juifs ne font pas d'exception pour les femmes néerlandaises traversant la frontière pour... »

Truus lança un regard en direction de la photographie.

« Même si je pouvais vous aider, le bruit court que la loi qui fermera nos frontières va passer dans les semaines, peut-être les jours à venir. Sans les informations en main maintenant, je ne vois pas comment... »

Truus lui tendit un dossier marron fermé par des lanières vertes, tous les renseignements dont il pourrait avoir besoin déjà rassemblés et rangés, plus facile à avaler.

Tenkink, secouant la tête, dit : « Très bien, très bien. Je vais voir ce que je peux faire pour les accepter de façon temporaire. Mais uniquement jusqu'à ce que des foyers hors des Pays-Bas puissent être trouvés pour eux. Suis-je bien clair ? Est-ce qu'ils ont de la famille ailleurs, en Angleterre ou aux États-Unis ?

— Oui, bien sûr, monsieur Tenkink, répondit Truus. C'est pour cela qu'ils se retrouvent pieds nus dans la neige devant un orphelinat juif en feu. »

L'EXPOSITION DE LA HONTE

Lisl Wirth se tenait au côté de son mari à l'exposition « *Entartete Kunst* » de l'Institut archéologique allemand à Munich ; des œuvres cubistes, futuristes et expressionnistes expurgées des musées allemands pour ne pas avoir rempli les « critères » artistiques du Führer, montrées et cotées ici de façon à encourager les moqueries des visiteurs. Quiconque possédait le moindre sens artistique pouvait voir que l'autre exposition à Munich, cette « Grande Exposition » d'art allemand, à la Haus der Deutschen Kunst de Hitler, un nouveau bâtiment trapu, n'était, en comparaison, que paysages médiocres et nus monotones. Vraiment, comment pouvait-on faire des nus aussi ennuyeux que ce « grand » art allemand ? Et c'était *ça* « l'art dégénéré » ? La simplicité de ce Paul Klee était superbe – les lignes épineuses du visage de ce pêcheur, l'élégante courbe en S penché de ses bras, le gracieux prolongement de la canne à pêche sur un bleu aussi varié et évocateur que la mer. Il lui rappelait Stephan, mais elle n'aurait su dire pourquoi. Elle ne pensait pas que son neveu soit même déjà allé à la pêche.

« Tu l'aimes bien ? » demanda-t-elle à Michael, surprise d'avoir posé la question. Jusqu'à quelques semaines auparavant, elle aurait été certaine qu'il l'adorait, ne serait-ce que parce qu'elle l'appréciait.

« Le Klee, *Le Pêcheur* », ajouta-t-elle, devant préciser lequel, car les tableaux étaient exposés pêle-mêle, un affront explicité par les mots qui les interpellaient sur les murs : *La folie comme méthode*.

Face au silence de Michael, Lisl se concentra sur les mots.

Un rire éclata derrière elle, les esprits étriqués se comportaient de manière attendue.

Elle baissa la voix et murmura à Michael : « Je croyais que Goebbels était un admirateur des modernistes. »

Michael jeta des coups d'œil inquiets autour de lui.

« C'était avant que Hitler ne fasse son petit discours sur l'art dégénéré qui ébranle la culture allemande, Lisl. Avant qu'il vante Wolfgang Willrich et Walter Hansen. »

Deux délateurs – artistes ratés mais délateurs de talent – chargés de décider quel art devait être applaudi et quel art devait être vilipendé.

« Cette exposition est une idée de Goebbels, et c'est une manœuvre politique intelligente », ajouta Michael.

Lisl se détourna du Klee et de Michael. Quand était-il devenu le genre de personne qui accordait plus d'importance aux ruses politiques qu'à l'art ?

Mais même Gustav et Therese Bloch-Bauer étaient blasés par les attaques nazies contre la culture ; tout le monde était trop absorbé par sa propre vie pour voir les sombres nuages politiques qui s'amoncelaient à la frontière germano-autrichienne. Tout le monde pensait que Hitler n'était qu'une toquade allemande, que ça ne prendrait pas en Autriche, que le pays avait survécu à l'assassinat du chancelier Dollfuss et à la tentative de putsch nazie trois ans auparavant, et qu'il résisterait à cela aussi, et de toute façon les gens avaient des entreprises à gérer, des enfants à élever, des fêtes à célébrer et des portraits pour lesquels poser, des œuvres d'art à acheter.

Lisl fit semblant de s'intéresser à un autre tableau, à une autre sculpture, jusqu'à ce qu'elle se trouve dans une autre salle que son mari, où elle admira un autoportrait de Van Gogh, des Chagall, des Picasso, des Gauguin, un mur entier dédié, et agencé de façon peu flatteuse, aux dadaïstes. Ce n'est que lorsqu'elle entra dans la pièce dont elle se souviendrait comme de « la salle juive » qu'elle prit conscience de la précarité de sa propre situation. *Manifestation de l'âme juive* annonçait une inscription sur l'un des murs. Lisl trouvait les tableaux extraordinaires ; elle espérait que ce qu'ils manifestaient disait quelque chose de son âme à elle.

Mais elle était une femme juive flânant seule au milieu d'un rassemblement hostile en Allemagne.

C'était ridicule, cette peur soudaine. Munich était à deux pas de la frontière. En un peu moins d'une heure, elle pouvait être revenue en Autriche.

Pourtant, elle se mit à nouveau en quête de Michael.

Elle l'aperçut devant un Otto Dix : une femme enceinte, son ventre et ses seins si déformés que Lisl fut presque soulagée de ne pouvoir porter d'enfants. En revanche, le visage de Michael tandis qu'il l'étudiait était plein d'envie. Il avait toujours dit qu'il n'avait pas besoin d'héritier, que Walter pouvait reprendre l'entreprise de chocolat de sa famille à elle et Stephan la banque de sa famille à lui – une banque qui n'avait, de toute manière, survécu que grâce à l'argent de la famille de Lisl, bien qu'elle n'en parlât jamais. Michael était un homme fier issu d'une lignée fière qui avait connu des moments difficiles, comme tant d'autres lorsque les marchés financiers s'étaient effondrés, et Lisl ne ferait jamais rien pour mettre à mal la fierté de son époux, ni lui la sienne. Stephan était comme un fils pour lui, répétait toujours son mari, et Walter également. Mais même avant cet instant, cette révélation dans son expression, Lisl avait senti que quelque chose clochait ; Michael était de moins en moins épris de son éducation universitaire et de ses charmes intellectuels, les raisons pour lesquelles il était tombé amoureux d'elle, disait-il toujours.

Elle posa une question à un inconnu pour que Michael entende sa voix et ait le temps de dissimuler son émotion. Cela fait, elle le rejoignit, prenant son bras et ajoutant : « Nous pourrions acheter ce Klee », simplement pour dire quelque chose. Mais ils ne l'achèteraient pas, ni ici ni nulle part ailleurs, et pas seulement parce que les prix avaient été outrageusement gonflés.

Le long du quai

Le ciel nuageux annonçait plus de neige, un rafraîchissement bienvenu pour la croûte de saleté qui recouvrait les chemins et les canaux ternis par les rayures des patins. Truus, se promenant avec Joop, passa devant trois bateaux prisonniers d'un Herengracht si gelé que le bruit courait dans tout Amsterdam que l'Elfstedentocht, la grande course de patinage, pourrait être organisée pour la première fois depuis 1933. Près du pont qui menait à leur appartement, un petit groupe d'adultes bavardaient au milieu du canal, des enfants patinaient autour d'eux ou glissaient simplement avec leurs petites bottes. C'était la partie de la journée préférée de Truus – Joop et elle rentraient à pied, tout comme quand il lui faisait la cour, lorsqu'elle était fraîchement diplômée de l'école de commerce et qu'il venait de se faire embaucher à la banque.

« Je ne dis pas non, Truus, disait Joop. Je ne l'interdis pas. Tu sais que je ne t'interdirais jamais de faire quelque chose qui te tient à cœur. »

Truus enfonça ses mains gantées dans les poches de son manteau. Joop ne cherchait ni la dispute ni à la rabaisser ; c'était la façon désinvolte dont même les hommes bien comme lui parlaient par inadvertance, des hommes qui avaient grandi à une époque où les femmes n'avaient pas encore conquis le droit de vote – où, d'ailleurs, seuls les hommes riches l'avaient.

Ils regardèrent un bambin qui apprenait à patiner, manquant de renverser sa sœur.

« Pas plus que je ne t'interdirais quelque chose d'important pour toi, Joop », dit Truus.

Dans un éclat de rire chaleureux, il posa ses mains gantées sur ses épaules, puis les fit glisser pour lui prendre les mains et les sortir de ses poches.

« C'est vrai, c'est mérité, dit-il. Ça aurait dû être dans nos vœux de mariage : amour, honneur, et ne songe même pas à m'interdire quoi que ce soit, important ou non.

— Tu ne trouves pas que sauver trente orphelins abandonnés en pyjama dans la neige par les nazis soit important ?

— Ce n'est pas non plus ce que je veux dire, dit-il doucement. Tu sais que je ne veux pas dire ça. Mais réfléchis-y. La situation en Allemagne a l'air de s'aggraver et je m'inquiète pour toi. »

Truus se tenait derrière lui, observant les patineurs ; la sœur aidait maintenant son frère à se relever.

« Bien, si tu veux vraiment y aller, reprit Joop, je préférerais que tout soit terminé avant que les choses n'empirent.

— J'attends juste que M. Tenkink s'occupe des visas d'entrée, Joop. Bon, tu as dit que tu avais quelque chose à me dire ?

— Oui, j'ai reçu un appel très étrange au bureau cet après-midi. De M. Vander Waal – tu le connais. L'un de ses clients est persuadé que tu as quelque chose de valeur qui lui appartient. Quelque chose que tu lui as rapporté d'Allemagne ?

— Quelque chose que moi j'ai rapporté ? Pourquoi est-ce que j'aurais rapporté quelque chose à quelqu'un que je ne connais ni d'Ève ni d'Adam ? »

Elle fronça les sourcils, quelque chose la tracassait tandis qu'elle regardait le père des petits patineurs les rejoindre et prendre la main du garçon.

« Je limite ma cargaison aux enfants, je te le promets.

— C'est ce que je lui ai dit, répondit Joop. Je l'ai assuré que tu n'avais rien à voir là-dedans. »

Sur la glace, la sœur prenait l'autre main de son frère. Il dit quelque chose qui fit rire toute la petite famille, et les trois patinèrent jusque sous le pont, le père criant des au revoir au reste des adultes. Truus détourna les yeux et, à travers les arbres nus, observa le ciel vide. Combien de fois avait-elle regardé des groupes de parents qui bavardaient, faisant connaissance tandis que leurs enfants virevoltaient autour d'eux ? Jamais avec Joop, pourtant. C'était la partie d'elle-même qu'elle cachait même à son mari. Après sa troisième fausse couche, Joop et elle s'étaient détournés en silence, Truus pivotant vers les combats de l'Association de défense des intérêts des femmes et pour l'égalité citoyenne, et vers les bonnes œuvres, venant en aide à des enfants comme ceux que ses parents avaient accueillis.

Un train siffla. Truus ne détacha pas son regard de l'autre bout du canal gelé, ses mains au creux de celles de Joop, se demandant si lui aussi venait parfois seul pour regarder ces familles. Elle savait qu'il désirait un enfant autant qu'elle, peut-être même plus. Mais elle avait si adroitement enfoui sa douleur, tout comme lui, pour ne pas la raviver dans un instant de vulnérabilité. Désormais, après des années à éviter ce sujet, c'était devenu une habitude, dont il était impossible de se défaire. Truus, quand bien même elle l'aurait voulu, ne pouvait pas simplement lever la main, toucher le visage de Joop et dire : « Est-ce que tu viens parfois ici pour regarder les enfants, Joop ? Est-ce que tu observes les parents ? Est-ce que tu te demandes si nous ne pourrions pas essayer une dernière fois, avant qu'il ne soit trop tard ? » Alors elle se tint silencieuse à ses côtés, regardant les patineurs fendre la glace, les parents bavarder et les péniches figées par la glace, qui suggéraient que l'hiver était loin d'être terminé.

Des diamants, pas de la verroterie

Après le départ de Joop au travail le lendemain matin, Truus fouilla dans sa commode et en tira la boîte d'allumettes que l'homme dans le train lui avait donnée – était-ce vraiment il y a un an déjà ? Elle l'ouvrit sur la table et en sortit le caillou rond et laid enfoncé dans la boîte. Elle le frotta avec le pouce jusqu'à ce que des morceaux s'en détachent.

Elle les emporta dans la cuisine, les mit délicatement dans un bol et le remplit d'eau. Elle frotta les morceaux à la main, l'eau devint trouble. Elle tira les fragments de l'eau et les déposa dans sa paume mouillée.

Après tout, c'était vrai : on n'est jamais si aisément trompé que quand on songe à tromper les autres.

Elle téléphona au bureau de M. Vander Waal.

« Monsieur Vander Waal, dit-elle, je vais devoir vous présenter des excuses. En fin de compte, mon mari s'est trompé. J'ai bien quelque chose qui appartient à votre docteur Brisker. »

Il y avait peut-être une douzaine de diamants dans la « pierre porte-bonheur » – suffisamment pour commencer une nouvelle vie. Ce docteur Brisker lui avait consciemment fait prendre le risque de faire passer la frontière à son trésor secret, y injectant assez d'importance pour qu'elle ne le jette pas simplement à la poubelle. Il avait risqué la vie de trois enfants pour faire sortir sa fortune d'Allemagne. Et elle s'était laissé berner comme la dernière des imbéciles.

MOTORSTURMFÜHRER

La Judentagung[1] d'une journée organisée par le SD à Berlin fut le triomphe d'Eichmann. Dannecker et Hagen firent les premiers discours, Dannecker sur l'importance de la surveillance constante des Juifs et Hagen sur les problèmes d'une Palestine indépendante qui pourrait réclamer des droits pour eux. Alors qu'il montait au pupitre, Eichmann se sentit aussi libre que dans sa jeunesse, lorsqu'il traversait l'Autriche à moto avec ses amis, pour défendre les orateurs nazis contre les foules qui leur jetaient des bouteilles de bière et de la nourriture avariée – et eux-mêmes saccageant les lieux qui servaient de tribunes jusqu'à la dernière chope et au dernier miroir. Le voyage en Palestine, bien qu'il eût été un échec, l'avait aidé à consolider son expertise du problème juif. Désormais, il était un orateur et le public de la Judentagung lui criait son soutien.

« Le vrai esprit allemand se trouve dans le *Volk*, le peuple, chez les paysans et dans les champs, le sang et le sol de notre patrie pure, leur dit-il. Nous faisons

---
1. « Conférence sur les Juifs ».

maintenant face à une conspiration juive que moi seul sais comment empêcher. »

La foule manifesta bruyamment son approbation tandis qu'il mettait en garde contre les armes et les avions que la Haganah palestinienne avait réunis, contre les Juifs étrangers qui se faisaient passer pour des employés d'organisations internationales afin de faire clandestinement sortir des informations qui seraient utilisées contre le Reich, contre une vaste conspiration antiallemande dirigée par l'Alliance israélite universelle, à laquelle une usine de margarine Unilever servait ici de façade.

« La façon de résoudre le problème juif n'est pas de réduire légalement les activités des Juifs en Allemagne, ou d'employer de la violence de rue, cria-t-il par-dessus une foule rugissante. Ce qu'il faut, c'est identifier tous les Juifs du Reich. Mettre leurs noms sur des listes. Trouver des opportunités de les faire émigrer d'Allemagne vers des pays moins importants. Et – plus essentiel encore – les priver de leur capital de façon que, face au choix de rester dans le dénuement ou de partir, les Juifs choisissent de partir. »

Choix

L'obscurité des matins d'hiver régnait toujours derrière la fenêtre à guillotine lorsque Truus et Joop s'assirent pour prendre leur petit déjeuner. Elle lut la première page du journal en croquant dans son *uitsmijter* ; le toast à l'œuf et au jambon était encore très chaud.

« Bon Dieu, ils ont fini par le faire, Joop », dit-elle.

Joop, à l'autre bout de l'étroite table, lui adressa un sourire malicieux.

« Ils ont encore raccourci les jupes ? Je sais que tu préfères les jupes longues, mais tu as les plus jolis genoux de tout Amsterdam. »

Elle lui lança un bout de pain, qu'il attrapa au vol et jeta dans sa grande bouche, avant de se tourner vers sa propre assiette, savourant son petit déjeuner d'une façon que Truus admirait mais ne pouvait jamais imiter, même lorsque les nouvelles étaient bonnes.

« Notre gouvernement a voté une loi qui interdit l'immigration depuis le Reich. »

Joop reposa son *uitsmijter* pour lui consacrer toute son attention.

« Tu savais qu'ils allaient le faire, Truus. Ça fait quoi… un an que le gouvernement a "protégé" à peu près toutes les professions qu'un étranger puisse exercer pour vivre.

— Je croyais que nous étions mieux que ça. Fermer complètement nos frontières ? »

Joop prit la une du journal et lut l'article, laissant Truus à son sentiment de culpabilité. Elle aurait dû faire plus d'efforts pour presser M. Tenkink au sujet des trente enfants. Trente. Trop pour qu'elle les fasse tenir sur un passeport qui n'en portait aucun, mais elle aurait dû essayer.

« Nous pouvons toujours accorder l'asile à ceux qui sont en danger, dit Joop en lui rendant le journal.

— Ceux qui peuvent prouver qu'ils sont en danger physique. Quel Juif en Allemagne n'est pas en danger ? Mais quelles preuves ont-ils avant que les nazis ne s'emparent d'eux et ne les emmènent, et qu'il ne soit trop tard ? »

Truus se tourna de nouveau vers le journal, parcourant déjà en esprit les horaires de train vers La Haye. Changer les décisions du gouvernement n'était pas en son pouvoir, mais peut-être pouvait-elle convaincre Tenkink de contourner les règles.

« Geertruida… », dit Joop.

Geertruida. Oui, elle baissa le journal une nouvelle fois. Elle regarda les cheveux de Joop, qui grisonnaient aux tempes, son menton carré, son oreille gauche, légèrement plus grande que la droite, ou peut-être un peu plus décollée ; même après tant d'années, Truus ne savait choisir.

« Geertruida, répéta Joop, rassemblant toute sa conviction, tu as déjà songé à accueillir quelques-uns de ces enfants, comme ta famille pendant la Grande Guerre ?

— Pour vivre avec nous ? » demanda-t-elle avec précaution.

Il acquiesça.

« Mais ce sont des orphelins, Joop. Il n'y aura pas de parents pour les récupérer. »

Joop acquiesça de nouveau, soutenant son regard. Dans le léger plissement de ses yeux pâles, brève tentative de cacher ses sentiments, elle vit que lui aussi s'arrêtait au bord du canal pour regarder les enfants jouer, pour observer les parents.

Elle se pencha au-dessus de la table et lui prit la main, essayant de s'accrocher au sentiment d'espoir qui la submergeait. Joop était mal à l'aise lorsqu'elle devenait émotive.

« Nous avons une chambre d'amis », dit-elle.

Il serra les lèvres, ce qui accentua son menton volontaire.

« Je pensais que dans tous les cas nous pourrions déménager et trouver plus grand. »

Truus regarda le journal, le gros titre sur la nouvelle loi sur l'immigration.

« Un plus grand appartement ? dit-elle.

— On peut se permettre de prendre une maison. »

Dans la pression de sa main, elle sut que c'était ce qu'elle voulait, et lui aussi. Une famille d'un genre différent. Une famille qu'on choisissait plutôt que celle que Dieu nous donnait. Des enfants qu'on choisissait d'aimer.

« Ce sera difficile pour toi de tout gérer lorsque je serai absente », dit Truus.

Joop se renfonça légèrement dans son siège, desserra un peu la main, ses doigts parcouraient les bagues qu'elle portait : l'anneau d'or qui représentait leur mariage, le vrai rubis, pas l'une des verroteries qu'elle avait fait faire comme pots-de-vin juste après avoir commencé à faire sortir des enfants ; les anneaux entrelacés qu'il lui avait offerts pour sa première grossesse, pour symboliser le commencement de la famille qu'ils pensaient avoir bientôt.

« Non, dit Joop. Non, je ne pourrai pas m'occuper des enfants sans toi, Truus. Mais avec cette nouvelle loi, tu ne pourras de toute façon plus faire sortir quiconque d'Allemagne. »

Truus regarda en direction du Nassaukade et du canal, du pont, du Raampoort, tous plongés dans le noir. De l'autre côté du canal, on voyait à travers une autre fenêtre illuminée au deuxième étage un père se pencher près d'un enfant assis sur son lit. Amsterdam s'éveillait à peine. Elle était vide maintenant, mais se remplirait vite d'enfants, livres d'école à la main, d'hommes comme Joop qui se rendraient au travail, de femmes comme elle qui se préparaient à aller au marché ou à pousser des landaus, se promenant par deux ou en petits groupes tout en bavardant, même par un matin froid comme celui-ci.

LES MATHÉMATIQUES DE LA MUSIQUE

« Qu'est-ce qu'on fait là ? » murmura Žofie-Helene à Stephan.

Ils venaient de sortir d'un couloir où flottait une odeur d'encens et de se joindre à une file d'adultes bien habillés qui descendaient un escalier, en attendant de pouvoir pénétrer dans la Hofburgkapelle. Žofie avait fait tout ce que Stephan lui avait demandé, même s'il refusait de lui donner des explications : elle avait mis de beaux vêtements pour le retrouver devant la statue d'Hercule, sur la Heldenplatz.

« Nous faisons la queue pour communier avec les gens qui descendent des balcons, dit Stephan.

— Mais je ne suis pas catholique.

— Moi non plus. »

Žofie le suivit dans la chapelle, qui était étonnamment étroite et simple pour une chapelle d'un palais royal – une pièce gothique tout en hauteur, entourée de balcons desquels jouait un orchestre et chantait un chœur, le tout d'un même blanc. Même les vitraux derrière l'autel n'étaient colorés que dans leur partie supérieure ; c'était terriblement déséquilibré.

Elle accepta un affreux morceau de pain et une gorgée de vin aigre, murmurant, alors qu'elle suivait Stephan qui s'éloignait de l'autel :

« C'était infect.

— Ils servent des *Sachertorten* dans ton église, je suppose ? » répondit Stephan avec un sourire.

Les gens qu'ils avaient rejoints dans la file remontaient l'escalier, mais Stephan se plaça bizarrement à l'extrémité de la chapelle, et Žofie patienta à côté de lui. Lorsque la communion fut terminée, il la guida vers deux sièges libres à l'arrière. Alors qu'ils attendaient, assis, la fin de la messe, il inscrivit dans son journal : *Communion = infecte*.

Pour une raison qui échappait complètement à Žofie, ils restèrent à leurs places après la fin de la messe. La plupart des gens s'attardaient également, malgré le départ du prêtre. Avec n'importe qui d'autre que Stephan, jamais elle n'aurait toléré de rester assise dans une chapelle à ne rien faire, mais Stephan avait toujours une idée derrière la tête.

« Tu sais pourquoi le plafond ne s'effondre pas ? » murmura-t-elle.

Stephan posa la main sur la bouche de Žofie, lui enleva ses lunettes, les essuya sur son écharpe et les lui remit. Il sourit et toucha le symbole infini qu'elle portait en pendentif.

« Ce n'était pas vraiment un cadeau de Papa, murmura-t-elle. C'était une épingle à cravate qu'il avait gagnée à l'école. Grandpapa en a fait un collier après sa mort. »

Des files de jeunes hommes en uniforme de marin bleu et blanc entrèrent et se mirent en rang devant l'autel. Après un instant de silence, une voix magnifique, celle d'un seul garçon, s'éleva du balcon du chœur, la première note de l'*Ave Maria* de Schubert. Dans la voix pure du garçon esseulé, les notes s'élevèrent rythmiquement pour redescendre en flèche puis s'élever de nouveau, revenant à la note d'ouverture et se posant, se posant simplement quelque part en Žofie, en un endroit dont elle ignorait l'existence. Ce chant fut suivi par le chœur entier de belles voix d'autres garçons qui s'envolaient encore plus haut, se répercutaient sur la pierre blanche et nue des voûtes du plafond, l'encerclaient de tous les côtés, se mélangeaient dans son esprit à une équation sur laquelle elle avait passé la majeure partie de la semaine à réfléchir, comme si les deux provenaient des mêmes cieux. Elle laissait simplement la musique emplir l'espace entre les nombres et les symboles en son for intérieur, puis elle resta assise dans le silence des autres qui s'en allaient, jusqu'à ce qu'il ne reste plus que Stephan et elle, côte à côte dans la chapelle vide, la pièce la plus pleine qu'elle eût jamais visitée.

Kipferl et chocolat chaud viennois

Sur la Michaelerplatz, devant la Hofburgkapelle et le palais, le temps était froid et clair, et partout des affiches et des prospectus disséminés par des camions proclamaient « *Ja !* » et « Avec Schuschnigg pour une Autriche libre ! » ou « Votez oui ! » au plébiscite que le chancelier Schuschnigg avait organisé pour décider si l'Autriche devait rester indépendante de l'Allemagne. Les croix potencées du Front patriotique autrichien – le parti du chancelier – avaient été peintes en blanc sur les façades des immeubles et sur les trottoirs. La foule et des groupes de jeunes scandaient « *Heil Schuschnigg !* », « Vive la liberté ! » et « Rouge-blanc-rouge jusqu'à la mort ! », tandis que d'autres criaient « *Heil Hitler !* ».

Žofie essayait de ne pas leur prêter attention. Elle voulait retenir la musique et les mathématiques qui se mélangeaient en elle alors qu'elle descendait la Herrengasse avec Stephan en direction du Café Central. Si la foule tonitruante dérangeait Stephan, il n'en disait rien, mais il n'avait pas prononcé un mot depuis que la musique avait commencé à résonner dans la chapelle. Žofie pensait qu'elle l'avait transporté dans son monde de mots, tout comme elle l'avait emportée dans son monde de nombres et de symboles. Elle songeait que c'était pour cela qu'ils étaient devenus aussi proches, même si Stephan connaissait ses autres amis depuis plus longtemps que Žofie – parce que son écriture était pour lui d'une certaine façon ce que ses mathématiques étaient pour elle, quelque chose qu'ils pouvaient tous les deux comprendre, même si ça n'avait pas vraiment de sens.

Ils passaient les portes vitrées du Café Central quand Stephan parla enfin, ses yeux secs alors qu'ils avaient été humides dans la chapelle, ce qui, supposait-elle, l'aurait embarrassé devant toute la bande du café.

« Imagine, Žofie, si j'étais seulement capable d'écrire quelque chose comme ça », dit-il.

Derrière la vitrine de pâtisseries, à l'autre bout du café, leurs amis, déjà rassemblés autour de deux tables rapprochées près du présentoir à journaux, attendaient Stephan.

« Mais tu écris des pièces de théâtre, pas de la musique », répondit Žofie.

Il lui poussa doucement l'épaule, une habitude qu'il avait récemment prise, un geste taquin, Žofie le savait, mais elle aimait son contact.

« Si exceptionnellement brillante, si logiquement exacte, et pourtant si loin de la vérité, dit-il. Pas la musique elle-même, andouille. Une pièce qui toucherait les gens comme le fait ce morceau.

— Mais… »

Mais tu peux le faire, Stephan.

Žofie ne pouvait dire pourquoi elle s'était empêchée de prononcer ces mots à haute voix, pas plus qu'elle ne pouvait expliquer pourquoi elle s'était retenue de lui prendre la main dans la chapelle. Peut-être qu'elle aurait été capable de le dire là-bas, dans le silence après la musique, comme elle lui avait dit à propos du collier. Ou peut-être pas. C'était intimidant de se rendre compte que l'on connaissait quelqu'un qu'on pensait capable un jour de créer ce genre de merveille si seulement il continuait à assembler des mots, à créer des histoires et à aider les autres à leur faire prendre vie. C'était intimidant d'imaginer que ses pièces puissent un jour se jouer au Burgtheater, ses mots prononcés devant un public conquis et ému, qui ne manquerait pas de se lever et d'applaudir à tout rompre une fois le rideau tombé, un sort uniquement réservé aux meilleures pièces, celles qui vous extirpaient d'un monde et vous transportaient dans un autre qui, chose improbable, n'existait pas vraiment. Ou qui existait véritablement, mais seulement dans l'imagination des spectateurs, seulement pour ces quelques heures dans le noir. Le paradoxe du théâtre : à la fois réel et irréel.

Stephan voulait demander à Dieter de se décaler, pour être assis à côté de Žofie, pour rester près d'elle comme de la mélodie du chœur et de ce sentiment et de cet espoir que le partage de la musique avait fait éclore. Si elle n'avait pas prévu de l'accompagner à la première lecture de sa pièce, il aurait pris son carnet et serait allé directement de la chapelle au Café Landtmann, ou mieux, au Griensteidl, où il n'y avait personne pour le déranger ; il aurait plongé ses mains dans les mots, pour améliorer l'une de ses pièces ou pour en commencer une nouvelle. Mais Dieter se leva pour tirer la chaise de Žofie et c'était pour discuter de la pièce de Stephan qu'ils se retrouvaient ; tous devaient pouvoir l'entendre par-dessus le vacarme – d'un côté, une tablée en pleine discussion animée sur un numéro du *Neue Freie Presse*, un journal que Tante Lisl lisait parfois, de l'autre côté, des joueurs d'échecs qui se disputaient également ; le café tout entier semblait en effervescence, spéculant si oui ou non l'Autriche allait entrer en guerre contre l'Allemagne, et quand. Alors Stephan prit sa place habituelle et commanda un *Kaffee mit Schlag* et un strudel aux pommes, puis demanda doucement au serveur d'apporter pour Žofie – qui avait dit ne pas avoir faim – un *Kipferl* et un chocolat viennois, une extravagance pour elle, mais qui ne l'était pas pour Stephan et le reste de ses amis.

Un code mal dit

Les tramways étaient aussi vides que les rails sous le pont de la gare de Hambourg, aussi déserts que la gare elle-même à cette heure si matinale. En revenant de l'auberge, Truus et Klara Van Lange n'avaient croisé qu'un seul soldat, un jeune sergent qui s'était retourné sur Klara. C'était un problème, Truus le savait, Klara attirait toujours l'attention, on se souvenait d'elle. Mais même les plus grands obstacles pouvaient être tournés à leur avantage. Et il y avait trente orphelins à récupérer, beaucoup plus d'enfants que ce que Truus était capable de gérer seule.

« Tu t'en sortiras comme un chef, je te le promets », dit Truus à Klara alors qu'elles passaient sous le gigantesque svastika fixé sur la façade disgracieuse de la gare.

Était-ce une verrière au plafond ? C'était si sale qu'on pouvait difficilement en être sûr.

Elles descendirent un escalier crasseux jusqu'à un quai tout aussi malpropre, passèrent leur mouchoir sur un banc et posèrent leurs sacs de voyage à côté d'elles plutôt que sur le sol d'une propreté encore plus douteuse.

« Maintenant, voici ce que j'aimerais que tu fasses : le soldat qui va s'occuper de l'embarquement pour notre wagon ? Montre-lui ton billet et demande-lui en néerlandais si tu es au bon endroit. Aie l'air surprise de ne pas être en première classe, peut-être ? Mais pas trop désemparée non plus. Il ne faudrait pas qu'il te change de wagon et que tu me laisses toute seule avec trente enfants. S'il ne parle pas néerlandais, exprime-toi dans un mauvais allemand, mais suffisamment bien pour qu'il se sente attirant. Tu comprends ? » dit Truus.

Klara avait l'air dubitative.

« Nous n'avons pas de papiers pour les enfants ? demanda-t-elle.

— Si, mais ce serait mieux s'il ne posait pas trop de questions. »

Les visas d'entrée aux Pays-Bas étaient des vrais, grâce à M. Tenkink. Les visas de sortie d'Allemagne l'étaient peut-être, ou peut-être pas. Truus préférait croire qu'ils l'étaient.

« Comme je te l'ai dit, je pense que tu t'en sortiras à merveille, lui dit Truus, mais pour la première fois, ce sera plus simple de le faire dans ta propre langue. »

La première fois, qui pouvait très bien être la dernière ; Tenkink avait, on ne sait comment, réussi à obtenir des visas d'entrée, mais avec la nouvelle loi – la frontière désormais fermée –, il n'y en aurait plus. Peut-être que Joop avait raison. Peut-être que la meilleure chose à faire maintenant, c'était d'accueillir quelques-uns des enfants, de leur offrir un foyer.

« La peur a des effets étranges, même sur les esprits les plus solides », dit-elle à Klara.

Quelques instants plus tard, un cheminot s'approcha. L'homme s'arrêta devant elles, un homme âgé avec un visage déconcertant, rond, grumeleux et blafard. La peur de Klara était palpable dans son immobilité parfaite, son instinct animal de se fondre dans le décor, mais ce n'était pas grave. Tout le monde en Allemagne avait peur ces temps-ci.

« Vous attendez un colis ? demanda l'employé.

— Oui, une livraison, répondit doucement Truus.

— Le train est retardé, d'une heure environ. »

Truus le remercia et promit d'attendre.

« Monsieur le Bonhomme de neige », murmura Klara, avec l'esquisse d'un sourire, lorsque l'homme fut parti.

L'espace d'un instant, Truus revit ses parents à Duivendrecht, le visage de sa mère lorsque la boule de neige du garçon réfugié avait glissé contre la vitre, le rire de sa mère et ceux des enfants près du bonhomme de neige que Truus les avait aidés à construire. Monsieur le Bonhomme de neige. L'employé avait effectivement un air de bonhomme de neige, le surnom était un bon présage. Il en disait long également sur Klara Van Lange. Elle avait peur, mais pas assez pour ne pas utiliser l'humour comme distraction.

« Peut-être que tu aimerais chasser ta frousse en parlant à l'employé la prochaine fois qu'il viendra, Klara ? proposa Truus. Il nous demandera si nous attendons un colis et nous devons répondre : "Oui, une livraison."

— Oui, une livraison », répéta Klara.

Quelque temps plus tard, un employé s'approcha à nouveau. Truus attendit qu'il soit assez près pour discerner son visage sous sa casquette. Ce n'était pas Monsieur le Bonhomme de neige.

« Vous attendez un colis ? » demanda-t-il.

Truus, d'un geste rapide et inconscient toucha le rubis sous son gant et fit signe à Klara.

« Oui, un colis, répondit Klara.

— Oui, une *livraison* », reprit Truus.

L'homme lança des regards nerveux aux quatre coins de la gare, mais sa posture resta inchangée. Il aurait été difficile pour quiconque de déceler son angoisse de loin.

« Oui, une livraison », répéta Truus.

Truus aurait pu dire une prière silencieuse mais elle ne pouvait se permettre d'être distraite.

Les cloches de Hambourg sonnèrent six heures.

« Je crains que le chaos autrichien n'ait rendu la livraison des colis impossible ce matin, dit l'employé, presque couvert par le son des cloches.

— Impossible, je vois », répondit Truus.

Annulait-il le voyage à cause de la bourde de Klara ou disait-il la vérité ?

Truus attendit patiemment tandis qu'il regardait de nouveau Klara, qui souriait joliment. Le visage de l'homme s'éclaira légèrement.

« Nous reviendrons demain, dans ce cas », ajouta Truus. Ce n'était pas vraiment une question – elle ne voulait pas qu'il puisse lui dire non –, mais elle avait légèrement haussé l'intonation à la fin, reconnaissant qu'elle comprenait sa position, qu'il était naturel qu'une bourde dans le code le rende aussi suspicieux qu'il l'était maintenant. « C'est la première fois que mon amie vient à Hambourg. Je peux lui montrer la ville et nous reviendrons demain. »

Alors que Truus et Klara s'apprêtaient à gravir l'escalier pour sortir de la gare, un homme s'empara du sac de Klara et dit : « Laissez-moi vous aider », ce qui les fit sursauter toutes les deux. Il prit aussi le bagage de Truus et murmura : « L'homme en haut des marches à droite vous suit depuis l'auberge. Il vaudrait mieux sortir par la gauche et faire le tour du pâté de maisons. » Il leur rendit leurs sacs en haut de l'escalier et fila par la droite. Truus le regarda dépasser un homme qui lui semblait effectivement familier, un homme de l'auberge qui lui avait proposé de faire passer des pièces d'or aux Pays-Bas – un piège de la Gestapo, elle le savait. Pour autant, elle vérifia ses poches, se souvenant du docteur Brisker qui lui avait donné « sa pierre porte-bonheur ». Lui aussi avait prétendu lui venir en aide.

Taper entre les lignes

Stephan étendit la couverture sur les épaules de Mutti, allongée sur la méridienne près de la cheminée, tandis que Tante Lisl, qui les avait rejoints tôt ce matin-là sans Oncle Michael, réglait à nouveau le volume de la radio. Les rideaux étaient tirés ; seul un rai de lumière tombait sur les rayonnages de livres qui s'étendaient jusqu'au haut plafond du deuxième étage, uniquement interrompus par la rambarde qui entourait le plus haut niveau de la bibliothèque dont Stephan avait escaladé les échelles avant même de savoir lire. C'étaient les rideaux fermés qui rendaient tout si troublant, songea-t-il, comme s'il y avait quelque chose de sinistre à écouter la radio avec Vienne tout entière en ce clair matin d'hiver.

Il essaya de se replonger dans *Au bord du lac Léman*, une nouvelle de Stefan Zweig à propos d'un soldat russe retrouvé nu sur un radeau par un pêcheur italien, qui, selon Papa, parlait de la disparition des valeurs humaines lorsque des hommes comme Hitler étaient au pouvoir. Mais il était difficile de se concentrer avec la radio annonçant un plébiscite pour une « Autriche chrétienne indépendante » qui aurait lieu dans deux jours, plébiscite déjà considéré comme une escroquerie par l'Allemagne qui ne le reconnaîtrait pas, selon Hitler. *Lügenpresse*, la presse mensongère, voilà comment Hitler appelait la presse autrichienne qui ne partageait pas son avis sur la question.

« Comme si ce fou furieux n'était pas lui-même un menteur, disait Papa en direction de la radio, alors que Helga, qui apportait le petit déjeuner, trébuchait sur la chaise roulante vide de Mutti et manquait de renverser le plateau d'argent. Comment Hitler a-t-il convaincu l'Allemagne entière que ses mensonges sont la vérité et que la vérité est un mensonge ?

— Ici, monsieur, sur le bureau ? demanda Helga à Papa avec hésitation.

— Pierre, murmura Walter à son lapin, on a le droit de petit-déjeuner dans la bibliothèque ! »

Prendre le petit déjeuner dans la bibliothèque, voilà qui était encore plus troublant que les rideaux fermés. Sa mère se faisait souvent apporter son plateau au lit les mauvais jours, mais manger tous ensemble ici ? Et seulement du pain noir, de la confiture et des œufs durs, pas de saucisses ou de pâté de foie ni d'assortiment de *Kornspitz* ou de pain *Semmel*, et encore moins de vraies viennoiseries du petit déjeuner.

Stephan prit un morceau de pain et le tartina de beurre et de confiture pour masquer le goût de seigle. Quand il en eut avalé autant que possible, pour faire plaisir à Mutti, il dit :

« Bien, je ferais mieux de prendre ma machine à écrire et de...

— Tu peux rester ici dans la bibliothèque, répondit son père.

— Mais le bureau a encore les restes du petit déjeuner...

— Tu peux te mettre sur le secrétaire, dans l'alcôve. »

En temps normal, il lui était impossible d'écrire sans être seul, et manger dans la bibliothèque en écoutant Hitler menacer leur pays était tout sauf normal. En Allemagne, Goebbels prétendait que toute l'Autriche était en émeute et que les Autrichiens réclamaient l'intervention des Allemands pour restaurer l'ordre. Mais derrière leurs rideaux fermés, les rues de Vienne étaient silencieuses. Une émeute silencieuse, pensa Stephan. Žofie-Helene aurait assurément un nom ingénieux tout trouvé pour qualifier ce paradoxe.

Il devait la retrouver devant le Burgtheater ce soir-là ; elle avait une surprise pour lui. Même son père disait qu'il n'y avait pas d'émeutes à Vienne, que c'était un mensonge que Hitler proférait pour justifier l'envoi de troupes dans un pays où elles n'avaient rien à faire.

Le petit déjeuner laissa place au déjeuner, une fois de plus un plateau dans la bibliothèque. Tout le monde, excepté Walter, se penchait vers la radio comme si cela pouvait endiguer le déluge de mauvaises nouvelles. Walter, visiblement aussi las que Stephan, faisait tourner le globe terrestre de leur père de plus en plus vite. Personne ne le grondait.

Stephan ouvrit le secrétaire dans l'alcôve et installa sa machine à écrire. Il mit une feuille vierge dans le chariot, imaginant une scène comme celle qui se reflétait dans le miroir au-dessus du bureau : une belle flambée dans une bibliothèque à deux niveaux, avec des livres, des rambardes et des échelles, mais les rideaux ouverts. Il y plaça une jeune fille aux lunettes embuées, en haut d'une échelle, qui cherchait un livre de Sherlock Holmes. Il se mit à taper la page de garde : – LE PARADOXE DU –

« Pas maintenant, mon chéri, dit Mutti. On n'entend plus rien. »

Il continua et tapa : « MENTEUR », espérant que la réprimande s'adressât à Walter et son globe.

« Stephan, ajouta Papa. Toi aussi, Walter. »

Stephan délaissa à regret la machine à écrire et choisit un livre sur le rayonnage pour les enfants, puis installa Walter sur ses genoux. Il lut *Le Professeur Brindesong* à voix basse, les mésaventures drolatiques d'un professeur tête en l'air qui inventait des attrape-cambrioleurs et des machines à faire des pancakes. Mais Walter se tortillait et Stephan en eut rapidement assez de lire en anglais. C'était pour cela que Tante Lisl avait rapporté le livre de son dernier voyage à Londres, parce que Papa voulait que Walter et lui améliorent leur anglais.

« Je pourrais emmener Walter au parc », proposa Stephan, mais son père lui fit signe de se taire.

Stephan jeta un coup d'œil à l'horloge tandis que Helga apportait un dîner léger dans la bibliothèque. Il aurait dû téléphoner à Žofie-Helene pour la prévenir qu'il ne pourrait pas être au rendez-vous, mais il restait encore un peu de temps. Il engloutit quelques bouchées – les nouvelles disaient que Hitler ordonnait au chancelier Schuschnigg de remettre le pouvoir aux nazis autrichiens, faute de quoi il envahirait le pays –, puis il retourna à sa machine à écrire. Il pouvait écrire pendant qu'eux mangeaient. Il était capable de saisir la scène :

une fille aux lunettes embuées se servait une assiette parmi les plats sur le bureau et s'installait près du feu, là où était Tante Lisl maintenant ; son père servait sa mère avant de se servir lui-même. En fin de compte, les rideaux seraient fermés.

Tac, tac, tac. Il essayait de taper silencieusement – « *par Stephan Neuman* » – mais la petite clochette du retour chariot tinta par-dessus les voix de la radio.

« Stephan, dit Mutti.

— Laisse-le mettre sa foutue machine dans une autre pièce, Ruchele ! lança son père, ce qui fit sursauter Stephan, qui était certain de ne jamais avoir entendu Papa parler si sèchement à Mutti de toute son existence.

— Herman ! protesta Tante Lisl.

— Je crois que c'est toi qui as insisté pour que les garçons restent dans la bibliothèque, Herman », dit doucement Mutti.

Quand ces bajoues étaient-elles apparues sur le visage de son père ? Et les rides autour de ses yeux et de sa bouche, le profond sillon entre ses sourcils ? D'aussi loin que Stephan s'en souvenait, Mutti avait toujours été malade, mais le vieillissement de son père était nouveau, et inquiétant.

« Stephan, tu peux t'installer dans mon bureau. Mais reste à la maison. Ta mère est déjà suffisamment inquiète, ne l'oblige pas à se faire du souci pour toi. Et emmène Walter avec toi.

— Pierre et moi, on veut rester avec Mutti, geignit Walter.

— Bon sang ! » jura Papa – un autre coup au cœur ; Papa était un gentleman, et les gentlemen ne s'exprimaient pas ainsi.

Walter grimpa sur la méridienne et se blottit contre Mutti.

« Vas-y, Stephan. Vas-y », dit son père.

Stephan souleva sa lourde machine à écrire et passa rapidement devant la chaise roulante vide de sa mère, avant que son père ne changeât d'avis. Il installa la machine dans le bureau de son père attenant à la bibliothèque et se remit au travail, se rendant compte au moment où il retirait la page de garde qu'il n'avait pas emporté assez de papier. Il regarda par la porte-fenêtre un instant, la même vue que depuis sa chambre, à l'étage supérieur, une vue sur la rue à travers l'arbre. Il enroula de nouveau la feuille et écrivit sur le verso. Il ne voulait pas prendre le risque d'être derechef coincé dans la bibliothèque.

Lorsqu'il atteignit le bas de la page, il l'enroula encore une fois et tapa dans les interlignes, prêtant l'oreille aux voix dans la bibliothèque. Oui, ses parents et Tante Lisl étaient au beau milieu d'une conversation sérieuse.

Il ouvrit doucement la fenêtre, se glissa sur le balcon, referma derrière lui et grimpa à une branche de l'arbre. Au lieu d'escalader l'arbre jusqu'au toit comme à son habitude – tard le soir, pour regarder Vienne à la lumière de la lune –, il descendit et se laissa tomber d'une branche basse sur le sol, près de la loge et du portail. Il s'arrêta. Où était Rolf ? Pourquoi personne ne surveillait les portes ? Mais ça ne faisait rien. Il n'y aurait pas de visiteurs ce soir.

Pourtant, il s'arrêta pour jeter un coup d'œil par la fenêtre de la petite pièce de Rolf dans la loge. Il faisait trop sombre pour voir s'il y avait quelqu'un à l'intérieur.

La rue aussi était plongée dans un silence inquiétant ; dans le halo doré des réverbères en fonte, son ombre devint étrangement troublante alors qu'il descendait le pâté de maisons au pas de course.

La théorie du chaos

Stephan observait nerveusement Žofie-Helene déverrouiller l'entrée de service du Burgtheater avec la clé subtilisée dans la poche du manteau de son grand-père.

« On ne devrait pas être là, dit Dieter.

— Stephan pourra voir des scènes de sa pièce jouées sur de vraies planches, insista Žofie-Helene en les guidant dans le couloir qui menait au théâtre. Exactement comme son héros Stefan Zweig.

— On va vraiment avoir des embrouilles si on se fait prendre, insista Dieter.

— Je croyais que tu aimais ça, les embrouilles, Dieter », répliqua Žofie-Helene.

Elle lança son écharpe et son manteau sur un siège au dernier rang et disparut sans un mot dans l'entrée.

« Je croyais que tu aimais les embrouilles, Dieter, murmura Stephan à son ami.

— Seulement avec les filles.

— Ce n'est pas comme si ça t'arrivait, Dieterrotzni.

— Ah, vraiment ? Si tu veux embrasser une fille, fais-le, Stephan. Et c'est toi le morveux. »

Un projecteur s'alluma, faisant sursauter Stephan. Il baissa un peu plus la voix et dit : « Tu ne peux pas embrasser une fille juste comme ça.

— C'est ce qu'elles veulent. Elles veulent un homme qui prend les devants. Elles veulent que tu leur fasses des compliments et que tu les embrasses. »

Žofie-Helene apparut sur la scène. Comment était-elle arrivée là ?

« "La question porte maintenant sur l'hémoglobine, dit-elle, récitant une réplique de sa nouvelle pièce. Vous saisissez sans nul doute l'importance de ma découverte ?" »

Comme Stephan et Dieter restaient plantés dans l'allée, levant les yeux vers elle, Žofie ajouta :

« Allez, Diet. Tu n'as pas encore appris ton texte ? »

Dieter hésita d'abord, puis se débarrassa de son manteau, traversa l'allée et monta sur scène. Il récita :

« "Évidemment, elle présente un certain intérêt…"

— "Évidemment, elle présente un certain intérêt *au point de vue chimique*", Diet, corrigea Stephan. Tu ne peux pas te souvenir d'une simple réplique ? »

Dans sa fébrilité, il s'en prenait à Dieter, mais il était sûrement en colère contre Žofie. Mais comment pouvait-il être en colère contre une fille qui lui offrait de voir sa pièce jouée sur la scène du Burgtheater ?

« Ça veut dire la même chose, répondit Dieter.

— C'est une référence à Sherlock Holmes, Diet, expliqua Žofie-Helene. Ça ne fonctionne pas si tu ne dis pas exactement les bons mots. »

Stephan traversa l'allée, avec l'idée qu'il devait s'asseoir près du plateau. N'était-ce pas ce que faisaient les metteurs en scène ?

« Sherlock Holmes est un homme, dit Dieter. Je ne vois pas comment une fille détective est supposée lui rendre hommage.

— C'est plus intéressant avec une femme détective parce que c'est inattendu, expliqua Žofie-Helene. Et de toute façon, j'ai lu tous les Sherlock Holmes alors que tu n'en as jamais ouvert un seul. »

Dieter s'avança et lui toucha la joue.

« C'est parce que tu es beaucoup plus intelligente que Stephan et moi, et plus jolie aussi, ma petite *Mausebär* », dit-il, se servant d'un surnom qui apparaissait dans le premier acte de la pièce de Stephan.

Stephan s'attendait que Žofie-Helene rie au nez de Dieter, mais elle rougit et son regard passa de Stephan aux planches de la scène. Il n'aurait pas dû donner à Dieter le rôle de Selig, qui allait avec la Zelda de Žofie-Helene, mais Dieter était le seul avec suffisamment d'arrogance pour le jouer. Stephan avait essayé de mélanger un genre de limier à la Sherlock Holmes, Zelda, avec un personnage comme le docteur dans *Amok* de Zweig, un garçon obsédé par une fille qui ne s'intéresse pas à lui. Mais il n'avait pas tout compris à *Amok*, et lorsqu'il avait demandé à son père pourquoi la femme pensait que le docteur pouvait l'aider avec le bébé qu'elle ne voulait pas, son père avait répondu d'un ton renfrogné :

« Tu es un homme intègre, Stephan. Tu ne seras jamais en position d'avoir un enfant que tu ne devrais pas avoir. »

Dieter leva le menton de Žofie et l'embrassa. Elle reçut ce baiser avec embarras, puis sembla se couler contre Dieter.

Stephan leur tourna le dos, faisant mine de choisir un siège, tout en maugréant :

« C'est une enquête policière, pas une histoire d'amour, crétin. »

Il prit place et leva les yeux vers la scène. Heureusement, ils ne s'embrassaient plus, mais les joues de Žofie s'étaient empourprées.

« Žofe, dit-il, reprends à la ligne qui dit quel abruti est Dieter.

— Quel abruti est Selig ? demanda Žofie.

— Ce n'est pas ce que je viens de dire ? Si tout le monde se met à répéter tout ce que je dis, on ne finira jamais la lecture de la pièce. »

Ils avaient répété deux scènes et les horloges de Vienne venaient de sonner sept heures quand Žofie entendit quelque chose. Des klaxons de voitures ? Des hourras devant le théâtre ? Ça faisait ce bruit-là : le son étouffé d'une foule en liesse, des klaxons. Elle regarda Stephan. Oui, lui aussi avait entendu.

Ils attrapèrent tous les trois leurs manteaux et filèrent vers les portes principales du théâtre, le raffut se faisait de plus en plus fort. Lorsqu'ils poussèrent les portes, le bruit les submergea. Vienne grouillait de chemises brunes armées, d'hommes arborant des brassards à svastika, de jeunes gens suspendus à des camions frappés d'une croix gammée qui descendaient le Ring, passaient devant l'université et l'hôtel de ville, devant le théâtre sous leurs yeux. Il n'y avait pas d'émeute, cependant. Ils étaient joyeux. Partout, ils criaient : « *Ein Volk, ein Reich, ein Führer !* », « *Heil Hitler, Sieg Heil !* » et « *Juden verrecken !* », « Mort aux Juifs ! »

Žofie chercha sa mère dans la foule alors qu'ils se réfugiaient tous les trois dans la pénombre de l'entrée du théâtre. C'était donc la raison pour laquelle Grandpapa était venu rester avec Jojo et elle ce soir, pendant que Mama sortait ; mais que se passait-il ? D'où pouvait bien venir tout ça ? Les camions peints. Les croix gammées qu'on accrochait aux lampadaires. Les brassards. La foule. Ils n'avaient pas pu sortir du néant. Zéro plus zéro plus zéro jusqu'à l'infini faisait toujours zéro.

Au bas de la rue, des garçons avaient commencé à peindre la devanture d'un magasin avec des croix gammées, des têtes de mort et le mot « *Juden* ».

« Regarde, Stephan, dit Dieter, c'est Helmut et Frank, de l'école ! Allons-y !

— Nous devrions raccompagner Žofie-Helene chez elle, Diet », répondit Stephan.

Dieter regarda Žofie avec une vive impatience, l'excitation dans son regard semblable à cette fois où Jojo avait eu beaucoup de fièvre et s'était mise à appeler Žofie « Papa », bien qu'elle ne connût Papa qu'à travers des photos et des histoires, puisqu'il était mort avant sa naissance.

« Je la ramène chez elle, Diet. Je te retrouve plus tard. »

Stephan et Žofie se retirèrent dans l'ombre tandis que Dieter dévalait les marches du théâtre, en direction d'un groupe de nazis qui fonçaient sur un vieil homme sorti d'un immeuble pour protéger la devanture de son magasin. Une chemise brune se mit à provoquer l'homme et les autres se joignirent à lui. L'un d'eux frappa le pauvre vieil homme au ventre et il s'écroula.

« Bon Dieu, dit Stephan. Nous devrions l'aider. »

Déjà l'homme avait disparu sous la nuée de chemises brunes.

Žofie détourna les yeux vers des hommes qui hissaient un drapeau nazi sur le Parlement autrichien ; personne n'essayait de les arrêter : ni la police ni l'armée, pas même les bonnes gens de Vienne. Étaient-ce ceux-là les bonnes gens de Vienne ? Toutes ces personnes qui criaient leur soutien à Hitler, tous ces garçons qui avaient peut-être regardé le train miniature dans cette même vitrine un peu avant Noël ?

« On ne peut pas rentrer par les rues », dit-elle.

Le chaos. C'était la seule chose que même les mathématiques ne pouvaient pas prévoir.

Avec des ciseaux qu'elle trouva, lumière éteinte, dans le salon de coiffure de Grandpapa, Žofie força la grille sous le miroir. Elle guida Stephan à travers les conduits qu'ils avaient suivis le jour de leur rencontre, jusqu'à une sortie dans les souterrains qu'elle avait découverte plus tard mais qu'elle n'avait jamais empruntée, craignant de se perdre toute seule.

« Mince ! » dit-elle en se laissant tomber dans l'obscurité de la cave, beaucoup plus bas qu'elle ne l'avait imaginé.

Stephan la suivit, et Žofie le chercha à tâtons dans le noir, sentant une vague soudaine de réconfort quand ses doigts trouvèrent sa manche. Il lui prit la main. De nouveau, cet apaisement et quelque chose de plus.

« Maintenant, par où allons-nous ? demanda-t-elle.

— Tu ne sais pas ?

— Je n'étais jamais allée dans les égouts avant de te rencontrer.

— Je n'ai jamais mis les pieds dans ce secteur, répondit Stephan. Bon, nous ne pouvons pas retourner au théâtre, en tout cas pas sans échelle. »

Ils avancèrent lentement ensemble, entourés de l'eau qui s'écoulait et du bruit grouillant de la vermine dans l'obscurité effrayante. Žofie essayait de ne pas penser aux malfrats et aux assassins dont Stephan lui avait parlé. Avait-elle le choix ? Là-haut, à la surface, les malfrats et les assassins avaient envahi les rues.

Le bruit de la foule avait beau être lointain, Stephan entendait encore les klaxons et les « *Heil Hitler* » répétés incessamment tandis qu'ils sortaient par la bouche d'égout octogonale près de l'appartement de Žofie ; Stephan souleva d'abord un seul triangle, juste assez pour jeter un coup d'œil et vérifier que la rue était sûre.

À la porte de son immeuble, Žofie ouvrit la serrure.

« Fais attention en rentrant chez toi, d'accord ? » dit-elle à Stephan.

Puis elle l'embrassa sur la joue et disparut à l'intérieur, le laissant là, dans ce qui restait du contact frais de la branche de ses lunettes contre sa peau, la chaleur de sa joue, la douce moiteur de ses lèvres.

Elle avait embrassé Dieter le morveux sur la bouche, pourtant.

Non, c'était Dieter qui l'avait embrassée.

Par la fenêtre à l'étage, derrière les minces rideaux, l'ombre d'un homme étendit les bras et enlaça la silhouette menue de la fille qui était Žofie-Helene retrouvant son père à la maison. Sauf que le père de Žofie était mort. Stephan regarda plus attentivement, discerna le corps rond et trapu d'Otto Perger, les deux ombres se rencontraient dans une étreinte tendre. Il n'aurait pas dû regarder, Stephan le savait. Il aurait dû se retourner et se glisser de nouveau dans les égouts pour rentrer chez lui. Mais il resta là, alors que les silhouettes du grand-père et de la petite-fille se séparaient et discutaient, alors que Žofie se grandissait pour embrasser son grand-père sur la joue. Ses lunettes effleurant la joue de son grand-père, sa peau frôlant celle de son grand-père.

Elle disparut de la fenêtre, mais son ombre revint quelques instants après, quelque chose à la main. Faiblement, les premières notes de la *Suite pour violoncelle n° 1* de Bach s'échappèrent pour rejoindre les klaxons lointains et les hourras, l'avenir incertain de Vienne après ce soir. Et Stephan regardait toujours, imaginant ce que ce serait de tenir le corps mince de Žofie dans ses bras, de la sentir contre lui, de l'embrasser sur la bouche, dans le cou, au bas de sa gorge, là où le collier infini que son père ne lui avait pas vraiment donné touchait sa peau nue.

Des carnets de bal vides

Le bar de l'auberge de Hambourg, tout en chêne rutilant, était rempli de SS enivrés à la bière. Truus prit la main de Klara par-dessus la table. Les doigts de la pauvre femme tremblaient. Elle n'avait pas touché à son *Schnitzel*.

« C'est effrayant, je sais, la rassura Truus à voix basse pour qu'elle seule puisse l'entendre. Mais les Allemands n'autorisent le départ du train qu'à cinq heures du matin, de sorte que personne ne voie les enfants partir, et il ne pouvait pas circuler aujourd'hui.

— Parce que j'ai dit "colis" au lieu de "livraison".

— Dans ce genre d'affaires, les choses ne se passent pas toujours comme prévu, répondit Truus gentiment.

— C'est juste que… M. Van Lange est très inquiet pour moi. Et on ne peut pas rester ici indéfiniment, surtout si, comme ces hommes ont l'air de le penser, Hitler envahit l'Autriche ce soir ; peut-être même est-ce déjà fait. Vous y croyez, vous ? »

Du bout de sa fourchette, Truus attrapa un morceau de *Schnitzel* tout en songeant qu'une invasion de l'Autriche expliquerait l'absence de trains. Ils auraient tous été mobilisés pour les troupes.

« Ce soir, ça ne nous concerne pas, dit-elle. Tout ce qui doit nous préoccuper, ce sont les trente orphelins allemands. »

Elles mangèrent en silence quelques instants, avant que l'un des SS ne s'approche de leur table ; il claqua ses talons d'un coup sec et s'inclina si bas que sa tête toucha presque l'assiette de Truus.

« Je m'appelle Curd Jürgens », dit-il en mangeant ses mots.

La chanson qui passait à ce moment-là était de mauvais augure : *Oh, Donna Clara, ich hab dich tanzen geseh'n.* « Oh Donna Clara ! Je t'ai vue danser... »

Truus l'observa, essayant de le toiser. Elle ne donna pas leurs noms.

« Mutti, dit-il en s'adressant à Truus, puis-je inviter votre fille à danser ? »

Truus le regarda de haut en bas. Elle répondit poliment, mais avec fermeté :

« Non, vous ne pouvez pas. »

La salle entière se tut, à l'exception de la musique, et tous les regards se tournèrent vers leur table.

Le patron de l'auberge accourut, prit l'assiette de Mme Van Lange qui était encore pleine et ajouta : « Peut-être que ces dames aimeraient être raccompagnées à leur chambre ? »

L'Anschluss

Lorsque Stephan ressortit des égouts par l'un des kiosques de la rue, des SA avaient pris la place des gardes à la chancellerie et la foule était encore plus bruyante. Restant dans l'ombre des immeubles, il se fraya un chemin jusqu'au palais royal et se faufila sous les arcades de la Michaelerplatz, où une bannière sur la Looshaus proclamait : « Le même sang appartient au même Reich ! » Il reprit le chemin de chez lui, les rideaux étaient toujours tirés, les lumières éteintes et il n'y avait nulle trace de Rolf.

Il se glissa dans le palais, referma doucement la porte derrière lui et se faufila dans les escaliers, espérant rentrer sans se faire remarquer, comme s'il était resté dans le bureau de son père tout ce temps. Derrière la porte de la bibliothèque il entendit Papa et Mutti se disputer dans le bourdonnement de la radio ; Walter était assoupi dans les bras de Mutti, son lapin à ses pieds.

« Il faut que tu emmènes Walter à la gare, insistait sa mère. Lisl aura trouvé des billets. J'enverrai Stephan.

— Vous réagissez de façon excessive, Lisl et toi, répondit son père. Comment ma sœur peut-elle s'imaginer que quelqu'un va oser s'en prendre à elle ? Elle est liée à l'une des familles les plus éminentes de Vienne. Et si je partais, qui dirigerait les Chocolats Neuman ? Le président Miklas aura rétabli l'ordre d'ici l'aube, et tu ne peux pas rester seule ici, Ruche... »

Lisl franchit à la hâte la porte d'entrée et se précipita à l'étage, passant devant Stephan au pas de course pour entrer dans la bibliothèque au moment où Mutti disait que Helga s'occuperait d'elle et qu'elle les rejoindrait quand elle serait en état.

« Ne sois pas idiote, Ruchele, dit Tante Lisl, tandis que Stephan, ignorant le boucan qui filtrait de la porte qu'elle avait laissée ouverte, essayait de se glisser derrière elle.

— Stephan ! Dieu merci ! s'écria Mutti alors que Papa exigeait de savoir où il était passé.

— Le onze heures quinze pour Prague était complet dès neuf heures – il n'y avait plus de billets bien avant que j'arrive à la gare. Et il n'y a pas d'autre train ce soir. De toute façon, dès que les passagers se sont installés, ces brutes épaisses se sont mises à débarquer chaque Juif qui était assis. »

L'horloge sonna une fois, la demie ou une heure du matin. Le murmure sourd de la radio continuait, rejouant une partie de l'allocution faite plus tôt dans la soirée par le chancelier Schuschnigg. Le Reich allemand avait posé un ultimatum : à moins qu'un chancelier choisi par lui ne soit nommé, les troupes allemandes franchiraient la frontière. « N'étant à aucun prix, même en ces heures graves, disposés à verser du sang allemand, nous avons donné l'ordre à notre armée, dans le cas où l'invasion aurait lieu, de se retirer sans résistance et d'attendre les décisions des prochaines heures, disait le chancelier. Je fais donc, à cette heure, mes adieux les plus sincères au peuple autrichien : Que Dieu protège l'Autriche ! »

Le chancelier avait démissionné, mettant le gouvernement dans les mains des nazis. L'Autriche n'allait même pas se défendre.

Des voix au rez-de-chaussée les firent sursauter. Stephan aida Papa à remettre rapidement Mutti dans sa chaise roulante. Elle tenait toujours Walter endormi dans ses bras et Papa l'emmena jusqu'aux portes de la bibliothèque. Ce serait plus sûr à l'étage.

Déjà, des jeunes hommes et des garçons déferlaient dans le palais, l'écho de leurs voix frénétiques résonnant dans le hall d'entrée.

Papa fit reculer Mutti dans la bibliothèque et verrouilla la porte.

D'en bas montaient le tumulte et le fracas des meubles qu'on renversait, le bris du cristal, pas seulement un verre ou un vase, mais peut-être tout le cristal, l'argenterie et la porcelaine que Helga mettait sur la table lorsqu'ils voulaient dîner en bonne et due forme. Des rires rauques se firent entendre. Quelqu'un joua du piano, avec une virtuosité étonnante. La *Sonate au clair de lune* de Beethoven. Des nazis s'interpellaient à propos d'une boîte à cigarettes, d'un chandelier, des statues de la salle de bal. Certains se mirent à scander « Ho ! Hisse ! Ho ! Hisse ! », suivi d'un immense fracas qui ne pouvait être que l'une des grandes statues de marbre se renversant sur le parquet de la salle de bal. Les envahisseurs poussaient des hourras, bon nombre d'entre eux montaient d'un pas lourd jusqu'aux étages, jusqu'aux chambres où, songeait Stephan, ils espéraient trouver la famille.

Quelque chose s'écrasa au-dessus d'eux, ce qui provoqua de nouveaux rires. La pince à billets de Papa serait sur la commode. Les bijoux de Mutti étaient peut-être sortis aussi. Difficile de distinguer si les envahisseurs volaient des choses ou s'ils se réjouissaient simplement d'être dans cette maison opulente dont les portes étaient habituellement gardées par un portier. Mais où donc était Rolf ?

À l'étage des domestiques, la pauvre Helga devait être terrifiée. Ces voyous allaient-ils brutaliser le personnel ?

On secoua la poignée de la porte. Personne n'osa bouger un cil. On essaya encore de la faire tourner. La radio continuait son murmure révélateur.

Dans le salon de musique, le piano poursuivait, le *do* dièse – la note qui, pour Stephan, évoquait le lac des Quatre-Cantons baigné par la lune – se faisait maintenant menaçant.

Une voix appela : « Qui est là-dedans ? Vous vous êtes enfermés ? » Ça aurait pu être la voix de Dieter, mais Stephan ne pouvait y croire, pas vraiment.

Un corps heurta violemment la porte, une fois, puis deux, tentatives suivies de rires, de bousculades et d'un nouveau fracas contre la porte, tandis que des voix différentes poussaient l'un à s'écarter pour laisser un autre essayer de forcer la porte, eux ils y arriveraient.

« La statue, dit une voix. On peut l'utiliser pour enfoncer la porte. »

Un chaos de murmures et de pas traînants fut suivi de rires. La statue était en marbre. Comme celle qui avait été renversée dans la salle de bal, elle pesait plus de deux cent vingt kilos. Žofie avait fait le calcul.

Un autre corps se jeta contre la porte.

« Et cette table ? » dit quelqu'un.

Stephan écouta, comme si, en se concentrant suffisamment, il avait pu les arrêter. La collection de breloques en argent de sa mère résonna contre le parquet derrière la porte. Et la radio continuait de murmurer, le piano de jouer.

Stephan s'avança vers la porte, son corps formant une barrière supplémentaire contre eux. Sa mère secoua la tête, essayant de le dissuader, mais personne ne bougea ou ne dit mot.

Le présentateur radio réclama l'attention pour un communiqué important : le président Miklas avait cédé. Le commandant Klausner annonçait avec la plus grande émotion en cette heure joyeuse que l'Autriche était libre, l'Autriche était nationale-socialiste.

Une assourdissante clameur de joie retentit dans la rue.

Près de la porte d'entrée, en bas, quelqu'un siffla bruyamment.

Le garçon qui avait la même voix que Dieter cria, juste derrière la porte : « Par-dessus la rambarde ! »

Un fracas de bris dans l'entrée en marbre provoqua des hourras et une cavalcade dans les escaliers. La porte d'entrée claqua, ne leur laissant que les sons étouffés du dehors, le murmure sourd de la radio et la *Sonate au clair de lune* qu'on jouait toujours sur le piano. Les deux notes finales du premier mouvement, longues et profondes, retentirent, suivies d'un instant de silence.

Un dernier bruit de pas traversa l'entrée à la hâte. La porte s'ouvrit, mais ne se referma pas. Était-il parti ?

Avant que le calme ait eu le temps de s'installer, la voix à la radio laissant place à une marche militaire allemande, Stephan ouvrit la porte de la bibliothèque et jeta un coup d'œil. Tout était sens dessus dessous, mais il n'y avait nulle trace du pianiste.

Il descendit prudemment les escaliers et trébucha sur les dernières marches. Il ferma le verrou des portes d'entrée. Il s'adossa contre elles, son cœur tambourinant comme si un visiteur frappait frénétiquement au heurtoir.

L'entrée et l'escalier impérial étaient jonchés d'objets brisés et cabossés : meubles, cristal, tableaux, sculptures, délicats pots de fleurs en argent, sucriers, hochets, brocs, dés à coudre, bouchons de bouteilles et objets qui ne servaient absolument à rien et qui maintenant étaient irrémédiablement abîmés. Au milieu de tout cela étaient éparpillés les photographies, les papiers et les lettres piétinés. Seul le piano semblait intact, le pianiste avait même pris la peine de refermer le couvercle, ce que Stephan lui-même oubliait souvent. Alors qu'il s'en approchait, il trouva un autre fatras de papiers. Piétinée jusqu'à en être presque illisible se trouvait une page sur laquelle n'était tapé qu'un titre : LE PARADOXE DU MENTEUR.

Deuxième partie

PENDANT
Mars 1938

Après le refus de l'invitation à danser

Truus jeta un regard dans l'obscurité, à l'extérieur de la chambre de la petite auberge de Hambourg, juste au moment où Klara Van Lange, réveillée par les voix ou qui n'avait peut-être pas fermé l'œil de la nuit, lui demanda d'où venait tout ce bruit.

« Les hommes du bar chantent depuis le toit sous notre fenêtre.

— À quatre heures du matin ?

— Je crois qu'ils essayent de te chanter la sérénade, ma chère. »

Truus laissa retomber le rideau et se remit au lit.

Quelques minutes plus tard, la sonnerie du réveil retentit. Les deux femmes se levèrent, sans allumer les lumières, à cause des garçons dehors, et se mirent à s'habiller. Truus sentit le regard de Klara qui l'observait tandis qu'elle finissait d'agrafer son corset et choisissait des bas. C'était perturbant d'être observée dans cette quasi-nudité, même dans le noir. Depuis l'intérieur de la pièce. Depuis l'extérieur.

« Qu'est-ce qu'il y a, Klara ? » demanda-t-elle, un bas à la main.

Klara Van Lange détourna le regard et fixa la fenêtre.

« Tu crois qu'on ferait tout ça si on avait des enfants ? »

Truus enfila le bas sur son pied, sur son talon, le déroula sur son mollet et son genou, jusqu'à sa cuisse, où il se prit dans les deux anneaux entrelacés de sa bague, sans filer. Elle l'accrocha prudemment, tandis qu'au-dehors les garçons avaient abandonné et repartaient. Dans un instant, Truus allumerait la lumière, ou peut-être Klara.

« Tu es encore jeune, ma chère, dit Truus doucement. Toi, tu as encore le temps. »

Les choix

Les tramways devant la gare de Hambourg étaient aussi silencieux que le matin précédent, les rails en contrebas aussi vides. Truus et Klara Van Lange entrèrent de nouveau par les portes surmontées de cette affreuse croix gammée, descendirent le même escalier encrassé jusqu'au même quai sale, essuyèrent le même banc avec un nouveau mouchoir – la seule chose chez Truus à être fraîche ce matin ; elle n'avait pas prévu de change pour le retard. De nouveau, elles posèrent leurs sacs à côté d'elles et attendirent. Ce n'était pas encore l'aube.

Monsieur le Bonhomme de neige s'approcha et, sans se tourner ni s'arrêter, murmura : « Le train aura une demi-heure de retard, mais votre colis sera livré avant le départ. »

Alors qu'enfin on entendait le train approcher, deux accompagnatrices – une femme âgée aux cheveux grisonnants et une femme plus jeune, un bébé dans les bras – lâchèrent une nuée d'enfants dans les escaliers que Truus et Klara avaient empruntés.

Truus demanda à la plus jeune de lui présenter les enfants tandis que la femme aux cheveux gris cochait leurs noms sur une liste et tendait les papiers à Klara. Avec une poignée de main chaleureuse pour chacun – le toucher était primordial pour établir la confiance – Truus leur expliqua qu'ils pouvaient l'appeler « Tante Truus ».

Après avoir pointé les trente enfants, la plus jeune accompagnatrice lança un regard inquiet à sa consœur et dit « Adele Weiss ». Elle tendit le bébé qu'elle portait à Truus et s'éloigna rapidement ; dans les bras de Truus, l'enfant pleurait en appelant « Mama ! Mama ! ».

« Où sont ses papiers ? » demanda Klara à la femme âgée.

Truus essayait de calmer la petite alors que le train entrait en gare.

« On ne peut pas prendre un enfant sans ses papiers », murmura Klara.

Truus fit un signe en direction du préposé nazi qui venait de descendre sur le quai.

« Madame Van Lange, je crois que c'est à vous de jouer, dit-elle. Pour faire monter les enfants dans le train, j'ai toute l'aide qu'il me faut. »

Klara, jetant un regard dubitatif au bébé dans les bras de Truus, sortit son billet et s'approcha du nazi qui louchait sur ses jolies jambes, dévoilées par la plus courte de ses jupes.

« *Entschuldigen Sie, bitte*, lui dit-elle. *Sprechen Sie niederländisch ?* »

L'employé du train la regardait comme si Hélène de Troie en personne venait juste de quitter son banc sur le quai pour discuter avec lui.

La petite Adele Weiss sur sa hanche, Truus prit la main d'un autre enfant et marcha jusqu'au wagon. Le nazi lui jeta un rapide coup d'œil avant de retourner à Klara Van Lange. Truus grimpa dans le train et l'accompagnatrice l'aida à faire monter les enfants.

« Merci, dit la femme âgée. Quels choix nous devons faire !

— Vous mettez en danger la vie de trente enfants, des orphelins, pour une seule, qui a une mère qui, de toute évidence, l'aime, répondit Truus. Dépêchons-nous, il faut qu'ils embarquent tous. »

Alors qu'elle tendait le dernier enfant à Truus, la femme murmura : « Ce serait nuire à ma sœur, madame Wijsmuller. Vous auriez voulu qu'elle risque la vie de sa fille en même temps que la sienne. »

Lorsque les enfants eurent tous embarqué et que le train eut quitté la gare, Klara se mit à pleurer.

« Pas encore, ma chère, dit Truus. Il reste les contrôles à bord. »

Truus songea à lui dire qu'elle était trop jeune et trop belle, trop remarquable, pour qu'on lui demande de refaire le voyage, mais bien qu'il y eût assez de volontaires pour aider les réfugiés aux Pays-Bas, ceux qui acceptaient de traverser la frontière étaient plus rares.

« Je pourrais te dire que tu t'y feras, mais je n'y suis jamais arrivée, dit-elle. Je me demande si c'est possible. »

Elle tendit la petite Adele Weiss à la pauvre Klara.

« Prend la petite, tu te sentiras mieux. »

Les autres enfants étaient tous miraculeusement silencieux. Ce devait sans doute être la conséquence du choc.

Elle se tourna vers Klara et dit : « Mon père disait que le courage n'est pas l'absence de peur, mais la capacité à continuer malgré elle. »

LE GRAND MÉNAGE

Stephan jeta un coup d'œil à la grisaille de cette matinée viennoise à travers les rideaux fermés de la bibliothèque. Une femme emmitouflée vendait des petits drapeaux à croix gammée, une autre proposait des ballons frappés du svastika, et les bannières du « *Ja !* » pour le référendum avaient déjà été recouvertes par le symbole nazi. Perchés sur des échelles, des hommes accrochaient des svastikas aux lampadaires. D'autres couvraient les arrêts de tramway d'affiches proclamant : « *Ein Volk, ein Reich, ein Führer.* » Des écriteaux portant le même slogan ornaient le toit des tramways, aux flancs desquels étaient collés de gigantesques portraits de Hitler. Une fourgonnette ornée d'une croix gammée s'arrêta juste devant les portes du palais.

« Papa ! » s'écria Stephan, très inquiet.

Venaient-ils de nouveau s'en prendre à eux ?

Son père, qui donnait ses médicaments à Mutti, ne remarqua pas l'inquiétude de Stephan. Il ne détourna pas les yeux de Mutti, emmitouflée dans des couvertures près du feu, Walter – et son Pierre Lapin – blotti contre elle, comme il l'était tout le temps, comme si, sans que personne en souffle mot, il savait que leur mère ne serait peut-être plus là le lendemain. Tous les cinq – Tante Lisl était toujours avec eux – écoutaient les informations à la radio, tandis que les domestiques remettaient de l'ordre dans toute la maison.

Stephan s'arma de courage et regarda de nouveau au-dehors. Le conducteur déchargeait des paquets de brassards nazis. Une foule de gens venaient en chercher pour les revêtir.

Ce qui était ahurissant, c'était à quel point tout cela était bien organisé, tous ces drapeaux, ces litres de peinture, ces brassards, ces ballons – des ballons ! – répandus dans Vienne, qui semblaient sortis de nulle part, pour fêter cet événement que les Allemands voulaient faire passer aux yeux du monde pour un soulèvement spontané de l'Autriche.

Sur le trottoir devant leur portail, dans la rue que Stephan traversait tous les matins, des gens à genoux effaçaient les slogans du référendum. Pas seulement des hommes, mais aussi des femmes et des enfants, des personnes âgées, des parents, des enseignants, des rabbins. Ils étaient entourés par des SS, la Gestapo, des nazis et la police locale – dont bon nombre soulevaient le bas de leur pantalon pour ne pas être mouillés tandis qu'ils surveillaient le travail – sous les huées des passants.

« M. Kline a cent ans, et il n'a jamais rien fait d'autre que de souhaiter une bonne journée à tout le monde et de laisser les pauvres lire le journal au kiosque », dit Stephan à voix basse.

Papa reposa le flacon de comprimés et le verre d'eau près du petit déjeuner à peine entamé de Mutti.

« Ils préparent Vienne au goût de Hitler, Stephan. Si tu avais été à la maison…

— Non, Herman, coupa sèchement Mutti. Ne dis pas ça ! Ça va être ma faute, parce que je suis malade. Si j'étais en bonne santé, nous serions partis depuis des semaines.

— Je ne peux pas partir, quoi qu'il arrive, Ruche, la rassura Papa. Tu sais que ce n'est pas ta faute. Je ne peux pas abandonner mon travail. J'ai seulement voulu dire que…

— Ne me prends pas pour une idiote, Herman, l'interrompit Mutti. Si tu veux utiliser ton travail comme excuse pour éviter de me blâmer, très bien, mais ne rends pas Stephan responsable. Nous aurions vendu l'entreprise et nous serions partis si j'avais été en bonne santé. »

Walter enfouit son visage dans son Pierre Lapin. Papa s'installa à côté, au bord de la méridienne, et l'embrassa sur le front, mais le petit garçon se mit quand même à pleurer.

Stephan retourna à la fenêtre et son affreux spectacle. Ses parents ne se disputaient jamais comme ça.

« Tout Vienne aime les Chocolats Neuman, dit Papa. Ces voyous, la nuit dernière, ils ne savaient pas qui nous sommes. Regarde, personne ne s'en prend à nous ce matin. »

À la radio, Joseph Goebbels lisait un communiqué de Hitler : « Moi-même, en tant que Führer, je serai heureux de pouvoir maintenant à nouveau fouler, en tant qu'Allemand et citoyen libre, le sol de ce pays qui est ma patrie. Mais le monde doit comprendre que le peuple allemand d'Autriche vit ces jours-ci des heures de joie et d'émotion intenses. Il voit dans les frères qui volent à son secours ceux qui vont le sauver d'une profonde détresse. »

« Il faut qu'on envoie les garçons à l'école loin d'ici, dit Mutti d'une voix si sûre que Stephan s'inquiéta, alors même qu'il savait que c'était ce sentiment qu'elle avait voulu lui épargner. En Angleterre, je suppose. »

LE FICHIER

Un grand classeur rotatif empli de fiches poinçonnées dominait le bureau du département II/112 du SD au Prinz-Albrecht-Palais de Berlin. L'endroit était jonché de journaux autrichiens, de livres, de rapports annuels, de manuels d'instructions et de listes de membres que des hommes consultaient tout en remplissant des fiches d'information colorées. Un assistant parcourait les notes personnelles d'Eichmann, assemblées à partir des contacts qu'il avait patiemment noués, tandis qu'un autre, assis sur un tabouret de piano, insérait les fiches complétées dans le classeur, par ordre alphabétique. Lorsque Eichmann entra, Tier sur ses talons, tout le monde se leva et salua, lançant des « *Heil Hitler, Unterstrumführer Eichmann* ». Il avait de nouveau été promu, au grade de sous-lieutenant cette fois, et bien qu'il ne fût pas chef de son département, il était au moins responsable de ceci : rassembler toutes les informations susceptibles de pousser les Juifs du Reich à émigrer. On avait enfin reconnu son idée comme il se devait : la meilleure solution au problème juif était de débarrasser l'Allemagne de ces rats.

Il prit divers exemplaires de journaux et lut au hasard le nom des journalistes à l'assistant qui remplissait le fichier. À chaque nom, il faisait tourner le classeur jusqu'à la fiche correspondante et lisait à haute voix – Juifs et amis des Juifs, sans distinction.

« Käthe Perger », lut Eichmann sous le titre d'un article paru dans *L'Indépendant viennois* de la veille, attiré par les inepties antinazies qui s'étalaient en première page.

L'assistant fit tourner le classeur, en tira une fiche et énonça : « "Käthe Perger. Rédactrice en chef de *L'Indépendant viennois*. Antinazie. Non communiste. Soutient le chancelier autrichien Schuschnigg."

— Ancien chancelier, corrigea Eichmann. Käthe Perger est peut-être un homme journaliste qui se cache derrière le fiel de la plume d'une femme ? »

On pouvait envoyer les hommes à Dachau, mais il y avait moins d'endroits pour emprisonner les femmes.

« Les informations sont assez précises, reprit l'assistant. Mari décédé. Deux filles, quinze et trois ans. Celle de quinze ans est une sorte de petit génie des mathématiques, apparemment. Et elle n'est pas juive.

— Le petit génie ?

— Non, Käthe Perger. Elle est originaire de Tchécoslovaquie, ses parents sont chrétiens. Son père est mort, mais sa mère est encore en vie. »

Le *Volk*. Le sang du Reich.

« Le mari était juif ? demanda-t-il.

— Chrétien aussi, le fils d'un barbier – journaliste comme sa femme. Il est mort pendant l'été 1934.

— À Vienne ?

— Il était à Berlin à ce moment-là.

— Je vois, répondit Eichmann. Le mari était l'un de ces journalistes gênants qui n'ont pas survécu à la Nuit des longs couteaux. L'un des suicidés. »

L'assistant gloussa.

« Alors bon débarras, reprit Eichmann. Cette Käthe Perger sera le problème de quelqu'un d'autre, nous n'aurons pas à arrêter une mère de famille. Notre problème, c'est les Juifs.

— Vous allez emporter le fichier à Vienne ? demanda l'assistant.

— Seulement la liste de personnes que nous allons établir. Jusqu'à Linz, j'espère. »

Ces problèmes qu'on n'anticipe pas

À la gare frontalière, Truus, qui berçait doucement une Adele Weiss assoupie au creux de ses bras, négociait avec un garde-frontière SS tout en songeant que c'était dans un moment comme celui-ci qu'elle aurait bien eu besoin de la pierre porte-bonheur du docteur. Derrière elle, Klara Van Lange faisait tout son possible pour que les trente enfants qui attendaient de monter dans un train quittant l'Allemagne restent sages.

« Mais encore une fois, madame Wijsmuller, insista le garde-frontière, vous n'avez pas d'enfant indiqué sur votre passeport. Un enfant autrichien peut voyager avec sa mère sans passeport distinct, certes, mais il doit être inscrit sur le passeport de ses parents.

— Et moi je vous explique de nouveau, monsieur, que je n'ai pas eu le temps de faire modifier mon passeport. »

Elle aurait souhaité trouver un voyageur compatissant dont le passeport indiquait des enfants et qui l'aurait adoptée le temps du passage de la frontière. Elle pensait qu'il fallait en avoir fini avec le garde-frontière avant que la petite, toujours dans ses bras, ne se réveille et ne réclame sa mère. « Vous ne voyez pas qu'elle a mes yeux… », manqua de dire Truus, mais l'enfant dormait, ce petit bébé foncé au visage minuscule qui ne ressemblait en rien à Truus.

« Ah, mais voilà Mutti et son adorable fille ! » fit une voix qui attira l'attention de Truus et du garde.

C'était l'officier de l'auberge, Curd Jiirgens, qui avait demandé à Klara de lui accorder une danse. Tandis que le garde-frontière saluait, Truus serra le bébé contre elle. Ce Jiirgens savait qu'elle n'avait pas l'enfant à l'auberge. Doux Jésus, une danse, ça n'aurait pas été si terrible !

« J'étais certain de vous avoir reconnues, et j'ai eu raison », dit fièrement Jiirgens.

Puis il ajouta, avec ce ton zélé des officiers : « Y a-t-il un problème, soldat ? Cette charmante femme et sa jolie fille ne dansent pas, apparemment, mais elles ne se plaignent pas non plus lorsqu'elles le pourraient. »

Il adressa un sourire à Truus tandis que le soldat marmonnait « sa fille », son regard passant de Truus à Adele. Truus garda le silence, craignant de dire quoi que ce soit qui puisse dissiper le quiproquo, alors que Jiirgens s'excusait auprès de Klara Van Lange.

« Mais votre sérénade nocturne était une excuse suffisante ! » répondit Klara avec charme, détournant l'attention des deux hommes. Puis ils les aidèrent à faire monter les enfants ; Truus essayait de ne pas penser à ce que signifiait la présence de Curd Jiirgens et de ses hommes ici à Hambourg, à la frontière avec les Pays-Bas, plutôt que vers l'Autriche pour soutenir l'invasion.

153

Quelques minutes après avoir quitté la gare, le train s'arrêta aux Pays-Bas. Un employé néerlandais monta dans le wagon et, jetant un regard plein de mépris aux sièges remplis d'enfants, examina les papiers que Truus lui tendait, trente visas d'entrée en bonne et due forme signés par M. Tenkink à La Haye. Par la fenêtre, l'horloge de la gare indiquait neuf heures quarante-cinq.

« Ces enfants sont tous de sales Juifs », cracha le garde-frontière.

Truus l'aurait giflé si elle n'avait pas été en train de passer la frontière avec une enfant sans papiers. Au contraire, elle prit sa voix la plus conciliante et dit que s'il avait le moindre doute à propos des visas, il pouvait s'adresser à M. Tenkink – essayant de garder son attention sur les trente enfants qui étaient en règle et pas sur celle qui ne l'était pas.

Le garde leur demanda de descendre du train, qui devait repartir dans quelques minutes. Il n'y avait pas d'autre choix que d'obéir. Truus embrassa sur le front l'enfant qu'elle tenait dans ses bras, tandis que le soldat disparaissait avec leurs papiers. C'était une si délicieuse enfant, cette petite Adele Weiss. Edelweiss. Une fleur comme une petite étoile blanche, accrochée aux flancs des falaises suisses. C'était le symbole des troupes alpines austro-hongroises de l'empereur François-Joseph Ier pendant la Grande Guerre ; Truus avait rencontré des garçons qui portaient ce symbole cousu à leur col. Maintenant on disait que c'était la fleur préférée de Hitler.

L'enfant leva les yeux vers Truus, son pouce à la bouche, sans se plaindre alors qu'elle devait être affamée. Même Truus avait faim, ayant quitté l'auberge bien avant le petit déjeuner.

Leur train repartit sans eux, et l'horloge égrenait les minutes, une heure supplémentaire à essayer de divertir ces enfants fatigués et agités avant le retour du garde-frontière. Truus tendit le bébé à Klara tandis que l'homme approchait, se disant que si elle devait en arriver là, mieux valait déclarer que la petite était la fille de Klara. Elle était plus en âge d'avoir un nourrisson. C'est ce que Truus aurait dû faire à la frontière allemande. Pourquoi ne l'avait-elle pas fait ?

Elle répondit aux autres questions du garde-frontière : « Les enfants seront directement emmenés en quarantaine à Zeeburg, puis répartis dans des foyers de particuliers. » « Une fois de plus, je suis certaine que M. Tenkink à La Haye sera heureux de vous expliquer qu'il a personnellement autorisé ces enfants à entrer aux Pays-Bas. »

Tous sauf Adele. Adele Wijsmuller, se répétait Truus, soudain inquiète à l'idée d'avoir déjà donné au garde le nom d'Adele Weiss.

Alors qu'il s'éloignait de nouveau avec les papiers, Truus se le répétait. *Adele Wijsmuller.* Elle dit à Klara : « Il faut toute la patience du monde pour garder ses pensées pour soi. »

Klara posa doucement ses mains sur la tête de deux garçons ; comme par magie, ils cessèrent de se bagarrer, lui sourirent et se mirent à jouer silencieusement à un jeu de mains.

Elle dit à Truus : « Par exemple, lorsqu'on pense que ces enfants sont plus propres que le garde, n'est-ce pas ? »

Truus sourit et ajouta : « Je savais que tu serais à la hauteur de ce défi, Klara. Maintenant, si seulement ce garde-frontière voulait bien faire son travail avant que le dernier train ne parte... Trouver un endroit pour passer la nuit avec trente enfants serait chose impossible, même s'ils étaient chrétiens.

— Qui aurait pu imaginer que ce serait plus facile de sortir d'Allemagne que d'entrer aux Pays-Bas ?

— Et ce sont les problèmes qu'on n'anticipe pas qui finissent par avoir raison de nous », répondit Truus.

LE SALUT DE LA HONTE

Stephan se tenait avec Dieter et leur bande parmi la foule ; l'horizon passa du rouge du drapeau allemand à l'obscurité avant l'arrivée du premier train de soldats à la Westbahnhof. Les troupes, conduites par une fanfare, étaient à peine visibles depuis le coin de la rue, mais la foule levait le bras pour saluer et poussait de formidables hourras. Des voitures blindées arrivaient, suivies par toujours plus d'Allemands : certains portaient des torches, leurs jambes tendues sur la Mariahilfer Strasse frappaient le rythme de la fanfare alors qu'ils approchaient. Autour de Stephan, la foule faisait de plus en plus de bruit, Dieter et les autres garçons scandaient : « *Ein Volk, ein Reich, ein Führer !* »

De l'autre côté de la rue, une vieille femme en manteau de fourrure – quelqu'un que Stephan aurait pu rencontrer n'importe quel après-midi sur le Ring – se mit à crier contre un homme qui observait en silence, tout comme Stephan, ses bras à lui aussi le long du corps. La femme, agitant son bras dressé, insistait. L'homme essayait de l'ignorer, mais des passants l'entourèrent et il disparut dans le tumulte de la foule. Stephan ne voyait pas ce qu'il se passait. L'homme avait simplement disparu, il ne restait plus que la femme à la fourrure qui clamait : « *Ein Volk, ein Reich, ein Führer !* »

« *Ein Volk, ein Reich, ein Führer !* » cria Dieter dans les oreilles de Stephan ; il se retourna et vit tous ses amis qui saluaient, vociférant, les yeux braqués sur lui.

Il hésita, seul au milieu de cette immense foule.

« *Ein Volk, ein Reich, ein Führer !* » répéta Dieter.

Stephan, incapable de prononcer un mot, leva lentement le bras.

ENTRELACÉS

Truus posa le pied sur le quai de la gare d'Amsterdam, la petite Adele dans ses bras, avec les trente enfants encore à faire descendre. Joop lui prit le bébé et la serra contre lui. Bien évidemment, il avait été inquiet, et M. Van Lange, juste derrière lui, également, qui était collé à la vitre du wagon et appelait : « Klara ? » et semblait au bord des larmes, soulagé de revoir sa femme. Le pauvre homme se rua vers la porte de la voiture et se mit à faire descendre les enfants, souhaitant à chacun la bienvenue à Amsterdam avant de les confier aux volontaires qui attendaient sur le quai.

Joop s'extasia devant la petite Adele, expliquant qu'il était Joop Wijsmuller, le mari de cette zinzin de Tante Truus. Et qui était ce si beau bébé ? L'enfant toucha le nez de Joop et se mit à rire.

« Elle s'appelle Adele Weiss. Elle... »

Elle ne faisait pas partie des trente, mais pouvait-elle dire cela à Joop – que la mère de la petite était si inquiète pour sa sécurité qu'elle l'avait confiée à une inconnue, sans aucun papier, vrai ou contrefait ? Que Truus avait pris le risque de passer la frontière avec une enfant sans visa ? Cela ne ferait que le préoccuper encore plus, et à quoi bon ?

« C'est une enfant vraiment délicieuse », dit-elle.

Edelweiss. Une fleur rare.

Ensemble, ils menèrent les enfants jusqu'au tram électrique, dont les câbles surplombaient toutes les rues de la ville, ce qui n'était pas, de l'avis de Truus, mieux que les tramways tirés par des chevaux, mais au moins aucun de ces soixante petits pieds ne marcherait dans du crottin. Joop attendit que tout le monde soit monté à bord pour tendre Adele à Truus.

Cette dernière, agitant la main dans sa direction alors que le tramway se mettait bruyamment en mouvement, repensa au magnifique berceau en bois qu'il avait acheté la première fois qu'elle était tombée enceinte, aux draps qu'elle avait cousus, à la taie d'oreiller sur laquelle elle avait brodé un bonhomme de neige sous un arbre, sur un pont surplombant un canal, blanc sur blanc, de telle façon que la scène était à peine visible. Où étaient le berceau et les draps maintenant ? Joop les avait-il rangés hors de sa vue ? Ou les avait-il donnés ?

Les baraquements de quarantaine de Zeeburg étaient composés en fait d'une villa, d'un bâtiment de bureaux et de dix baraquements, tous plus lugubres et inhospitaliers les uns que les autres. Ils étaient faits pour accueillir des Européens malades en partance pour les États-Unis, mais quel autre choix avait-on avec tant d'enfants ? Truus, Adele toujours dans ses bras, aida les derniers enfants à descendre, une fille aux longues nattes noires tenues par un ruban rouge, et son frère, qui avait les mêmes yeux ronds et tristes. Tous les enfants avaient le regard mélancolique, même la petite Adele, qui suçait silencieusement son pouce.

Les deux enfants regimbèrent lorsque Truus leur désigna des baraquements différents.

« On peut partager un lit, proposa le garçon. Je m'en fiche de dormir avec des filles.

— Je sais bien, mon garçon, répondit Truus, mais ils ont prévu un endroit pour les garçons et un autre pour les filles.

— Mais pourquoi ?

— C'est une très bonne question. J'aurais peut-être fait différemment, reprit Truus. Mais parfois il faut accepter les choix des autres, même lorsque l'on sait qu'on aurait pu en faire de meilleurs. »

Truus tendit le bébé à Klara, prit la fille dans ses bras et se mit au niveau de son frère.

« Sheryl, Jonah, dit-elle en regardant les deux enfants dans les yeux, pour qu'ils sachent qu'elle était honnête. Je sais qu'être séparés fait peur. »

Je sais combien vous devez avoir peur, aurait-elle voulu dire, mais ce n'était pas vrai ; elle ne pouvait qu'imaginer la terreur d'un enfant qui avait déjà perdu ses parents. Elle aurait pu les accueillir chez elle, avec Adele Weiss, sa petite fleur rare, mais Joop avait raison : s'ils commençaient à recueillir des orphelins, les trajets en Allemagne deviendraient beaucoup plus compliqués.

Peut-être serait-ce son dernier voyage, de toute façon, maintenant que les frontières de son pays étaient fermées, qu'il n'y aurait plus de visas d'entrée.

Elle enleva sa bague aux anneaux entrelacés et sépara les deux anneaux.

« Cette bague, c'est un cadeau de quelqu'un qui m'aime autant que vous vous aimez tous les deux, dit-elle aux enfants. Quelqu'un dont je ne supporte pas d'être séparée non plus. Et pourtant il faut parfois que je le laisse, pour aider ceux qui ont besoin de moi.

— Comme nous, Tante Truus ? demanda le garçon.

— Oui, Jonah, des enfants merveilleux comme toi et Sheryl. »

Elle prit la main de la petite fille et glissa l'un des anneaux, qui était à peu près à sa taille, à son pouce, puis mit l'autre au majeur de son frère – il était un peu grand. Elle fit une rapide prière pour que les anneaux ne tombent pas et ne se perdent pas, ce cadeau de Joop qu'elle n'avait jamais pu porter aisément après la perte de son premier enfant et qu'elle ne pouvait pourtant pas enlever. L'espoir était une chose si fragile.

« Quand je reviendrai vous chercher pour vous amener dans votre nouvelle maison – et je promets que je vais vous trouver une famille qui vous prendra tous les deux –, vous devrez me rendre les anneaux, d'accord ? Et maintenant, allez-y, allez vous coucher. »

Tandis qu'ils s'éloignaient, elle tira ses gants de la poche de son manteau, se sentant étrangement nue sans ses anneaux. Alors qu'elle enfilait le premier, Klara Van Lange la rejoignit. Elle était si concentrée sur les enfants qu'elle ne s'était pas rendu compte que Klara s'était éloignée.

« Bien, ils sont tous installés, rapporta Klara. Si je m'écoutais, je prendrais la petite Adele avec moi. »

Truus enfila son second gant. Elle ferma minutieusement les boutons de nacre, prenant le temps de rassembler ses esprits.

« Ils ont emmené Adele aussi ? parvint-elle à articuler.

— Qui n'aimerait pas une enfant si délicieuse ? répondit Klara, sa voix aussi troublée que le cœur de Truus. Mais quand le moment aurait été venu de la rendre à sa mère, je n'aurais pas pu me résoudre à laisser partir cette enfant que j'aurais aimée de tout mon cœur. Tu y serais arrivée toi, Truus ? »

HITLER

Stephan grimpa à un lampadaire pour avoir une meilleure vue. Des gens partout – dans les rues, aux fenêtres, sur les toits, sur les marches du Burgtheater, sur l'Adolf-Hitler-Platz, l'ancienne Rathausplatz fraîchement renommée, noire de monde – agitaient des drapeaux nazis, faisaient des saluts, tout Vienne vibrait d'acclamations sous le carillon des cloches des églises. Hitler, debout dans une voiture, une main agrippée au pare-brise, saluait. Deux longues rangées d'automobiles le suivaient sur le Ring tandis que des soldats, certains dans des side-cars, contenaient la foule. La voiture tourna dans l'entrée de l'Hotel Imperial, Hitler posa le pied sur le tapis rouge, salua et disparut entre les élégantes portes. Stephan observa – l'automobile vide, la porte close, les ombres qui se déplaçaient dans la suite éclairée à l'étage – tout en se tenant au lampadaire, au-dessus de la foule.

Hitler prit place sur un canapé sous les plafonds hauts de la pièce principale de la suite royale, dont les rideaux rouge et blanc et les meubles blanc et or n'étaient pas de la première jeunesse. Il y avait de plus luxueux endroits où séjourner à Vienne, mais ce n'était pas ce qu'il voulait.

« Lorsque je vivais ici, les Viennois disaient sentimentalement : "Et quand je mourrai, je veux monter au ciel et avoir un petit trou au milieu des étoiles pour voir ma chère Vienne", dit-il alors que son cercle rapproché s'installait autour de lui et que Julius Schaub s'agenouillait pour lui enlever ses étincelantes bottes noires. Mais à mes yeux, c'était une ville qui sombrait dans sa propre grandeur. Seuls les Juifs gagnaient de l'argent, et seuls ceux qui avaient des amis juifs ou qui acceptaient de travailler pour eux avaient un revenu décent. Moi et tant d'autres de mes semblables, nous étions affamés. La nuit, lorsqu'il n'y avait rien d'autre à faire, je marchais souvent devant cet hôtel, je n'avais même pas de quoi m'acheter un livre. Je regardais les automobiles et les voitures qui s'arrêtaient à l'entrée, accueillies par les courbettes du portier aux moustaches blanches. Je pouvais voir les lumières scintillantes de la réception, mais même le portier ne daignait pas m'adresser la parole. »

Schaub lui apporta un verre de lait chaud, dont il but une gorgée. D'autres mangeaient. Ils pouvaient manger et boire à leur guise, tant que personne ne fumait.

« Une nuit, après un blizzard, j'ai déblayé de la neige pour avoir un peu d'argent et me payer à manger, dit-il. Les Habsbourg – pas le Kaiser Franz Josef, mais Karl et Zita – sont sortis de leur voiture et ont marché pompeusement sur le tapis que je venais de déblayer. Nous autres, pauvres diables, nous ôtions notre chapeau devant eux, mais ils ne nous regardaient même pas. » Il se rassit au fond du canapé, se souvenant de la douceur des parfums des femmes dans l'air glacé tandis qu'il balayait la neige. Il n'était rien de plus pour ces femmes que la neige fondue qu'il déblayait.

« Cet hôtel n'avait même pas la décence de nous offrir du café chaud, reprit-il. Toute la nuit, chaque fois que le vent couvrait le tapis rouge de neige, je prenais un balai pour nettoyer. Et chaque fois je jetais un coup d'œil dans cet hôtel illuminé et j'écoutais la musique. J'avais envie de pleurer, j'étais furieux, et je me suis juré qu'un jour je reviendrais dans cet hôtel, que je marcherais sur ce tapis rouge et que j'entrerais dans cet intérieur scintillant où les Habsbourg ont dansé. »

L'INDÉPENDANT VIENNOIS

LA GRANDE-BRETAGNE SE PRÉPARE À FERMER SES FRONTIÈRES AUX MIGRANTS JUIFS

La plupart des autres pays ont déjà restreint l'immigration

par Käthe Perger

15 mars 1938 – En plein effondrement de la Bourse de Londres après l'annonce de l'invasion de l'Autriche par l'Allemagne, le Premier Ministre britannique a demandé à son gouvernement d'imposer de nouvelles restrictions sur les visas d'entrée pour tous les citoyens du Reich.

Le Conseil britannique pour les Juifs allemands, avec l'appui des banques Rothschild et Montagu, fournit depuis longtemps une aide économique qui permet à des réfugiés juifs d'émigrer vers l'Angleterre sans risquer de devenir des fardeaux pour l'État britannique. Mais avec l'occupation allemande de l'Autriche, vient la peur de millions d'arrivées, qu'il serait impossible de soutenir financièrement.

La Grande-Bretagne a également suspendu toute immigration de main-d'œuvre juive vers la Palestine jusqu'à ce que les conditions économiques s'améliorent. Sur ordre de William

Ormsby-Gore, le ministre britannique des Colonies, seuls deux mille Juifs financièrement indépendants seront autorisés à émigrer dans les colonies pour les six prochains mois.

Truus à l'hôtel Bloomsbury

Alors que Truus et Joop entraient dans le bureau du Fonds central britannique pour les Juifs allemands à l'hôtel Bloomsbury de Londres, une femme tirée à quatre épingles se leva pour les saluer.

« Helen Bentwich, dit-elle, d'une voix dont les accents chics étaient adoucis par les responsabilités sociales. Et voici mon mari, Norman. Nous ne nous préoccupons pas trop des convenances dans ce travail, sauf si vous insistez. »

Truus, qui n'était pas en position d'insister sur quoi que ce soit, répondit : « Et je vous présente mon mari, Joop. Que ferait-on sans eux ?

— Un peu plus de choses qu'avec eux, je suppose ! » répondit Helen, ce qui les fit tous rire.

Certainement, pensa Truus, aussitôt à l'aise dans cette pièce à l'élégance un rien décrépite, avec son bureau et sa table rococo dans leur jus et ses chaises tapissées usées ; cette Helen Bentwich était, comme ce cher M. Tenkink de La Haye, quelqu'un qui ne disait jamais non à ceux qui avaient besoin d'aide s'il y avait la moindre possibilité de dire oui. Les Franklin, la famille de Helen, étaient banquiers comme Joop, et même plus, ils étaient membres de la « fraternité » anglo-juive des Rothschild et des Montagu, qui réunissait non seulement des hommes puissants – directeurs de banques et de grandes entreprises, barons et vicomtes, députés –, mais aussi des femmes d'influence. Sa mère et sa sœur avaient été d'importantes suffragettes, et Helen elle-même, qui avait travaillé comme correspondante en Palestine pour le *Manchester Guardian* lorsque son mari était le procureur général de la colonie, était maintenant élue du Conseil du comté de Londres.

« Vous n'avez pas besoin de nous convaincre de la nécessité de trouver des foyers pour ces enfants, commença Helen en débarrassant une chaise pour les inviter à s'asseoir. Mais il faut que nous agissions vite. »

Norman venait de faire partie d'une délégation reçue par le Premier Ministre et le ministre de l'Intérieur pour évaluer la détresse des Juifs du Reich – une délégation dont faisaient partie Lionel de Rothschild et Simon Marks, l'héritier de Marks & Spencer.

« Personne ne doute de l'intérêt d'accueillir des immigrants comme leurs pères ont été accueillis, dit Norman. Sans Marks & Spencer, où pourrions-nous acheter ces cadeaux fabriqués en Grande-Bretagne et que nos femmes peuvent ensuite échanger contre quelque chose qui leur plaît plus ? »

Joop et lui rirent.

« Mais avec ce nouvel afflux de réfugiés…, reprit-il. C'est un dilemme cruel : comment rester aussi humain que possible sans… Bien, soyons réalistes. Nous ne pouvons pas risquer une vague d'antisémitisme en Grande-Bretagne.

— Mais ce sont des enfants, dit Truus.

— Le gouvernement craint que les parents ne suivent, répondit Norman.

— Mais ils sont orphelins », répliqua Truus, en proie de nouveau à la nausée, à cette peur de ne pas être à la hauteur des enfants.

Posant discrètement la main sur le bras de son mari, Helen demanda :

« Ils sont trente ?

— Tu as changé d'avis, Truus ? demanda Joop avec le même espoir que la nuit où il lui avait offert les anneaux entrelacés, l'espoir de ce bébé qui aurait pu naître si elle avait mangé ceci et non cela, si elle était restée alitée, si elle avait fait plus attention.

— Trente et un », répondit Truus à contrecœur.

D'un doigt, Helen toucha le bras de son mari, un geste si furtif que Truus l'aurait manqué si Norman ne s'était pas immédiatement levé pour proposer à Joop de sortir fumer, ajoutant : « Comme le dit mon Helen, les femmes accomplissent plus de choses sans nous. »

Ils sortirent tous les deux et réapparurent une minute plus tard sur la terrasse, où ils s'installèrent autour d'une charmante petite table en fer forgé au milieu des branches nues, de l'herbe flétrie et des parterres de fleurs marron ; la floraison de Bloomsbury, qui faisait la réputation du quartier, n'était pas évidente aussi tôt dans la saison.

« Le trente et unième enfant est un bébé sans papiers, expliqua Truus à Helen. Sa mère est l'une des femmes qui nous a confié les enfants en Allemagne.

— Je vois, répondit Helen. Et vous avez envisagé d'adopter l'enfant ? »

Truus regarda par la fenêtre. Norman offrait une cigarette à Joop, elle fut surprise de le voir l'accepter.

« Je voulais retourner en Allemagne pour ramener sa mère, mais Joop m'a dit, et il a raison, que si la mère d'Adele avait pu partir, elle l'aurait fait. Si nous gardons le bébé... C'est un dilemme cruel, comme le dit votre mari : je peux aider à sauver d'autres enfants ou je peux élever celle-ci, mais ce ne serait pas juste de lui faire courir le risque de perdre sa mère une nouvelle fois, même si j'osais le faire. Qui plus est, elle a déjà une mère.

— Une mère qui l'aime tellement qu'elle l'a laissée partir. »

Elle posa la main sur celle de Truus, d'un geste si plein de compréhension que Truus se demanda pourquoi elle n'avait pas pensé à toucher ainsi la mère d'Adele.

Truus se leva et s'approcha de la fenêtre derrière laquelle Joop et Norman bavardaient en fumant. En se retournant, elle remarqua, au-dessus d'une pile de papiers sur le bureau de Helen, une jolie boule à neige contenant une grande roue vide, et près du stand de tickets, un bonhomme de neige. Elle souleva le globe et l'agita, provoquant une petite tempête de neige.

« Oh pardon, dit-elle en se rendant compte de son irrévérence.

— J'en ai quarante-trois dans notre maison du Kent, la plupart viennent de Wiener Schneekugeln, à Vienne, comme celle-ci, répondit Helen. C'est un genre d'obsession, j'en ai peur.

— Et pourtant vous gardez seulement celle-ci dans votre bureau. »

Helen sourit, concédant que ce globe avait bien une signification particulière. Truus se demandait ce qu'elle pouvait être.

« Ma mère avait l'une des toutes premières jamais réalisées, avec la tour Eiffel. Faite à Paris en 1889, expliqua Helen. Mon père n'aimait pas qu'on y touche, mais ma mère me laissait faire, et je gloussais en promettant de ne rien dire chaque fois. »

À nouveau, ce sourire triste.

« Truus, je sais que ça ne me regarde pas, mais... Vous avez l'air aussi nauséeuse que moi quand j'ai... Bien, je n'ai pas d'enfants, mais... »

Truus porta le rubis à ses lèvres et toucha son ventre de son autre main, celle qui tenait toujours la boule à neige – ne se rendant compte qu'à cet instant que Helen avait raison, elle était de nouveau enceinte. Ou le savait-elle déjà ? Ou s'en était-elle doutée ? Avait-elle été incapable d'y faire face seule, sans personne à qui parler ? Amsterdam était une ville plus petite qu'il y paraissait, et même l'amie la plus discrète pouvait ébruiter par mégarde son secret à Joop.

« Dans ce cas, Truus, cette enfant allemande..., dit doucement Helen. Est-ce que le dilemme n'est pas déjà tranché pour vous ? »

Elle pleura d'entendre son nom prononcé avec une telle douceur. Cela lui faisait toujours quelque chose qu'on lui parle de manière si réconfortante. Son nom et sa tentative de ne pas penser à cela : une enfant qui grandissait sans mère pour la nourrir, pour la baigner, pour lui lire son livre préféré et lui chanter des berceuses.

Elle sécha ses larmes avec son mouchoir en disant : « Je n'ai jamais... Oh, Helen. Mais je ne peux pas le dire à Joop, n'est-ce pas ? Il ne pourra pas supporter de perdre un autre bébé. »

Helen Bentwich se leva, s'approcha d'elle et posa une main réconfortante sur son bras, tandis que dehors Joop faisait tomber les cendres de sa cigarette.

« Croyez-moi quand je vous dis que je connais la douleur de la perte d'un enfant », dit Helen.

La voix de Joop, son rire traversèrent la fenêtre fermée.

« Joop voudrait que nous gardions Adele », dit Truus.

Toutes deux regardèrent leurs maris qui écrasaient leur cigarette et rentraient.

« Je trouverai un endroit sûr pour la petite Adele. Ça, je vous le promets.

— Je ne crois pas que ce soit la sécurité de l'enfant que Joop veuille préserver en la gardant », répondit Truus.

Les portes de l'enfer

Stephan se faufila à travers la Heldenplatz noire de monde, la main de Žofie-Helene fermement serrée dans la sienne de peur d'être séparés dans la foule. Le domaine du palais était encore plus bondé que lorsque Vienne avait pleuré la mort du chancelier Dollfuss ; des hommes et des femmes coiffés de chapeaux comme toutes les bonnes gens de Vienne en portaient, entourant la statue équestre à perte de vue. « Un peuple, un empire, un *Führer* ! » Ces mots auraient pu résonner dans le crâne de Stephan pour le restant de ses jours. Seul le chemin qui passait sous l'arche pour accéder au domaine du palais était libre, la foule retenue par des soldats ; Stephan tira Žofie le long de la statue d'Hercule et Cerbère, puis croisa les mains pour lui faire la courte échelle. Elle se hissa par-dessus les trois têtes du gardien des Enfers et s'accrocha au cou d'Hercule, ses cuisses appuyées contre la barbe et les épaules de marbre du héros, ses chaussures se balançant devant sa large poitrine de pierre. Stephan grimpa derrière elle et s'assit dans le creux entre l'un des museaux du chien et l'épaule d'Hercule. S'il se penchait vers Žofie, il pouvait voir au-delà du buste, au cœur de la foule, jusqu'au balcon où Hitler devait parler.

Žofie tendit le bras, sa main effleura par inadvertance la cuisse de Stephan tandis qu'elle caressait l'un des trois museaux du chien ; ses lèvres étaient tout près de l'oreille de Stephan lorsqu'elle dit « pauvre Cerbère », beaucoup trop fort.

« Quand tu es si proche, inutile de crier, lui glissa Stephan à l'oreille à un volume plus mesuré, alors qu'il respirait son parfum – quelque chose de frais et d'herbacé. Et puis, "pauvre Cerbère" ? C'est un monstre assoiffé de sang qui garde les morts prisonniers des Enfers, Žofe. Eurysthée a ordonné à Hercule de capturer la bête parce qu'il ne pouvait pas y arriver, parce que personne n'était jamais revenu du royaume des morts.

— Je ne crois pas qu'on puisse blâmer un monstre mythologique, parce qu'il est le ressort narratif dont l'histoire a besoin », répondit Žofie.

Stephan réfléchit à la remarque. « Il ? Cerbère est-il singulier ou pluriel ? »

Il sortit son carnet et prit une note sur les créatures mythologiques qui remplissaient des fonctions narratives. Il aurait aimé écrire sur l'odeur de Žofie-Helene, et sur la façon dont sa paume s'emboîtait dans la sienne comme une pièce de puzzle, mais il se contenta de ranger cette pensée dans un coin de sa tête pour la noter plus tard, lorsque Žofie ne serait pas là.

« C'est l'un des meilleurs aspects de notre amitié : les choses que je te dis qui se retrouvent dans ce journal, puis dans tes pièces.

— Tu sais que personne d'autre ne dit des choses comme ça, Žofe ?

— Pourquoi donc ? »

Son visage était si proche qu'il aurait pu tendre le cou comme la bête sous lui, et l'embrasser.

« Je ne sais pas », dit-il.

Il avait toujours pensé qu'il connaissait beaucoup de choses, avant de la rencontrer.

Elle se redressa à nouveau, pour observer, et Stephan aussi, mais il gardait constamment un œil sur elle. Il prenait des notes dans son carnet – sur la journée, la foule, les drapeaux nazis battus par les bourrasques, les vieux héros autrichiens érigés en statues de pierre maintenant entourés par ce qui semblait être tout Vienne massé sur la place – lorsqu'un cortège d'automobiles arriva sur l'esplanade par les arches du Ring. Hitler, debout dans une voiture, saluait, le bras levé, suivi par l'écho assourdissant de son ombre. La foule s'enflamma, explosa en saluts nazis et en une liesse furieuse, qui devint une scansion de « *Sieg Heil ! Sieg Heil ! Sieg Heil !* ». Stephan scrutait la scène en silence, la terreur envahissant sa poitrine tandis que la voiture faisait le tour du prince Eugene de pierre puis s'arrêtait. Alors que le Führer entrait dans le palais royal, Žofie regardait aussi silencieusement que lui, à travers ses lunettes embuées.

« On ne dit pas ces choses-là parce qu'on n'est pas aussi sûr que toi qu'elles sont vraies, Žofie, dit-il à voix basse, trop bas pour qu'elle l'entende par-dessus les clameurs de la foule. On dit la même chose que tout le monde, ou on se tait, de peur de passer pour un imbécile.

— Quoi ? » répondit Žofie-Helene. Un mot inaudible, discernable seulement au mouvement de ses lèvres tandis que Hitler s'avançait vers les microphones au balcon du palais et déclarait : « En tant que Führer et chancelier de la nation allemande, j'annonce à l'Histoire que ma patrie a rejoint le Reich allemand. »

ENLÈVEMENT

Eichmann se demandait si les sujets des portraits suspendus dans le bureau de l'Israelitische Kultusgemeinde de Vienne se doutaient plus de ce qui allait arriver aux Juifs viennois que les représentants juifs réunis autour de la table. Il observa patiemment Josef Löwenherz, le directeur du centre communautaire, tirer ses lunettes de son veston, dérangeant le col de sa chemise qui ressortait négligemment. Les lunettes n'améliorèrent pas l'aspect des yeux globuleux et de la lèvre supérieure duveteuse de l'homme, sa calvitie progressant au même rythme que son rapetissement. C'était un trait spécifique des avocats, cette façon de tout lire méticuleusement ; comme s'il avait son mot à dire.

Löwenherz signa le document et le passa à Herbert Hagen, qui signa pour le Reich avant de le tendre à Eichmann. L'affectation d'Eichmann à Vienne était temporaire ; Hagen avait été clair là-dessus. C'était à Eichmann de se rendre indispensable, et cette descente dans les bureaux de l'IKG, Seitenstettengasse, était la première étape.

Eichmann griffonna son nom à côté de celui de Hagen, reposa son stylo à côté de la cloche en argent sur la table en bois sombre, se leva et salua Hagen, qui, une fois son rôle rempli, sortit pour rejoindre un dîner chic ou une femme élégante.

« Très bien, dit Eichmann aux Juifs autour de la table, il y a des caisses à remplir.

— Vous voulez dire que c'est nous qui devons faire tout le chargement ? » bafouilla Löwenherz.

C'était la petite plaisanterie d'Eichmann : faire faire tout cela sous le dôme de la flamboyante salle ovale du Stadttempel. Quand les Juifs eurent fini de transporter leurs listes de membres et autres preuves d'activités subversives de la synagogue jusqu'aux camions qui attendaient dans l'étroite rue pavée, il leur ordonna de revenir à l'intérieur.

Löwenherz, suant à grosses gouttes, et visiblement mécontent de voir Tier dans un lieu sacré, jeta un coup d'œil au balcon du premier étage, comme s'il cherchait une issue.

« Je suppose que c'est la place des Juifs de moindre importance, dit Eichmann.

— Les femmes, bien entendu, répondit Löwenherz.

— Oui, bien entendu, les femmes », ajouta Eichmann dans un rire.

Ses hommes verrouillèrent les portes du bâtiment et un assistant se mit à lire la courte liste des représentants juifs de Vienne : Desider Friedmann, le président de l'IKG ; Robert Stricker, le directeur du quotidien sioniste de Vienne ; Jakob Ehrlich ; Oskar Gruenbaum.

« Adolf Böhm… »

Eichmann attendit qu'Adolf Böhm, stupéfait, prenne place dans la file avant d'ajouter : « Non, monsieur Böhm, j'ai changé d'avis à votre sujet. » Il était content de voir le soulagement sur le visage de l'écrivain. Oui, ce serait aussi efficace que prévu de faire prendre conscience à cet homme, au plus profond de son faible cœur, des risques courus s'il refusait de coopérer. Faire comprendre ce risque à tous ceux qui restaient libres aujourd'hui.

Son assistant lut le dernier nom : « Josef Löwenherz. »

Eichmann adressa un signe de tête à Löwenherz, dont les yeux globuleux renvoyaient un sentiment de trahison. Ce n'était pas une erreur. Il n'avait pas oublié la leçon qui lui avait coûté tant de dignité et d'avancement : il n'avait pas besoin de payer les Juifs pour obtenir d'eux ce qu'il voulait.

Eichmann ne pénétra de nouveau dans le bureau de Löwenherz, Tier sur ses talons, qu'une fois que les camions, dont les portes s'étaient refermées sur les prisonniers plongés dans le noir, furent partis. Il passa en revue la table sombre, le papier peint chic, les tableaux. « Oui, votre heure est venue », dit-il aux portraits. Il prit la cloche en argent sur la table où se trouvait toujours son stylo et la glissa dans sa poche, un souvenir sans valeur mais dont il saurait faire bon usage.

Il retourna aux cinq étages de l'élégant hôtel Metropole, où, jeune homme, il était arrivé par tramway (une monstruosité de crasse et de vacarme, comme celui qui passait devant lui maintenant) et dont on lui avait refusé l'entrée. À présent le portier lui tenait la porte et s'inclinait sur son passage, tandis qu'au sous-sol, récemment transformé en prison nazie, les Juifs qu'il avait arrêtés se tapissaient dans leur cellule, dans l'attente qu'il décide de leur sort.

LA QUESTION JUIVE EN AUTRICHE

Eichmann attendit deux jours, suffisamment longtemps pour que la plaie suppure, avant de convoquer les six dignitaires juifs qu'il avait laissés en liberté, menés par le frêle et vieux Adolf Böhm. Eichmann n'était pas certain de savoir pourquoi il avait fait convoquer les autres – Goldhammer, Plaschkes, Koerner, Rothenberg et Fleischmann. Peut-être simplement pour faire une démonstration de force.

« Reculez, ordonna-t-il. Vous êtes trop près. Bien, c'est moi qui suis chargé de régler la question juive en Autriche. J'attends votre coopération la plus entière. Monsieur Böhm, vous êtes bien l'auteur de l'ouvrage sur l'histoire du sionisme ? J'ai beaucoup appris de vos écrits. »

Il récita un court passage qu'il avait appris par cœur la veille.

« *Kol hakavod*, dit-il aux Juifs bouche bée. Vous êtes étonnés que je parle hébreu ? Je suis né à Tel-Aviv. »

Les oreilles de Tier se dressèrent. Eichmann n'aurait su dire pourquoi, la première fois, il avait prétendu être né à Jérusalem, mais cela s'était révélé particulièrement efficace pour gagner la confiance de Juifs naïfs.

« J'ai cru comprendre, Böhm, qu'un second tome de votre travail a paru récemment ? reprit-il. Peut-être me feriez-vous l'honneur de m'en adresser un exemplaire ? Bien, il n'y a pas d'avenir pour les Juifs en Autriche. Que recommandez-vous pour accélérer votre émigration ? »

Böhm resta coi, sa bouche de vieillard béante.

« Vous voulez que je…

— Vous n'avez aucune idée pour aider votre peuple, monsieur Böhm ?

— Bien… Je… Ce n'est pas mon… »

Eichmann fit tinter la petite cloche d'argent sur son bureau et ajouta : « Vous êtes trop vieux pour ce que je veux faire de vous de toute façon. »

« Et qui êtes-vous ? » demanda Eichmann à un autre des Juifs en détention. C'était le quatrième prisonnier avec lequel il s'entretenait depuis qu'il avait congédié Böhm et les dignitaires qu'il n'avait pas arrêtés. Vraiment, c'était difficile de comprendre comment ces Juifs avaient pu avoir le moindre succès.

Le Juif, perplexe, balbutia : « Josef Löwenherz. »

Löwenherz. Le directeur de l'IKG. Quelques jours dans une cellule froide changeaient vraiment un homme. Eichmann palpa la petite cloche d'argent – qui avait appartenu à Löwenherz. L'homme la fixa sans rien dire.

« Il n'y a pas d'avenir pour les Juifs en Autriche, dit Eichmann, une phrase déjà éculée. Que recommandez-vous pour accélérer votre émigration ?

— Pour... pour accélérer l'émigration ? balbutia Löwenherz. Si... si je peux me permettre... Non pas que j'en sache plus que... Bien, il me semble que les Juifs fortunés sont réticents à quitter leur existence confortable et que les Juifs pauvres n'ont pas les moyens de partir. »

Eichmann posa la main sur la tête de Tier. Incroyable, comment les gestes les plus simples pouvaient attiser la terreur. Dans les dix premiers jours qui avaient suivi l'arrivée des Allemands en Autriche, une centaine de Juifs s'étaient défenestrés, empoisonnés ou suicidés par balle.

« Donc, vous proposez de rendre l'existence des Juifs riches moins confortable ? demanda Eichmann.

— Non, je... je comprends, monsieur Eichmann, monsieur, qu'il y a des... Ce que je veux dire, c'est que bon nombre reçoivent l'un des papiers nécessaires à l'obtention d'un visa pour quitter le Reich, mais qu'il expire avant qu'ils puissent réunir le reste des documents. Les justificatifs des paiements d'impôts, des factures, des redevances. Vous voyez, nous... Toute la démarche doit être recommencée depuis le début.

— Ceci est un problème, pas une solution.

— Oui. Oui, mais peut-être... Une fois de plus, je n'en sais pas plus, mais peut-être que tous les bureaux pour obtenir les permis nécessaires et faire les paiements pourraient être au même endroit ? Cela pourrait nous permettre de... ceux à qui vous donneriez la permission d'émigrer... de n'avoir qu'à traverser un couloir, visa en main, pour payer... pour remédier à...

— Ce qui nous débarrasserait des Juifs riches, ne nous laissant que les moins-que-rien ?

— Je… Nous sommes une communauté. Il a toujours été dans notre intention que les Juifs les plus riches aident à…

— Oui, une taxe, le coupa Eichmann. Une taxe sur les Juifs riches pour aider à l'émigration des pauvres.

— Une taxe ? Ce que je voulais dire, c'est…

— Une taxe pour payer les visas de sortie, et tout dans le même bâtiment. Monsieur Löwenherz, je vais m'arranger pour que vous soyez libéré quand vous m'aurez mis par écrit votre programme.

— Vous voulez que je rédige un programme pour l'émigration des Juifs viennois ?

— Un programme d'émigration pour les Juifs d'Autriche.

— Pour combien, monsieur ?

— Pour combien ? Pour combien ? Ne m'avez-vous pas entendu ? Il n'y a pas de place pour les Juifs dans le Reich ! »

Eichmann fit tinter la cloche et un assistant fit sortir Löwenherz.

« Nous pourrions reloger tous les Juifs d'Autriche dans le ghetto de Leopoldstadt, Tier, pour faciliter les choses, dit Eichmann. Mais ce n'est pas nécessaire de créer la panique en annonçant cela maintenant. »

Il cria dans le couloir : « Une liste des dirigeants juifs qu'on a emprisonnés. »

Puis, à l'adresse des oreilles dressées de Tier : « On pourrait en libérer quelques-uns. La carotte et le bâton, Tier. La carotte et le bâton. »

L'INDÉPENDANT VIENNOIS

L'AUTRICHE VOTE MASSIVEMENT POUR REJOINDRE LE REICH ALLEMAND

La dernière humiliation de l'Autriche

par Käthe Perger

VIENNE, 11 avril 1938 – Les députés du premier Grand Reichstag allemand ont été élus hier par 49 326 791 votants en Autriche et en Allemagne. Dans une ultime insulte à notre fière et indépendante nation, 99,73 % des Autrichiens ont voté en faveur de notre propre soumission au Führer en choisissant entre « oui » et « non ». À Vienne, 1 219 331 habitants ont répondu « oui » tandis que seulement 4 939 ont voté « non ».

Cette conquête donne à Hitler les clés de l'Europe centrale dans un monde qui ne saura jamais si les nazis sont une majorité ou non. D'autres nations, dont l'Angleterre et les États-Unis, se sont empressées de reconnaître cette invasion. Sans presque une once de protestation, ici ou à l'étranger, le ministère des Affaires étrangères américain a fermé sa légation autrichienne avant même que l'Allemagne puisse la supprimer...

Dans la grande roue

Stephan, qui se tenait avec Papa et Walter face au consulat britannique, regarda de nouveau sa montre ; Walter jetait en l'air son Pierre Lapin sous le regard désapprobateur des deux femmes devant eux.

« ... Ma sœur est partie juste avant que les Britanniques n'imposent les nouvelles conditions pour les visas, dit la plus jolie des deux. Elle travaille comme domestique maintenant, mais au moins elle est en Angleterre. »

« Papa, je dois retrouver Dieter et Žofie », dit Stephan.

Son père observa la file d'attente, qui s'étirait interminablement devant eux bien qu'ils fussent arrivés avant l'ouverture du consulat.

« Pas au parc ? »

Stephan resta silencieux, regardant Walter jeter son lapin en l'air.

« Bien, emmène Walter dans ce cas. Soyez de retour dans deux heures. Et ne vous salissez pas.

— Pierre reste ici, Wally », dit Stephan.

Walter tendit le lapin à son père, sans se soucier de l'indignité de cet homme adulte tenant une peluche à la main, mais ces temps-ci, à Vienne, il n'y avait plus de dignité.

« Vous pouvez faire une demande pour vos fils, monsieur, ils n'ont pas besoin d'être là, dit la plus jolie des deux femmes.

— Leur mère veut que quelqu'un voie à quel point ils sont de bons garçons intelligents », répondit Papa, d'une voix que Stephan considérait comme sa voix « Moi, Herman Neuman, des Chocolats Neuman ».

Mais remarquant la douleur dans le regard de la femme, il ajouta : « Je suis désolé. Je ne voulais pas... C'est simplement que... À l'ambassade américaine, j'ai attendu jusqu'à dix heures du soir pour qu'on me réponde qu'ils voient six mille personnes par jour pour des visas qui ne seront pas accordés avant des années. Mais on m'a dit que les Britanniques n'avaient pas encore mis de quota sur les visas étudiants.

— Pour les étudiants qui ont une place à l'université. Votre fils va entrer à Oxford ? »

Son père hésita, puis répondit : « Stephan est dramaturge. Il espère pouvoir étudier auprès de Stefan Zweig. »

Ses mots disaient vrai, pourtant leur implication était autant un mensonge que le silence de Stephan à propos du parc.

Stephan, avec Walter à sa suite, repéra la tresse qui arrivait presque à la taille de Žofie-Helene dans la file d'attente de la grande roue. Les nacelles tournaient plus lentement pour laisser les passagers embarquer. Partout dans le parc du Prater des enfants portaient des uniformes des Jeunesses hitlériennes : shorts foncés, chemises en coton beige, grandes chaussettes blanches et brassards rouges frappés de la croix gammée noire. Même Dieter, qui faisait la queue avec Žofie, portait un svastika épinglé à son manteau.

« Walter, je ne savais pas que tu serais là ! dit Žofie-Helene.

— Moi non plus ! Stephan a promis à Papa que nous n'irions pas au parc ! »

Žofie ébouriffa les cheveux de Walter tout en s'adressant à la personne derrière eux dans la file : « Ça ne vous embête pas ? Je ne savais pas que son petit frère allait venir aussi. » Puis elle dit à Stephan : « On leur a expliqué qu'on te gardait une place.

— On peut attendre. Walter n'aime pas les grandes roues.

— Ce n'est pas vrai ! se récria Walter.

— Bien. Moi je n'aime pas les grandes roues, répondit Stephan.

— Stephan, tu as dû monter dans celle-ci des centaines de fois, dit Dieter.

— Ça me donne toujours l'impression d'avoir laissé mon estomac au sol, répliqua Stephan.

— C'est simplement l'accélération centripète qui altère la force normale de la nacelle sur ton corps, expliqua Žofie-Helene. En haut, tu te sens particulièrement léger, et en bas, c'est comme si tu pesais presque deux fois ton poids. Je peux emmener Walter.

— Wally va rester avec moi », répondit Stephan.

Ils avaient atteint la tête de la file d'attente et l'employée ouvrait la porte de la nacelle.

« Allez-y, on vous attendra », insista Stephan en serrant fort la main de Walter de peur qu'il ne réplique.

Dieter s'installa, suivi de Žofie et des gens derrière eux qui remplirent la cabine. Stephan les regarda monter, Dieter passa son bras sur les épaules de Žofie, cet affreux svastika touchant presque sa manche alors qu'ils lui faisaient de grands signes.

« Je voulais faire un tour de grande roue, dit Walter.
— Moi aussi », répondit Stephan.

Stephan resta debout et regarda Žofie-Helene s'asseoir sur l'un des longs bancs en bois de la promenade. Elle tapota la place à côté d'elle et dit : « Allez, Walter, viens t'asseoir », mais Stephan prit la main de son frère.
Žofie se leva et se retourna dans un même mouvement, comme si elle avait vu une grosse araignée, et regarda la plaque en métal brillant « *Nur für Arier* ». Réservé aux Aryens.

« Oh ! Oui, Mama dit que la façon dont les nazis traitent les Juifs est une honte. Elle dit qu'on devrait tous être solidaires avec eux.

— Bien sûr que Stephan est solidaire des Juifs, lança Dieter. C'est l'un des leurs.

— Ne sois pas idiot, Dieter, répondit Žofie-Helene.

— Mais c'est vrai. Il est assis derrière une ligne jaune en cours maintenant, au dernier rang, avec les autres Juifs.

— Mais non.

— Avec deux rangées d'écart entre eux et nous. »
Elle regarda Stephan, qui ne pouvait pas nier.

« Tu... tu es juif, Stephan ? Mais tu n'as pas l'air juif. »

Stephan tira Walter vers lui.

« À quoi penses-tu qu'un Juif ressemble ?

— Mais... pourquoi tu ne quittes pas Vienne ? Mama dit que tous les Juifs qui le peuvent partent, tous ceux qui ont de l'argent, et... tu es riche.

— Mon père ne peut pas laisser son entreprise. Et sans l'entreprise, nous n'avons pas d'argent.

— Tu pourrais aller à l'école aux États-Unis. Ou... est-ce que Stefan Zweig n'est pas en Angleterre ? Tu pourrais étudier avec lui.

— Il ne peut pas, dit Dieter.

— Pourquoi ça ? rétorqua Žofie.

— De toute façon, on ne peut pas laisser ma mère.

— Quand ta mère guérira alors. »

Stephan se pencha vers Žofie-Helene et murmura pour que Walter ne puisse pas l'entendre : « Personne ne guérit d'un cancer des os. »

Il regrettait déjà les mots qu'il avait prononcés ; il ne parlait jamais de la maladie de Mutti, et surtout pas pour faire du mal à quelqu'un. Pourquoi avait-il voulu faire du mal à Žofie ? Il se sentait sale, indigne d'elle.

Il fit un pas en arrière, voulant s'excuser, mais en même temps non, voulant demander à Žofie pourquoi elle était venue au parc avec Dieter. Il voulait la rendre responsable du mensonge qu'il avait raconté à son père, même si ce n'était pas juste en vérité ; c'était sa faute à lui, il avait été sot au point de laisser les provocations de Dieter le pousser à venir. Alors il resta planté là, les yeux rivés sur elle, et elle le fixait aussi, sa colère à lui se reflétant en quelque chose d'autre sur son visage à elle.

Du haut de la large promenade venaient des acclamations et, en dessous, un martèlement sourd. Le bruit des bottes qui marchaient au pas.

« Allons-y, Walter, dit-il, apeuré.
— Mais tu avais promis...
— Il faut qu'on retrouve Papa.
— Je lui dirai qu'on est allés au parc.
— Walter... », dit Stephan.

Il se pencha pour prendre la main de son frère mais Walter s'écarta brusquement et se jeta sur Žofie avec tant de force qu'elle retomba sur le banc, Walter plus ou moins assis sur ses genoux.

« Papa a dit deux heures, geignit Walter. Il nous reste encore du temps. »

Stephan essaya de récupérer son frère mais Žofie l'entoura de ses bras en disant : « Stephan... »

Déjà, la ligne de SA était en vue.

« Tout de suite, Walter. Tout de suite. »

Walter se mit à pleurer, mais Žofie, percevant la panique dans la voix de Stephan, ou apercevant les SA elle-même, relâcha son étreinte. Stephan essaya de mettre Walter sur son épaule mais il se débattit. Stephan perdit prise et le pauvre Walter tomba par terre.

« Walter ! s'exclama Žofie, se précipitant pour l'aider. Walter, est-ce que ça va ? »

Et les SA, en formation, marchaient droit vers eux.

« Diet, donne ton insigne à Stephan ! ordonna Žofie, se rasseyant sur le banc avec Walter, essayant d'avoir l'air calme. Vite ! »

Dieter la regarda sans rien faire.

Les SA s'arrêtèrent devant eux et leur chef demanda :
« Y a-t-il un problème ?
— Non, non. Tout va bien, monsieur », répondit Žofie.

Le regard du chef des SA passa de Žofie à Walter, à Dieter sur le banc et à Stephan, toujours debout. Stephan sentait la nudité de sa veste, l'absence d'un insigne à croix gammée comme en portait Dieter, la nouvelle « cocarde passe-droit de Vienne ».

« Nous ne sommes pas avec lui, déclara Dieter.

— C'est un Juif ? » questionna l'homme.

Dieter répondit « Oui » juste au moment où Žofie disait « Non ».

L'homme approcha son visage de celui de Žofie, si près que Stephan dut se retenir de ne pas l'agripper pour le tirer en arrière. Walter, toujours dans ses bras, se mit à pleurer sincèrement, non pas les larmes de crocodile destinées à obtenir ce qu'il voulait, mais des larmes de terreur.

« Et celui-ci, c'est le petit frère juif effrayé assis sur un banc interdit aux Juifs ? railla le SA.

— Ce n'est pas mon frère », répondit Stephan.

Žofie, d'une voix assurée, déclara : « C'est mon frère, monsieur. »

Stephan passa sa langue sur ses lèvres, la bouche terriblement sèche.

Le chef des SA se tourna vers ses hommes.

« Je crois que ce Juif est venu ici pour faire de l'exercice, non ? »

Stephan ne savait pas s'ils parlaient de lui ou de Walter. Il sentit un filet d'urine contre sa jambe mais parvint à l'endiguer.

« Tu vas nous montrer comment tu sais marcher au pas de l'oie, alors », ordonna l'homme, qui s'adressait clairement à lui maintenant.

Un attroupement se forma autour d'eux.

« Je ne suis pas clair ? » interrogea le nazi.

Stephan, déglutissant avec peine, avança au pas de l'oie, craignant de s'éloigner de son frère, mais il n'avait pas le choix. Il marcha en cercle en levant la jambe bien raide, revenant un peu plus près de Walter.

« Encore une fois, ordonna l'homme. Je parie que tu peux faire mieux que ça. Tu vas chanter. C'est plus simple si tu chantes. *Je suis juif, voyez mon nez !* Tu la connais celle-là, non ? »

Stephan risqua un bref coup d'œil suppliant en direction de Žofie. L'homme sortit sa matraque.

Stephan continua à s'éloigner au pas de l'oie ; l'homme lui criait : « Tu dois chanter ! »

Pourtant, il marchait en silence, incapable de supporter une humiliation de plus sous les yeux de Žofie et de Walter.

Lorsqu'il se retourna, il vit la longue tresse de Žofie qui courait entre ses reins et sa main qui tenait fermement le petit dos de Walter.

Son petit frère, pleurant silencieusement désormais, lui jeta un dernier regard alors que Žofie l'emmenait.

Le SA se mit en travers du chemin de Stephan, attrapa son pied et le souleva d'un coup brusque. Stephan trébucha et tomba sur le dos, le souffle coupé. La foule qui grandissait le railla. Dieter aussi riait.

« Je t'ai dit de chanter ! » aboya le SA.

Stephan se releva, rajusta ses lunettes et se remit au pas de l'oie, entonnant cette fois l'humiliante chanson que Žofie et Walter ne pouvaient maintenant plus entendre.

Le SA lui fit descendre la promenade, suivi par la foule.

Lorsque Stephan fut si fatigué qu'il ne parvenait plus à lever les jambes assez haut pour le SA, celui-ci tira sa jambe et il tomba de nouveau.

Et encore.

Et encore.

Stephan était certain qu'une chute supplémentaire lui briserait le dos. Mais chaque fois il voyait le visage de Dieter dans la meute railleuse et se relevait.

Il marcha au pas de l'oie jusqu'au bout de la promenade et fit demi-tour.

Au milieu du chemin inverse, peut-être plus, peut-être moins, Stephan leva les yeux, ses lunettes de travers, incapable de retrouver Dieter dans la foule. Il essaya de remplacer les postillons du SA par la bouche de Dieter qui bafouillait les répliques qu'il avait si méticuleusement écrites, les lèvres de Dieter qui le traitaient de juif, la main de Dieter sur les beaux cheveux de Žofie alors qu'il l'embrassait sur la scène du Burgtheater. Mais il n'avait plus de colère, plus rien à opposer au SA qui le frappait, des poings et des pieds, tandis qu'au loin la grande roue tournait dans le ciel.

LÂCHER PRISE

Truus arriva sur le terrain dépouillé de l'unité de quarantaine de Zeeburg, où les enfants se réunissaient déjà à la cantine – tous sauf sept, parmi eux la petite Adele Weiss, dont les résultats à la diphtérie étaient positifs et qui avaient été mis en quarantaine. Le cas d'Adele n'était pas grave, avait dit le docteur la veille. Elle avait la gorge grise et la toux imputable à cette maladie, mais son cou n'était pas aussi gonflé que celui des autres enfants, sa respiration pas aussi haletante, et elle n'avait pas encore de lésions sur le corps.

Et aujourd'hui, la matinée avait apporté de bonnes nouvelles : cet après-midi, tous les enfants en bonne santé monteraient dans un ferry pour l'Angleterre, où Helen Bentwich leur avait trouvé un foyer à chacun.

Tandis que Truus se dépêchait, elle fut surprise par quelque chose qui tomba de la fenêtre et s'écrasa à ses pieds. Est-ce que c'était… Elle l'examina de plus près, la bile montant dans sa gorge, mais c'était une bonne nouvelle, ces nausées matinales. Cette masse grise était un ravioli ? Elle n'était pas sûre de ce qui la troublait le plus : que la nourriture servie aux enfants soit de si mauvaise qualité qu'ils la jetaient par la fenêtre, ou qu'ils aient si peu de distraction que lancer de la nourriture par la fenêtre les amusait. Ce ravioli – ou cette chose, peu importait – venait du quartier des diphtériques, où les enfants n'étaient pas autorisés à se promener le long du canal et à assister à l'occasionnel spectacle de la mise à l'eau d'une barge.

À l'intérieur de la cantine, Truus annonça la nouvelle aux enfants, qui l'acclamèrent et se ruèrent dans les baraquements pour faire leurs bagages. C'était vraiment une belle journée, pensa-t-elle, alors qu'elle chassait le dernier enfant en lui disant : « J'ai trouvé une maison pour Jonah et toi, Sheryl. Maintenant, vas-y, prépare tes valises.

— Je ne peux pas l'abandonner, dit la fille.

— Abandonner qui, ma chérie ?

— Jonah.

— Bien sûr que tu ne vas pas l'abandonner. »

Elle prit la main qui portait la moitié de l'anneau.

« J'ai trouvé une maison pour vous deux en Angleterre. Maintenant, vas-y. Je ne le laisserai pas partir sans toi, mais je dois avoir le temps de récupérer mes anneaux !

— Jonah est malade, dit la fille avant de fondre en larmes, silencieusement.

— Malade ? Mais il a été vacciné. »

Sheryl pleurait à chaudes larmes.

« Oh, ma chérie, ça ne doit pas être très grave… »

Elle prit l'enfant dans ses bras en priant. Ça ne pouvait pas être encore un cas de diphtérie.

Truus tint la main de Sheryl tandis qu'elles entraient dans le bureau de l'infirmière en chef. Oui, le frère de la petite s'était réveillé au milieu de la nuit en sueur et la gorge douloureuse. La toux n'avait pas encore commencé et il n'avait pas d'autres symptômes que les amygdales grises. Ils avaient envisagé de mettre sa sœur en quarantaine, puisque les deux enfants étaient inséparables. Mais risquer d'exposer une enfant sans symptômes à la maladie ?

« Non, bien sûr que non », répondit Truus, qui réfléchissait déjà aux implications d'un enfant malade alors que les autres étaient sur le point de partir. Elle allait devoir en parler à Helen Bentwich. Il fallait espérer qu'elle accepte des enfants qui pourraient bientôt montrer des signes de maladie. Helen était raisonnable. Le docteur avait déclaré hautement improbable que d'autres tombent malades – garantie que Truus avait étendue à l'enfant qu'elle portait. Tous les enfants avaient été vaccinés à leur arrivée. Ceux qui étaient tombés malades l'avaient été parce qu'il n'était pas toujours possible d'empêcher l'exposition à la maladie avant que le vaccin fasse effet. Sans doute Helen verrait-elle que la possibilité qu'un enfant souffrant arrive en Angleterre était un bien maigre prix à payer pour que tous les autres soient tirés de cet enfer et accueillis dans de véritables foyers. C'était la diphtérie, et non la variole ou la polio. Et Helen était le genre de femme qui ne disait jamais non quand elle pouvait dire oui.

Truus toucha l'anneau au pouce de l'enfant. Ces anneaux n'étaient-ils pas un présage ? Elle n'était retombée enceinte qu'après les avoir confiés aux enfants – ou du moins elle avait découvert sa grossesse à ce moment-là, ce qui était pratiquement la même chose.

Si les anneaux partaient pour l'Angleterre avec eux, elle ne les reverrait probablement jamais, mais peut-être était-ce mieux ainsi. Peut-être étaient-ils une malédiction pour elle, mais ne le seraient pas pour les deux enfants.

« Tu dois me faire confiance, Sheryl : je vais m'assurer que Jonah te rejoigne en Angleterre dès qu'il sera rétabli, dit-elle à la jeune fille. Tu peux y aller avant lui et rencontrer la famille. Comme ça, lorsqu'il viendra, tu pourras le leur présenter, ça te va ? »

La fille acquiesça gravement, elle était trop jeune pour avoir à endurer tant de choses.

On trouva une assistante pour raccompagner la fillette aux baraquements. Truus aurait voulu le faire elle-même, mais il fallait qu'elle rende visite aux enfants malades pour leur expliquer qu'on ne les abandonnait pas et qu'ils étaient attendus en Angleterre dès qu'ils iraient mieux.

« Les autres sont en convalescence ? » demanda-t-elle à l'infirmière.

La femme ouvrit la porte du secteur : des berceaux et des lits blancs le long des murs, recouverts de draps blancs. Dans un coin, une fenêtre était ouverte, celle par laquelle le ravioli était passé. L'une des plus grandes filles était assise sur son lit et façonnait des personnages avec ce qui paraissait être les restes de son déjeuner. Deux garçons au centre de la pièce jouaient à un jeu de leur invention, dont le seul but semblait être d'attraper en même temps une demi-douzaine d'objets jetés en l'air. D'autres, les pauvres chéris avec leurs cous gonflés, dormaient, lisaient ou raccommodaient des chaussettes. Repriser des chaussettes, voilà ce qui tenait lieu d'amusement à des enfants en quarantaine, bon sang ! Truus pensa que c'était bon signe que des enfants aient eu le cran de jeter un ravioli par la fenêtre.

« La nuit a été délicate, j'en ai bien peur », dit l'infirmière.

Truus s'arma de courage, sentant ce qu'on allait lui annoncer et comptant rapidement : la fille, deux garçons, Adele dans... avaient-ils déplacé son berceau ?

« Je suppose que c'est une bénédiction que ces enfants soient orphelins, il n'y a pas de parents à prévenir, dit l'infirmière.

— Un orphelin », dit Truus, anéantie, oui, mais aussi envahie d'un soulagement qu'elle n'aurait pas dû ressentir. Si l'enfant n'avait pas de parents à prévenir, ça devait être le bambin.

« Cette pauvre petite Madeline ? » demanda-t-elle.

Cette nuit-là, Truus ravala ses larmes, de peur de briser le cœur de Joop en lui apprenant la nouvelle. Il avait voulu ramener la petite Adele Weiss à la maison. Ils auraient été une famille, un mot qu'ils ne prononçaient jamais à voix haute. Elle voulait lui parler d'Adele et de cet autre enfant, celui qui grandissait en elle. Et pourtant elle ne pouvait pas, pas encore, pas tant qu'elle n'aurait pas plus de certitude, et certainement pas ce soir. Ce soir, elle ne pouvait que serrer son mari dans ses bras et essayer de ne pas penser à la petite fleur qu'il avait aimée dès qu'il l'avait tenue contre lui.

Les amitiés vont et viennent

Stephan était en train d'écrire dans la bibliothèque lorsque Walter fit irruption, annonçant : « Žofie est encore là ! Elle m'a dit de te dire qu'elle voulait vraiment te voir. »

Stephan, levant les yeux pour voir son frère dans le miroir au-dessus de son bureau, aperçut son propre reflet ; son œil n'était plus le carnage des premiers jours mais il avait toujours cette teinte jaune orangé mêlée de violet, sa lèvre ouverte n'était plus enflée, mais le docteur lui avait annoncé que la cicatrice ne partirait jamais. Il avait eu de la chance en réalité. Un couple de personnes âgées l'avait trouvé, gisant inconscient dans le parc ; ils l'avaient réveillé et l'avaient aidé à monter dans le tramway, la femme l'avait allongé à l'arrière pour qu'il ne soit pas remarqué.

« Dis à Žofie que je ne suis pas là, Wally, dit-il.
— Encore ? »

Stephan regarda la réplique sur la page de sa machine à écrire : *Parfois, je dis des choses fausses simplement pour voir si quelqu'un va le remarquer. Mais la plupart du temps, personne ne s'en rend compte.*

Walter recula et laissa la porte ouverte pour que Stephan puisse entendre chacun de ses pas lents dans l'escalier en marbre de l'entrée, sa voix de garçonnet montant du hall qui disait : « Stephan m'a dit de te dire qu'il n'est pas là. »

Cette fois-ci, Žofie-Helene ne demanda pas à Walter d'essayer encore, ou de lui expliquer qu'elle voulait juste le voir, savoir s'il allait bien. Elle se contenta de dire : « Donne-lui ça de ma part, d'accord, Walter ? »

Stephan attendit d'entendre la porte se refermer avant de reposer les doigts sur les touches de la machine. Il fixait la page mais les mots ne venaient plus.

Lire

Walter, Pierre Lapin à la main, monta sur la chaise roulante sophistiquée de Mutti dans l'ascenseur, ouvrit l'un des exemplaires de la dizaine de livrets identiques que Žofie-Helene avait apportés pour Stephan et essaya de faire la lecture à Pierre. Seulement, il ne savait pas lire. Il aurait voulu demander à Stephan de le faire, mais Stephan était de mauvaise humeur.

Par bonté

Truus, assise derrière la vitre d'un café sur la Roggenmarkt, à Münster, en Allemagne, commençait à se sentir un peu trop voyante. La fin d'après-midi, le moment où les Juifs étaient autorisés à faire des achats, après que les citoyens aryens avaient eu ce qu'ils voulaient, était une heure étrange pour une Néerlandaise chrétienne attardée devant un thé froid. Recha Freier apparut enfin en haut de la rue, l'air à la fois plus imposante et plus émaciée que dans les souvenirs de Truus, son écharpe noire sur la tête et son manteau simple ne flattant pas particulièrement son visage masculin. Elle passa sans même jeter un coup d'œil au café mais rajusta son écharpe d'une main non gantée.

Truus attendit que Recha soit au bas de la rue, puis se leva, remercia la serveuse d'un signe de tête et la suivit, gardant un pâté de maisons de distance entre elles. Recha tourna vers la cathédrale Saint-Paul, où Truus, observant les instructions qu'elle avait reçues à Amsterdam, avait laissé sa voiture. Elle avait dû attendre six semaines pour ce rendez-vous. Six semaines depuis la mort d'Adele Weiss.

Recha dépassa la cathédrale et entra dans un immeuble un peu plus bas dans la rue. Truus passa dix longues minutes dans un magasin non loin, à se renseigner sur des écharpes. Elle attendit que son achat soit soigneusement emballé pour faire le tour du bâtiment où Recha était entrée, conformément aux instructions.

Tandis que la porte de service se refermait derrière Truus, Recha lui dit, sans un bonjour : « Il n'y en a que trois. »

Un nouveau frisson la parcourut, peut-être à cause de la journée particulièrement froide, ou plutôt, comme elle le supposait, à cause de sa grossesse. Elle suivit la voix de Recha jusqu'à une cachette dans une petite alcôve, d'où l'entrée principale et la porte de derrière étaient visibles.

« Nous avons tout organisé pour qu'ils aillent en Angleterre le mois prochain, dit Recha. La femme qui aide le garçon s'est engagée à lui trouver une famille, mais elle a besoin de temps. »

La femme devait être Helen Bentwich, le garçon, le fils de Recha, Shalhever. Comment Recha avait-elle trouvé la force d'envoyer son fils en Angleterre avec l'intention qu'il parte ensuite pour la Palestine, si loin ? Truus devait emmener ces enfants en sécurité aux Pays-Bas, et s'occuper d'eux jusqu'à ce qu'ils puissent continuer leur voyage.

« D'accord, je vais me débrouiller, mais je… Écoutez, l'une des enfants du dernier groupe est morte de diphtérie, elle l'a attrapée en quarantaine, dit Truus, qui ne voulait pas perdre une seconde de peur d'être interrompue. Pas l'un des orphelins, mais la petite A… »

La petite Adele Weiss, avait-elle presque dit, bien qu'elle eût répété tout cela si minutieusement, une façon de transmettre des informations sans donner de noms. Edelweiss. Une fleur rare, belle mais éphémère.

« C'était l'enfant de l'accompagnatrice, elle m'a confié ce bébé pour que je le mette en sécurité et... »

Et Truus, par arrogance, avait pris l'enfant, imaginant qu'elle la sauvait, alors que si elle l'avait rendue à sa mère, Adele Weiss serait toujours en vie.

« Vous comprenez, il faut que je lui dise moi-même. »

Recha resta inhabituellement silencieuse ; Truus se rappelait le petit visage dans le berceau dans les baraquements de quarantaine, son pouce toujours dans la bouche, et le petit cercueil.

« Il faut que je l'annonce moi-même à sa mère, dit-elle doucement.

— Vous voulez faire ça par bonté, je comprends, répondit Recha. Mais mettre sa mère en danger pour apaiser votre conscience n'a rien à voir avec la bonté. Nous devons tous porter le poids de notre culpabilité. Je suis désolée que vous deviez porter ce fardeau, mais c'est comme ça.

« Maintenant, l'évêque est prêt à entendre votre confession, le péché d'avoir... » Recha s'arrêta, pour rassembler son courage. « Le péché d'avoir aimé l'un de vos enfants plus que les autres. »

Recha cogna deux fois sur le mur derrière elles. Avant qu'elle ne frappe une dernière fois et ne disparaisse par une porte dérobée, Truus essaya d'imaginer ce que cela pouvait être que d'avoir tant d'enfants que l'un pouvait vous toucher au cœur plus que les autres, qu'on pouvait en mettre un en sûreté et garder les autres près de soi.

Elle sortit par la grande porte, descendit la rue et entra dans la cathédrale, dans la faible lumière qui traversait les vitraux et la froideur de la pierre, le reste d'odeur d'encens et de mèche de bougie, des bancs en bois et des prie-Dieu en cuir ; la foi malgré tout.

CONFESSION

La petite porte en bois du confessionnal coulissa, pour dévoiler, derrière le grillage, l'ombre d'un homme grand, qui avait plus de sourcils que de cheveux et une lourde croix au bout d'une lourde chaîne autour du cou. Truus avait envie de pleurer, dans la pénombre de cet espace exigu, comme si la simple présence de l'homme suggérait la possibilité de se délester de ses fardeaux.

Après un long silence, l'évêque l'encouragea en disant : « Pardonnez-moi, mon père, parce que j'ai péché. »

« Le péché... d'aimer l'un de mes enfants moins que les autres », parvint à articuler Truus.

Avait-elle aimé l'un des enfants qu'elle avait portés moins qu'un autre ? Moins que l'enfant qu'elle portait maintenant ?

Avait-elle moins aimé Adele Weiss ?

Elle leva les yeux vers le grillage, se rendant compte du silence de l'évêque.

« Plus que les autres, dit-elle. Je suis désolée. En aimer un plus que les autres. »

Il l'observa, partagé entre l'erreur qu'elle venait de commettre et son évidente souffrance.

« Je suis sûr, ma bonne dame, dit-il, que Dieu trouve que votre âme mérite le pardon dont vous avez besoin. »

Il lui accorda un moment pour rassembler ses esprits avant d'ouvrir la porte derrière lui, laissant passer assez de lumière pour dévoiler son long nez, ses lèvres fines, son regard réconfortant. Une enfant les rejoignit dans la petite pièce et, à travers le grillage, regarda Truus. Elle devait avoir sept ans, avec des cils droits comme ceux de Joop et de grands yeux marron dans lesquels il y avait plus de peur que ce qu'une enfant de son âge aurait dû éprouver.

« Voici Genna Cantor », dit l'évêque.

La petite fille fixait toujours Truus.

« Genna est l'aînée. C'est elle qui va présenter les autres, n'est-ce pas, Genna ? »

L'enfant acquiesça solennellement.

Une autre petite fille entra, si semblable à Genna qu'elles auraient pu être jumelles.

« Voici Gisse. Elle a six ans, dit Genna.

— Genna et Gisse, dit Truus. Est-ce que vous êtes sœurs ? »

Genna acquiesça.

« Notre grande sœur Gerta est en Angleterre et Grina est notre autre sœur, même si elle est allée avec Dieu avant de naître. »

Ces mots étaient prononcés avec la certitude de l'existence de Dieu, ce dont Truus faisait de plus en plus d'effort pour ne pas douter.

Puis on leur tendit un bébé, ses petites mains parfaites levées vers le visage de sa sœur.

« Voilà Nanelle, reprit Genna. C'est la plus jeune. »

Nanelle – un nom incroyablement proche de celui que Truus et Joop avaient choisi lorsque Truus était tombée enceinte la première fois ; si cet enfant avait été un garçon, il aurait porté le nom du père de Joop, mais pour une fille ils avaient choisi Anneliese, qu'ils auraient surnommée Nel. Peut-être cet enfant-là avait-il été plus aimé, le seul pour lequel ils avaient osé choisir un nom.

« Nanelle, répéta Truus. Je suppose que tes parents n'avaient plus d'idées de nom en "G" ?

— En réalité, elle s'appelle Galianel, il n'y a que nous qui l'appelons Nanelle.

— Bien, Genna, Gisse et Nanelle, je suis Tante Truus. »

Tante Truus, le nom qu'elle avait choisi lorsqu'elle s'était tournée vers les bonnes œuvres, après cinq ans de mariage, quand elle en était venue à penser qu'il n'y aurait vraisemblablement jamais de Nel.

« Vous en souviendrez-vous ? demanda-t-elle aux filles. Tante Truus.

— Tante Truus », répéta Genna.

Truus fit signe à Gisse de le répéter aussi. C'était plus facile de demander à un enfant de répéter un nom improbable que de lui demander de mentir.

« Tante Truus, répéta Gisse.

— Nanelle ne parle pas encore, dit Genna.

— Ah bon ? » répondit Truus, pensant « encore heureux ».

Il serait impossible de guider les paroles d'un bébé.

« Elle dit "Gaga", ajouta Gisse, mais on ne sait pas à laquelle de nous deux elle parle ! »

Les deux sœurs gloussèrent ensemble. Très bien. Tout allait bien se passer, d'une façon ou d'une autre.

« Donc je suis Tante Truus et je vais vous emmener à Amsterdam. Je vais devoir vous demander de faire des choses bizarres sur le trajet, mais ce dont je veux que vous vous rappeliez, c'est que si quelqu'un vous pose des questions, je suis Tante Truus et vous venez passer quelques jours avec moi à Amsterdam. Vous vous en souviendrez ? »

Les deux filles acquiescèrent.

« Très bien, reprit Truus. Laquelle de vous deux sait le mieux faire semblant ? »

Faire semblant

Il faisait un froid de canard quand Truus approcha de la cabane en bois du poste-frontière, mais l'heure du dîner, par une nuit sombre et froide, était le meilleur moment pour éviter un contrôle poussé. Elle ralentit la voiture, dans l'espoir que les deux gardes qui fumaient à l'intérieur prennent une décision habituelle pour des soldats paresseux : une femme seule au volant d'une automobile immatriculée aux Pays-Bas pouvait être invitée à passer la frontière d'un simple signe de la main. Mais alors que ses phares illuminaient le grillage de la clôture fermée recouverte d'un grand tissu frangé orné d'une croix gammée, l'un des soldats sortit de la cabane.

Truus, tenant déjà son passeport dans sa main gantée, arrangea les plis de sa longue jupe. Elle baissa la fenêtre, l'air nocturne était glacial, salua le garde et lui tendit ses papiers. Elle reposa la main sur le volant, considérant l'homme tandis qu'il braquait sa lampe torche sur le document. Sous son manteau, son col était parfaitement droit, ses bottes cirées et malgré l'heure tardive, il était rasé de près. C'était très vraisemblablement une nouvelle recrue, il ne portait que l'imperméable fourni à cette période de l'année, bien que les nuits froides eussent exigé quelque chose de plus chaud. Il était trop jeune pour être marié, son collègue aussi, et probablement trop idéaliste pour être corrompu. De toute façon, elle n'avait que la vraie bague de sa mère cette fois-ci – elle avait utilisé toutes les copies en verroterie et n'avait pas eu le temps d'en refaire –, et dans tous les cas, essayer de soudoyer un nazi en présence d'un autre était trop risqué. Chacun devait faire confiance à l'autre, et la confiance n'était pas monnaie courante ces temps-ci.

« Vous rentrez chez vous, madame Wijsmuller ? » demanda le soldat.

Il était poli. Bien, cela pourrait se révéler utile.

Elle sentit la raideur de l'accélérateur et de l'embrayage sous ses pieds, la chaleur contre ses jambes. Un garde-frontière poli risquait moins de lui demander de sortir de la voiture.

« Oui, je rentre à Amsterdam, sergent. »

Il balaya précautionneusement l'intérieur de la voiture avec sa lampe torche, le manteau qui couvrait le siège à côté d'elle et la banquette arrière vide. Truus essayait de ne montrer aucune autre émotion que le respect. Il braqua le faisceau à travers la vitre arrière, pour examiner le plancher. Il fit le tour de la voiture pour inspecter l'habitacle de l'autre côté, puis le dessous de l'automobile. Une inspection si minutieuse. Quelle sorte de Dieu la faisait passer sous la loupe de ce garçon si méticuleux ?

Il revint vers la fenêtre de Truus et dit : « Votre manteau ? »

Elle souleva le vêtement à côté d'elle, le laissant s'étaler de façon à montrer que ce n'était rien qu'un manteau.

« Ça ne vous dérange pas si je regarde sous les sièges ? »

Elle reposa le manteau sur le siège à côté d'elle.

« Non, bien sûr, vous devez tout vérifier, je comprends. Mais j'espère que vous n'aurez pas à déranger le coffre. J'ai eu un mal fou à tout faire rentrer. »

Le soldat adressa un signe de tête à son camarade dans le poste-frontière. À contrecœur, celui-ci repoussa son assiette, prit son arme, rejoignit son collègue et braqua son Luger sur le coffre tandis que le premier garde l'ouvrait. Truus observait la scène dans le rétroviseur jusqu'à ce que la lampe torche se reflète dans le miroir et qu'elle ne puisse plus distinguer ce que faisaient les soldats. Elle desserra les mains du volant et les posa sur sa jupe.

« Courage, les filles. Restez cachées », murmura-t-elle, heureuse en cet instant qu'elles soient si petites – si petites et si terriblement maigres.

Le soldat se rapprocha de Truus. Dans le rétroviseur, elle pouvait voir son collègue, une arme à la main et une couverture soigneusement pliée dans l'autre. Truus remit sa main gantée de jaune sur le volant.

« Je me demandais, madame Wijsmuller, si vous pouviez nous dire pourquoi vous voyagez avec tant de couvertures ? » demanda le garde, qui avait une voix de garçon plutôt que d'homme, un pauvre garçon qui devait passer la nuit dans le froid pour empêcher les gens de sortir d'un pays qui ne voulait pas d'eux, un pays en lequel on lui avait appris à croire, exactement comme Truus imaginait que son propre enfant pût croire dans les Pays-Bas. Juste un jeune garçon idéaliste, qui remplissait son devoir.

« Est-ce que vous et votre collègue aimeriez en prendre une chacun ? C'est la nuit de mai la plus froide que j'aie jamais connue. »

Il appela son collègue, qui prit deux couvertures et les déposa dans la cabane.

« Merci, madame Wijsmuller. Il fait vraiment très froid. Vous devriez mettre votre manteau. »

Truus acquiesça, mais laissa son manteau sur le siège à côté d'elle et son pied sur la pédale tandis que son collègue retournait vers le coffre.

« Ça ne vous dérange pas si nous vidons le coffre ? » dit le garçon.

Il retourna à l'arrière de la voiture et commença à enlever les couvertures une par une tandis que l'autre gardait son arme soigneusement braquée sur le coffre. Truus fixait le métal froid du grillage, le rouge et le noir du drapeau à croix gammée, ces improbables franges blanches.

La chose la plus simple au monde

« Stephan, dit son père, ta mère t'a posé une question. »

Stephan regarda Mutti, qui souriait de l'autre côté de la table dressée avec les couverts en argent, la porcelaine et les nouveaux verres en cristal que son père avait achetés pour remplacer ceux qui avaient été brisés la nuit de l'Anschluss. Sa mère n'avait pas touché à sa côtelette, ses boulettes avaient été coupées mais pas entamées, sa salade de chou réarrangée de façon à laisser penser qu'elle en avait mangé plus qu'en réalité. Mais elle était à table ce soir, quand souvent il n'y avait d'elle que le portrait sur le mur : Mutti, plus jeune que Stephan aujourd'hui, lorsque Klimt peignait encore dans un style plus traditionnel, sa mère non pas drapée d'or mais vêtue de manches bouffantes blanches et coiffée d'un chapeau posé très haut sur ses cheveux, une manière inhabituelle pour elle de porter un couvre-chef, mais qui faisait parfaitement ressortir ses élégants sourcils foncés et ses grands yeux verts. Mutti imaginait que l'attention de Stephan était tout à ses écrits et il ne faisait rien pour la détromper. Elle faisait tout son possible pour rendre à cette nouvelle vie un semblant de normalité, et lui aussi.

« Comment se passent les répétitions de ta pièce ? répéta sa mère.

— On ne jouera pas la pièce finalement, répondit-il, et lorsqu'il vit l'expression d'inquiétude dans les yeux fatigués de sa mère, il ajouta : Žofie est très occupée par les mathématiques.

— Elle a apporté à Stephan plein d'exemplaires d'un livre, mais il ne veut même pas le lire à Pierre », dit Walter.

Sa pièce médiocre. Elle l'avait fait taper à la Linotype du bureau de sa mère, ou peut-être l'avait-elle fait elle-même, résultat il se retrouvait avec douze copies d'une pièce médiocre au lieu d'une seule.

« Je ne crois pas que…, commença son père.

— Les amitiés vont et viennent, même lorsque le monde tourne rond, le coupa Mutti.

— C'est tout aussi bien, Stephan, nous t'avons trouvé un tuteur pour travailler ton anglais cet été. Mais il ne peut nous accorder qu'une heure, il devra travailler avec vous deux en même temps.

— J'ai le droit de faire de l'anglais avec Stephan ? dit Walter. Et avec Pierre aussi ? »

Stephan posa sa fourchette sur son assiette, comme on lui avait appris à le faire, et avec une légèreté feinte dit : « Quand on aura des contrôles, Wally, il faudra que tu ne caches pas tes réponses, pour que je puisse copier sur toi ! »

Walter murmura à son lapin : « Pierre, tu ne dois pas cacher tes réponses, pour qu'on puisse copier sur toi ! »

Mutti se pencha pour prendre la main du lapin en peluche qui jusqu'à très récemment n'aurait pas eu le droit d'être à table.

« Vous devez faire une compétition pour savoir qui sera le meilleur avant que vous partiez pour vos études ! Je parie sur toi, Pierre, dit-elle.

— Ruchele, même si nous obtenons des visas pour les garçons, dit Papa, je ne crois pas qu'ils veuillent laisser leur mère pour…

— Tu ne peux pas ignorer Hitler qui parade sur la Mariahilfer Strasse dans sa limousine Mercedes, Herman. Tu ne peux pas ignorer nos voisins, plus d'un million, qui ont voté pour l'annexion.

— Le référendum n'avait aucune légitimité, objecta Papa.

— Et est-ce que tu vois quelqu'un protester ? »

Stephan avait fini son *Germknödel* et ramassait discrètement les miettes de brioche et de garniture à la prune et au pavot avec son doigt quand Tante Lisl déboula dans la pièce, valise à la main. Pourquoi Rolf ne l'avait-il pas prise à l'entrée ?

« Michael demande le divorce ! lança-t-elle.

— Lisl ? répondit Mutti.

— Il ne peut pas être marié à une Juive. C'est mauvais pour les affaires. Il me jette dehors. Il ne peut pas être marié à une Juive mais il veut quand même garder ma fortune.

— Il n'aurait même pas d'affaires s'il n'avait pas eu ton argent pour les sauver.

— Michael a fait transférer l'entreprise à son nom ! Il veut aussi mes parts dans le chocolat.

— Il ne peut pas tout simplement prendre la moitié de mon capital, objecta Papa. C'est à ton nom, Lisl.

— Calme-toi, Lisl, pria Mutti. Assieds-toi. Est-ce que tu as mangé ? Herman, appelle Helga et demande-lui d'apporter quelque chose à manger pour Lisl, et peut-être un verre de brandy.

— Michael ne peut pas officialiser un transfert tant qu'il n'est pas inscrit dans le registre, dit Papa à Tante Lisl en ignorant Mutti, et je refuse de le faire.

— Il a déjà préparé les papiers, Herman, insista Tante Lisl. Il dit que si je refuse, il te fera arrêter et envoyer en camp de travail. Il dit que dénoncer un Juif, c'est la chose la plus simple au monde. »

CHRYSALIDE

Truus arrêta la voiture au niveau d'un petit marché, juste après la frontière.

« Nous sommes aux Pays-Bas », annonça-t-elle.

Gisse, pelotonnée par terre sous la longue jupe de Truus, vint s'asseoir sur le siège passager.

« J'ai été silencieuse, dit-elle avec candeur.

— Tu as été parfaite, Gisse, dit Truus en se penchant pour prendre le bébé des mains de Genna, calée contre la portière, sous sa jupe. Vous avez toutes été parfaites. »

Elle ouvrit la porte tout doucement pour que Genna ne tombe pas. La petite fille rampa hors de l'automobile et fit le tour pour venir s'asseoir à côté de ses sœurs, sur le siège passager. Truus sortit de la voiture et remit son manteau, inquiète maintenant de l'absence de visa d'entrée néerlandais. Le petit magasin était fermé, mais elle alla dans la cabine téléphonique au bout de la rue et appela Klara Van Lange, pour la prévenir qu'elle avait trois enfants. Quatre enfants, pensa-t-elle, mais l'un la suivrait partout où elle irait.

L'INDÉPENDANT VIENNOIS

ORGANISATION D'UNE RENCONTRE POUR LES RÉFUGIÉS

Paris accepte la proposition américaine
d'une conférence à Évian-les-Bains

par Käthe Perger

11 mai 1938 – Le gouvernement américain a proposé la réunion d'un comité intergouvernemental pour faciliter l'émigration des réfugiés juifs en provenance d'Allemagne et d'Autriche. La rencontre doit se dérouler dès le 6 juillet à Évian-les-Bains, en France.

L'Europe piétine en attendant que les États-Unis prennent la tête de la coordination des actions en faveur des réfugiés juifs et suggèrent de nouvelles initiatives. De grandes espérances reposent sur les États-Unis, qui, en tant qu'hôte, pourraient ouvrir la conférence par une proposition importante. Plus de trente pays sont attendus.

Il est communément admis que la plupart des Juifs allemands quitteraient le Reich s'ils en avaient la possibilité, mais les obstacles à l'immigration deviennent de plus en plus insurmontables. Les quotas d'immigration ne laissent aux Juifs que des listes d'attente s'étalant sur plusieurs années. Dans la plupart des nations, y compris aux États-Unis – où le ministère des Affaires étrangères a refusé d'autoriser même les quotas limités imposés par la loi Johnson-Reed à cause des difficultés économiques du pays –, les réfugiés doivent certifier qu'ils ne demanderont pas d'aides publiques.

Tandis que les immigrants doivent arriver avec leurs propres moyens de subsistance, les Allemands ont fait passer le 26 avril un décret « d'obligation de déclaration des biens des Juifs », exigeant des Juifs qui possèdent plus de 5 000 Reichsmarks qu'ils fassent une déclaration de biens avant la fin du mois de juin. Patrimoine immobilier. Biens personnels. Épargne et comptes courants. Titres. Polices d'assurance. Pensions. Chaque cuillère en argent et robe de mariée doit être inventoriée.

Les Allemands prétendent déjà que des Juifs ont fui avec des richesses qui appartiendraient de plein droit au Reich. Ils exigent maintenant que tous les biens des Juifs qui veulent émigrer soient saisis…

Espoirs

C'était à cause de la chaleur – aussi accablante en ce début du mois de juin que la nuit où elle avait fait sortir en cachette les trois sœurs d'Allemagne avait été froide, il y avait à peine un mois –, supposa Truus. Assise en face de Joop à la table du petit déjeuner, elle essayait de dissimuler la pire nausée qu'elle eût encore jamais ressentie. Elle voulait lui préparer des sandwichs *aux croquettes* avant de partir, mais à son réveil elle avait compris qu'elle ne supporterait pas l'odeur de la friture. À la place, elle avait fait du pain perdu, utilisant la brioche délicieusement parfumée à la cannelle prévue pour le petit déjeuner du lendemain. C'était si léger sur l'estomac que Truus aurait pu en manger tous les matins jusqu'à l'arrivée du bébé.

Bientôt, cela se verrait, il faudrait qu'elle l'annonce à Joop. Si elle avait été plus intéressée par la mode, les silhouettes fines en vogue l'auraient peut-être déjà trahie. Mais les femmes étaient toujours plus attentives aux changements de leur corps que les hommes, et Joop était distrait par son travail à la banque, une situation économique difficile s'ajoutant à tous les problèmes du monde actuel. Elle voulait attendre une semaine ou deux avant de lui donner de l'espoir.

« L'Italie et la Suisse ont refusé l'invitation à la conférence d'Évian, dit Joop en continuant à lire son journal. La Roumanie a fait savoir qu'elle serait susceptible d'expulser des gens et d'en faire des réfugiés.

— J'ai entendu dire hier que le président Roosevelt envoyait un parfait inconnu comme porte-parole.

— Myron C. Taylor, répondit Joop en levant les yeux de son journal. Un ancien cadre de l'US Steel Corporation. Roosevelt lui a donné les pouvoirs d'un diplomate, comme si ça allait lui... Truus tu n'as pas l'air dans ton assiette. J'aimerais vraiment que tu me laisses aller en Allemagne à ta place cette fois. Je...

— Je sais, Joop. Je sais que tu voudrais y aller à ma place, que tu préférerais que ce soit toi. Tu es vraiment un homme bien. Mais une femme qui voyage avec des enfants attire beaucoup moins l'attention qu'un homme.

— Peut-être que Mme Van Lange pourrait y aller ? »

Klara aussi attendait un enfant, mais Truus n'avait pas l'intention de concéder qu'une femme enceinte ne devait pas secourir des enfants. Elle se contenta de répondre :

« Mme Van Lange est plutôt maligne, mais elle n'est pas encore prête pour un voyage seule », même si Klara la surprenait souvent avec ses éclairs de génie.

« Pas prête parce que c'est devenu trop dangereux, répondit Joop, ce qui est précisément la raison pour laquelle je devrais y aller. »

Truus poussa un morceau de pain perdu et de fruit dans sa fourchette, évitant la crème. Même cela lui semblait maintenant être de trop pour son estomac.

« Joop, dit-elle. Je te dis ça avec la plus grande gentillesse : tu es un piètre menteur.

— Ceux-là n'ont pas de visas de sortie ? »

Il savait qu'elle faisait entrer des enfants qui n'avaient pas de visas néerlandais, mais c'était beaucoup moins risqué que de faire sortir des enfants sans visas allemands.

« Recha s'occupe de tout du côté allemand, répondit-elle.

— Alors pourquoi aurais-je besoin de mentir ? »

Truus se leva pour débarrasser et éviter la question de Joop. Soudain, une crampe la saisit si brutalement qu'elle dut reposer l'assiette qu'elle avait à la main. Elle sentit un flot de chaleur, et cette odeur qu'elle connaissait.

« Truus ! »

Joop se leva d'un bond et se pencha vers elle, les assiettes s'écrasèrent avec un bruit terrible contre le sol.

Un instant, Truus imagina que la petite mare rouge était juste de la compote de fraises, mais la douleur la fit se plier en deux, un nouvel écoulement de sang trempait ses bas et tachait sa robe.

Le prix du chocolat

Stephan était blotti dans la cave à cacao, pour rester au frais dans la chaleur de l'été et préparer sa nouvelle pièce, quand il entendit du vacarme à l'étage. Il essaya de l'ignorer – il était en train de mettre par écrit sa dernière idée, et les idées avaient la fâcheuse habitude de disparaître lorsqu'on ne les couchait pas sur le papier. C'était déjà suffisamment difficile de conserver leur attrait quand elles étaient écrites noir sur blanc dans son carnet, mais si elles n'arrivaient même pas jusque-là, elles n'iraient jamais plus loin.

Il se concentra sur les mots qu'il venait d'écrire : *Un garçon qui avait l'habitude de s'asseoir au premier rang de la classe est maintenant assis au fond, derrière une ligne jaune. Il connaît la réponse à la question du professeur, mais lever la main ne provoque que des rires. Peu importe si la réponse est bonne, elle sera toujours fausse.*

Il ne savait pas pourquoi il revenait là-dessus maintenant qu'il était en vacances. Pour Walter, se disait-il. Le pauvre Walter avait pleuré tous les matins ces dernières semaines d'école. Pierre devait venir avec lui, insistait-il, si Pierre n'allait pas à l'école, il n'apprendrait rien.

Au-dessus de Stephan, la porte de la cave s'ouvrit d'un coup brusque, et des bottes noires étincelantes descendirent d'un pas lourd les escaliers en bois – un spectacle auquel il était presque habitué dans les rues de Vienne, mais qu'il n'aurait jamais imaginé voir dans le bâtiment des Chocolats Neuman. Il ferma son carnet et le cacha sous sa chemise.

Tandis que les nazis inventoriaient les caisses de fèves de cacao – il n'y avait que quatre hommes mais il avait le sentiment d'une invasion –, Stephan se glissa en haut des escaliers et en trouva d'autres qui grouillaient autour du torréfacteur, de la conche et des marbres, sous les regards inquiets des chocolatiers. Les hommes qui travaillaient pour son père étaient-ils juifs ? Stephan l'ignorait ; ils travaillaient pour son père parce qu'ils faisaient du bon chocolat.

Il se faufila devant l'ascenseur, jusqu'à la cage d'escalier, soulagé de n'y trouver personne.

Avant même d'atteindre le dernier étage, il entendit la voix de son père.

« Mon père est parti de rien pour construire cette entreprise ! » disait-il.

Stephan alla jusqu'au bureau de son père, où Papa et l'oncle Michael se disputaient.

« Tu dois comprendre que ça n'a plus d'importance pour personne désormais, Herman, disait l'oncle Michael d'une voix étonnamment douce, si basse que Stephan devait tendre l'oreille. Tu es juif. Si tu ne me vends pas l'entreprise avant que ces hommes finissent l'inventaire et calculent sa valeur, ils saisiront les Chocolats

Neuman au profit du Reich. Et ils te feront quand même payer des taxes, avec l'argent que tu ne gagneras plus. Je te jure que c'est ce qu'ils feront, d'ailleurs ils sont déjà en train de le faire. Mais je peux m'occuper de toi et de ta sœur…

— En divorçant et en nous volant ?

— Je ne divorce pas vraiment, Herman. Ce n'est qu'aux yeux de la loi, pour nous sauver tous les deux. »

L'oncle Michael tendit un stylo à Papa.

« Tu dois me faire confiance. Signe l'acte de vente avant qu'il ne soit trop tard. J'écouterai tout ce que tu me diras au sujet de l'entreprise. Je m'occuperai de toi, de Ruchele et des garçons, tout comme je m'occuperai de Lisl. C'est ma femme et vous êtes ma famille, peu importe que nos relations soient autorisées par la loi ou non. Mais tu dois me laisser t'aider. Il faut que tu me fasses confiance. »

LES DRAPS BLANCS DE LA MORT

Truus était allongée dans un lit d'hôpital, un ventilateur brassait la moiteur de la journée ; la radio que Joop lui avait apportée était son seul réconfort au milieu de ces draps blancs sur le lit en fer, des murs blancs, des infirmières aux coiffes blanches qui venaient régulièrement prendre sa température.

« Votre mari ne vient pas ce soir ? » demanda l'infirmière.

Mais où donc était passé Joop ?

L'hémorragie s'était arrêtée avant que Truus ne se vide de son sang, mais une infection l'avait rendue si faible qu'elle ne pouvait pas se lever. Sans la radio, elle n'aurait rien eu d'autre à faire que d'écouter les bruits des nouveau-nés qu'on confiait aux jeunes mères et de s'inquiéter du sort des enfants allemands dont les vies dépendaient d'elle, d'elle qui ne devait pas s'étioler dans son lit d'hôpital, les draps blancs de la mort soigneusement bordés, comme si du coton propre et amidonné pouvait sauver quelqu'un.

À LA FRONTIÈRE

Joop regardait le drapeau à croix gammée sur le portail grillagé plongé dans le noir alors qu'il éteignait ses phares. Il appuya sur le métal froid de la poignée de la portière, faisant des gestes lents, le pistolet pointé sur sa tempe à travers la vitre ouverte. Une goutte de sueur glissait sur son front, mais il n'osa pas l'essuyer. Il poussa doucement la portière. Le garde fit un pas de côté pour garder le pistolet braqué sur lui. Joop déplaça ses jambes. Il posa les pieds sur le sol. Il se leva doucement et attendit. Il n'avait pas d'enfants avec lui, aucune raison d'avoir peur.

Il avait pris la place de Truus pour tenter de convaincre Recha Freier de le laisser passer la frontière avec les enfants dont Truus aurait eu la charge si elle n'avait pas été à l'hôpital. Il était venu sans même prévenir Truus ; quand elle en parlait, tout paraissait tellement simple qu'il n'avait pas envisagé de ne pas pouvoir sauver les enfants lui-même. Il lui avait semblé que c'était la seule chose susceptible de soulager un peu la douleur de Truus, savoir qu'un autre enfant allait vivre.

Il tremblait tandis que, le pistolet du garde maigre braqué sur lui, un second soldat, plus épais, le palpait : torse, taille, parties intimes.

« Si vous étiez en Allemagne pour affaires, comme vous l'avez déclaré, dit le garde-frontière le plus gros, ça ne vous posera pas de problème de venir avec nous le temps que ce soit confirmé. »

Joop essaya une phrase discrète, sans confrontation : « J'ai bien peur que le banquier que j'ai rencontré ne soit depuis longtemps chez lui, il est si tard.

— Bien entendu, nous déplacerons votre voiture dans ce cas-là, dit celui qui tenait l'arme, elle ne bloquera pas la route toute la nuit. »

Une distraction

La radio était à la fois une bénédiction et une malédiction : les nouvelles étaient de plus en plus mauvaises. Truus écoutait un rapport de la conférence internationale sur les réfugiés, l'extrait d'un discours enregistré par une voix familière – « J'ai l'espoir de convaincre cette très honorable congrégation de la nécessité d'une union internationale afin de venir en aide aux Juifs persécutés par le Reich » –, quand celle de Joop l'interrompit.

« Il faut que tu te reposes, Truus.

— Joop ! »

Il éteignit la radio, s'assit précautionneusement au bord du lit et l'embrassa tendrement sur le front. Elle passa ses bras autour de son cou et l'étreignit étroitement.

« Oh Joop, Dieu merci, tu es rentré !

— Klara t'a prévenue, n'est-ce pas ? demanda Joop. J'ai appelé depuis la première cabine téléphonique que j'ai trouvée en quittant l'Allemagne. Je lui ai dit que je viendrais directement ici.

— Elle est venue me le dire en personne dès qu'elle a su. Mais savoir que tu es sain et sauf, ce n'est pas la même chose que de te voir. Qu'est-il arrivé, Joop ? Klara dit que tu avais tes papiers et que tu n'accompagnais pas d'enfants mais que la Gestapo t'a quand même interrogé ?

— Je suis vraiment désolé, Truus. J'ai échoué misérablement. Je n'ai même pas pu convaincre Recha Freier de me voir, encore moins de me confier des enfants. »

Recha prenait déjà tant de risques, c'était trop de lui demander d'avoir affaire à un parfait inconnu. Peut-être Klara Van Lange aurait-elle mieux réussi, mais Joop ne l'avait pas sollicitée. Joop avait voulu le faire lui-même, pour elle.

« C'est pour les enfants que Recha a peur, Joop, dit-elle. Avec tout ce qui se passe… »

Adele Weiss était morte et Recha avait dû l'annoncer à sa pauvre mère. Truus n'aurait pas dû être autorisée à s'approcher d'enfants. Dieu voulait visiblement l'en éloigner. Mais elle ne pouvait pas penser à ça maintenant.

« Au moins tu as essayé, Joop. Merci de l'avoir fait.

— Et si Recha avait accepté de me rencontrer, Truus ? Si elle m'avait confié les enfants ? »

Il installa une chaise à côté d'elle et lui prit la main. S'il entendait le bruit des enfants dans le service, il ne le montrait pas. Elle tentait de ne rien laisser paraître elle non plus, essayant de se fermer au son d'un bébé agité qui se calmait, probablement, comme elle l'imaginait, au moment où il trouvait le sein de sa mère.

« C'était ce gentil Norman Bentwich qu'on a rencontré à Londres à la radio, dit-elle, ne voulant s'attarder ni sur les bébés ni sur le risque qu'avait couru Joop. Tu te souviens de lui ?

— Et de Helen, répondit Joop. Je les aime bien tous les deux.

— Il représente les Britanniques à la conférence d'Évian-les-Bains, où les délégués font de grands discours pleins de compassion mais où aucun ne propose d'accueillir des réfugiés. »

Joop poussa un soupir.

« Très bien, Truus. Je vais rallumer la radio, mais seulement si tu me promets de ne pas t'énerver. »

Elle ravala ses larmes, faisant tout son possible pour ne pas entendre les gazouillis des bébés. Était-elle en train de les imaginer ? Comment Joop faisait-il pour ne pas les entendre s'ils étaient réels ? C'était cet affreux lit blanc, cette affreuse chambre blanche, ces interminables journées de blancheur qui la poussaient à imaginer des choses.

« C'est une distraction, pour ne pas penser à d'autres choses, dit-elle. Même aux choses horribles. »

Joop serra sa main dans la sienne, elle ne portait plus que l'anneau simple et le rubis, les deux anneaux de la troisième bague étaient avec les deux enfants maintenant, en Angleterre.

« On peut encore essayer, dit-il, mais je n'ai pas besoin d'un enfant. Vraiment pas. »

Ils restèrent là, en silence, tâchant du mieux qu'ils pouvaient d'épargner à l'autre leurs souffrances réciproques. Il l'embrassa de nouveau et alluma la radio.

L'ÉTAGE DES DOMESTIQUES

« J'ai lu ta pièce, Stephan, dit le professeur d'anglais. C'est plutôt pas mal. La pièce, je veux dire. Ton anglais, lui, pourrait être meilleur. »

Tous les trois étaient dans la bibliothèque : Stephan, Walter et leur professeur. Quatre, si l'on comptait Pierre Lapin.

« C'est Pierre qui doit jouer la fille, annonça gravement Walter au professeur.

— Ça ira, Wally, je peux faire le rôle de la fille si ça embête ton lapin, proposa Stephan.

— Avant c'était Žofie-Helene qui faisait la fille, expliqua Walter au professeur, mais maintenant elle passe tout son temps à faire des mathématiques. »

Tandis que le professeur parcourait la pièce de théâtre, Stephan tendit l'oreille pour écouter les murmures de Mutti et de Tante Lisl dans le couloir de l'entrée, Tante Lisl disait que l'oncle Michael s'était arrangé pour que la famille reste dans le palais et occupe des chambres au dernier étage.

« Seulement nos chambres ou l'aile des invités aussi ? demanda Mutti.

— L'étage des domestiques, répondit Tante Lisl. Je sais que ça n'a pas l'air de grand-chose, Ruche, mais la plupart des gens sont obligés de déménager de l'autre côté du canal, à Leopoldstadt, où des familles entières partagent une seule pièce. »

Stephan leva les yeux vers le haut plafond, vers la carte du monde qui y était peinte, avec un bateau, toutes voiles dehors, empli d'explorateurs, qui se lançait dans une traversée. Au-dessus se trouvaient la chambre de ses parents, la sienne et celle de Walter. Les chambres des domestiques étaient au dernier étage, sous les combles, là où l'ascenseur n'allait pas.

« Ici, Stephan, tu utilises "*amaze*", mais tu pourrais essayer "*astonish*", disait le professeur. Les deux mots ont un sens proche, mais "*amaze*" suggère une réaction plus positive que ce que je crois que tu veux dire. Et là, au lieu de "*damage*", tu pourrais mettre "*ruin*". Eux aussi ont un sens similaire mais "*damage*" laisse la possibilité qu'on puisse réparer la chose, "*ruin*" est plus permanent.

— "*Ruin*", répéta Stephan.

— Comme les ruines de Pompéi. Ton père m'a dit que tu les avais visitées, n'est-ce pas ? Elles ont été redécouvertes après environ quinze cents ans. Mais Pompéi ne sera jamais reconstruite.

— "*Ruin*" », répéta une fois de plus Stephan, pensant que même dans les ruines, certaines choses étaient parfaitement préservées.

Lisl était assise avec Ruchele dans la bibliothèque quand les nazis arrivèrent. L'un d'eux agitait un document frappé d'une croix gammée qui lui donnait possession du palais. Depuis le pas de la porte, ils regardèrent Herman dans le hall d'entrée remettre le trousseau de clés : le vaisselier, l'argentier, la cave à vin, son bureau, ici, à la maison, ses tiroirs. Le petit groupe de soldats qui accompagnait l'homme – certains encore adolescents – se mit à inventorier les œuvres d'art, en commençant par l'autoportrait de Van Gogh dans l'entrée, le peintre chargé d'une boîte de couleurs, de pinceaux et d'une toile sur la route de Tarascon ; une fille en pleine lecture par Berthe Morisot, qui rappelait à Lisl l'amie de Stephan, Žofie-Helene Perger ; les Klimt – les bouleaux de Birkenwald peints lors de la retraite estivale de l'artiste à Litzlberg, sur l'Attersee, et le paysage de Malcesine, sur le lac de Garde – et le Kokoschka représentant Lisl elle-même.

Tandis que les hommes riaient des égratignures rouges sur les joues de Lisl, Ruche dit d'une voix douce : « Ils ne savent pas ce qu'ils ont devant les yeux, ils n'ont aucun goût.

— Non, acquiesça Lisl, vraiment aucun. »

Michael avait promis de réclamer son portrait et le Klimt de Ruchele. Comment ferait-il, elle ne le savait pas, mais elle croyait en lui.

L'espoir. *Jusqu'au jour où Dieu daignera dévoiler l'avenir à l'homme, toute la sagesse humaine sera dans ces deux mots : « Attendre et espérer ! »* avait écrit Alexandre Dumas dans *Le Comte de Monte-Cristo*, un livre dont elle et Michael avaient discuté lors de leur première rencontre.

D'autres hommes faisaient l'inventaire de tous les meubles, de tous les bijoux, de l'argenterie, de la vaisselle, du linge (de table, de lit, de bain), de chaque horloge, du contenu de chaque tiroir, de chaque commode, et des vêtements que Lisl avait emportés en quittant la maison qu'elle avait partagée avec Michael – un palais qu'ils avaient acheté avec son argent à elle, qui n'appartenait maintenant qu'à lui. Ils inventorièrent les lettres de Ruchele et celles de Herman, et les histoires de Stephan. Ils passèrent même en revue les jouets de Walter : un train électrique, une petite voiture rouge de type Ferrari-Maserati, quarante-huit petits soldats de plomb d'une boîte de cinquante que Herman lui avait achetée à Londres l'année d'avant.

Un Pierre Lapin, très choyé, pensa Lisl. Mais Pierre était en sécurité dans les bras de son neveu.

À la radio, qui n'avait pas encore été inventoriée, dans la bibliothèque de Herman, qui n'avait pas encore été visitée, les nazis annonçaient le bilan de la conférence d'Évian : après neuf jours de réunion, les délégués de trente-deux pays n'avaient rien d'autre à offrir que d'abondantes excuses pour avoir fermé leurs portes aux réfugiés du Reich – « une conclusion stupéfiante de la part de pays qui critiquent l'Allemagne pour son traitement des Juifs ».

« Deux mille Juifs se sont déjà suicidés depuis l'arrivée des Allemands en Autriche, Lisl, murmura Ruchele. Quelle différence cela ferait-il ?

— Non, Ruche, répondit Lisl. Tu m'as promis. Tu as promis à Herman. Ne fais pas ça...

— Mais je suis en train de mourir, répondit doucement sa belle-sœur. Je vais mourir. On ne peut rien y changer. Si je n'étais pas là, Herman emmènerait les garçons. Il fuirait Vienne. Il trouverait un moyen d'aller là où Hitler ne pourrait pas les atteindre.

— Non », insista Lisl, mais un petit quelque chose de déloyal dans son cœur pensait oui. Si Ruchele mourait, son frère et ses neveux quitteraient Vienne, et elle avec eux. Michael lui avait dit de fuir l'Autriche, qu'il pouvait l'aider à partir avec assez d'argent pour vivre. Mais comment pouvait-elle abandonner tous les gens qu'elle avait toujours aimés ?

Herman et Stephan transportaient déjà le gramophone Victrola en direction de l'ascenseur quand un nazi leur en interdit l'accès. À la place, ils le portèrent en haut de l'escalier principal, puis dans l'étroit escalier des domestiques, « aidés » par Walter et son lapin. C'était le vieux phonographe à manivelle qu'ils gardaient dans la bibliothèque, pas l'Electrola qu'ils utilisaient pour mettre de la musique pendant les salons et les réunions en petit comité qui ne demandaient pas d'embaucher un quatuor. Ils n'avaient le droit de conserver que ce phonographe et très peu de disques.

Lisl suivit son frère dans les escaliers, murmurant : « Je crois qu'il vaudrait mieux faire monter Ruchele maintenant, Herman. Ça va la détruire de les voir tripoter tes livres. »

Ils mirent le Victrola dans un petit séjour bas de plafond, attenant à deux chambres de domestiques à côté de celle qu'utiliserait Lisl, à l'opposé de celles destinées au personnel qui resterait pour s'occuper des nazis. Elle alluma les lampes dans sa chambre pour l'égayer un peu. Au moins ils auraient l'électricité : l'étage des domestiques était sur le compteur général et les nazis qui occupaient le reste de la maison n'étaient pas prêts à s'en passer.

En bas, ils trouvèrent les nazis en train d'inventorier la bibliothèque de Herman, mais si l'intrusion peinait ce dernier, il la supportait stoïquement – son frère fier de ses livres, pour qui le chocolat était un travail et la littérature un plaisir. Lisl se demanda s'il avait eu la présence d'esprit de détruire les livres d'auteurs interdits : Erich Maria Remarque, Ernest Hemingway, Thomas Mann, H. G. Wells ou Stefan Zweig, que Stephan adorait.

Herman retira sa veste de costume et souleva aisément Ruchele de sa chaise roulante, comme si elle était aussi légère qu'une plume. Il l'installa sur une méridienne de la bibliothèque, l'un des rares meubles qu'ils pourraient emporter à l'étage.

Pendant que Stephan et lui portaient la lourde chaise roulante en haut des escaliers, Lisl plia soigneusement la couverture en cachemire crème de Ruchele, la seule chose qu'elle supportait au contact de sa peau sèche et translucide. Un soldat observait chacun des plis nets qu'elle faisait. Oui, c'était un objet de valeur, et non, elle ne permettrait pas qu'on l'arrache à sa belle-sœur mourante pour être enfermé dans un entrepôt en Bavière, là où personne ne l'utiliserait.

Herman redescendit chercher Ruchele. Il la souleva de la méridienne et grimpa les escaliers.

Par-dessus son épaule, Ruchele pouvait voir les nazis qui grouillaient à tous les étages. Lisl, adressant un signe de tête au soldat, les suivit, la couverture à la main. Sa belle-sœur ne descendrait pas aisément ces marches.

En haut des escaliers de service, Herman posa Ruchele contre le dossier en rotin de la chaise roulante.

Walter grimpa sur les genoux de sa mère – ce qui lui fit visiblement mal, mais elle lui ébouriffa les cheveux comme si elle était parfaitement à son aise. Lisl déplia la couverture qu'elle avait si précautionneusement pliée et la mit sur les épaules de Ruchele, Stephan attrapa les poignées et poussa sa mère vers les chambres.

La chaise roulante ne passait pas la porte.

Avant que Lisl pût suggérer d'enlever les poignées en cuivre des roues, Herman s'était saisi du tisonnier de la cheminée, à l'intérieur de la pièce, et en frappait le chambranle de la porte.

Chaque coup contre le bois faisait jaillir de la suie du tisonnier.

Les moulures volèrent en éclats, mais l'encadrement resta fixé au mur, maintenant taché de suie.

Herman leva le tisonnier de nouveau, sa chemise se déchirant au bras au moment où le fer forgé percutait le bois. Il frappa encore. Et encore. Et encore. Sa rage nourrissait l'effort, le bois volait en éclats projetés un peu partout, avec de la suie, qui éclaboussaient sa chemise et ses cheveux, jonchaient le sol autour de lui et atterrissaient même sur la couverture de Ruchele et sur le lapin de Walter. Autour d'eux, tout était couvert de suie et d'éclats de bois, les moulures étaient complètement brisées mais le chambranle de la porte était intact.

Lisl regardait silencieusement – tous regardaient silencieusement – tandis que Herman s'effondrait sur le sol, au pied de la chaise de Ruchele, en pleurs. C'était ce qui terrifiait Lisl plus que tout : voir son grand frère, qu'elle n'avait jamais connu que mesuré, même enfant, assis par terre, la chemise déchirée, recouvert de suie et d'éclats de bois, qui pleurait.

Ruchele toucha les cheveux de Herman, tentant de lui apporter autant de réconfort que lorsqu'elle avait touché ceux de Walter.

« Ça va aller, chéri, dit-elle. Ça finira par aller bien, d'une façon ou d'une autre. »

Stephan – ce cher Stephan – prit le tisonnier et s'en servit précautionneusement comme levier contre les montants. Le bois se détacha au point de contact avec le mur. Stephan répéta le geste tout autour du chambranle, jusqu'à ce que les moulures cassées puissent être détachées. Il entra dans la pièce et retira aussi les moulures à l'intérieur de la petite chambre.

Lisl enleva délicatement la couverture de Ruchele et la secoua au-dessus de la rambarde, pour que les éclats de bois et la suie tombent sur les nazis qui travaillaient en bas.

Stephan retourna près de sa mère et poussa son fauteuil à l'intérieur de la pièce.

« Wally, est-ce que Pierre et toi pouvez aller chercher un verre d'eau pour Mutti ? » demanda-t-il.

Son frère parti, il demanda : « Papa, on va chercher la méridienne de Mutti ? »

Lorsque Walter et son lapin revinrent avec un verre d'eau à moitié plein et une longue traînée de gouttes sur le sol, Ruchele était installée sur la méridienne, sa couverture sur les jambes.

Stephan disparut, pour réapparaître quelques instants plus tard avec la radio. Lisl ne savait pas comment il s'était débrouillé ; les Juifs n'avaient plus le droit à la radio.

Il ferma la porte et posa devant un des livres rescapés de son père pour la maintenir fermée, étouffant les sons de leur vie qu'on inventoriait dans un grand livre nazi, pour être éparpillée dans les musées du Reich, vendue pour financer la fureur de Hitler ou envoyée en Allemagne, à Hitler en personne.

La décharge

« Votre femme a encore besoin de beaucoup de repos, monsieur Wijsmuller, dit le docteur. Pas de voyage. Pas d'excitation. Se remettre de…

— Docteur, le coupa Truus. Je suis là avec vous et je suis parfaitement capable de comprendre des instructions qui me concernent. »

Joop posa la main sur Truus – un geste de réconfort, mais, Truus le savait, destiné également à la faire taire.

« Les journées à l'hôpital sont terriblement longues, docteur, dit-il. Nous sommes heureux de pouvoir rentrer à la maison. »

Après le départ du médecin, Joop se mit à déballer les vêtements qu'il avait apportés pour la sortie de Truus : une robe droite sans gaine ni rien de trop serré.

« Truus, dit-il d'une voix douce, tu ne peux pas…

— Je suis parfaitement capable de comprendre ce que le médecin a dit, Joop.

— Et tu suivras ses instructions ? »

Truus lui tourna le dos, comme par pudeur, et enleva sa blouse d'hôpital. Elle sentit sa chaleur alors qu'il s'approchait d'elle, tandis qu'il prenait délicatement la natte qui pendait dans son dos. Il en fit un chignon au bas de sa nuque, qu'il épingla.

« Et tu suivras ses instructions ? » répéta-t-il.

Elle enfila la robe, soulagée que la coupe soit ample, et se tourna vers lui.

« Je suis parfaitement capable de comprendre ce qu'il a dit », répéta-t-elle.

Il l'enlaça et lui releva le menton.

« Je ne suis pas certain que tu saches mieux mentir que moi, dit-il, mais tu es vraiment douée pour ce qui est d'éviter les questions, et pour garder la vérité pour toi.

— Je ne te mentirais jamais, Joop. Quand ai-je…

— Recha s'occupe des visas de sortie ?

— Ce n'est pas exactement ce que j'ai dit, Joop. J'ai dit…

— Tu as répondu à ma question sur les visas de sortie en disant que Recha s'occupait de tout. Ce n'était pas un mensonge, mais c'était destiné à me faire croire quelque chose de faux. »

Il l'embrassa sur le front, doucement, puis une seconde fois.

« Ce n'est pas important, Truus. Tu sais que ce n'est pas ça l'important. »

Truus, malgré tous ses efforts, sentit les larmes monter.

« Ça fait tant de fois, Joop. Je ne voulais pas te donner de faux espoirs avant d'être un peu plus sûre. »

Il essuya la larme qui coulait sur sa joue.

« Tu es tout ce dont j'ai besoin, Truus. Tout ce dont j'aurai toujours besoin.

— Je suis une femme qui ne peut pas porter d'enfant dans un monde où c'est la seule valeur qu'on me donne ! »

Il l'attira vers lui, sa joue au niveau de sa poitrine, tout contre les battements lents et réguliers de son cœur.

« Mais non, ce n'est pas vrai, dit-il en lui caressant les cheveux comme si elle était l'enfant qu'ils avaient perdu. Tu es une femme qui fait des choses très importantes, dans un monde qui a désespérément besoin de toi. Mais il faut que tu prennes soin de toi d'abord. Tu ne peux pas aider les autres si tu ne vas pas bien. »

De vieux amis

Otto Perger se retourna alors qu'une voix familière murmurait « chut ». Stephan Neuman, qui attendait patiemment à l'étal du boucher un peu plus loin, sermonnait son frère. Le nez du petit garçon était appuyé contre une boîte de chocolats dans la vitrine de l'étal qui les séparait et où Otto venait d'acheter des friandises pour Johanna et Žofie-Helene.

Otto observa le grand frère, le garçon lui manquait étrangement. Il était indifférent à bon nombre de ses clients, mais il avait toujours souri en voyant Stephan à la porte de son échoppe, même avant que le jeune homme ne devienne ami avec sa petite-fille. Maintenant, bien entendu, le garçon ne venait plus, et Otto n'aurait pas pu l'avoir comme client. Maintenant, même Žofie-Helene ne le voyait plus.

Otto regarda le boucher qui, ignorant Stephan, choisit une belle pièce de viande pour une femme arrivée après lui. Tant d'adultes avaient l'habitude de faire attendre les enfants pour s'occuper des clients plus âgés. Mais lorsque le vendeur s'occupa enfin de Stephan, il lui fit payer deux fois le prix normal pour une unique côtelette grisâtre.

« Mais vous venez juste de…, objecta Stephan.

— Tu veux la viande oui ou non ? répondit le vendeur. Pour moi, ça ne change rien. »

Le garçon avait l'air abattu, se dit Otto en regardant le boucher qui examinait l'argent de Stephan comme si ce n'était peut-être pas la monnaie du Reich. Stephan avait rejeté Žofie-Helene encore et encore dans les jours qui avaient suivi son humiliation au parc du Prater ; Žofie-Helene avait parlé à sa mère, qui l'avait ensuite rapporté à Otto. Le pauvre garçon ne pouvait plus regarder la jeune fille en face après qu'elle eut été témoin de son humiliation ; pour lui, tout était sa faute.

« Mais pourquoi est-ce qu'on ne peut pas avoir des chocolats ? demanda le petit frère. Avant on en avait tout le temps ! Papa nous en… »

Stephan prit la main de son petit frère et lui demanda gentiment de se taire, l'attirant vers l'étal tandis que le vendeur emballait le morceau de viande.

« On achètera des chocolats une autre fois, Wally.

— Stephan ! s'exclama Otto, les rejoignant comme s'il venait juste de les remarquer. Ça fait si longtemps que je ne t'ai pas vu. Tu aurais bien besoin d'une coupe de cheveux. »

Il se baissa à la hauteur du petit garçon et lui tendit un chocolat.

« Tu es exactement la personne qu'il me faut, Walter. Le vendeur m'a offert gratuitement un deuxième chocolat, et je suis bien trop vieux et bien trop gros pour manger deux sucreries à moi tout seul ! »

Il glissa discrètement l'autre chocolat dans la sacoche de Stephan lorsqu'ils se serrèrent la main. Le garçon était terriblement maigre, terriblement vieilli. Otto aurait voulu s'assurer qu'il mange le chocolat lui-même, mais il savait qu'il le donnerait à son petit frère. Otto aurait voulu pouvoir leur acheter toute une boîte de chocolats, mais ils avaient besoin de tant d'autres choses que de sucreries, et être vu en train de les aider ne leur apporterait rien de bon, ni à eux ni à lui.

Il regarda autour de lui. Le boucher s'occupait d'un autre client. Personne ne faisait attention à eux. Il se retourna vers les garçons et remarqua la cicatrice sur la lèvre de Stephan. D'où venait-elle ? Elle n'était pas là la dernière fois qu'il lui avait coupé les cheveux.

« Je crois que je te dois une coupe pour la fois où, comme Žofie l'a noté, je ne t'ai pas vraiment coupé les cheveux, dit-il.

— Je n'ai pas vraiment payé non plus, monsieur Perger.

— Vraiment ? Ah, les souvenirs ne se gravent pas aussi profondément dans les vieux esprits que dans les jeunes. »

Les cheveux du garçon étaient soignés. Peut-être allait-il chez un coiffeur juif, ou peut-être ses parents s'occupaient-ils de ses cheveux. Otto n'aurait su dire pourquoi il avait proposé au garçon de lui couper les cheveux. Il savait que Stephan ne pouvait pas venir chez lui, et que le garçon le savait. Peut-être voulait-il lui faire comprendre qu'il aurait aimé qu'il en soit autrement.

« Bien, dit Otto, j'aimerais vraiment savoir comment avance ta dernière pièce, et je suppose que Žofie-Helene voudrait le savoir aussi. Elle adore être la vedette du spectacle, tu sais.

— Il n'y a plus d'endroits où répéter à part le centre juif, répondit Stephan.

— Je... Oui », répondit Otto.

Le garçon qui avait autrefois invité ses amis à répéter dans la salle de bal familiale était maintenant confiné dans quelques chambres de domestiques. La famille n'avait plus de personnel depuis que les Aryens de moins de quarante-cinq ans ne pouvaient plus travailler pour des Juifs, même pour ceux qui étaient en mesure de les payer.

Žofie-Helene accourut vers Otto, la remuante Johanna dans son sillage, et dit :

« Dis-moi que tu as pris des chocolats, Grandpapa. Johanna... Oh ! »

Oh ! Comme tu m'as manqué, Holmes, pensa Otto, bien qu'il ne pût dire qui de sa petite-fille ou de son ami était Sherlock et qui était le docteur Watson.

« Žofie-Helene », dit simplement Stephan.

Un silence gêné se prolongea jusqu'à ce que les deux se mettent à parler en même temps, Žofie-Helene disant : « Les Américains ont adapté *Marie-Antoinette* de Zweig en film », et Stephan : « Tes démonstrations avancent bien ? »

D'un air morose, Žofie-Helene répondit : « Le professeur Gödel est parti pour les États-Unis.

— Ah. Il est juif ? » demanda Stephan avec une pointe d'accusation.

Otto pouvait difficilement blâmer le garçon.

« Il... Hitler a aboli le statut de privat-docent, répondit Žofie-Helene. Le professeur Gödel a dû demander un nouveau poste selon la nouvelle réglementation et l'université l'a refusé. Je crois qu'ils n'aimaient pas ses relations avec le cercle de Vienne.

— Pas juif, mais un peu trop proche des Juifs, ajouta Stephan. Quelque chose que beaucoup de Viennois évitent par les temps qui courent. »

Žofie-Helene l'étudia franchement, à travers ses lunettes embuées, avec un air de défiance.

« Je n'avais pas compris, dit-elle. Jusqu'à ce jour dans le parc, je ne m'en étais pas rendu compte. Je ne comprenais pas.

— On doit y aller », répondit Stephan avant de prendre son petit frère par la main et de filer.

Otto regarda sa petite-fille ; elle les fixa jusqu'à ce qu'ils disparaissent, puis ne détacha pas le regard de l'endroit où ils avaient été.

Il se retourna vers le vendeur de chocolats et dit : « Je vais avoir besoin de deux chocolats supplémentaires. »

Sara

Lisl se tenait sur le pas de l'entrée de service du palais Albert-Rothschild au numéro 22 de la Prinz-Eugen-Strasse, son parapluie dressé contre la pluie de cette fin d'octobre qui se transformait en premières averses neigeuses d'hiver. Elle resserra le col de son manteau de fourrure, repensant à toutes les fois où elle avait été conduite le long de la cour en U jusqu'à cette maison qui couvrait tout un pâté, pour entrer par les grandes portes dans un monde de tapisseries, de miroirs et de tableaux, de cinq cents chandeliers de cristal et de cet inoubliable escalier en marbre entretenu par un domestique dont c'était la seule tâche. Elle avait dîné dans la salle à manger d'argent des Rothschild. Elle avait dansé sur la musique des deux orchestrions construits dans un renfoncement de la salle de bal dorée à la feuille d'or, et qui, ensemble, produisaient le son d'un orchestre entier. Elle s'était délectée de la collection d'œuvres d'art, ici et dans l'encore plus merveilleux palais Nathaniel-Rothschild sur Theresianumgasse. Désormais, une bannière tendue sur le portail entre la rue et la cour déclarait « *Zentralstelle für Jüdische Auswanderung* »,

Office central pour l'émigration juive ; le baron Albert von Rothschild avait été forcé de consentir à l'appropriation par le Reich de tous ses biens en Autriche, y compris les cinq palais Rothschild et toutes les œuvres d'art qu'ils contenaient, pour obtenir la libération de son frère détenu à Dachau et l'autorisation de quitter l'Autriche. Et maintenant Lisl faisait la queue ici avec les autres candidats, dans l'espoir d'obtenir la permission de quitter le seul pays qu'elle eût jamais appelé sa patrie.

Alors qu'elle patientait, une voiture de luxe avança vers le portail. Deux soldats nazis se dépêchèrent d'ouvrir les lourdes portes en fer forgé. La voiture s'arrêta dans la cour pavée, un attaché, sous la pluie, tenait un parapluie au-dessus de la portière arrière de l'automobile.

Adolf Eichmann sortit de la voiture. Il traversa la cour, protégé par le parapluie de l'attaché de plus en plus trempé, tandis qu'un second attaché remplaçait le premier près de la portière ouverte. Le berger allemand d'Eichmann descendit de la voiture et s'ébroua. L'attaché garda le parapluie au-dessus de l'animal tandis qu'il suivait Eichmann jusqu'au palais.

Lisl abaissa son parapluie et se glissa par l'entrée du personnel, contente d'échapper à la pluie même si elle était loin de la tête de la file d'attente. Elle progressa lentement dans le salon, où elle avait si souvent pris le thé. Les meubles et les œuvres d'art avaient été enlevés, remplacés par une table pliante près de laquelle se trouvait un employé entouré de piles de fourrures, de bijoux, de cristal, d'argenterie et autres objets de valeur.

Lorsque ce fut le tour de Lisl, l'employé lui dit d'un ton neutre :

« Vos effets. »

Lisl hésita, puis tendit la fourrure qu'elle portait et quelques bijoux que Michael lui avait dit d'apporter.

L'employé les jeta dans les piles correspondantes.

« Votre parapluie, dit-il.

— Mon parapluie ? Mais comment vais-je rentrer par ce temps, sans même un manteau ? »

Devant l'expression impatiente de l'employé, elle tendit son parapluie, un sourire poli aux lèvres, bien que bouillonnant de rage à l'idée de devoir obtenir la permission de ce misérable nazillon pour faire quoi que ce soit. Michael lui avait conseillé de ne pas faire de vagues. Les nazis refusaient souvent les permis, même après qu'un demandeur eut accédé à toutes leurs demandes. Elle ne voulait pas qu'il ne lui reste rien d'autre qu'un aller simple pour le camp de travail.

L'employé s'adressa à la personne suivante dans la queue, il en avait fini avec elle.

Elle rejoignit la seconde file d'attente, se souvenant que quelque part ici – était-ce au deuxième étage ? – un petit escalier en bois menait à l'observatoire particulier des Rothschild, où elle avait une fois vu, à travers l'un de leurs télescopes, les anneaux de Saturne. Aussi nettement que si la planète avait été un jouet sur la table devant elle. Comment son monde était-il devenu si étriqué ? Vivre dans les chambres des domestiques avec Herman, Ruchele et les garçons. Aller elle-même au marché chaque après-midi, lorsque les Juifs étaient autorisés à choisir parmi les restes que Vienne leur laissait. Elle était reconnaissante bien entendu ;

sans les efforts de Michael, la famille de Herman et elle auraient pu se retrouver dans un sordide petit appartement à Leopoldstadt. Ils n'avaient pas de cuisine au palais, mais le cuisinier, qui était resté pour servir les nazis, se débrouillait pour faire quelque chose avec les maigres morceaux que Lisl achetait et Helga apportait les plats par les escaliers de service – ce n'était plus sur un plateau d'argent, mais ils n'avaient jamais été aussi heureux de la loyauté de leur personnel.

Tandis que Lisl faisait la queue, elle vit au détour d'un couloir un attaché qui séchait doucement les pattes du berger allemand d'Eichmann. La patience du chien fut récompensée par un morceau de viande qui aurait pu constituer un dîner complet pour elle et la famille de Herman.

À une autre table pliante, un employé lui dit :

« Votre passeport. »

Le vilain petit homme posa un tampon sur un encreur rouge et le pressa sur l'un des coins du passeport.

Tandis qu'il reposait le tampon – le passeport de Lisl désormais entaché d'un « J » rouge de trois centimètres, peu importait que son mariage ait eu lieu dans une église chrétienne, devant toute la haute société de Vienne –, Eichmann et son chien aux pattes sèches entrèrent dans la pièce. Ils étaient suivis par un autre nazi. Les deux hommes observaient l'employé qui apposait fermement un autre tampon sur son second prénom, Elizabeth. Elizabeth, qui semblait plus anglais que juif. Peut-être était-ce la raison pour laquelle ses parents l'avaient choisi. Lorsque l'homme leva le tampon, le nom était barré d'un « – Sara – » à l'encre violette. Sara, une femme si belle que son mari craignait que des hommes plus puissants ne l'enlèvent. Sara l'altruiste qui, se croyant infertile, avait envoyé sa servante égyptienne dans le lit de son époux. Sara âgée de cent ans qui, après la visite de Dieu, avait porté un fils. Lisl ne savait rien de son histoire avant le mois d'août, quand les nazis s'étaient mis à tamponner les passeports des femmes juives de ce nom et ceux des hommes du nom d'« Israël ».

L'homme qui était avec lui dit à Eichmann : « Vous voyez, ça marche comme une usine automatique, *Obersturmführer* Eichmann. À un bout, vous faites entrer un Juif qui a encore un capital – une usine, un magasin ou un compte en banque. Il traverse le bâtiment, de bureau en bureau. Lorsqu'il en ressort, il n'a plus d'argent, il n'a plus de droits. Tout ce qu'il lui reste, c'est un passeport sur lequel est écrit : "Vous devez quitter ce pays dans les deux semaines à venir. Faute de quoi vous serez envoyé en camp de concentration." »

L'employé rendit son passeport à Lisl.

Eichmann la regarda comme le faisaient les hommes, puis lui dit : « Ne pensez pas que vous pourrez passer la frontière maintenant. Les Suisses ne veulent pas plus des Juifs que nous. »

Lisl n'aurait pas besoin de passer la frontière, pourtant. Pendant des mois, elle avait insisté : elle n'abandonnerait pas Herman, qui ne voulait pas quitter Ruchele. Mais le 23 septembre, Hitler avait annexé la région des Sudètes, en Tchécoslovaquie, sans qu'aucun pays au monde lève le petit doigt, et le lendemain elle avait autorisé Michael à préparer son départ pour Shanghai. Cela avait pris plus d'un mois, il avait dépensé une petite fortune pour lui assurer une couchette sur un bateau qui partait dans deux jours. Elle ne l'avait pas encore annoncé à Herman. Elle ne savait pas comment dire à son frère qu'elle voulait fuir. Mais elle était au milieu du parcours maintenant, passant d'une pièce à l'autre.

Elle avait de la chance. Elle essayait de s'en souvenir alors qu'elle entrait dans la pièce suivante. Ses biens étaient allés à Michael, qui les protégerait tous jusqu'à ce que le monde revienne à la raison. Elle n'avait qu'à abandonner de petites choses symboliques : ses manteaux de fourrure les moins précieux, des bijoux soigneusement choisis, le parapluie qui aurait pu la garder au sec, son nom, sa dignité.

LA RAFLE

Le jour n'était pas encore levé et le matin était très froid pour ce début de novembre. Eichmann portait son pardessus. Il préférait faire ces rafles en plein jour, avec un public, pour faire passer le message que, véritablement, tout le monde à Vienne devait craindre Adolf Eichmann. Mais il ne pouvait pas risquer l'indignation générale que provoquerait l'arrestation publique d'une femme aryenne – mère et veuve, en sus, même si elle était de la *Lügenpresse*, la presse mensongère. *L'Indépendant viennois* portait bien son nom.

Les soldats parvinrent à faire sauter la porte et se déversèrent à l'intérieur. Ils se mirent à retourner les bureaux, les tiroirs, et à en fouiller le contenu à la recherche de preuves incriminantes. Ils renversèrent les bureaux et les chaises, cassèrent les vitres et écrivirent « *Amis des Juifs* » sur les murs et la façade du bâtiment, la peinture des lettres coulant à cause de leur maladresse. Il les laissait s'amuser. Lui aussi avait été indiscipliné pendant sa jeunesse – toutes ces bagarres à Linz avant de fuir vers l'Allemagne. Et cette frénésie juvénile pouvait être utilisée à son avantage. Qu'y avait-il de plus effrayant que de jeunes hommes en proie à une fureur déchaînée, dépourvue de la moindre once de bon sens ?

Un membre des Jeunesses hitlériennes, un garçon imposant à l'air stupide, braqua son pistolet sur la Linotype. Il tira et tira encore, les balles ricochaient sur le métal dur.

« Arrête ça, espèce d'imbécile, ordonna Eichmann, mais le garçon s'était abandonné à sa rage.

— Dieterrotzni ! » cria un garçon plus âgé.

Le jeune garçon se retourna, le pistolet toujours braqué. Le plus âgé le lui arracha des mains.

« Tu as failli me tuer, sale morveux », dit-il.

Le garçon haussa les épaules, puis prit une chaise en métal et l'utilisa pour frapper la machine.

Un est toujours supérieur à zéro

Žofie-Helene était assise à la table du petit déjeuner avec Mama, Grandpapa et Jojo quand le bruit des bottes emplit la cage d'escalier de l'immeuble. Mama se leva en silence, alla dans sa chambre et souleva le petit tapis au bout de son lit. Le tapis emporta les lattes en dessous, fixées à une charnière invisible. Elle se glissa dans l'interstice entre le plancher et le plafond de l'appartement du dessous.

« Vous ne savez pas où est votre mère, d'accord ? dit Grandpapa à Žofie et à Jojo tandis que Mama refermait sa cachette. Elle est en train de couvrir une affaire, vous vous souvenez ? Comme on l'a répété. »

En entendant les coups secs à la porte, Žofie contempla avec horreur la tasse de café de sa mère et son bol de porridge.

Son grand-père ouvrit la porte à un essaim de nazis.

« Que puis-je faire pour vous, messieurs ? » demanda-t-il.

Johanna était assise, terrifiée, devant une table qui n'avait plus que deux couverts. Žofie, debout, remplissait d'eau l'évier, la mousse recouvrait son bol et celui de sa mère, plein de porridge, et la tasse de café.

« Käthe Perger », appela un homme en pardessus.

Le berger allemand à ses pieds se tenait parfaitement immobile sur le pas de la porte.

« Je suis désolé, *Obersturmführer* Eichmann, Käthe est sortie. Comment puis-je vous être utile ? » répondit calmement Grandpapa.

Johanna se mit à pleurer et à réclamer sa mère. Žofie se dépêcha de la réconforter, ses mains répandirent de l'eau savonneuse partout sur le sol.

Les nazis se dispersèrent dans l'appartement, ouvrant les placards, fouillant sous les lits, tandis qu'Eichmann interrogeait Grandpapa qui continuait à affirmer que Mama n'était pas là.

Dans la chambre de Mama, un nazi avait posé le pied sur le tapis.

« Grand-père Perger », appela Žofie.

Otto lui jeta un coup d'œil. Jamais de toute sa vie elle ne l'avait appelé grand-père Perger, bien qu'évidemment c'était ce qu'il était. Elle lui répondit par un clignement de paupières, essayant de lui montrer le nazi si près de sa mère, pour qu'il fasse quelque chose afin de l'empêcher de soulever le tapis.

« Je vous ai dit qu'elle était dehors ! Qu'elle travaillait ! cria Grandpapa à Eichmann – si fort et si irrespectueusement que même le chien se retourna. Elle est journaliste, c'est une des garantes de la vérité. Vous n'aimez pas assez votre pays pour vouloir savoir ce qui s'y passe ? »

Eichmann braqua son pistolet sur la tempe de Grandpapa. Il se raidit, aussi immobile que Žofie-Helene. Jojo non plus ne bougeait pas.

« Nous ne sommes pas juifs, dit doucement Grandpapa. Nous sommes autrichiens. Des citoyens loyaux du Reich. J'ai fait la guerre. »

Eichmann abaissa son arme.

« Ah, le père du mari mort », dit-il.

Il se tourna pour regarder tous les yeux braqués sur lui. Il semblait tirer un grand plaisir de ce pouvoir : faire tout ce qui lui plaisait sous les yeux des autres.

Il rencontra le regard de Žofie-Helene et le soutint. Elle savait qu'elle devait détourner les yeux, mais même si elle l'avait voulu, elle en aurait été incapable.

Il rengaina son pistolet et s'approcha de Žofie. Il tendit la main et toucha le bras de Johanna, frôlant le sien.

« Et vous devez être la jeune fille qui étudie à l'université ? dit-il à Žofie.

— Je suis une surdouée des mathématiques », répondit Žofie.

L'homme eut un rire semblable à un ennéagone irrégulier, tout en angles aiguisés et en côtés inégaux. Il tendit la main vers la joue de Johanna, mais elle se détourna pour enfouir son visage dans la poitrine de Žofie. Žofie aurait voulu être aussi jeune que sa sœur, pour pouvoir enfouir sa figure contre quelqu'un de plus fort. Jamais Papa ne lui avait autant manqué.

Eichmann toucha les cheveux de Johanna plus doucement que Žofie l'en aurait cru capable.

« Tu seras aussi jolie que ta grande sœur, lui dit-il, et ce que tu n'auras peut-être pas en intelligence, tu le compenseras par la modestie qui manque à ta sœur. »

Il se pencha vers Žofie, si près que c'en était gênant, et dit : « Tu passeras ce message à ta mère : tu lui diras que M. Rothschild est très content de nous laisser utiliser son petit palais sur la Prinz-Eugen-Strasse. Il nous a assuré que les Juifs étaient aussi intéressés par la perspective de quitter Vienne que nous par celle de les aider, et il est très heureux que sa demeure serve de bureau pour l'émigration juive. Il a, dit-il, plus de maisons que nécessaire. Bien qu'il apprécie la sollicitude de ta mère, il tient à lui certifier que d'autres articles sur le sujet ne lui apporteraient rien – ni à elle. Pas plus qu'à toi ou à ta sœur. Tu t'en souviendras ?

— M. Rothschild est très content de vous laisser utiliser son petit palais sur la Prinz-Eugen-Strasse. Il vous a assuré que les Juifs étaient aussi intéressés par la perspective de quitter Vienne que vous par celle de les aider, et il est très heureux que sa demeure serve de bureau pour l'émigration juive. Il a, dit-il, plus de maisons que nécessaire. Bien qu'il apprécie la sollicitude de Mama, il tient à lui certifier que d'autres articles sur le sujet ne lui apporteraient rien – ni à elle, ni à Johanna, ni à moi », répondit Žofie.

L'homme eut le même rire terrible, se retourna vers la porte et dit : « Tier, je crois que nous avons trouvé un adversaire à ta hauteur. »

« Žozo, je n'aime pas cet homme », dit Johanna tandis qu'Otto regardait par la fenêtre pour s'assurer que les nazis étaient bel et bien partis. Il les vit s'entasser dans leurs voitures, un assistant tenant la portière au chien, et passer le coin de la rue. Et pourtant, il continua d'observer, certain qu'ils reviendraient.

Enfin, il tira le rideau, alluma la lumière et souleva le tapis de la chambre. Käthe sortit de sa cachette et, sans un mot, serra Žofie et Jojo dans ses bras.

« Käthe, dit Otto, il faut que tu arrêtes d'écrire. Vraiment, tu...

— Ces gens se font dépouiller de tout, Otto, le coupa Käthe. Tout ce qu'il leur reste, c'est un visa de sortie et l'espoir que quelqu'un à l'étranger payera leur voyage jusqu'à Shanghai, le seul endroit qui les accueille encore.

— Je peux subvenir à tes besoins et à ceux des filles. Je peux laisser mon appartement et m'installer ici. Ce sera plus facile et je me sentirai...

— Quelqu'un doit leur tenir tête, Otto.

— Tu ne peux pas gagner toute seule, Käthe ! insista-t-il. Tu n'es qu'une seule personne !

— Mais un est toujours supérieur à zéro, Grandpapa, même si zéro est plus intéressant mathématiquement », dit Žofie-Helene d'une voix calme.

Otto et Käthe la regardèrent, surpris.

Käthe l'embrassa sur le front et dit : « Un est toujours supérieur à zéro. C'est bien vrai. Ton papa serait fier de toi. »

La Nuit de cristal

Une autre ampoule de la petite pièce froide claqua alors que Stephan fixait son dernier pion, craignant de regarder son père, de l'autre côté de l'échiquier, qui essayait d'ignorer le chaos à l'extérieur. Ils avaient fait de leur mieux pour remettre la porte en état, ils avaient fixé le chambranle en bois avec les clous tordus retrouvés çà et là et glissé du papier journal dans les interstices, mais toujours le bruit des bottes montait des étages principaux par le chambranle brisé, tandis que le dehors – le bruit et le froid – pénétrait par l'unique et mince fenêtre du salon des domestiques.

Il jeta un œil à Mutti dans sa chaise, blottie sous une couverture depuis que le vacarme à l'extérieur avait commencé, peu après quatre heures du matin.

« Mutti, dit-il, tu ne veux pas que je te mette sur la méridienne, ou même dans ton lit ?

— Pas maintenant, Stephan », répondit-elle.

Stephan quitta la table, ôta ses gants, les déposa à côté de l'échiquier et mit un autre morceau de charbon dans le poêle, en une piètre tentative de combattre le froid. Il ne faisait pas plus chaud dans la chambre de ses parents, la pièce attenante, là où ils avaient enlevé les moulures de la porte pour essayer de faire passer la chaise de Mutti. Il n'y avait pas assez de charbon pour allumer les trois poêles, ni assez, en vérité, pour garder celui-ci vraiment allumé.

« Je vais vérifier qu'on a bien fermé la fenêtre dans la chambre de Walter, dit-il.

— Notre chambre », répondit Walter.

Si son petit frère n'aimait pas plus que Stephan leur nouveau lieu de vie, il était cependant ravi de partager une chambre avec son grand frère.

« Tu viens juste de le faire », dit Papa.

Mais Stephan était déjà dans la petite pièce, dont les moulures de la porte avaient aussi été enlevées. Il jeta un regard par la fenêtre. De jeunes émeutiers brisaient les vitrines des magasins, et personne ne les arrêtait. De l'autre côté de la rue, un homme était traîné hors de son immeuble. Stephan crut reconnaître M. Kline, l'ancien propriétaire du kiosque à journaux, mais avec la foule autour de lui, il n'était pas sûr. Ils le firent monter dans une fourgonnette où étaient déjà entassés d'autres hommes.

Stephan sentit, plus qu'il ne vit, Walter arriver à côté de lui.

« Hey, Wally », dit-il en soulevant son frère avant qu'il puisse voir ce qui se passait.

Il retourna dans le séjour aux rideaux fermés, à la table et à cet échiquier où, sans y penser véritablement, il avança son dernier pion d'une case pour menacer la tour de son père.

Herman fit glisser sa reine sur la diagonale pour capturer le pion de Stephan, son ultime chance de remplacer sa reine perdue. Il savait qu'il devait abandonner. Il voyait qu'il allait perdre et son père lui avait inculqué que si l'on pouvait deviner la fin d'une partie, peu importait qu'on perdît ou qu'on gagnât, il fallait arrêter ; aux échecs, l'important n'était pas de gagner ou de perdre, mais d'apprendre, et si l'on savait comment se terminait la partie, il n'y avait plus rien à apprendre. Mais finir la partie voulait dire revenir au chaos du dehors, au bruit des bottes dans les escaliers du palais. Cela rendait Stephan nerveux, le bruit de tous ces nazis dans leurs anciens appartements. Il pensait s'y être habitué, mais ce soir il y avait beaucoup d'activité, tant de voix qui s'élevaient jusqu'à l'étage des domestiques.

« Herman, Stephan, sur le toit, vite ! » souffla sa mère, paniquée, au moment où lui-même comprit que les bruits de pas ne s'arrêtaient pas aux étages principaux mais montaient vers eux.

Stephan ouvrit la fenêtre, crapahuta sur le rebord et, utilisant la cariatide de la façade comme appui, se hissa jusqu'à la toiture. Il se pencha pour aider son père qui chancelait, perdant l'équilibre.

« Papa ! souffla-t-il, plein d'effroi, le repoussant vers la petite chambre des domestiques pour qu'il ne tombe pas. Papa, prends ma main. »

Il parlait plus calmement, pressant son père de retrouver son équilibre et d'essayer une nouvelle fois de grimper par la fenêtre.

« Vas-y ! dit son père. Vas-y, mon fils !
— Mais, Papa...
— Vas-y !
— Mais où ?

— Si on ne sait pas, on ne pourra rien dire. Maintenant, dépêche-toi ! Ne reviens pas tant que tu n'es pas certain que tu ne risques rien, promets-le-moi. Ne mets pas ta mère en danger.

— Je... Cache-toi, Papa !

— Vas-y !

— Joue l'*Ave Maria* quand je pourrai revenir. Il est sur le Victrola.

— Ce ne sera peut-être jamais possible, dit son père en refermant la fenêtre, la laissant par mégarde légèrement entrouverte.

— Herman ! » appela Mutti.

Stephan, se tenant au bord du toit, la tête en bas, regarda son père entrer dans la penderie. Walter referma la porte – Walter qui était bien trop jeune pour comprendre ce qui se passait et qui pourtant, malgré leurs efforts pour le protéger, comprenait.

Une seconde plus tard, son père ouvrit la porte de la penderie et tira Walter avec lui.

Tandis que Mutti avançait sa chaise – heureusement, elle y était déjà installée – pour fermer la porte du placard, Stephan se baissa et ouvrit la fenêtre un peu plus grand. Si les nazis le suivaient sur le toit, il pouvait s'en sortir. S'ils ouvraient la penderie, son père était condamné.

Condamné. Stephan toucha sa lèvre inférieure, l'aspérité où la blessure s'était mal refermée. Oui, il savait ce dont ces hommes étaient capables.

Il s'allongea pour écouter les coups sur la porte, l'invasion de l'appartement, les interrogations : « Votre mari, où est-il ? » Il ne pensait pas que les nazis prendraient un garçon aussi jeune que Walter ; c'était trop d'embarras. Mais les nazis allaient toujours plus loin que ce qu'il avait imaginé. Mais il ne pourrait rien faire pour Mutti s'il était emmené, et Mutti ne pouvait pas survivre sans son aide.

Il traversa silencieusement le toit en direction de l'arbre devant la fenêtre de son ancienne chambre et regarda au travers des branches. En bas, sur le trottoir, un soldat patrouillait, accompagné d'un hideux molosse. Ce n'était pas la faute du chien. Il essayait de faire plaisir à son maître. C'était dans sa nature de chien.

Une soirée

Truus s'assit à côté de Klara Van Lange à la table de l'entrée de la maison des Groenveld, sur Jan Luijkenstraat, où se déroulait une soirée de charité au profit du Comité néerlandais des enfants réfugiés, le genre de petite réunion souvent organisée ces temps-ci – bien qu'un peu moins fréquemment maintenant que les temps avaient changé et que les garden-partys n'étaient plus envisageables. Dans le hall derrière elles, les corbeilles à dons étaient surmontées d'un tas de vêtements. Le dernier couple était arrivé. La préparation du dîner semblait se dérouler sans encombre, laissant à Mme Groenveld la possibilité de saluer les convives à la table de réception. Truus observait le plus jeune des garçons Groenveld être porté au lit par son père, dans cette maison où elle avait si souvent déposé des enfants d'Allemagne. Quelque part dans un tiroir ou dans un placard se trouvait le peigne avec lequel ils avaient épouillé le petit Benjamin (quel était son nom de famille ?) avant de se résoudre à lui raser le crâne. Il n'y avait pas eu d'autre solution.

Le docteur Groenveld rejoignit sa femme, Truus et Klara, dont la grossesse était maintenant visible. Ce bon docteur se mit à leur parler d'un garçon nommé Willy Alberti, que les Groenveld avaient entendu chanter quelque part. Joop se joignit à eux au beau milieu du récit des exploits en *fierljeppen* de l'aîné des Groenveld, comme si la capacité à sauter par-dessus un canal à l'aide d'une longue perche était le genre de sport qu'un jeune homme se devait de pratiquer. Mais tout le monde riait, Mme Groenveld racontait qu'un perchiste était tombé à l'eau pendant une compétition – ce qui faisait apparemment tout l'amusement de ce sport.

Joop, au côté de Truus, riait de plus belle, et Truus riait aussi. C'était bon pour le moral, de rire avec des amis.

À la fin de l'anecdote, Joop, connu pour sa façon de danser enthousiaste, mais si peu élégante, demanda à Truus : « Ma bien-aimée, je prends le risque de devenir l'amusement sportif de ce soir. M'accorderez-vous cette danse ? Je promets de ne pas vous pousser dans l'eau, et je présente par avance mes excuses à vos doigts de pieds. »

On entendait une valse, et Truus avait toujours aimé les valses.

« Vas-y, Truus, l'encouragea Klara. Tu as travaillé toute la soirée pendant que tout le monde prenait du bon temps. »

Papa

Stephan était allongé sur le toit, aux aguets, l'oreille tendue, trop ébranlé pour sentir le froid. Partout dans la ville des flammes montaient dans le ciel, des bâtiments brûlaient, et pourtant il n'y avait pas de sirènes, nul signe d'un camion de pompiers. Comment était-ce possible ? À quelques rues d'ici, dans la direction de l'ancien quartier juif, une nouvelle flamme jaillit, accompagnée d'acclamations si féroces que Stephan put les entendre malgré la distance.

Dans la rue en contrebas, une fourgonnette attendait, pleine d'hommes et de jeunes garçons silencieux. Rolf, qui ouvrait maintenant les portes du palais pour les visiteurs nazis, et qui, par gros temps, tenait un parapluie au-dessus de leurs têtes, s'inclina devant la brute qui sortait du camion. Il lui sembla qu'il s'écoulait une éternité avant que trois nazis passent les portes. Papa n'était pas avec eux.

Les nazis s'approchèrent du conducteur et allumèrent des cigarettes dans un concert d'éclats de rire.

Rolf ouvrit de nouveau la porte.

Cette fois, Papa sortit, suivi par un nazi qui tenait un Luger braqué contre son crâne.

Le soldat avec le chien ouvrit la porte à l'arrière du camion et deux hommes se penchèrent pour aider Papa à monter.

Papa se retourna vers les soldats.

« Mais vous ne comprenez pas, dit-il. Ma femme, elle est malade. Elle est mourante. Elle ne peut pas... »

Un soldat leva sa matraque et l'abattit sur l'épaule de Papa. Il tomba sur le trottoir, le chien lui aboyait rageusement dessus tandis que le soldat le frappait à la jambe, au bras, au ventre.

« Debout, ordonna le soldat, à moins que tu ne veuilles apprendre le véritable sens du mot "mourant". »

Le monde entier paraissait submergé par le silence ; les soldats, les hommes et les garçons de la fourgonnette, et même le chien, comme suspendus dans l'instant, tandis que Papa, à terre, ne bougeait plus.

Tu dois leur obéir, Papa, pensa Stephan aussi fort qu'il put, comme s'il pouvait pousser son père à le faire par la seule force de sa pensée. Tu ne peux pas abandonner comme je l'ai fait dans le parc. Ce n'est qu'à cet instant qu'il comprit que c'était ce qu'il avait fait. Il avait honte d'avoir abandonné. Serait-il encore en vie si le vieux couple ne l'avait pas aidé ?

Papa se tourna sur le côté, hurlant de douleur. Le chien, qui aboyait maintenant avec fureur, se jeta vers lui, retenu seulement par sa laisse.

Papa se mit tant bien que mal à genoux, puis rampa lentement vers l'arrière de la fourgonnette. Lorsqu'il fut assez près, deux des hommes se penchèrent de nouveau et le prirent chacun par une épaule. Ils le hissèrent sur ses pieds et le tinrent droit. Un troisième homme attrapa Papa par la taille et le tira dans le fourgon, les autres s'écartèrent pour lui faire de la place. Papa était allongé sur le dos, immobile, dans le camion.

Stephan dut se retenir d'escalader le bord du toit pour que son père puisse le voir, de lui crier qu'il ne devait pas leur résister, qu'il devait simplement survivre.

Les soldats fermèrent d'un coup sec la porte du camion, parquant son père, qui disparut de sa vue au milieu des garçons et des hommes. Le conducteur remonta dans le fourgon et le moteur démarra dans une pétarade.

Stephan, silencieux, observa le camion descendre la longue courbe du Ring, en direction du canal et de la rivière. Il disparaissait par intermittence derrière les tramways, les camions et les kiosques, pour finir par s'évanouir tout à fait. Stephan regarda le vide laissé dans le sillage du chaos, les flammes qui s'élevaient dans la ville sous les acclamations des foules, dans l'impossible absence des camions de pompiers.

ATTENDRE

Stephan se faufila discrètement en direction de la fenêtre du salon, essayant de ne pas faire de bruit ni de déloger une ardoise. Il tendit l'oreille par-dessus le chaos de la nuit pour écouter ce qui se passait à l'intérieur.

« Pierre et moi, on peut le faire », entendit-il Walter dire.

Il se pencha au bord du toit pour regarder par la fenêtre. Mutti poussait sa chaise vers le Victrola, où le pauvre Walter, la patte de Pierre dans une main, essayait de redresser la table du gramophone. Stephan était sur le point de se baisser pour pousser la fenêtre quand la porte qui donnait sur le couloir s'ouvrit de nouveau. Walter serra son lapin, pour se protéger, tandis que Stephan se hissait hors de vue.

« Wally, fit la voix. Madame Neuman. »

Wally ? Stephan redoubla d'attention.

Quelqu'un se mit à replacer l'échiquier en martelant les pièces.

« On ne sait pas où il est, dit Mutti.

— Et toi, Walter ? demanda la même voix – c'était celle de Dieter. Est-ce que tu sais où est Stephan ?

— Il ne sait pas non plus, insista Mutti.

— Je peux l'aider, répondit Dieter. C'est mon ami. Je veux l'aider. »

Stephan aurait aimé le croire, il aurait souhaité que quelqu'un lui vienne en aide, il ne voulait pas être seul par cette terrible nuit. Il n'y avait pas d'autres voix que celles de Dieter et de Mutti. Peut-être Dieter était-il revenu simplement pour aider ? Mais, mêlé aux souvenirs des balades à bicyclette, des répétitions de pièces, des excursions dans les cafés à la recherche de Stefan Zweig, il y avait le visage de Dieter qui le raillait avec les autres dans le parc du Prater quand le nazi le frappait en lui ordonnant de refaire le pas de l'oie.

Dieter savait très bien que Stephan était de nombreuses fois passé par l'arbre pour faire le mur. Stephan hésitait, déchiré entre la certitude que Dieter finirait par grimper pour venir le chercher – et l'aider ? ou le mettre dans un camion ? – et la peur d'abandonner Mutti et Walter aux mains de Dieter.

« Même Pierre ne sait pas où est Stephan », ajouta Walter.

Stephan s'essuya la figure et regarda vers l'horizon, des brasiers flambaient partout dans la ville. Il n'était pas de taille à affronter Dieter, et s'il était découvert, le mensonge de Mutti et de Walter serait dévoilé.

Mentalement, il traça le chemin le plus court pour rejoindre les égouts. Il n'avait nulle part ailleurs où aller. S'il pouvait descendre de l'arbre sans se faire remarquer, il pourrait rentrer par le kiosque à quelque vingt-cinq pas sur le Ring, vingt-cinq pas périlleux du fait des foules en ébullition. Ou alors, il pouvait se glisser par la rue, derrière, jusqu'à la plaque d'égout entre ici et la Michaelerplatz, un chemin plus long mais peut-être plus discret. Ou il pouvait simplement faire confiance à Dieter ? Avait-il vraiment un autre choix ?

LES INFORMATIONS

« Truus ? »

Truus, surprise, leva les yeux de la radio posée sur l'étroite table. Joop était en pyjama, baigné par la lumière de la lune qui entrait par la fenêtre.

« Je ne voulais pas te réveiller », dit-elle.

Elle n'avait pas allumé les lumières et avait réglé la radio si bas qu'elle l'entendait à peine, même en ayant l'oreille collée dessus.

« Reviens te coucher, Truus. Tu as besoin de repos. »

Truus acquiesça mais ne bougea pas de sa chaise. C'était grotesque. Ils avaient passé un si bon moment chez les Groenveld qu'en rentrant ils avaient allumé la radio pour danser pieds nus dans l'appartement, comme ils le faisaient parfois en rentrant de soirée. Mais il n'y avait pas eu de musique. Tout ce qui sortait de la radio, c'étaient ces horribles nouvelles d'Allemagne, tout le Reich en flammes, prétendument à la suite de l'assassinat d'un diplomate allemand à Paris.

« Ils racontent que même les femmes sont battues, dit-elle. Que les gangs sont ivres de destruction, qu'ils pourchassent les Juifs dans les rues du matin au soir.

Tu imagines ? Tout ça pendant que nous riions au dîner. Pendant que nous dansions la valse, sans nous douter de rien. »

Joop hocha la tête.

« Si le peuple allemand ne réagit pas maintenant, ils sont finis.

— Goebbels a fait une deuxième annonce ce soir, pour appeler au calme, mais ses mots n'ont eu aucun impact.

— Ses paroles ne font que les encourager par sous-entendus, dit Joop. C'est ce que j'ai expliqué la dernière fois. N'ai-je pas déjà dit ça la première fois qu'on l'a entendu parler, à cette réunion à Munich ? Il annonce la mort de vom Rath, en rend responsable une conspiration juive, et dans le même temps déclare que le parti n'organisera pas de manifestations mais ne les interdira pas non plus.

— Mais ça n'a aucun sens, répondit-elle. Pourquoi un seul mort à Paris provoquerait-il des émeutes dans tout le Reich ?

— C'est ce que je te dis, Truus. Ce n'est pas la cause des émeutes. C'est un prétexte. Quand Goebbels dit qu'il n'empêchera pas les manifestations, il encourage la violence. C'est ce que les nazis savent si bien faire. Ils créent de toutes pièces une crise – comme l'incendie du Reichstag en 1933 – quand ils ont besoin d'asseoir leur contrôle militaire. Ils souhaitent que chaque Allemand soit témoin du chaos qu'ils peuvent semer d'un claquement de doigts. Ils veulent que chaque Allemand comprenne la violence qu'ils peuvent déchaîner contre n'importe qui pour la plus petite infraction, réelle ou imaginaire. Y a-t-il une meilleure façon de faire taire les opposants à un régime qu'en leur affirmant que leur résistance ne fera que mettre en danger leur famille et leur propre vie ?

— Mais ce ne sont pas que les nazis désormais. Ils disent que des civils allemands affluent dans les rues et se rassemblent pour contempler et acclamer la destruction. "Comme des vacanciers à une fête foraine", Joop. Où sont les bonnes gens d'Allemagne ? Où sont les dirigeants du monde ? Pourquoi ne s'opposent-ils pas à ça ?

— Tu accordes trop de confiance aux politiciens, plus qu'ils n'en méritent. Ils battent en retraite à la moindre menace contre leur pouvoir, même si, bien sûr, à part Hitler, plus personne n'a de réel pouvoir en Allemagne. »

Il l'embrassa sur le front.

« Vraiment, Truus, il faut que tu viennes te coucher. »

Elle le regarda disparaître dans le couloir, se dirigeant vers leur chambre confortable, dans leur maison confortable, dans un pays sans terreur. Il n'y avait rien à faire ce soir. Elle devait le suivre et dormir un peu. Mais comment pourrait-elle dormir ?

Joop ressortit, enfilant sa robe de chambre en lui apportant la sienne, et dit :

« Bon, très bien, vas-y, monte le son de la radio. Est-ce que tu veux qu'on allume les lumières ? »

Tandis qu'il l'aidait à enfiler sa robe de chambre, elle trembla en pensant qu'elle aurait pu le perdre, que les nazis n'avaient pas besoin d'une vraie raison pour détenir quiconque.

Il monta le volume, tira sa chaise près d'elle et lui prit la main. Ensemble, ils écoutaient, à la lumière de la lune.

« Joop, dit-elle. Je pensais emprunter la voiture de Mme Kramarsky à l'aube, pour aller à la frontière.

— C'est trop dangereux désormais, Truus.

— Tu as vu ces enfants.

— Tu risquerais ta vie. Vraiment, Geertruida, le docteur a dit…

— Tu me demanderais d'arrêter maintenant, Joop ? Juste au moment où il faut lutter ? »

Joop poussa un soupir. Il alla dans la cuisine et prépara du café : le clic de la porte du placard, l'eau du robinet, les grains de café tombant contre le métal du moulin tandis que la voix à la radio continuait. Il revint avec deux tasses brûlantes et dit :

« Tu irais juste chercher les enfants qui ont réussi à sortir d'Allemagne, comme tu le fais d'habitude ? »

Truus accepta la tasse, hésitant tandis qu'il se rasseyait à côté d'elle. Elle but une gorgée du café chaud et fort.

« Les parents envoient leurs enfants en train jusqu'à Emmerich am Rhein. Il y a une ferme à la frontière là-bas… Le fermier et sa femme ne peuvent pas héberger les enfants, c'est trop dangereux, mais…

— Ils t'appellent ? »

Truus acquiesça.

« Le comité m'appelle, oui.

— C'est toi qui passes la frontière pour aller les chercher ? Tu vas en Allemagne chercher des enfants qui n'ont pas de papiers ? »

Truus acquiesça.

« Oh, Truus. »

Inconsciemment, Truus porta le rubis à ses lèvres, puis regarda l'anneau, presque surprise de remarquer qu'elle n'avait plus la bague que Joop lui avait offerte pendant sa première grossesse, qu'elle était toujours avec les deux petits réfugiés.

« Je sais, dit-elle. Mais... Joop, je... je ne te l'ai jamais dit, mais... la petite Adele...

— Tu as amené Adele en train avec trente autres enfants, Truus. Toi et Mme Van Lange. Ils avaient tous des papiers...

— Oui, mais... »

Elle lui prit la main, essayant à tout prix de ne pas pleurer.

« Elle ne s'en est pas sortie.

— Qu'est-ce que tu racontes ? Je ne comprends pas. »

Elle regarda leurs mains jointes sur la table, sa large paume et ses puissants doigts plus sombres contre sa peau pâle.

« Adele... Je... La diphtérie.

— Non. Non, Adele est en Angleterre. Les Bentwich...

— Elle avait une mère, Joop, murmura-t-elle, en larmes, mais elle soutint son regard, sa douleur à lui aussi était maintenant libérée, pour cette enfant qui n'avait jamais été la leur. J'aurais pu la laisser dans les bras de sa mère. J'aurais pu la mettre dans les tiens. »

L'Ave Maria

Ruchele tenait Walter serré contre elle tandis que le garçon nazi entrait par la fenêtre et commençait à remettre de l'ordre dans l'appartement. Il redressa la table renversée, puis le Victrola. Il replaça le disque sur la platine.

« Voulez-vous que je l'allume, madame Neuman ? demanda-t-il.

— Non ! » s'écria Ruchele.

En voyant l'expression surprise du garçon, elle reprit plus calmement :

« Non, s'il te plaît, je ne crois pas que je pourrais supporter d'entendre de la musique », Dieter, avait-elle presque ajouté, mais si elle l'appelait Dieter, serait-il offensé ? Si elle l'appelait monsieur, cela briserait-il le sortilège de culpabilité qui le poussait à rester ici, à les aider, malgré la position périlleuse dans laquelle cela le plaçait vis-à-vis de ses nouveaux amis ?

« Merci, dit-elle.

— Je vais remettre du charbon dans ce cas. »

Il ouvrit la boîte à charbon. Il ne restait que quelques morceaux. Alors qu'il lui lançait un regard triste, il remarqua les gants de Stephan tombés de la table. Il les prit et dit : « Si je savais où il est allé, je pourrais le retrouver. Je pourrais lui dire qu'il peut rentrer. Il fait si froid dehors. Est-ce qu'il a au moins pris un manteau ? »

Elle ravala le désir d'accepter son aide, sachant que personne d'autre ne lui en proposerait.

« Vous êtes sûre de ne pas vouloir de musique ? dit-il. Cela pourrait vous apaiser. »

Ruchele, attentive à ne pas regarder dans la direction de la petite fenêtre sale, désormais bien fermée, répondit :

« Merci. Merci beaucoup, mais non merci. Walter pourra s'en charger si nous changeons d'avis. Peut-être pourriez-vous entrouvrir la fenêtre, juste un peu, pour faire de l'air ? »

Le garçon ouvrit doucement la fenêtre, s'inclina et laissa Ruchele, qui serrait Walter contre elle, à l'affût, essayant de savoir si le silence derrière la porte était celui de l'ami de Stephan qui se faufilait pour retrouver ses camarades ou celui du garçon qui attendait, caché dans le couloir, le retour de Stephan.

L'horloge sonna le quart, puis la demie.

« Walter, dit Ruchele, peux-tu jeter un coup d'œil à la porte et voir s'il est là ?

— Dieter le morveux », répondit Walter avec la voix de Pierre Lapin.

Il entrebâilla la porte et jeta un coup d'œil, puis l'ouvrit un peu plus grand et regarda aux alentours.

« Très bien, dans ce cas, dit Ruchele.

— Je peux le démarrer, répondit Walter. Je peux le démarrer.

— Le Victrola ?

— Pour Stephan.
— Pour Stephan. »

Il s'approcha de la petite machine et tourna la manivelle – une tâche qu'il avait toujours aimée mais qu'il faisait maintenant sans joie apparente, son visage ne reflétant qu'une intense concentration tandis qu'il plaçait le diamant. Dans un craquement, la musique commença, le disque était abîmé, mais les premiers accords de l'*Ave Maria* s'élevèrent dans la pièce froide.

« Monte sur mes genoux pour me tenir chaud, dit-elle à Walter. Pierre aussi. »

Il le fit, et ils restèrent là à attendre, Walter descendait de ses genoux chaque fois que le disque finissait et qu'il fallait soulever le diamant et le remettre, pour jouer encore l'*Ave Maria*.

Combattre le feu

Stephan se blottit à l'intérieur de la cave à cacao de Papa (ou plutôt, celle de l'oncle Michael désormais), les mains enfoncées dans les poches de son manteau pour se donner l'illusion de la chaleur. Combien de temps avait-il passé dans les égouts ? Sans aucun doute, c'était le matin, le chaos de la nuit était fini, même s'il n'avait pas encore entendu les employés arriver à la chocolaterie au-dessus. Il prit la lampe torche au bas des marches et descendit l'échelle jusqu'à la cave en dessous, repoussant les souvenirs qu'il avait de Žofie ici, tandis qu'il traversait la caverne, le petit tunnel et les escaliers en colimaçon. En haut, il poussa l'un des triangles métalliques de la plaque d'égout pour jeter un coup d'œil. Il faisait toujours sombre. Il y avait encore des gens partout.

Il se glissa à nouveau dans le tunnel et se dépêcha d'atteindre une grille d'où il pourrait mieux voir sans être vu. Avant même d'avoir escaladé les barreaux de l'échelle, il entendit la foule.

Là-haut, alors qu'il regardait par la grille comme à travers les barreaux d'une prison, la foule exaltée semblait encore plus ivre de colère. *La nuit et le sommeil peuvent-ils s'accorder ?* Des voyous, voilà comment Stephan aurait voulu les appeler, mais c'étaient les mêmes personnes auprès desquelles, si peu de temps auparavant, il s'excusait quand il traversait le Ring au pas de course.

La foule était rassemblée autour de l'une des synagogues, comme pour l'illumination du sapin sur la Rathausplatz, la veille de Noël. Mais il n'y avait ni marchands de marrons ni vendeurs de vin chaud. Il n'y avait que des gens rassemblés, qui acclamaient chaque flamme, et des pompiers qui se tenaient là, bras croisés, juste devant Stephan. Il les fixait par la grille métallique, incapable de comprendre pourquoi ils ne combattaient pas l'incendie.

Une meute de chemises brunes traîna un vieil homme infirme hors de son appartement ; derrière eux, sa femme les suppliait de l'épargner, disant qu'il ne pouvait faire de mal à personne. Les pompiers se tournèrent pour regarder mais ne bougèrent pas pour aider le couple en détresse. Personne ne fit le moindre geste pour leur venir en aide.

« C'est un homme bien, implora la femme. Je vous assure, c'est un homme bien. »

L'une des chemises brunes leva une hache. Stephan n'en crut pas ses yeux lorsqu'il vit l'homme l'abattre sur la femme. Son mari gémit en voyant sa femme tomber à terre, du sang jaillissait de son bras.

Un autre nazi braqua son pistolet sur la tempe de l'homme.

« Maintenant tu es prêt à identifier tes amis juifs ? »

L'homme ne pouvait rien faire d'autre qu'implorer : « Ignaz ! Ignaz, non. Ignaz, non », alors que sa femme se vidait de son sang.

Le nazi pressa la détente, le coup de feu noyé par le bruit de la foule tandis que l'homme s'effondrait au sol, sur la grille d'égout, ses lèvres bougeant encore.

« Je devrais vous achever, mais il y a trop de Juifs à Vienne pour gâcher deux balles sur un seul », dit le nazi en donnant un coup de talon dans la tête de l'homme.

Quelque chose coula lentement de l'oreille de l'homme, Stephan sentit la nausée monter, mais il avait trop peur de bouger, au risque d'être découvert.

Une autre chemise brune dit : « Fais gaffe ou tu vas avoir de la cervelle de Juif sur tes bottes », et tout le groupe se mit à rire aux éclats.

Les pompiers se retournèrent vers l'incendie et l'un dit :

« Il faut qu'on fasse quelque chose avant que l'incendie ne se propage aux autres bâtiments et ne devienne incontrôlable.

— Si on intervient, ils vont nous tuer », dit son collègue.

La foule acclama l'effondrement de quelque chose – une poutre du toit, pensa Stephan, mais c'était hors de son champ de vision. Tout ce qu'il pouvait voir par la grille, derrière la tête de l'homme, c'étaient les brasiers et les flammes qui s'élevaient dans le ciel sombre et enfumé. Un brasier se mit à flamboyer sur le toit du bâtiment attenant à la synagogue. Ce n'est qu'à ce moment-là que les pompiers passèrent à l'action, mais seulement pour empêcher le feu de se propager tandis que la synagogue continuait de brûler.

De retour dans les tunnels sous son quartier, Stephan jeta un coup d'œil par le kiosque sur le Ring vers la fenêtre à l'étage des domestiques, espérant entendre l'*Ave Maria*. Mais il ne vit que Rolf, qui gardait la porte pour les nazis désormais.

Par les souterrains, il retourna à la cave à cacao. Il était si fatigué, si frigorifié. Il se déplaça en silence, dans l'ombre, jusqu'au bureau de son père. Il s'allongea sur le sofa du bureau, où, dans les premiers temps de la maladie de Mutti, il venait souvent après l'école, aussi fatigué qu'il l'était maintenant. Il s'endormait sur ce divan au son réconfortant de son père qui travaillait à son bureau et se réveillait des heures plus tard en sentant la douceur de la couverture qu'on lui avait mise, et Papa, toujours à son bureau, lui souriait et disait : « Même ceux qui dorment travaillent à ce qui arrive dans le monde. »

Il se demandait où était Papa maintenant, où le camion l'avait emmené.

Il attendrait ici son oncle Michael. Oncle Michael l'aiderait à savoir quoi faire.

Sans issue

Stephan se réveilla dans l'obscurité en entendant la voix familière d'une femme qui approchait. Silencieusement, il glissa du canapé et se cacha en dessous, juste quand la porte du bureau s'ouvrait.

La femme gloussa.

« Vraiment, Michael, on ne devrait pas. »

Tante Lisl était-elle rentrée de Shanghai ?

« Pourquoi pas ? » rétorqua l'oncle Michael d'un ton taquin, comme celui qu'il avait si souvent utilisé pour demander à Stephan s'il avait déjà embrassé Žofie-Helene.

Stephan écoutait attentivement, retenant sa respiration, alors que son oncle soulevait la femme et la déposait sur le canapé, qui s'affaissa au-dessus de lui. Les pieds de son oncle se débarrassèrent de leurs chaussures à quelques centimètres seulement du visage de Stephan.

« Michael ! » dit la femme, et Stephan reconnut la voix d'Anita, la secrétaire de son père, dont il avait souvent convoqué l'image dans ses plaisirs solitaires.

« Tu ne faisais jamais ça avec Herman ? demanda Michael. Quand Ruchele est tombée malade ?

— Michael ! » dit de nouveau la femme, avec une note de remontrance dans la voix.

Sa respiration se fit plus profonde tandis que le pantalon de l'oncle Michael glissait à ses pieds et que sa boucle de ceinture tombait en un bruit sec contre le parquet, si près que Stephan faillit laisser échapper un cri de surprise. L'exclamation, cependant, vint d'Anita, alors que l'ombre de l'oncle Michael retirait son pantalon et que le canapé au-dessus de Stephan grinçait plus fort sous son poids.

Les halètements de la femme se changèrent en gémissements, comme si souvent dans l'imagination de Stephan dans l'obscurité de sa chambre. Au-dessus, le canapé se mit à bouger en rythme, doucement d'abord, puis de plus en plus vite, jusqu'à ce que son oncle laisse échapper dans un râle : « Lisl. » Et Stephan ne pouvait rien faire d'autre que de rester là, parfaitement immobile, essayant de ne pas céder à sa propre imagination honteuse, repoussant l'affreuse pensée de son père avec Anita sur ce canapé où il avait si souvent trouvé refuge.

Abandonné

Walter se réveilla en sursaut, dans le silence et la lumière de l'aube. Il descendit des genoux de Mutti, tourna la manivelle du Victrola pour relancer la musique et ramassa Pierre Lapin sur le sol.

Rien de plus qu'un nom

Stephan regarda le palais depuis l'ombre d'un kiosque à journaux qui vendait désormais des exemplaires de *Der Stürmer*. La couverture représentait un homme au grand nez et à la barbe noire soulevant la queue d'une vache sur un piédestal nommé « Banque mondiale » entouré de sacs de billets. Le chaos avait fait place à un matin lugubre, les brutes cuvaient certainement leur rage furieuse. Cependant, il se déplaçait avec précaution, prudemment, se demandant où était M. Kline et si le marchand de journaux était avec Papa, jusqu'à ce qu'enfin Walter sorte du palais.

Stephan le suivit à bonne distance, longeant les façades, casquette baissée, soulagé de voir son petit frère aller à l'école. Sur les larges marches en pierre, les autres garçons évitaient Walter, mais au moins ils ne lui faisaient pas de croche-pieds et ne se moquaient pas quand il tombait, au moins ils ne faisaient pas une ronde autour de lui en scandant : « Juif. Juif. Juif. » Stephan, attentif, observait, mais il savait qu'il ne pouvait rien faire pour aider Walter, qu'il devait reculer de crainte d'être obligé de défendre son frère. Ce qui ne serait bon ni pour l'un ni pour l'autre.

En haut des marches de l'école, un nazi arrêta Walter.

« Mais c'est mon école, objecta Walter.

— Interdit aux Juifs. »

Walter, dérouté, étudia l'homme ouvertement.

« On fête Noël comme vous, dit-il au nazi – des mots que leur mère aurait pu utiliser.

— Donne-moi ton nom, ordonna l'homme.

— Walter Neuman. Quel est le vôtre, monsieur ? demanda Walter poliment.

— Neuman, le chocolatier juif. »

Walter fit un pas en arrière, puis un autre, comme s'il s'éloignait d'une bête enragée.

Avec une dignité étonnante, il se retourna et descendit lentement les marches. Stephan, honteux de sa propre lâcheté, retourna dans l'ombre du bâtiment, pour attendre que son frère arrive au coin.

« Wally », murmura-t-il.

Le visage de Walter s'éclaira comme les lustres de l'entrée principale du palais qui avait été leur maison… qui le serait à nouveau, pensa Stephan. Il passa ses bras autour de son frère, l'attira hors de la vue de l'affreux nazi et dit : « Tout va bien, tout va bien. » Son frère n'avait jamais senti aussi bon.

« On a mis la musique mais tu n'es pas revenu, dit Walter. Dieter a remis le Victrola en place et après son départ on a mis la musique.

— Dieter a fait ça ?

— Il a dit de ne le dire à personne. Cet homme a dit que je ne pouvais pas aller à l'école. Mais Mutti voudrait que j'aille à l'école. »

Stephan attira son frère contre lui de nouveau, ce garçon qui n'était qu'un enfant il y a deux jours à peine.

« C'est vrai, Wall. Tu es vraiment un bon garçon.

— Tu crois que Mutti va se réveiller si on lui apporte quelque chose à manger ? demanda Walter.

— Depuis combien de temps est-ce qu'elle dort ? » interrogea Stephan, essayant de dissimuler son inquiétude.

Et si elle ne dormait pas ?

« Elle ne pouvait pas se mettre dans son lit et je ne suis pas assez grand pour l'aider à sortir de son fauteuil. J'ai demandé à Rolf de m'aider à la déplacer ce matin. Ça l'a rendu grincheux.

— Ne t'en fais pas pour Rolf, Wally. Il est toujours grincheux.

— Mais de plus en plus maintenant.

— Comme beaucoup de gens. Écoute, Walter, il faut que tu fasses quelque chose pour moi. Je veux que tu rentres à la maison. Ne dis ni à Rolf ni à personne d'autre que tu m'as vu. Dis discrètement à Mutti que je vais bien, que je ne peux pas revenir pendant la journée mais que je serai là ce soir, je grimperai à l'arbre et je passerai par la fenêtre. Dis-lui que je vais trouver un visa pour Papa. Dis-lui que je vais trouver des visas pour nous tous.

— Tu sais où est Papa ?

— Je vais le découvrir.

— C'est quoi, un visa ? demanda son frère.

— Contente-toi de le dire à Mutti.

— Mais je veux que ce soit toi qui lui dises.

— Chut ! dit Stephan, jetant des regards inquiets autour de lui.

— Je veux aller avec toi, dit son frère plus discrètement.

— Très bien, répondit Stephan. Très bien. Tu peux m'aider aujourd'hui. Mais d'abord il faut que tu ailles dire à Mutti que je vais bien. Ne dis à personne que tu m'as vu, sauf à Mutti. Si quelqu'un t'interroge, dis que tu as oublié quelque chose dont tu as besoin pour l'école.

— Mon nouveau crayon ? dit Walter. Je le gardais pour toi, Stephan, au cas où tu en aies besoin pour écrire une nouvelle pièce.

— Ton nouveau crayon », acquiesça Stephan en serrant dans ses bras son généreux petit frère, repensant à tous les crayons qu'il avait oubliés sur des tables de brasseries où il commandait du café et des pâtisseries sans y réfléchir à deux fois.

Il regarda discrètement Walter passer devant Rolf et entrer dans le palais. Il continua d'observer, comme s'il avait pu faire quelque chose si jamais son frère était interrogé. Il respira à peine tout ce temps, de peur que Walter ne revienne pas, de peur que les nazis ne sortent du palais pour l'arrêter, de peur que Walter ne lui annonce qu'il n'avait rien pu dire à Mutti parce qu'elle ne se réveillait pas.

Quand Walter, son nouveau crayon à la main, sortit, avec l'apparence parfaite d'un enfant en route pour l'école, Stephan l'attira vers lui.

« J'ai murmuré le message à Mutti, dit Walter, elle s'est réveillée et elle a souri. »

La file d'attente, lorsqu'ils arrivèrent au consulat américain, était incroyablement longue, mais Stephan ne pouvait pas prendre le risque de raccompagner Walter à la maison et de revenir. Il pouvait à peine prendre le risque de rester dans la queue, mais il n'avait pas d'autre choix.

« Très bien, Wally, dit Stephan. Pose-moi une question de vocabulaire.

— Pierre Lapin est meilleur que moi en anglais, répondit Walter.

— Mais tu es très bon aussi, lui assura Stephan. Vas-y. »

Il faisait sombre à l'extérieur du consulat quand Stephan, Walter endormi sur son épaule, s'installa à un bureau, face à un Américain à la tête en forme de courge et aux lunettes à monture fine. Mutti serait inquiète mais il n'avait pas le choix ; il ne pouvait pas gaspiller tout ce temps d'attente dans la file parce que l'heure de la sortie d'école, celle de la fin d'après-midi ou celle du dîner était passée.

« J'aimerais faire une demande de visa pour mon père, s'il vous plaît », dit-il.

L'employé du consulat fronça les sourcils.

« Pas pour vous et votre...

— Mon père a déjà fait une demande pour nous. »

Patience, se disait-il. Patience. Il n'avait pas voulu être si abrupt.

« Désolé, dit-il. Désolé.

— Et votre mère ? demanda l'homme.

— Non, je... Elle est malade.

— Ça prend du temps. Peut-être qu'elle sera rétablie...

— Non. Elle ne guérira pas. C'est pour ça qu'on n'est pas partis avant, parce que Papa ne voulait pas abandonner Mutti. Mais maintenant, il n'a plus le choix. »

L'homme enleva ses lunettes et étudia Stephan.

« Je suis désolé. Je suis vraiment désolé. Je…

— Mon père a besoin d'un visa immédiatement. Nous, on peut attendre, mais lui a été envoyé en camp de travail. Du moins, c'est ce qu'on pense. Et s'il a un visa, ils le laisseront peut-être sortir d'Autriche.

— Je vois. Est-ce que tu as de la famille aux États-Unis ? Quelqu'un qui pourrait signer une attestation de prise en charge ? Ça va beaucoup plus vite si tu as de la famille qui peut se porter garante pour toi. Sinon, ça peut prendre des années.

— Mais mon père ne peut pas sortir du camp s'il n'a nulle part où aller.

— Je suis vraiment désolé. Nous faisons de notre mieux, on travaille jusqu'à dix heures du soir, mais… Je vais enregistrer ta demande. Si tu peux trouver quelqu'un qui se portera garant, reviens et je l'ajouterai à ton dossier. Ça peut être n'importe qui.

— Mais je ne connais personne aux États-Unis, répondit Stephan.

— Ça n'a pas besoin d'être un membre de ta famille. Les gens… Nous avons des annuaires de New York, de Boston, de Chicago, ici, de partout aux États-Unis. Tu peux les utiliser quand tu veux. Tu peux noter les adresses des gens qui ont le même nom que toi et leur écrire.

— À des inconnus ?

— C'est ce que les gens font. »

L'INDÉPENDANT VIENNOIS

VIOLENCES NAZIES CONTRE LES JUIFS

Synagogues incendiées, commerces juifs vandalisés, plusieurs milliers d'arrestations

PAR KÄTHE PERGER

11 novembre 1938 – Quelque trente mille hommes à travers l'Allemagne, l'Autriche et la Tchécoslovaquie ont été arrêtés ces dernières vingt-quatre heures simplement parce qu'ils sont juifs. Nombre d'entre eux ont été gravement brutalisés et un certain nombre ont perdu la vie. Les hommes auraient été envoyés dans des camps de travail, bien que les détails ne soient pas encore connus.

Des femmes ont également été faites prisonnières, bien qu'en moins grand nombre ; des sources laissent penser que les femmes arrêtées ici à Vienne seraient détenues quelque part dans la ville.

À travers le Reich, plus de deux cent cinquante synagogues ont été ravagées par les flammes. Tous les commerces juifs ont baissé le rideau, pour ceux dont les magasins n'ont pas été complètement détruits...

Les jumeaux

Truus frappa une seconde fois à la porte de la jolie maison qui se trouvait dans le charmant quartier d'Alster, à Hambourg ; elle avait pris le train de nuit après une lettre affolée reçue par le comité. Une famille juive néerlandaise avait écrit de la part de parents dont les deux bébés étaient menacés par la Gestapo. Comment M. Tenkink avait réussi à obtenir des visas d'entrée pour ces jumeaux malgré l'interdiction, elle n'en avait pas la moindre idée. Elle supposait que la famille des enfants avait de bonnes relations, mais pas assez bonnes pour trouver des visas de sortie allemands. Les faire sortir d'Allemagne, c'était la responsabilité de Truus.

Elle frappa avec le heurtoir en cuivre une troisième fois. Une nourrice quelque peu endormie, toujours en pyjama, lui ouvrit la porte. Truus se présenta et expliqua la raison de sa visite.

« Pour les bébés ? » demanda la nourrice.

Était-elle à la mauvaise adresse ?

« Madame ne reçoit pas avant dix heures du matin et les bébés sont trop jeunes pour avoir des visites », ajouta la nourrice.

Truus coinça son pied dans la porte avant que la femme puisse la refermer.

« Je suis venue d'Amsterdam à la demande de la famille de votre maîtresse, pour sauver ces bébés.

— Pour les sauver ?

— Vous feriez mieux d'aller chercher votre maîtresse. »

Truus soutint le regard de la nourrice jusqu'à ce qu'elle ouvre la porte.

« J'étais effrayée lorsque j'ai contacté ma tante, expliqua la mère des jumeaux alors qu'elles s'asseyaient enfin toutes les deux dans la bibliothèque. Si j'ai exagéré, c'était par peur. »

Truus attendit que le silence devienne gênant. Elle se leva, prit sur les rayonnages deux livres qu'elle avait vus pendant qu'elle patientait – des nouvelles de Stefan Zweig et d'Ernest Hemingway – et les posa fermement devant la femme.

« Si vous avez si peur, dit-elle, vous pourriez au moins commencer par prendre la précaution de cacher ce qui pourrait déclencher la fureur de la Gestapo contre vous.

— Ce ne sont que des livres. »

Truus lissa les plis de la jupe de son tailleur bleu marine rayé pour calmer sa colère.

« Vos enfants n'ont pas été maltraités par la Gestapo ?

— Non, répondit la mère sans une once de gêne.

— Vous devriez vous demander s'ils sont en sécurité avec une mère qui, dans un moment de peur, invente pour eux un cauchemar que d'autres enfants vivent réellement et gaspille des ressources qui pourraient sauver des vies.

— Vous ne devez pas avoir d'enfants, sinon vous comprendriez ! Personne ici n'est en sécurité », gémit la femme. Son sang-froid avait cédé la place à une expression suppliante que Truus avait vue sur le visage de la mère d'Adele à la gare, la même expression qui résonnait dans son cœur coupable.

Truus se tourna vers les emplacements vides dans la bibliothèque.

« Vous devez comprendre la position dans laquelle vous me mettez, dit-elle d'une voix douce. Je suis venue par le train de nuit avec la permission de mettre en sécurité deux bébés maltraités, une mesure d'urgence. Si j'arrive à La Haye avec deux enfants en parfaite santé, qui n'ont pas été violentés, je perds toute crédibilité. Et si je perds ma crédibilité, je ne pourrai plus secourir d'enfants.

— Je suis désolée, dit la mère. Je suis désolée. Je ne pensais pas que…

— Parfois on ne pense pas, n'est-ce pas ? »

Elle pensait toujours à Adele, et à ses propres enfants perdus, elle pensait toujours à ce qu'elle aurait dû faire pour sauver les enfants qu'elle avait perdus avant qu'ils naissent.

« Je suis désolée de ne pouvoir vous aider, vraiment, dit-elle. Votre nourrice pourra peut-être traverser la frontière vers la Suisse. Les gens posent rarement des questions à une nourrice qui passe une frontière avec des enfants qui ne sont pas les siens. Ils ont du mal à imaginer qu'une mère puisse vouloir si désespérément mettre ses enfants en sécurité qu'elle les confie à quelqu'un en prenant le risque de ne plus jamais les revoir. »

Une fois dehors, Truus fouilla dans son sac à la recherche de l'adresse du consul général néerlandais à Hambourg. Elle n'avait plus besoin de l'aide de ce baron Appartient pour faire sortir les jumeaux d'Allemagne, mais puisqu'elle était ici, et habillée pour l'occasion avec son tailleur et ses escarpins bleus, ses gants jaunes et son chapeau flamboyant qu'elle portait parce que même la Gestapo avait tendance à être intimidée par une femme coiffée d'un tel couvre-chef, elle pouvait au moins tirer quelque chose de ce voyage en se présentant à l'homme. Il pourrait lui être utile un jour.

« Vous êtes enfin là ! » s'exclama le baron sans le moindre salut ou la moindre présentation lorsqu'on la fit entrer dans son bureau.

Ses mots surprirent tant Truus qu'elle se retourna pour voir s'il y avait quelqu'un derrière elle. Mais il n'y avait qu'eux deux, Truus et cet aristocrate prématurément grisonnant au visage amical.

« Je vous attendais », dit-il.

Truus porta une main gantée à son chapeau, comme si cela lui permettait d'assurer son équilibre. Il n'y avait pas eu de moyen sûr de lui annoncer qu'elle venait chercher les bébés, et aucune raison de le faire. On lui avait donné son adresse, en lui disant de le contacter si elle avait des problèmes pour passer la frontière, sans aucune assurance qu'il puisse l'aider.

« Mais comment saviez-vous que je viendrais ? demanda-t-elle.

— Il est grand temps qu'une sainte femme arrive des Pays-Bas pour nous aider, n'est-ce pas. Suivez-moi, je vous en prie. »

Truus réprima sa stupéfaction et le suivit ; il bavardait amicalement tandis qu'il la guidait dans la chancellerie. La salle d'attente était remplie de mères juives et de leurs enfants, qui attendaient tous de solliciter des papiers pour les Pays-Bas.

Il demanda l'attention des mères, la plupart étaient déjà tournées vers lui.

« Voici Geertruida Wijsmuller, dit-il. Elle est venue des Pays-Bas pour prendre vos petits. »

Il choisit six enfants aussi sûrement que s'il avait attendu que Truus vienne les chercher : cinq garçons et une fille, tous entre onze et treize ans, l'âge que Truus préférait – assez âgés pour regarder le monde avec intelligence mais assez jeunes pour avoir des idéaux et de l'espoir. Le baron avait déjà obtenu des Allemands des laissez-passer les autorisant à voyager, ou du moins ce qu'il disait être d'authentiques papiers. Il avait aussi, inexplicablement, prévu sept billets de train en première classe pour Amsterdam.

« Vous partez à quatorze heures quarante-cinq, dit-il en regardant sa montre.

— Vous avez des visas pour les faire entrer aux Pays-Bas ? demanda Truus.

— Si j'en avais, je n'aurais pas besoin de vous, madame Wijsmuller, n'est-ce pas ? J'ai bien peur que vous ne deviez changer de train à Osnabrück, et prendre celui qui vient de Berlin et va à Deventer, mais vous aurez un compartiment réservé. »

Truus trouvait inexcusable de dépenser tant d'argent pour des billets en première classe, mais le baron refusa de les échanger lorsqu'ils arrivèrent à la gare.

« Je vous assure que vous serez ravie de votre compartiment, dit-il. C'est si difficile de sortir d'Allemagne par les temps qui courent.

— Et c'est plus facile pour ceux qui voyagent en première classe ? » répondit Truus en se demandant comment on pouvait attendre d'elle de passer la frontière avec des enfants pour entrer aux Pays-Bas si le consul général lui-même n'y parvenait pas.

Demander de l'aide pour Papa

L'oncle Michael était assis dans le fauteuil de Papa, un peu éloigné du bureau ; les yeux fermés, il caressait les fesses d'Anita sous sa jupe, tandis que Stephan, immobile, comme pétrifié, tentait d'occulter le souvenir des bruits qu'il avait entendus alors qu'il était caché sous le canapé. Était-ce seulement hier ? Il essaya de repousser l'image de la cuisse de Žofie-Helene dans le tunnel cette première fois, et pourtant le souvenir remuait en lui tandis qu'il regardait le visage d'Anita, le plaisir dans l'inclinaison de sa nuque et ses cheveux tombant dans son dos, comme ceux de Žofie. Stephan avait toujours écrit ses premiers rôles féminins pour que Žofie les joue les cheveux détachés, sans ses habituels nattes et chignons.

Anita ouvrit les yeux.

« Oh ! s'exclama-t-elle, ses yeux bleus surpris rencontrant le regard de Stephan.

— Je vois, tu en veux plus », dit Michael.

La femme repoussa la main de son oncle et dit : « Michael, tu as de la visite. »

Son oncle se tourna vers lui. L'espace d'une seconde, Stephan revit l'oncle Michael qui tirait des caramels de sa poche en disant « Un bonbon pour mon gentil neveu », ou, quand Stephan était plus âgé, qui lui posait des questions sur ses pièces ou sur la musique qu'il aimait.

« Qu'est-ce que tu fais ici ? demanda son oncle. Tu ne peux pas…

— Ils ont arrêté Papa, dit Stephan alors que la secrétaire se faufilait derrière lui pour sortir du bureau.

— Il faut que tu partes. Il ne faut pas qu'on te voie ici », répondit Michael.

Il jeta un œil par la fenêtre. De l'autre côté de la rue, une longue file de gens patientaient devant une banque encore fermée.

« Je vais te donner de l'argent, mais ne…

— Papa a besoin d'un visa, dit Stephan.

— Je… Qu'est-ce que tu crois, que je peux juste téléphoner et dire que mon ex-beau-frère a besoin d'un visa ?

— Tu as promis de t'occuper de nous. Je peux rester à Vienne avec Mutti et Walter. Mais Papa a été arrêté. Il faut qu'il parte.

— Je vais te donner de l'argent mais je ne pourrai pas t'avoir de visa. Je ne peux pas demander de visas pour des Juifs. Tu comprends ? Tu ne peux pas être vu ici. File, et ne te fais pas remarquer. »

Stephan resta planté là, les yeux rivés sur son oncle assis dans le fauteuil de Papa, le Kokoschka de Tante Lisl, avec ses joues éraflées, désormais accroché au-dessus du bureau de Papa, dans cette entreprise que le grand-père de Stephan avait construite à partir de rien alors que la famille de l'oncle Michael avait eu tous les privilèges. Il voulait rentrer chez lui et se réfugier dans son lit, comme il l'avait fait tard la nuit dernière, mais c'était trop dangereux pour Mutti et Walter qu'il soit vu en train d'entrer et de sortir ; tout ce qu'il pouvait faire, c'était grimper à l'arbre, se glisser par la fenêtre au cœur de la nuit pour dormir quelques heures et repartir avant l'aube.

« File. Va-t'en. Je trouverai un moyen de donner de l'argent à ta mère, mais il faut que tu demandes de l'aide aux tiens.

— Aux miens ?

— Tu es un Juif. Si on me surprend en train de t'aider, je serai envoyé dans un camp aussi. Tu es un Juif.

— Tu es mon oncle. Je n'ai personne d'autre vers qui me tourner.

— Ils aident les Juifs au centre communautaire juif, c'est près de l'appartement où vivait ton grand-père pendant la construction du palais.

— À Leopoldstadt ?

— J'ai dit pendant la construction du palais. De ce côté du canal. Maintenant file avant que quelqu'un me voie t'aider. »

À LA RECHERCHE DE PAPA

Stephan se fraya un chemin dans l'obscurité des souterrains en longeant les murs humides. Il arriva aux cryptes qui se trouvaient derrière la porte verrouillée sous la cathédrale Saint-Étienne ; il s'était trompé quelque part. Il revint sur ses pas et se dirigea vers la synagogue. Il jeta un œil par une plaque plus près. Il continua jusqu'à une autre bouche et aperçut des rues plus anciennes et plus étroites, des bâtiments plus délabrés du vieux centre-ville, où se trouvaient le Stadttempel et les bureaux de l'IKG. Il apercevait la porte du centre juif, mais deux SS se tenaient là, couvant des yeux les Jeunesses hitlériennes qui narguaient la foule en lui jetant des cailloux.

Stephan aurait dû aider les mères et leurs enfants. Il le savait. Mais il ne fit qu'attendre le départ des SS. Il se donna quelques minutes, pour s'assurer qu'ils ne revenaient pas, avant de pousser la lourde grille et de courir vers les bureaux de l'IKG.

À l'intérieur, dans un hall d'entrée au pavé usé, une file de gens serpentait le long de l'escalier jusqu'à un dédale de bureaux. Des paniers dépareillés marqués

« A-B », « C-D » et ainsi de suite jusqu'à la fin de l'alphabet étaient posés sur la table contre le mur du fond, tous remplis de petites fiches. Un silence tomba sur la foule lorsqu'on remarqua la présence de Stephan.

La plupart des garçons juifs de son âge avaient été arrêtés en même temps que leurs pères, et il ne portait pas de kippa.

« Je cherche mon père », dit-il.

Lentement, prudemment, les gens sortirent de leur apathie. Une volontaire qui aidait les gens à remplir les fiches retourna à la femme dont elle s'occupait, et qui était incapable de compléter elle-même la fiche car elle ne savait pas écrire. Tandis que la volontaire écrivait, d'autres personnes lui posaient des questions, mais elle restait concentrée sur la femme illettrée qui espérait retrouver un être cher qui, comme Papa, avait disparu dans les rafles.

« S'il vous plaît, tout le monde, nous faisons de notre mieux, lança la volontaire par-dessus le brouhaha. M. Löwenherz a de nouveau été arrêté. Nous ne savons pas encore où sont les gens. Vous pouvez faire la queue ici si vous avez besoin d'aide, mais ce serait plus simple pour nous tous si vous preniez une fiche et notiez les informations concernant la personne que vous cherchez. Nom. Adresse. Moyen de vous contacter. Mettez la fiche dans la pile de la première lettre du nom de famille de la personne que vous cherchez. Nous vous informerons dès que nous en saurons plus. »

Personne ne quitta la file.

Stephan prit une fiche et, avec le crayon qu'il avait dans sa sacoche – le nouveau crayon de Walter –, nota les renseignements sur son père.

Une jeune femme disait à une autre, plus âgée, derrière elle : « Il m'a dit d'aller à Shanghai et qu'il nous retrouverait. C'est la dernière chose qu'il a dite : emmène les enfants loin de l'Autriche. Il n'y a pas besoin de visa pour Shanghai, on peut y aller juste comme ça. Mais il n'y a plus de départs.

— J'ai entendu dire qu'on pouvait se procurer des visas pour Cuba pour un certain prix, répondit la femme plus âgée, mais les nazis ont pris tout ce que nous possédions. »

Stephan acheva de remplir la fiche de son père et la déposa dans la corbeille « M-N ». Il s'apprêtait à partir quand une autre volontaire vida le panier « I-J » dans une plus grande panière. Une fiche tomba par terre, sans que personne la remarque, et fut piétinée par la file qui avançait doucement.

Stephan reprit la fiche qu'il avait complétée pour son père et patienta.

La volontaire réapparut, vida le panier « K-L » dans la corbeille puis disparut. Quand elle revint chercher le panier « M-N », Stephan mit la fiche directement dans la panière qu'elle tenait.

Elle le dévisagea, surprise.

« Neuman. Herman Neuman des Chocolats Neuman », dit-il, entendant la voix de son père dans la sienne.

Sa famille, c'étaient des gens bien : leur fortune provenait de leur propre fabrique de chocolat, établie avec leur propre capital et leur compte à la banque Rothschild était toujours dans le vert.

LE GARÇON AVEC DU CHOCOLAT
DANS LES POCHES

Aucun des employés du journal, à l'exception de Käthe Perger elle-même et de son rédacteur en chef adjoint, Rock Neidhardt, n'était venu travailler le lendemain du chaos. La peur avait envahi les moindres recoins de Vienne. Quiconque vu en train d'aider un voisin juif enfreignait les nouvelles lois nazies, et « aider » avait une définition si large que relater des faits dans un journal pouvait vous envoyer en prison, ou pire. Comment Käthe pouvait-elle demander à son équipe de continuer le travail ? C'était comme lui demander de faire la queue pour se faire rouer de coups et emprisonner.

« Comment va-t-on s'y prendre pour faire tourner le journal à deux ? » lui demanda Rock.

Elle étudia la liste des tâches qu'ils avaient établie ; le seul bruit était celui de Rock qui se raclait la gorge.

« Très bien, Rock, dit-elle. Pourquoi est-ce que tu ne... »

Elle leva les yeux de la liste et s'immobilisa, médusée par l'effroi apparu sur le visage de Rock, qui gardait son regard braqué sur la porte.

Elle laissa échapper un cri de surprise avant de reconnaître le garçon qui se tenait dans la pièce. Elle aurait pu jurer qu'elle avait fermé la porte du bureau – et elle était fermée –, mais le garçon était là. Le garçon qui était maintenant presque un homme.

« Tout va bien, Rock, dit-elle, combattant son envie de se ruer vers Stephan et de le serrer contre elle de soulagement. C'est l'ami de Žofie. »

L'ami de Žofie, et non un ami de Žofie, mais un était toujours supérieur à zéro.

« Je suis désolé de vous déranger, balbutia Stephan Neuman, mais je... Mon père... Je pensais que vous sauriez peut-être où ils emmènent les hommes arrêtés.

— Mais tu n'es pas... ? La plupart des garçons plus âgés ont été arrêtés avec leurs pères. »

Le garçon attendit. C'était un garçon intelligent, qui se refusait à dévoiler le secret qui lui avait permis d'éviter l'arrestation.

« Selon nos informations les plus fiables, une partie a été envoyée dans un camp de travail allemand aux alentours de Munich, près de Dachau, ce qui n'est pas très loin. Mais d'autres seraient en transit vers Buchenwald ou même aussi loin que Sachsenhausen. Nous faisons tout notre possible pour en savoir plus.

— J'ai entendu dire que les nazis libéreraient peut-être mon père si je lui trouvais un visa d'émigration. Je ne sais pas quoi faire », répondit le pauvre enfant, au bord des larmes.

Käthe s'approcha doucement de lui, pour ne pas l'effrayer, et passa son bras autour de ses épaules.

« C'est normal, dit-elle. C'est normal que tu ne saches pas. Personne ne sait quoi faire, Stephan... Je crois...

Je vais essayer d'en savoir plus, je te le promets. Est-ce que ta mère… » Grand Dieu, la mère du garçon était en fauteuil roulant et sur le point de mourir ; c'était l'obsession de Käthe, se tenir au courant du seul ami de sa fille, même si leur amitié n'avait pas survécu à cette terrible période.

« Non, je suis désolée, bien sûr que non, dit-elle. Et ta tante, elle est partie à…

— Shanghai.

— Peut-être les consulats ? » suggéra Rock.

Käthe serra l'épaule du garçon pour le rassurer. Elle retourna à son bureau et se mit à noter des adresses sur un morceau de papier.

« Commence par les Suisses, les Britanniques, les Américains.

— J'ai passé toute la journée d'hier à l'ambassade américaine. Ils ne peuvent rien faire.

— La liste d'attente des Américains est effroyablement longue, dit Rock.

— Alors va aux autres, répondit Käthe. Demande un visa pour ton père, mais aussi pour le reste de ta famille. Dis-leur que ton père a été arrêté. Ça va les… Ils pourraient prêter une plus grande attention à ton dossier. Dépose des demandes partout, le plus vite possible. Je vais me renseigner pour ton père. Appelle-moi…

— On n'a plus de téléphone », dit le garçon. Sa voix se brisait, comme si cette honte était la sienne seule et non celle de tout Vienne qui s'appropriait joyeusement les foyers juifs confisqués aux quatre coins de la ville pendant que leurs propriétaires légitimes devaient se terrer dans des petits appartements sombres sur l'île de Leopoldstadt. Comment leur monde avait-il pu changer autant en si peu de temps ? Au début de l'année, l'Autriche était un pays libre, son gouvernement et son peuple décidés à le rester. Et comment avait-elle pu se tromper autant sur ses voisins ? Comment avait-elle pu ne pas voir cette haine qui couvait sous la surface, attendant pour surgir des prétextes que Hitler avait énoncés ?

« Ça va aller, Stephan, dit-elle tandis que Rock ouvrait la porte, essayant, elle le voyait, de hâter le départ du garçon sans en avoir l'air. Ça va aller. Viens me voir, dans ce cas. Si je ne suis pas là, je laisserai un mot avec ce que j'ai appris sur le bureau, je mettrai ton nom dessus.

— Non... Nous... », bredouilla Rock.

Il jeta un œil à la Linotype, qui marchait encore, mais avait été endommagée par les coups des nazis. Elle était là, silencieuse, un rappel de l'impossibilité de leur propre tâche à laquelle, Rock avait raison, ils devaient retourner. On pouvait aider une personne ou en aider de nombreuses, mais il n'y avait pas assez de temps pour faire les deux, même si l'on était capable de supporter le danger.

Käthe ouvrit le tiroir du bureau.

« Je le scotcherai ici. Si je ne suis pas dans le bureau quand tu viendras, ouvre le tiroir et regarde là, d'accord ? »

Stephan, découragé, se tourna vers la sortie.

« Stephan... Pour quelque temps, fais-toi discret, dit Käthe. Tu n'es pas dans le quartier juif, c'est un bon point ; les plus brutaux d'entre eux semblent se concentrer sur les quartiers juifs. » Peut-être était-ce ce qui l'avait sauvé d'une arrestation ? « Et ne parle de ça à personne, pour sa sécurité. Tu comprends ?

Ne le dis pas à ta mère. Ni à Žofie-Helene. N'en parle à personne. »

S'il te plaît, ne le dis pas à ma fille, pensa-t-elle en regardant le garçon s'en aller. Ne la mets pas en danger. Ce qui était ridicule, bien entendu. Ce garçon qui était devenu l'ami de Žofie ne pouvait pas la mettre plus en danger que les certitudes morales de sa mère ne l'avaient déjà fait.

Tandis que le garçon se faufilait jusqu'à la rue, Rock se tourna vers elle, sa peur se changeant en une accusation muette.

« Je sais, je sais, Rock », dit-elle.

Ils ne pouvaient pas se permettre d'être distraits par une seule victime ; il y avait tant à faire.

« Mais ce garçon... C'était juste un garçon avec du chocolat dans les poches il y a quelques mois. C'est le premier véritable ami de Žofie, le premier enfant qui ne la voit pas comme une bête de foire. Et grâce à lui, ses amis non plus ne la voyaient plus comme ça.

— Il est apparu comme un spectre, dit Rock. Tu l'as vu ou entendu entrer, toi ? »

Käthe laissa échapper l'esquisse d'un sourire, malgré tout ce qui se passait.

« Je crois que c'est la faute de Žofie, c'est elle qui lui a appris ça. Elle s'est toujours imaginée en Sherlock Holmes. »

POUVOIRS PRINCIERS

À la gare de Hambourg avec les enfants, dans la queue pour changer des devises allemandes, Truus se demandait ce que le baron Appartient aurait fait si elle n'était pas venue. Il aurait pu accompagner les enfants lui-même, mais c'était une chose pour une simple femme néerlandaise d'être prise en train de traverser la frontière avec des papiers allemands contrefaits, c'en était une autre pour un diplomate néerlandais. Bien sûr, il y avait une possibilité que les papiers soient vrais. Truus était reconnaissante au baron de lui laisser croire qu'ils l'étaient – au moins, cela lui laissait la capacité de déclarer en toute sincérité qu'elle ignorait qu'ils étaient contrefaits.

« J'aimerais échanger soixante Reichsmarks contre des florins, demanda-t-elle à l'employé du bureau de change quand son tour vint.

— Pour qui ? répondit l'employé.

— Pour les enfants. »

Chaque Allemand avait droit d'emporter dix Reichsmarks hors du pays et le baron Appartient y avait pensé, lui donnant de l'argent pour chaque enfant.

Mais d'après son expérience, la probabilité était plus grande que les gardes-frontières allemands saisissent des Reichsmarks, qu'ils pouvaient plus aisément empocher et dépenser, que des florins néerlandais, dont le change laisserait des traces écrites.

« Ce sont vos enfants ? » demanda l'employé.

Non, bien sûr, ce n'étaient pas les siens. Les papiers de transit mentionnaient six enfants juifs.

« Les enfants juifs n'ont pas besoin d'argent », dit-il, et sans un regard il se tourna vers la personne suivante.

Truus joignit ses mains gantées, domptant sa colère, avant de s'éloigner de la vitre. Elle n'avait rien à gagner à se disputer avec lui.

Accompagnée des enfants, elle se dirigea vers la billetterie.

« Je voudrais un billet pour Amsterdam pour demain, s'il vous plaît », dit-elle.

En réalité, elle avait tout ce dont elle avait besoin, mais elle pourrait se faire rembourser ce billet à Amsterdam et recevoir des florins, changeant ainsi son argent d'une manière détournée. Plutôt fière de son ingéniosité, elle aida les enfants à monter dans le wagon.

À Osnabrück, ils changèrent pour prendre le train en direction de Deventer, et embarquèrent dans le compartiment réservé, qui était à côté de celui ramenant les princesses néerlandaises Juliana et Beatrix après une visite à leur grand-mère dans son domaine en Silésie. Le train, parce qu'il transportait les princesses, ne s'arrêterait pas à Oldenzaal, juste après la frontière, mais continuerait sans arrêt jusqu'à Deventer, où, si loin de la zone limitrophe, il y avait peu de risques qu'il y ait des gardes-frontières néerlandais, ou, s'il y en avait, qu'ils soient très attentifs. Voilà pourquoi le baron avait tant insisté pour qu'elle prenne le train des princesses.

En revanche, le baron n'avait pas escompté que des gardes-frontières néerlandais monteraient à bord à Bad Bentheim ; deux hommes apparurent à l'avant du wagon de Truus pour vérifier les papiers. Truus se tourna vers les enfants et dit d'une voix calme, assez fort pour que les gardes l'entendent :

« Allez vous laver les mains, les enfants, puis je vous peignerai.

— Mais c'est le shabbat », objecta le plus âgé des garçons, un vrai casse-pieds qui leur avait presque fait rater le train en gémissant après une bague que son père lui avait offerte pour sa bar-mitsva et qu'il avait perdue. *Gardez-vous de mépriser un seul de ces petits ; car je vous dis que leurs anges dans les cieux voient continuellement la face de mon Père qui est dans les cieux*, se rappela Truus. Elle essayait de ne jamais juger trop durement les enfants – ils vivaient tous des situations difficiles –, mais ils mettaient parfois sa patience à rude épreuve.

Par la fenêtre, on croyait peut-être distinguer un petit rayon de soleil derrière les nuages.

« Le shabbat est fini, dit-elle. Tu peux y aller.

— Tu ne peux pas dire que le shabbat est fini juste parce que tu en as assez », répondit le garçon. Des mots que le père du petit avait dû formuler contre des demandes pour aller jouer dehors et non lors d'un voyage pour sauver sa peau, pensa Truus.

« En vérité, je peux, répondit Truus en jetant un autre coup d'œil par la fenêtre. Mais heureusement pour nous, le soleil est vraiment couché, jeune homme. »

Voilà qui m'évite de jouer à Dieu, pensa-t-elle.

Le garçon avait l'air dubitatif, mais il aperçut les hommes au bout du couloir.

Truus poursuivit, à l'intention des gardes :

« Vous voyagez à côté des princesses. Il faudra peut-être aller avec ces deux gentils messieurs demander aux princesses si nous pouvons continuer jusqu'aux Pays-Bas. Allez maintenant, allez-y. »

Tirant parti de l'incertitude des gardes, tandis que les enfants se dirigeaient dans l'autre direction, elle dit, d'une voix qui ne laissait place à aucune résistance :

« Ces enfants vont à Amsterdam. Ils sont attendus à l'hôpital juif.

— Madame…

— Vos noms », demanda-t-elle, comme si elle était garde-frontière et qu'ils étaient passagers.

Tandis qu'ils donnaient leurs noms, elle tira de son sac un stylo et un petit calepin.

« Nous sommes samedi, messieurs, dit-elle en répétant leurs noms pour accentuer son effet. La Haye est fermée, je ne pourrai pas me renseigner sur vous aujourd'hui ni demain, puisque ce sera dimanche. Mais soyez certains que si nous dérangeons les princesses, M. Tenkink à la Justice en sera informé à la première heure lundi matin. »

Elle enleva ses gants jaunes et prit son stylo avec sérieux.

« Maintenant, si vous voulez bien épeler vos noms. »

Ils s'écartèrent pour laisser les enfants se rasseoir à leurs places, s'inclinèrent puis sortirent en s'excusant de les avoir dérangés. Tandis qu'ils fermaient la porte derrière eux, Truus se mit à peigner le plus âgé des garçons, aussi doucement que sa mère l'aurait fait.

BLOOMSBURY, ANGLETERRE

Helen Bentwich glissa une nouvelle feuille et trois carbones dans le chariot et se remit à taper. Elle n'était pas très douée, mais elle avait renvoyé Ellie chez elle à trois heures du matin, après que sa pauvre assistante se fut changée en une encore plus piètre dactylo. Au moins, elle avait eu la présence d'esprit de demander à Ellie d'organiser les feuilles carbone avant de partir. Faire des tas de quatre pages et de trois feuilles carbone prenait un temps fou, mais ça pouvait être fait même en dormant debout.

« C'est l'heure, Helen. »

C'était la voix de Norman, mais elle sursauta tout de même. Pendant des heures, il n'y avait eu que le son des touches de la machine, et parfois un gong qui était peut-être Big Ben, à près de deux kilomètres.

Par la fenêtre, le jour se levait, ce gris habituel de l'hiver londonien.

Norman accrocha une housse de costume à la poignée de porte, s'approcha d'elle et lui caressa les cheveux si doucement qu'elle aurait voulu fermer les yeux et s'endormir. Elle fit une faute, peut-être parce qu'elle était distraite, peut-être parce qu'elle était une dactylo médiocre. Il lui restait si peu de temps, elle recouvrit son erreur d'une série de X.

« Les apparences sont importantes », dit Norman.

Elle termina la page, tira les feuilles de la machine, en plaça une dans chaque pile et jeta les carbones usagés dans la corbeille. La dernière copie était à peine lisible, mais au point où elle en était. Elle installa un nouveau jeu de pages.

« Je ne suis pas dactylo, Norman, répondit-elle. C'est le contenu qui est important, de toute façon.

— Je voulais dire ton apparence, pas celle du plan. »

Helen, frappant les touches aussi fort que possible, écrivit en lettres capitales sur une page vierge : MOUVEMENT POUR LA PROTECTION DES ENFANTS ALLEMANDS.

Elle se leva et retourna chacun des quatre paquets de feuilles près d'elle, pour qu'ils soient tournés vers le haut, puis tira les pages de titre du chariot et en plaça une nettement au-dessus de chaque pile.

« Dennis nous retrouve là-bas, dit-elle. Les camps d'été sont prêts ? »

Elle prit la veste sur le cintre et la tint contre elle.

« Tu ne veux pas le chemisier ? » demanda-t-il.

Elle secoua d'un coup la boule à neige avec la grande roue. Le doux flottement des flocons l'apaisait toujours autant. Elle la reposa sur ce bureau qui avait appartenu à sa grand-mère. Une grand-mère, voilà une chose qu'elle ne serait jamais.

« Il y a tant de choses que je veux, Norman, répondit-elle. Si seulement nous avions le temps.

— Je crois quand même que c'est toi qui devrais parler, Helen. Et le vicomte Samuel le pense aussi. »

Elle sourit et l'embrassa sur la joue.

« Chéri, si seulement le comité accordait autant de confiance aux paroles d'une femme que toi et mon oncle. »

Il prit les exemplaires du plan et aligna soigneusement les feuilles, qu'il rangea ensuite dans des chemises.

« Ce sont tes mots, peu importe qui les prononce. »

Elle enfila la veste propre.

« Garde ça pour toi, si nous voulons avoir la moindre chance de réussir. »

Une femme visionnaire

Quand Helen Bentwich entra dans la salle à manger des Rothschild, tous les hommes autour de la table se levèrent : le comité exécutif du Fonds central britannique pour les juifs allemands.

« Norman, nous t'avons gardé la place d'honneur », lança Dennis Cohen, qui avait aidé Helen à formuler le plan mais avait dormi pendant qu'Ellie et elle le couchaient sur le papier, ce qui était tout aussi bien ; Helen pouvait faire les choses plus rapidement sans hommes, sans avoir à accorder à chacune de leurs suggestions plus de considération qu'elles n'en méritaient.

Rothschild demanda à Simon Marks s'il pouvait se décaler pour lui faire de la place et avant qu'elle puisse objecter, l'héritier de Marks & Spencer lui tenait une chaise.

Une fois Helen assise, les hommes reprirent leurs places et Norman commença : « Cette proposition expose le plan que nous avons décrit au Premier Ministre Neville Chamberlain selon lequel nous mettrons des enfants du Reich en sécurité ici, sans demander plus au gouvernement que des visas d'entrée. »

Helen était encore surprise que cette réunion pût avoir lieu. Quand le comité gouvernemental sur la politique étrangère s'était réuni pour décider de ce qu'il était possible de faire après la nuit de violences en Allemagne, il semblait que la seule réponse à laquelle ils étaient parvenus soit « rien du tout ». Le ministre des Affaires étrangères, lord Halifax, avait dit que la moindre réaction britannique pouvait déclencher une guerre et le Premier Ministre, Chamberlain, que la Grande-Bretagne n'était pas en position de menacer l'Allemagne – du moins c'est ce que Helen avait appris de Norman, qui l'avait appris de Rothschild, qui l'avait entendu dire par quelqu'un au gouvernement. Depuis le balcon, au Parlement, Helen avait elle-même observé les débats. La Chambre s'était répandue en chamaillerie, le colonel Wedgwood avait demandé à ses collègues : « N'avons-nous pas discuté du sort de ces réfugiés depuis ces cinq dernières années ? Le gouvernement ne peut-il pas montrer l'émotion de ce pays en essayant de faire quelque chose pour les victimes de ces persécutions en Allemagne ? », et le député Lansbury avait crié : « Ne sommes-nous pas la *Grande*-Bretagne ? Est-ce vraiment impossible d'annoncer au monde que la Grande-Bretagne les accueillera et leur trouvera un endroit pour recommencer leur vie ? » Le comte de Winton et le ministre de l'Intérieur avaient cependant ergoté longuement sur les dangers d'une réaction antisémite en Grande-Bretagne et le Premier Ministre avait souligné que même les Néerlandais n'acceptaient que des réfugiés qui partaient vers d'autres pays. « Ce n'est pas du ressort du gouvernement britannique, comme mes estimés collègues en conviendront, mais il ne fait aucun doute que nous examinerons tous les moyens d'aider ces gens », avait conclu le Premier Ministre, laissant Helen se demander de qui c'était exactement « le ressort », si ce n'était du gouvernement britannique. Mais là où Helen avait entendu une défaite dans les mots du Premier Ministre, Norman avait vu une ouverture, et bientôt une autre délégation – Juifs et quakers unis cette fois, menés par l'oncle de Helen et Lionel de Rothschild – rencontrait Chamberlain au 10 Downing Street, pour dresser les grandes lignes du plan qui était maintenant présenté en petits paquets de feuilles bien rangées devant eux.

« Le Premier Ministre Chamberlain a présenté notre proposition aux vingt-deux membres du gouvernement au complet hier, disait Lionel de Rothschild. Le ministre de l'Intérieur s'est inquiété du fait que le besoin le plus pressant soit celui des personnes âgées juives, et le ministre des Affaires étrangères s'en tient aux mêmes arguments, mais notre offre de soutien financier concerne les enfants, bien sûr, et le Premier Ministre a été clair à ce sujet. Maintenant, le plan est prévu pour en sauver cinq mille. Mais ces cinq mille, quelle proportion du besoin réel représentent-ils ?

— Nous évaluons à soixante ou soixante-dix mille le nombre d'enfants allemands et autrichiens de moins de dix-sept ans qui doivent être secourus », répondit Dennis Cohen.

Il y eut un silence, le temps que l'information soit assimilée.

« Nous nous attendons que le plus grand nombre ait moins de dix ans. Nous avons obtenu la confirmation que deux camps d'été à Harwich peuvent être ouverts pour recevoir ceux que nous ne pouvons pas directement envoyer dans des familles, dans l'idée que les enfants soient dès que possible accueillis chez des particuliers. Le comité d'entraide mutuelle pour les enfants d'Allemagne s'occupera des placements. Le savoir que ses membres ont acquis en trouvant des foyers pour près de cinq cents mineurs avant les violences récentes…, dit Norman.

— On est loin de cinq cents, dont la moitié était chrétienne, et qui sont arrivés au fil des années, ici nous parlons de cinq mille qui arriveront en quelques semaines, le coupa Simon Marks.

— Ce sont les meilleurs que nous ayons, reprit Norman. Mais ils n'ont pas, bien entendu, nos capacités à lever des fonds, ce sera notre responsabilité.

— Nous sommes certains de ne vouloir demander que les enfants ? questionna Neville Laski. Je reste persuadé que si nous accueillions des familles entières…

— Ils craignent qu'en faisant venir des familles entières elles ne repartent plus jamais, insista Lionel de Rothschild. Nous annoncerons publiquement que l'accueil des enfants se fera uniquement de façon provisoire, jusqu'à ce qu'ils puissent retourner en sécurité en Allemagne. Mais le Premier Ministre comprend que nous devons être préparés à la possibilité d'adoption non officielle permanente pour les plus jeunes enfants et celle de résidence permanente pour les filles qui deviendraient domestiques ou épouseraient des garçons britanniques. Il s'attend qu'on demande aux garçons plus âgés de réémigrer.

— Madame…, commença Norman, mais il saisit le regard de Helen ou se rattrapa lui-même, par chance. Nombre d'entre nous, reprit-il, avons discuté de la façon de financer une si grande entreprise. Nous avons déjà incité aux dons en publiant *ad infinitum* les noms des contributeurs dans la *Jewish Chronicle*. Nous pensons qu'il est nécessaire de lancer un appel dans la presse non juive.

— Au grand public ? demanda le grand rabbin avec une note d'inquiétude.

— Même si nous pouvions réunir l'argent, trouver des foyers pour cinq mille enfants…

— Nous envisageons de loger des enfants juifs dans des maisons goys ? demanda le grand rabbin. Mais *quid* de leur foi ? De leur éducation religieuse ? »

Tout le monde le regarda, peut-être avec autant d'incrédulité que Helen.

« Monsieur le rabbin, ne comprenez-vous pas l'urgence de la situation ? dit-elle, se surprenant elle-même. Vous préféreriez cinq mille enfants juifs morts ou une partie de ces cinq mille enfants au chaud dans les lits de foyers quakers et chrétiens ?

— Notre préférence ira bien entendu aux familles juives, monsieur le rabbin, mais personnellement je serai reconnaissant de l'aide de quiconque, peu importe sa foi. Le public sera invité à offrir le gîte, selon les standards minimaux que le Conseil du comté de Londres applique aux familles d'accueil d'enfants britanniques, répondit Dennis Cohen d'une voix apaisante.

— Nous pourrions les placer dans des pensions ou dans des écoles plutôt que dans des maisons goys, suggéra le grand rabbin.

— Où ces enfants, déjà arrachés à leurs familles, ne recevront aucune affection ? répondit Helen.

— Nous nous fierons à la Reichsvertretung en Allemagne et au Kultusgemeinde à Vienne pour sélectionner les enfants selon leur vulnérabilité.

— Les garçons âgés seront les plus vulnérables, avertit Helen, et les filles plus jeunes seront celles que les Britanniques voudront accueillir.

— Nous sauverons ceux que nous pourrons et nous placerons notre confiance en Dieu.

— Faire confiance à Dieu, marmonna Helen – ce n'était pas rien au vu de tout ce qu'Il avait déjà refusé.

— Comme le temps nous est compté, pourrions-nous voter sur la présentation du plan Bentwich-Cohen au gouvernement ? » demanda Lionel de Rothschild.

Des bottes cirées

Käthe Perger leva les yeux, stupéfaite à la vue de l'homme portant un long manteau sombre et des bottes cirées qui avançait à grands pas, avec son berger allemand, dans les bureaux du journal et se dirigeait droit sur la porte ouverte de son bureau. Un groupe de SS le suivait, dont une partie cernait déjà la Linotype, se demandant comment la charger dans leur camion, que Käthe apercevait dans la rue.

Le chien resta aussi immobile qu'une souche alors qu'Adolf Eichmann sur le pas de la porte disait : « Vous êtes Käthe Perger. »

Käthe soutint son regard. Comme il n'avait pas posé de question, elle ne jugeait pas nécessaire de lui répondre.

« Et vos employés ne sont pas là ce soir ? demanda-t-il.

— Je n'ai plus d'employés, *Obersturmführer* Eichmann », dit-elle.

C'était presque la vérité.

« Dans ce cas, veuillez me suivre. »

Tiroirs vides

Même dans la pénombre, Stephan remarqua le bureau fracassé et les débris éparpillés des tiroirs détruits. Il remit droit un tiroir resté plus ou moins intact. Il n'y avait rien à l'intérieur. Aucun papier nulle part dans le bureau de Käthe Perger, qui était couvert de panonceaux en interdisant l'accès. Tout avait été emporté comme pièces à conviction.

Alors que des bruits de voix approchaient, il se cacha du mieux qu'il put sous le plus grand morceau de bureau, juste au moment où le faisceau d'une lampe torche, venu de la porte, s'agitait rapidement.

Il écouta les deux hommes entrer, discuter et rire, le *shhhh* d'une allumette qu'on craquait et qui prenait feu, l'odeur de cigarette.

« Cette sale garce passait son temps à fourrer son nez partout, elle a eu ce qu'elle méritait », dit l'un des deux.

Stephan respirait par petites bouffées, si immobile qu'il avait mal partout, tandis que les deux hommes bavardaient d'une manière lasse, typique des hommes qui essayaient de se convaincre qu'ils n'étaient pas aussi abominables qu'ils l'étaient en réalité. Ils finirent par s'en aller mais Stephan demeura sous le bureau détruit, aux aguets, les battements de son cœur revenant lentement à la normale.

Quand il conclut qu'ils devaient être en train de se prélasser dans d'autres ruines, occupés à fumer d'autres cigarettes et à rire d'autres malheurs, il sortit de sa cachette et retourna rapidement le reste des morceaux de tiroir dans l'obscurité, tâtant chacun d'eux. Il essaya d'être le plus méthodique possible dans le chaos, mettant chaque fragment de côté après l'avoir examiné pour ne pas y revenir inutilement.

Ses doigts accrochèrent de nombreuses échardes mais il ne trouva rien.

Alors qu'il se décourageait, ses doigts frôlèrent un petit morceau de papier collé au dos d'un tiroir presque intact, caché dans un coin. Ce ne pouvait pas être une simple étiquette.

Il passa prudemment le doigt dessus, puis utilisa son ongle pour tirer le bord du scotch. Quand il l'eut décollé, il sortit sa lampe torche.

Il se figea – de nouveau, des voix à la fenêtre. Il n'avait pas entendu arriver les hommes.

Il resta parfaitement immobile. Les voix avancèrent dans la rue et disparurent peu à peu.

Il rangea le morceau de papier, peu importait ce que c'était, bien au fond de sa poche de peur de le faire tomber, et acheva la fouille dans le noir, trop effrayé pour rallumer sa lampe. Il trouva trois autres bouts de papier, qu'il rangea également avant de se glisser hors du bureau et de se faufiler aussi vite que possible dans les souterrains.

Il aurait dû attendre d'être dans le palais cette nuit, mais ses jambes étaient faibles, et il devait connaître la vérité avant de l'apporter à Mutti et à Walter. Il se tapit à l'extrémité du tunnel, caché derrière un tas de gravats. Il déplia le premier papier qu'il trouva, celui qui avait été collé au tiroir.

Il alluma sa lampe torche. Un cercle de lumière tomba sur les mots.

Il est mort en route pour Dachau. Je suis désolée.

Le débat de Westminster

Il était dix-neuf heures trente et au balcon Helen Bentwich était déjà épuisée par la longue journée de déblatérations quand le Parlement arriva enfin à la question des réfugiés. Philip Noel-Baker, de son habituelle manière passionnée mais bavarde, se mit à discourir en donnant des détails affreux : un homme et sa famille brûlés vifs ; des patients chassés du sanatorium de Bad Soden en chemise de nuit ; les patients de l'hôpital juif de Nuremberg forcés de parader.

« Si ces actes étaient des excès spontanés d'une milice, le gouvernement allemand aurait puni les coupables et offert réparation aux victimes, dit-il. Au contraire, les autorités ont achevé cette effroyable besogne en publiant un décret qui fait porter la responsabilité de cette destruction sur les Juifs eux-mêmes et leur impose une amende de quatre-vingt-quatre millions de livres. Plus sinistre encore, le gouvernement allemand a commencé à arrêter tous les hommes juifs entre seize et soixante ans. »

Il ne voulait pas « faire un catalogue des horreurs », mais la Chambre devait comprendre que les hommes et les garçons en camp de travail faisaient des journées de dix-sept heures, avec des rations qui n'auraient pas nourri un enfant, et étaient victimes de tortures dont il ne donnerait pas les détails. Helen non plus ne voulait pas connaître les détails, mais elle en avait entendu parler, et elle ne comprenait pas pourquoi les députés de cette Chambre étaient d'une nature si délicate qu'on devait les épargner alors qu'ils prenaient une décision qui aurait pour résultat la vie ou la mort.

Il était dix heures du soir quand le ministre de l'Intérieur, Samuel Hoare, se pencha plus spécifiquement sur la proposition du *Kindertransport*.

« Le vicomte Samuel ainsi que plusieurs représentants juifs et d'autres religions sont venus me présenter une proposition intéressante, dit-il. Ils ont mentionné une expérience qui a eu lieu pendant la dernière guerre, au cours de laquelle nous avons accueilli plusieurs milliers d'enfants belges, jouant ainsi un rôle inestimable dans le maintien de la vie de cette nation. »

« Ces enfants ont été amenés avec leurs familles, quand ils en avaient », murmura Helen à l'oreille de Norman.

Norman approcha tant ses lèvres qu'elle pouvait sentir son souffle et murmura :

« C'est plus facile de persuader un homme qui croit que cela a déjà été fait. »

« Cette délégation pense, continua Hoare, que nous pouvons trouver des foyers dans ce pays pour un grand nombre de mineurs allemands, sans nuire à notre propre population – des enfants dont les frais seraient assurés par les fonds de la délégation ou par de généreux individus. Tout ce que doit faire le ministère de l'Intérieur, c'est d'octroyer les visas nécessaires et de faciliter leur entrée. Voilà notre chance d'accueillir la jeune génération d'un grand peuple et d'alléger la souffrance terrible de leurs parents. Oui, nous devons nous prémunir contre un afflux d'indésirables cachés sous le voile de l'immigration des réfugiés. Le gouvernement doit donc minutieusement vérifier la situation personnelle des réfugiés adultes, un processus qui entraîne irrémédiablement des délais. Mais un grand nombre d'enfants pourraient être admis sans vérification individuelle. »

Le débat était insupportable : les contribuables britanniques ne seraient-ils pas encombrés par la responsabilité financière de ces mineurs ? Devrait-on en limiter le nombre ? Que faire des Tchèques ? Et des réfugiés espagnols ? M. David Grenfell insista : « La grande et puissante Allemagne ne peut pas dépouiller ses Juifs, les larguer de l'autre côté de la frontière et dire "Je ne veux pas de Juifs dans mon pays, vous devez les prendre". » Mais la question fut finalement posée : la Chambre, au vu de la gravité grandissante du problème des réfugiés, accepterait-elle un effort concerté avec d'autres nations, États-Unis compris, pour parvenir à une politique commune sur l'immigration temporaire d'enfants du Reich ?

« "Un effort concerté" ? glissa Helen à Norman. Mais il n'y a pas d'autres nations avec lesquelles se concerter. »

« Ceux en faveur de... »

Une sortie sans visa

Au son des pas dans les escaliers, Stephan bondit de son lit, attrapa son manteau et ses chaussures sur la chaise près de la fenêtre de sa chambre et se rua vers le toit tandis que Walter – qui lui aussi dormait tout habillé pour se protéger du froid et pour être paré à toutes les éventualités – serrait son Pierre Lapin contre lui et détalait en silence vers la chambre de Mutti, où il grimpa dans son lit, comme ils l'avaient répété. Les brutes firent irruption, sans être même ralenties par la porte abîmée, leurs lampes torches si puissantes que la fenêtre au-dessus de laquelle était maintenant caché Stephan brillait comme si toutes les lampes étaient allumées, bien que les hommes fussent encore dans le séjour.

« Où est le garçon ? » demanda une voix grave.

Ils devaient être dans la chambre de Mutti, elle n'aurait pas pu se lever et se mettre dans sa chaise roulante si vite, même avec l'aide de Stephan.

Stephan, aussi immobile que possible, s'accroupit, son manteau et ses chaussures à la main ; sous ses pieds, le toit était gelé, la fine couche de glace de la toiture fondait contre ses chaussettes.

« Nous pouvons prendre le petit à la place », dit l'homme.

Même les nazis ne feraient pas de mal à une femme mourante et à un petit garçon, se disait Stephan tandis qu'il se penchait pour fermer la fenêtre de sa chambre aussi silencieusement que possible, chassant la voix de sa mère qui, à deux pièces de là, disait qu'elle ne savait pas où il était, qu'elle pensait qu'il avait été envoyé dans les camps – sa mère se mettait en danger pour qu'il puisse s'enfuir pendant que Walter se taisait, pauvre petit terrifié, ou courageux, ou les deux. Stephan devait se retenir de rentrer et d'ordonner qu'on laisse Mutti et Walter tranquilles, mais il avait promis à sa mère. Ils ne pourraient pas survivre sans lui, avait-elle insisté. Elle avait besoin de lui pour trouver un moyen de les sortir d'Autriche. Elle ne pouvait pas le faire elle-même, et Walter non plus, Stephan devait donc se sauver d'abord. Walter avait dit que Pierre et lui pouvaient protéger Mutti. Il était petit, mais déterminé. Il était capable de vider un pot de chambre. Il pouvait aider Mutti à se changer. Il savait faire tant de choses qu'on n'aurait pas dû demander à un enfant de cinq ans.

Stephan avança en silence sur le toit glissant en direction de l'arbre près de son ancienne chambre, celui qui permettait de descendre dans la rue.

Sur le trottoir, près de l'arbre, un soldat patrouillait avec un chien, dont les oreilles se dressèrent alors qu'ils passaient dans la lueur dorée du lampadaire, son ombre si grande qu'on aurait dit une créature d'un autre monde.

Stephan recula tout doucement du bord du toit et se cacha derrière une cheminée, où le chien ne pourrait pas l'entendre. Il se serra contre les briques, leur douce tiédeur, la protection de leur ombre.

Il n'y avait pas une seule étoile dans le ciel.

Tout en enfilant une chaussure, il observa les cheminées, essayant de voir dans l'obscurité. La fumée venait-elle de cette cheminée ? De la suivante ? Il attachait sa chaussure lorsqu'il entendit une fenêtre s'ouvrir.

Il se dépêcha d'atteindre une cheminée et posa sa main – elle était chaude. Puis une autre, chaude aussi. Déjà, quelqu'un se hissait sur le toit par la fenêtre de Mutti.

« Bordel, qu'est-ce qu'il fait froid », dit le nazi en direction de la fenêtre.

Et tout est glissant, pensa Stephan. Il pourrait peut-être pousser le soldat et espérer que cela ressemble à une chute.

« Est-ce que tu le vois ? » demanda une voix plus aiguë – les deux hommes sur le toit à présent.

Aucune chance de les pousser tous les deux, et encore moins que la coïncidence ne se remarque pas.

Il distinguait leurs silhouettes dans l'obscurité, mais eux ne le discernaient pas encore ; il s'aidait de leurs voix et ses yeux avaient eu le temps de s'adapter, alors qu'eux venaient tout juste de quitter la lumière.

Tout en les conservant dans son champ de vision, il rampa vers une troisième cheminée. Elle était froide, aussi impitoyablement froide que son pied déchaussé.

Son manteau ! Il avait dû le laisser près de la première cheminée.

Une lumière vive s'illumina à l'autre bout du toit, une lampe torche qu'on allumait, puis une seconde.

Stephan grimpa en haut de la cheminée et s'enfonça à l'intérieur, la brique à la fois râpeuse contre sa fine chemise et glissante à cause de la suie, et froide contre son pied presque nu.

Il posa son autre chaussure sur son entrejambe pour avoir un meilleur appui avec ses mains.

Le nazi à la voix grave appela le soldat qui patrouillait avec son chien dans la rue. Non, non, il n'avait vu personne descendre.

Les deux se dispersèrent, leurs voix venaient de part et d'autre de l'immense toiture, les faisceaux de leurs lampes torches se croisaient parfois au-dessus de la tête de Stephan. Ils s'étaient mis à discuter des autres toits autour d'eux, comme si Stephan avait pu sauter toute la largeur d'une rue.

La voix la plus aiguë était près de la première cheminée maintenant, tout près du manteau oublié de Stephan.

À force de se tenir dans la cheminée, les cuisses de Stephan le brûlaient. Une cheminée qui desservait quatre étages. Pouvait-il descendre ou tomberait-il, ses jambes épuisées ? Pourrait-il passer à travers le conduit ? Si c'était possible, la pièce dans laquelle elle donnait était peut-être vide. Après tout, la cheminée était froide. Une pièce quelque part au centre du palais, au vu de l'emplacement du conduit. La cuisine ? La cuisine sans fenêtre, où il serait piégé, incapable de sortir sans se faire remarquer. Il aurait dû trouver une cheminée froide au bord du bâtiment, une qui mènerait à une pièce avec une fenêtre, une sortie. Mais il n'en avait pas eu le temps.

Il se déplaça légèrement pour essayer de renforcer son appui. La chaussure posée sur son entrejambe glissa. Il se pencha pour la rattraper avant qu'elle ne cogne bruyamment contre le conduit en métal et il dérapa. De justesse il agrippa le lacet de sa main gauche.

Il serra rapidement le lacet entre ses dents et remit son bras contre la brique froide pour enrayer sa chute. Son genou droit tremblait, de fatigue, ou de froid, ou bien de peur.

Les nazis riaient. Mais de quoi riaient-ils ? Avaient-ils trouvé son manteau ?

La voix la plus aiguë dit : « Je t'ai dit que nous n'étions pas des gymnastes ! »

Ils se demandaient où il avait pu passer. Et Stephan, lui, tenait bon dans la cheminée, le lacet entre ses dents étrangement stable.

Il y eut un grognement, un rire et le bruit lourd des hommes qui se laissaient retomber dans le petit appartement. Pour eux, ce n'était qu'un jeu, une aventure.

Il patienta quelque temps après que les voix eurent cessé avant de se hisser un peu plus haut dans la cheminée pour jeter un coup d'œil à l'extérieur. Il sortit et s'allongea sur le toit, patient, aux aguets, essayant d'empêcher ses jambes de trembler. Il était toujours étendu là lorsqu'il entendit le grincement de la fenêtre. Il pouvait rentrer ! Il n'aurait pas besoin de retourner à l'horreur des égouts.

Les premières notes de la *Suite pour violoncelle n° 1* de Bach montèrent jusqu'à lui.

Stephan écouta les notes inaugurales, le désir plaintif dans les arpèges dansants qui n'étaient pas ceux de l'*Ave Maria*. Il enfila enfin sa seconde chaussure par-dessus sa chaussette trempée et couverte de suie. Il rampa à travers le toit pour trouver son manteau, l'endossa et descendit à l'arbre. Il se dépêcha de gagner le kiosque le plus proche sur le Ring et descendit les marches étroites, ne laissant échapper que le plus mince soupir de soulagement lorsqu'il atteignit les souterrains froids et mornes, infestés de rats.

L'APPEL DU VICOMTE SAMUEL

La salle de bal délabrée de l'hôtel Bloomsbury était emplie de tables pliantes et résonnait du brouhaha de soixante femmes qui examinaient rapidement des papiers d'immigration. Elles avaient conçu un système avec des fiches de couleurs différentes en deux parties, un volet resterait en Angleterre tandis que l'autre serait envoyé en Allemagne, une fiche pour chaque enfant.

« Monte le son ! fit une voix. Helen, ton oncle est à la BBC, il va commencer son allocution !

— Très bien, laisse la radio, mais n'arrêtons pas de travailler, répondit-elle. La Grande-Bretagne qui ouvre grandes ses portes pour accueillir ces enfants ne changera rien si nous ne pouvons pas les faire sortir d'Allemagne. »

Les femmes continuèrent leur tâche tout en écoutant l'oncle de Helen à la radio : « ... si déchirante soit la séparation, presque tous les parents juifs et bon nombre de chrétiens "non aryens" souhaitent faire partir leurs enfants, alors qu'eux-mêmes ne peuvent pas trouver refuge ».

En mentionnant les chrétiens, le vicomte Samuel essayait de rendre la proposition plus attirante, Helen le savait.

« Un mouvement international a été lancé pour secourir ces enfants », expliquait son oncle.

Un mouvement international, mais seule la Grande-Bretagne bougeait. Mais assurément, d'autres pays suivraient son exemple.

« C'est une urgence, continua le vicomte Samuel. Nous en appelons donc à la nation elle-même pour accueillir ces enfants et prendre soin d'eux, pour les loger dans des foyers de particuliers. Les églises, les communautés juives et autres groupes vont-ils se manifester et chacun offrir de prendre la responsabilité d'une partie de ces enfants, laissés à la merci du monde ? »

Petits et grands souhaits

Stephan se blottit dans une caisse de cacao et cala ses mains entre ses cuisses pour tenter de se réchauffer. Il se réveilla, frissonnant, après une minute ou cinq, ou quinze ou peut-être plusieurs heures. Au cœur de l'obscurité des souterrains, le temps ne s'écoulait pas, il n'y avait aucun signe de son passage. Sans réfléchir, il essaya d'attraper la chaîne qui actionnait l'ampoule pendue au plafond, se souvenant juste à temps que la lumière se verrait à la porte en haut des escaliers. Y avait-il quelqu'un dans la chocolaterie Neuman qui pût l'ouvrir et le trouver là ?

Il ne devait pas rester ici, il le savait, mais c'était un endroit sec et familier, et où donc pouvait-il aller ? Il voulait retourner chez lui et se blottir dans son lit, pas le lit à l'étage des domestiques qu'il partageait avec Walter, mais son lit à lui, avec son oreiller préféré et ses draps propres et repassés. Il voulait retrouver ses livres, son bureau et sa machine à écrire, tout le papier dont il n'aurait jamais besoin, tous ses rêves. C'était un cauchemar, comment pouvait-il en être autrement ? Comment pouvait-il ne pas être en train de dormir, sur le point de se réveiller, toujours en pyjama, pour se ruer vers son bureau et sa machine, pour capturer ce mauvais rêve avant de perdre tous les détails qui auraient formé une histoire si seulement tout cela n'avait pas été réel ?

Il prit la lampe torche suspendue au crochet sur les escaliers de la cave ; il pouvait tenir le faisceau éloigné de la porte et l'éteindre plus rapidement que l'ampoule. Il garda une oreille tendue vers l'étage tandis qu'il attrapait un pied-de-biche et ouvrait l'une des caisses.

Dans l'un des sacs de jute, il prit une poignée de fèves de cacao, puis referma soigneusement le sac et la caisse de façon que, si l'on ne savait pas qu'il en manquait, on ne puisse pas le remarquer. Il mit quelques fèves dans sa bouche et mâcha – c'était dur et amer. Il aurait aimé avoir de l'eau pour les faire passer. Tant de souhaits, petits et grands.

Il versait le reste de la poignée dans la poche de son manteau et remettait le pied-de-biche à sa place lorsqu'il entendit des voix au-dessus – des ouvriers qui venaient chercher les fèves de cacao. Surpris, il éteignit la lampe torche et se glissa rapidement dans les escaliers puis le long de l'échelle. Alors qu'il entendait la porte s'ouvrir, il se rendit compte qu'il tenait toujours la lampe torche. Il la fourra dans sa poche, espérant qu'elle ne manquerait pas aux ouvriers.

Il rampa dans le tunnel jusqu'aux souterrains, essayant de réfléchir à une cachette. De l'autre bout du tunnel venaient des voix – « Par là ! » – et des bruits de course. On fouillait les souterrains à la recherche d'hommes et de garçons qui pourraient s'y cacher.

Pris au piège, il fila à contresens jusqu'à l'autre extrémité du tunnel, certain que le martèlement de son cœur le trahirait.

Des bruits de bottes nazies résonnèrent à l'entrée du tunnel, à moins d'un mètre de lui.

Otto

Otto souleva Johanna dans les airs et l'embrassa.
« Je veux Mama, dit la petite fille.
— Je sais, ma chérie, répondit Otto. Je sais. »
Žofie, qui était devenue si silencieuse depuis l'arrestation de sa mère, si mature, lui demanda s'il avait pu la voir.
« J'ai obtenu la confirmation que ta mère est bien détenue à Vienne, dit-il. Pourquoi tu ne me laisserais pas finir de préparer le dîner ?
— Ce n'est que de la *kulajda* », répondit-elle.
La *kulajda*. Le plat préféré de Žofie. Dès qu'elle rendait visite à leur grand-mère Betta, elle revenait en ne parlant que de cela : comment elle et Johanna avaient pris des œufs dans le poulailler pour que leur grand-mère les poche ; cet œuf délicatement posé au-dessus d'un bol de soupe de pommes de terre crémeuse.

« Repose-toi, *Engelchen*, dit-il. Pourquoi ne pas lire un peu ? »
Son exemplaire de *Kaleidoskop* était sur la table. Il l'emporta dans la chambre de Käthe et le remit dans

la cachette sous le tapis. À la place, il lui apporta *Les Mémoires de Sherlock Holmes*.

Žofie s'installa à la table, devant un cahier plein d'équations, évitant même Sherlock Holmes. Johanna s'assit à côté d'elle, son pouce à la bouche. Otto alluma la radio en finissant de préparer la soupe : le ministre des Affaires étrangères von Ribbentrop allait à Paris pour signer l'accord de paix franco-allemand, un nombre important de livres d'occasion étaient disponibles à la suite de la fermeture des librairies juives, et un couvre-feu pour les Juifs de Vienne venait d'être mis en place.

Žofie-Helene leva les yeux de son cahier.

« Quand est-ce qu'ils libéreront Mama ? »

Otto reposa sa cuillère et prit la chaise à côté d'elle.

« Elle doit juste promettre de ne plus écrire. »

Žofie, les sourcils froncés, se replongea dans ses équations. Otto retourna à sa cuisinière, satisfait de pouvoir au moins s'occuper d'elles.

Longtemps après qu'Otto eut cru Žofie-Helene plongée dans ses mathématiques, elle dit : « Mais c'est son travail, c'est ce qu'elle est. »

Otto mélangea doucement la soupe, regardant le tracé de la cuillère apparaître, se fondre et disparaître.

« Žofie, dit-il, je sais que c'est Stephan qui t'a donné ce livre. Je sais qu'il est important pour toi. Mais c'est un livre interdit. Si tu le sors à nouveau, il faudra que je le brûle dans l'incinérateur. »

C'est à ce moment-là que le téléphone se mit à sonner, juste à l'instant où c'était le moins commode.

« Je n'ai pas besoin de garder le livre, répondit Žofie. J'irai le jeter dans une poubelle dehors après le dîner. C'est promis. »

Il acquiesça – oui, ce serait mieux ainsi – et répondit au téléphone.

« Käthe Perger ? demanda une femme. (Sa voix grésillait à travers les interférences – un appel de l'étranger ?)

— Qui est-ce ? demanda Otto.

— Je suis désolée, répondit la femme. C'est Lisl Wirth, la tante de Stephan Neuman. J'espérais trouver Žofie-Helene en vérité. J'appelle de Shanghai. J'ai reçu un appel de ma belle-sœur, Stephan est... Ils sont venus l'arrêter et il a fui, mais maintenant on oblige Ruchele à quitter sa maison. Elle pensait que Žofie saurait peut-être où Stephan...

— Quelqu'un d'autre pourra sans doute vous aider à le trouver.

— Personne ne sait où il est, insista la femme. Et Ruchele... Même sa femme de chambre a dû partir, les chrétiens n'ont plus le droit de travailler pour des Juifs. Elle est seule avec Walter. Elle ne peut tout simplement pas s'en sortir. Elle pensait que Žofie saurait peut-être où Stephan... Elle ne veut pas savoir où il est, elle...

— Žofie-Helene n'a aucune idée de l'endroit où est Stephan, répondit Otto.

— Ma belle-sœur veut juste transmettre un message à son fils, pour qu'il sache comment la trouver.

— Ma belle-fille est en prison à cause des gens comme vous ! Laissez-nous tranquilles ! »

Il raccrocha, les mains tremblantes.

Žofie-Helene le dévisageait.

« Je peux trouver Stephan », dit-elle.

Johanna aussi le regardait. Elle ôta son pouce de sa bouche et dit d'un ton neutre : « Žozo peut trouver Stephan. »

Otto se remit à mélanger la soupe. Elle n'en avait pas besoin, mais lui, oui.

« Tu ne sais pas où il est, Žofie, dit-il. Tu vas rester là et faire tes démonstrations, et quand ta mère sera libérée nous irons chez ta grand-mère Betta. Ta mère ne peut pas rester ici. Quand ils la libéreront, nous irons en Tchécoslovaquie. »

À LA RECHERCHE DE STEPHAN NEUMAN

Žofie-Helene se glissa hors du lit tout habillée. Elle tira sa boîte à secrets de sous son lit et y rangea le recueil qu'elle avait lu pour rester éveillée jusqu'à ce que Grandpapa s'endorme, les nouvelles de Stefan Zweig qu'elle avait promis de jeter. En quelque sorte, elle avait tenu sa promesse : elle était descendue avec l'ouvrage jusqu'aux poubelles devant l'immeuble, mais elle n'avait pas réussi à le faire, et elle était remontée avec le livre. *Kaleidoskop*. Elle s'était souvent demandé pourquoi Stephan lui avait donné le deuxième volume du recueil plutôt que le premier. Elle aurait pu lui poser la question, mais elle aimait l'énigme, la déduction, la résolution du casse-tête. Il l'avait peut-être choisi pour elle à cause du titre ; il devait savoir que le titre lui plairait, toutes ces surfaces réfléchissantes tournées les unes vers les autres pour qu'une chose se change en plusieurs, que l'image répétée encore et encore devienne quelque chose d'autre, quelque chose de beau.

Elle avança sur la pointe des pieds dans la cuisine et prit un couteau. Elle s'approcha d'un tiroir et tâtonna dans l'obscurité à la recherche d'une bougie et d'une boîte d'allumettes. Elle prit son manteau et son écharpe à carreaux roses et s'apprêtait à partir quand elle eut l'idée de récupérer les restes de pain du dîner, toujours dans le sachet de la boulangerie, et les glissa dans sa poche.

Une fois dehors, elle tourna à l'angle de la rue, souleva l'un des triangles de la plaque d'égout octogonale et se faufila dans les escaliers qui menaient aux souterrains – si sombres et si effrayants qu'elle dut gratter une allumette. Il n'y avait pas assez de lumière pour distinguer quoi que ce soit, mais, au moins, les rats s'enfuirent. Elle choisit une direction, mais dut rapidement nouer l'écharpe autour de sa bouche pour supporter la puanteur. Elle avait pris la mauvaise direction, se dirigeant vers les égouts au lieu de s'en éloigner. Elle se retourna et rebroussa chemin à pas feutrés. Si quelqu'un la surprenait, elle expliquerait qu'elle cherchait son chat.

Au bout d'un moment, elle s'arrêta pour tendre l'oreille : des ronflements. Elle avança précautionneusement vers le bruit jusqu'à en voir la source – un homme énorme, une armoire à glace. Elle recula et continua son chemin, soulagée d'atteindre un passage illuminé par une lanterne. Mais après, l'obscurité était encore pire.

Elle détestait l'idée de devoir utiliser la bougie qu'elle avait apportée pour Stephan, mais elle avait besoin de sa lumière. Elle retrouva son chemin, dépassa le couvent et le portail près de Saint-Étienne, le tas de crânes qu'elle évita de regarder alors qu'elle aurait peut-être dû les affronter, peut-être que cela aurait été moins terrifiant si elle s'était remémoré le courage de Stephan.

Dans le tunnel qui menait à la cave à cacao, elle s'arrêta pour prendre une inspiration. *Garde la bouche ouverte. Laisse-la dans ta bouche*, murmura-t-il. *Fais-la durer, savoure chaque instant.* Elle avait voulu prendre la main de Stephan la première fois dans le souterrain, mais comment prenait-on la main de son seul ami sans tout gâcher ?

Elle s'agenouilla sur la pierre froide et rampa dans le tunnel qu'elle avait été si heureuse de découvrir cette première fois.

« Stephan, tu es là ? » souffla-t-elle, souhaitant à la fois qu'il soit ici et en même temps non. Le paradoxe de l'amitié. Comment pouvait-il survivre ici dans le froid et l'humidité ? Comment pouvait-il dormir avec l'omniprésence des rats ?

« C'est moi, Žofie-Helene, chuchota-t-elle. N'aie pas peur. »

La caverne en bas était vide. Elle tint la bougie en direction de l'échelle qui montait à la cave à cacao. Les barreaux n'étaient pas particulièrement sales. Elle avait été récemment utilisée. Élémentaire.

Elle grimpa à l'échelle lentement, prudemment. Elle entendit un bruit. Elle souffla la bougie et tendit l'oreille, puis grimpa les derniers barreaux aussi discrètement que possible. En haut, elle fouilla l'obscurité. Elle n'entendit rien.

« Stephan ? » murmura-t-elle.

Il n'y eut pas de réponse.

Elle craqua une autre allumette et se retourna en entendant une créature détaler.

Elle tâtonna au-dessus d'elle jusqu'à trouver la chaînette de l'ampoule, qui illumina la cave avec un tel éclat qu'elle dut fermer les yeux.

À l'exception de la nouvelle lampe torche qui pendait près des escaliers, la cave n'avait pas changé. Il y avait un petit espace entre les caisses de cacao à l'autre bout de la pièce. Elles avaient pu être laissées de travers lorsqu'elles avaient été rangées ici, la dernière tâche d'un ouvrier épuisé à la fin d'une longue journée. Elle s'approcha. Il n'y avait rien. Si Stephan vivait là, il ne laissait aucune trace, à l'exception des barreaux de l'échelle. Mais où donc pouvait-il être, à part ici ?

À contrecœur, elle retourna à l'ampoule et se prépara au retour des ténèbres. Le froid. Les animaux qu'on ne voyait pas. Leurs petites dents aiguisées et les maladies qu'ils transmettaient. Elle attendit une minute, espérant que la lumière attire Stephan, avant de l'éteindre et de redescendre l'échelle.

Où Stephan pouvait-il dormir, sinon dans la cave à cacao ? Dans un endroit plus chaud et sans rats, espérait-elle. Mais elle n'avait aucune idée d'où il pouvait être.

Elle tira le pain emballé de sa poche, détacha son écharpe et en noua une extrémité comme un sac autour du petit paquet. Elle attacha l'autre bout à l'échelle, pour que les vivres ne touchent pas le sol, hors de portée de la vermine, du moins c'est ce qu'elle souhaitait. Elle rampa à nouveau dans le tunnel puis se leva pour griffer « S – > » dans la pierre à plusieurs endroits, espérant aider Stephan à trouver la nourriture. Elle se mit à graver plus de lettres, puis retourna dans la caverne, détacha le pain et le remit dans sa poche.

Elle escalada l'échelle jusqu'à la cave à cacao, tâtonna à nouveau à la recherche de l'ampoule. Quand ses yeux se réhabituèrent, plus rapidement cette fois, car elle avait passé moins de temps dans l'obscurité, elle prit le stylo sur le bloc-notes et écrivit sur l'emballage en papier du pain : « Ta mère est obligée d'aller à Leopoldstadt. Je vais trouver où et te laisser un mot et une couverture. Laisse-moi un mot si tu as besoin de quelque chose d'autre. »

Le livre. Pourquoi ne le lui avait-elle pas apporté ? La prochaine fois, elle lui apporterait *Kaleidoskop*.

Elle remit le stylo à sa place, exactement là où elle l'avait trouvé. Puis elle se prépara à l'obscurité, tira la chaînette et descendit l'échelle. Elle noua le petit paquet de pain et, à contrecœur, la bougie et la boîte d'allumettes dans l'écharpe, qu'elle attacha de nouveau à l'échelle. Elle tâtonna dans le noir jusqu'au tunnel, rampa vers les souterrains et avança à l'aveuglette sur la courte distance qui la séparait du tas de gravats et des escaliers en colimaçon. En haut des marches, elle poussa l'un des triangles de la plaque d'égout octogonale et jeta un coup d'œil à l'extérieur. Ne voyant personne, elle se faufila dans la rue et rentra chez elle au plus vite.

La cape

Truus servit le thé à Norman et à Helen Bentwich et leur proposa des biscuits. Elle leur tendit également la boîte à cigarettes en argent ; permettre à un homme de fumer avait tendance à le mettre à l'aise.

« Tout ce mystère, c'est digne d'un roman de cape et d'épée, dit-elle. Joop sera très peiné d'être mis à l'écart.

— Nous pensions que vous aimeriez avoir un peu de temps pour réfléchir à notre proposition seule », répondit Helen.

Truus comprit que par « nous », Helen voulait dire « je ».

« Plusieurs organisations, réunies sous le nom de Mouvement pour la protection des enfants allemands, ont convaincu notre Parlement d'autoriser un nombre illimité d'immigrations temporaires du Reich vers l'Angleterre, expliqua Norman.

— Illimité ! s'écria Truus. C'est formidable !

— Illimité en nombre, répondit Norman Bentwich, mais limité en portée. Les enfants ne seront acceptés que comme transmigrants...

— Un accueil à contrecœur, ajouta Helen, et une clause ridicule, puisqu'il n'y a aucun autre pays vers lequel ces enfants puissent immigrer. Cela a l'air d'une politique migratoire, mais sans réel fondement. Ils nous ont expliqué que ce serait dans l'intérêt de tout le monde si les enfants étaient largement dispersés plutôt que concentrés dans des villes comme Londres et Leeds. "Nous ne créerons pas une enclave juive", c'est ainsi qu'ils l'ont formulé.

— Nous nous occupons des choses côté britannique, expliqua Norman. Trouver des familles pour accueillir autant d'enfants que possible, des logements temporaires et du soutien en Angleterre pour les autres. La Reichsvertretung a déjà commencé à sélectionner les enfants en Allemagne. Mais pour l'Autriche, c'est plus compliqué. Le chef de l'Office juif là-bas, un homme du nom d'Eichmann… – Norman tapota sa cigarette sur le bord du cendrier –, représente un défi particulier.

— Selon le Kultusgemeinde et le Secours quaker qui l'aide, quelqu'un de l'extérieur serait plus à même de convaincre Eichmann d'autoriser des Autrichiens à partir. Quelqu'un de chrétien, dit Helen.

— Nous espérons être capables de lever assez de fonds pour pouvoir loger jusqu'à dix mille enfants, reprit Norman. Et au vu du nombre d'enfants que vous avez secourus…

— Dix mille enfants et leurs familles ? » demanda Truus.

Norman, lançant un regard incertain à sa femme, éteignit sa cigarette à moitié entamée.

« Le Premier Ministre pense que des enfants peuvent plus facilement apprendre notre langue et nos coutumes. Ils peuvent, sans leur famille, s'intégrer plus aisément à notre société. J'ai cru comprendre que les enfants que vous avez secourus n'étaient pas accompagnés ?

— "Le Premier Ministre pense" qu'il y a de la place en Angleterre pour les enfants mais pas pour leurs parents ? répondit Truus, sidérée. "Le Premier Ministre pense" que les parents doivent remettre leurs précieux enfants à de parfaits inconnus ?

— Vous avez des enfants, madame Wijsmuller ? » demanda Norman.

Helen, aussi surprise par cette question que Truus, s'écria :

« Norman ! Tu…

— Joop et moi n'avons pas eu cette chance, monsieur Bentwich, répondit Truus, d'un ton aussi neutre que possible, repoussant mentalement les images du magnifique berceau en bois, des draps, de la broderie de bonhomme de neige qu'elle avait retrouvés dans le grenier un jour que Joop était au travail.

— Je vous assure, dit Norman Bentwich d'un ton ferme, que nous ne prendrons aucun enfant qui n'a pas été envoyé librement pas ses parents. Nous ne sommes pas des barbares.

— Non, il n'y a plus de barbares dans ce monde désormais, répondit Truus. Personne qu'on ne dénonce en ces termes. Des conciliateurs oui, partout, mais aucun barbare.

— Je ne crois pas que vous soyez en position de donner des leçons à la Grande-Bretagne concernant l'étendue de sa générosité, protesta Bentwich sur un ton indigné. Vous, les Néerlandais, vous n'autorisez que les Juifs allemands munis de visas à traverser vos frontières pour aller s'installer ailleurs.

— Mais séparer des familles ? Vraiment... »

Elle se tourna vers Helen, se rappelant la petite Adele Weiss mourant dans ce berceau à Zeeburg, sans même sa mère pour la rassurer.

« Helen, les mères ne pourraient-elles pas trouver du travail comme domestiques ? Ou... Nous avons entendu dire que plus de Juifs pourraient émigrer en Palestine ? Vous avez sans doute un peu d'influence là-bas, après les années que vous y avez passées.

— Malheureusement, la Palestine est vue comme trop sensible politiquement pour être une solution », répondit Norman.

« Est vue ». Donc il n'était pas d'accord, mais il ne pouvait rien y changer.

« Le gouvernement a accepté de délivrer des visas de groupe pour que les enfants puissent être secourus rapidement. C'est déjà quelque chose, Truus. Ces enfants sont dans des situations désespérées. Le Conseil s'inquiète pour leur vie, dit Helen d'une voix douce.

— Mais pas pour la vie de leurs parents ? »

Norman Bentwich se leva et alla à la fenêtre, pour admirer la belle journée chaude, inhabituelle pour l'hiver. C'était ce que Joop faisait lorsqu'il était énervé ou frustré. Ce qu'elle faisait aussi.

Lorsqu'il se retourna vers elle, le contre-jour rendit son visage impossible à déchiffrer.

« Ces parents feraient n'importe quoi pour sauver leurs enfants. Ils seront contents que la générosité d'étrangers les protège jusqu'à ce que ce cauchemar prenne fin. »

Helen posa délicatement sa main sur celle de Truus et dit : « Je ferais la même chose, Truus, et vous aussi. »

Truus but précautionneusement une gorgée de thé. Elle choisit un biscuit sur l'assiette, mais ne put l'avaler. Le visage de la mère d'Adele se rappelait à elle : oui, elle avait voulu que Truus prenne son enfant, mais en même temps elle ne le voulait pas. Pourquoi Truus n'avait-elle pas simplement fait monter la mère dans le train ? Pourquoi n'avait-elle pas pensé à amener la mère, pourquoi n'avait-elle pas compté sur son ingéniosité pour parvenir à la faire sortir d'Allemagne ?

« Helen, dit-elle. Je... Vous n'avez jamais fait ça. Vous n'avez jamais pris un enfant des bras de sa mère. Je ne peux pas imaginer de pire chose au monde. »

Norman Bentwich fit un pas vers elle, sortant du contre-jour de la fenêtre, et demanda : « Vous ne pouvez vraiment pas imaginer pire ? »

L'ÉPÉE

Sur un pont au-dessus du Herengracht, un père tenait une enfant par-dessus la rambarde pour qu'elle puisse, à l'aide d'un long bâton, pousser un petit voilier peint de couleurs vives coincé au milieu du canal. Le manteau de la petite n'était même pas boutonné et elle était tenue si gauchement que Truus était à deux doigts de l'attraper de peur qu'elle ne tombe dans l'eau glaciale. Elle aurait été capable de pousser le père par-dessus la rambarde. Vraiment, à quoi pensait-il ? Tant de parents prenaient leurs enfants pour acquis, persuadés que rien ne pouvait leur arriver. Non loin, un groupe de parents qui les observaient applaudirent quand le petit bateau en bois fut délogé et remis dans la direction du quai opposé, où leurs enfants poussaient leurs propres rafiots colorés avec des bâtons et se précipitaient de temps en temps de l'autre côté du pont, du côté de Truus, pour renvoyer un bateau vers l'autre rive.

« J'admire le travail de Helen et de Norman, lui disait Joop. Mais vraiment, Truus, aller à Vienne ce soir ? Sans aucune préparation ? Sans même un rendez-vous pour rencontrer cet Eichmann ? »

Joop n'était pas le genre d'homme à montrer ses émotions en public, raison pour laquelle Truus avait choisi de discuter de la proposition des Bentwich ici, au bord du canal. Il y avait eu de la préparation, bien sûr, pas par Truus mais par Helen Bentwich, qui avait persuadé les hommes du comité que Truus était la femme qu'il fallait pour ce travail qu'ils auraient voulu confier à un homme. Son amie Helen – une façon étrange de parler de quelqu'un qu'elle n'avait rencontré qu'une seule fois auparavant, mais c'était ainsi.

« C'est une chose que d'emmener quelques enfants traverser une frontière que l'on sait poreuse, dit Joop, la regardant droit dans les yeux. Mais là, on parle de plusieurs voyages – pas seulement cinq minutes au-delà de la frontière, mais jusqu'à Vienne.

— Oui, Joop, mais...

— Ne me désobéis pas là-dessus. »

La force de ses mots la fit sursauter. C'était ce qu'il avait voulu dire. Il utilisait sciemment des mots qu'il avait si souvent affirmé qu'il ne prononcerait jamais. Il les avait prononcés non parce qu'il était déterminé à la contrôler, mais parce qu'il avait peur pour elle.

Elle lança un sourire rassurant au groupe de parents sur l'autre rive du canal, le père les avait rejoints, sa fille poussait son bateau le long de la berge.

« Je ne te désobéirai jamais, Joop, dit-elle doucement. C'est l'une des raisons pour lesquelles je t'aime, parce que tu ne me mettras jamais en position d'avoir à le faire. »

Le plus doux des rappels, avec une pointe d'humour pour aider à le faire passer.

L'expression de Joop se radoucit, se changeant presque en excuse.

« Mais, Truus, vraiment. »

Ils observèrent la petite fille, son bateau était de nouveau hors de portée et elle appelait son père. Il était trop absorbé par la conversation pour la remarquer. Elle se tourna vers un grand frère, qui abandonna son bateau pour ramener le sien à sa portée.

« Que voudrais-tu que je fasse, Joop, répondit Truus, reprenant son ton apaisant, sa voix docile. Je peux sauver trois ou trente enfants, mais je ne devrais pas essayer d'en sauver dix mille ?

— La Gestapo va savoir tout ce que tu fais, Geertruida ! Où tu vas. Avec qui tu passes chaque minute, ce que tu fais. Tu n'auras plus le droit à l'erreur. »

Il s'arrêta, puis reprit d'une voix plus douce :

« Et tu sais que le médecin t'a déconseillé de faire de longs voyages. »

Truus ravala cette douleur, le médecin qui avait sauvé sa vie mais pas celle de son bébé. Leur dernière chance, supposait-elle. Une dernière chance inespérée.

Elle prit la main gantée de Joop dans la sienne.

« Ce n'est pas parce que je fais de l'humour sur le danger que je ne le prends pas au sérieux, Joop. Tu le sais bien. »

Ils se tenaient là tous les deux ; de l'autre côté du canal, le père du petit garçon et de la fillette les rejoignait. Il utilisa le bâton de sa fille pour ramener son bateau sur la rive, le tint renversé jusqu'à ce que le gros de l'eau se soit vidé, puis recommença pour son fils. Le frère prit la main de sa sœur et elle dit quelque chose qui les fit tous rire. Le père ramassa les bâtons et les bateaux et ils se dirigèrent tous les trois vers le pont, qu'ils traversèrent.

Truus leva les yeux et regarda à travers les arbres nus le ciel vide que le soir commençait à ternir.

« Joop, dit-elle, imagine que ces petits Autrichiens que je dois aller chercher soient nos enfants…

— Mais ils ne le sont pas ! Ils ne le sont pas, et peu importe combien d'enfants d'autres personnes tu sauves, ça ne comblera pas ce vide. Tu dois arrêter d'imaginer ça ! »

Les gens se retournèrent dans leur direction. Truus gardait ses yeux fixés au-dessus du canal trouble, sa main serrée dans la sienne. Ce n'était pas vraiment ce qu'il avait voulu dire, pas de cette façon. C'était simplement le deuil qui s'exprimait. Lui aussi aurait pu être ici à discuter avec d'autres parents si elle avait été à la hauteur. Lui aussi aurait pu apprendre à nager à un enfant, puis lui apprendre à lancer un petit bateau, un enfant qu'il n'aurait pas laissé patiner sur le canal avant qu'il ne soit gelé depuis au moins une semaine. Il aurait pu boutonner un col, embrasser un coude éraflé, rire de quelque chose de drôle aux yeux d'un bambin, et peut-être aussi d'un adulte.

Joop l'attira vers lui, passa ses bras autour d'elle et l'embrassa sur le front.

« Je suis désolé, je suis vraiment désolé. Pardonne-moi. Je suis désolé. »

Ils restèrent là, tandis que les parents rassemblaient leurs enfants, qu'on sortait du canal les petits navires, l'eau s'écoulant de leurs coques de bois aux vives couleurs, et que les plaisanciers rentraient chez eux par groupes de trois, quatre ou cinq, pour dîner en famille, les petits bateaux mis à sécher dans la baignoire après leur dernière traversée avant que l'hiver ne s'installe. Un train siffla au loin, soulignant la quiétude du gris du ciel, de l'eau, des bâtiments, du pont. Le soleil se couchait si vite ces jours-ci.

« Peut-être que c'est la raison pour laquelle Dieu nous refuse des enfants, Joop, dit-elle doucement. Parce qu'il y a ce plus grand besoin, cette chance d'en sauver autant. Peut-être qu'il nous épargne le fardeau d'avoir à prendre le risque de rendre nos propres enfants orphelins de mère. »

Toute l'encre

Stephan, l'écharpe rose de Žofie autour du cou et une couverture sur les épaules, attendait, caché derrière un tas de débris, tandis que l'ombre de Žofie-Helene s'arrêtait dans le tunnel. *Žofie*, aurait-il voulu dire, *Žofie, je suis juste là*. Mais il ne prononça pas un mot. Il ne fit qu'observer la silhouette qui se tournait et se baissait pour disparaître dans le tunnel en direction de la cave à cacao.

Il enfouit son nez dans l'écharpe et inspira, toujours à l'affût. De l'eau s'égouttait de part et d'autre. Une voiture émit un bruit sec au-dessus de la bouche d'égout en haut des escaliers en colimaçon que Žofie avait empruntés. Il ne savait pas combien de temps il avait attendu. Il n'avait plus aucune notion du temps.

« Stephan ? » appela-t-elle – sa voix le fit sursauter.

Il resta là à regarder sa silhouette, qu'il ne pouvait distinguer que parce qu'il savait qu'elle était ici. Il resta immobile et silencieux. C'était pour sa sécurité, oui, mais aussi pour sa dignité à lui. Il ne voulait pas qu'elle le voie ainsi : transi de froid et sali par sa vie souterraine, incapable de se laver ; se soulageant le plus près possible de l'égout pour ne pas souiller l'endroit où il dormait et pour ne pas laisser de traces de sa présence ; si affamé qu'il aurait pu manger le pain destiné à garder sa mère en vie.

Son ombre bougea, le bruit de ses pas avançait presque imperceptiblement vers les escaliers, puis sur les marches en métal. De la lumière filtra quand elle ouvrit la plaque d'égout et disparut, le laissant seul.

Enfin, il rampa à travers le tunnel inférieur. Il attendit d'être vraiment à l'intérieur pour allumer sa lampe torche. La luminosité lui fit plisser les yeux, leur laissant le temps de s'habituer.

Elle lui avait laissé une nouvelle ration de pain et de beurre. Elle lui avait apporté un cahier et un crayon, et *Kaleidoskop* de Stefan Zweig.

De retour dans les souterrains, il s'installa à l'endroit le plus sûr, entre deux entrées de tunnels. Il tira le crâne de cheval vers lui et y posa la lampe torche, dirigée dans sa direction. Dans la tache de lumière, il pouvait lire ce qui était écrit sur l'emballage du pain. Une adresse à Leopoldstadt, où Mutti et Walter vivaient désormais.

Il ouvrit l'emballage et mit le nez dedans, inhalant le parfum de levure. Il resta assis un long moment, imaginant le goût du pain, avant de refermer le sachet et de le ranger dans sa poche.

Il tourna la torche pour qu'elle éclaire mieux le livre : le second volume du recueil de nouvelles de Stefan Zweig, qu'il lui avait donné alors qu'il ne possédait pas vraiment d'autre exemplaire, simplement parce qu'il aimait l'idée qu'elle l'ait. Il fixa la couverture. Hitler avait interdit les livres de Zweig. Žofie n'aurait pas dû le garder.

Il ouvrit le livre et feuilleta, de mémoire, les pages jusqu'à sa nouvelle préférée du recueil, *Le Bouquiniste Mendel*. Il rajusta la lampe torche, lut les premières pages jusqu'à la ligne qu'il aimait particulièrement sur ces petites choses qui font revivre en mémoire chaque détail d'une personne – une carte postale, un petit mot ou « une page de journal jaunie ».

Il ouvrit le cahier d'exercices – un cahier aux pages quadrillées, du genre que Žofie utilisait pour faire ses équations – et laissa son doigt parcourir la page. Il aurait aimé que le cahier ne soit pas vide. Il aurait voulu qu'elle y laisse un mot pour lui. Il aurait aimé que ce soit l'un de ses cahiers à elle, avec une vieille équation écrite dans son écriture large s'étalant sur une page.

Il retira ses gants et se saisit du stylo, doux et froid. Tout ce papier qu'il avait tenu pour acquis. Toute cette encre. Tous ces livres qu'il avait pu prendre sur les rayonnages de la bibliothèque au gré de ses envies. Il rajusta la lampe torche et se replaça de façon que le faisceau tombe sur la page vierge. Il renfonça son visage dans l'écharpe de Žofie-Helene et écrivit : *Tu ne le montres pas à tes amis, mais à moi si, donc logiquement je ne suis pas ton ami.*

En haut de la page, centré comme un titre, il inscrivit : *Le Paradoxe du menteur.*

Puis il écrivit : *Sa natte courant le long de son dos alors qu'elle quitte le parc du Prater.*

Il essuya son nez sur son poignet, se rappelant le petit visage de Walter qui le regardait par-dessus l'épaule de Žofie, Walter voyant son grand frère en être réduit à marcher au pas de l'oie pour des nazis. Il essuya une nouvelle fois son nez, puis ses yeux. Il enfouit son visage dans le doux cachemire de l'écharpe de Žofie et écrivit : *La peau blanche immaculée à la naissance de sa nuque. Ses lunettes embuées. L'odeur du pain frais. Son parfum à elle.*

Je te le promets

Truus plia délicatement un chemisier et le rangea soigneusement dans son petit sac de voyage, un joli sac en cuir souple qui avait appartenu à son père. Il tenait une pharmacie à Alkmaar, où il offrait parfois leurs médicaments à ses clients qui n'avaient pas les moyens de les acheter. Il n'hésitait jamais, que leur peau soit de couleur différente ou que leur Dieu soit différent du sien. Et pourtant, elle supposait qu'il aurait exprimé la même inquiétude que Joop maintenant.

« Ce n'est pas parce que je m'inquiète que je n'accorde pas d'importance à ce que tu fais, dit Joop. Et si j'ai un jour pensé que je pouvais le faire à ta place, ou que quelqu'un d'autre le pouvait, ce que j'ai vu en Allemagne m'a prouvé le contraire. »

Elle se tourna vers lui et l'écouta avec la même attention que ses parents lui avaient toujours prêtée. C'était un honneur d'être écouté si attentivement, d'être entendu. On pouvait honorer quelqu'un sans être d'accord avec lui.

« Mais tu ne peux pas me demander de ne pas m'inquiéter, continua Joop. Je ne t'empêcherai jamais de faire ce que tu dois faire. Je savais quel genre de personne tu étais lorsque je t'ai épousée. Je crois que je l'ai su avant que toi-même tu t'en rendes compte. »

Il passa ses bras autour d'elle et attira sa tête contre son torse, pour qu'elle entende les battements incroyablement lents de son cœur.

« Tu dois me faire confiance, je serai aussi fort que toi, dit-il. Même si je ne suis pas un aussi bon menteur. »

D'une main, il souleva son menton. Elle le regarda, exactement comme la première fois qu'il l'avait embrassée, il y avait si longtemps maintenant. C'était un homme bien. Elle serait une femme si différente sans les gens bien qui peuplaient sa vie.

Il enleva la jupe qu'elle venait de ranger dans sa valise et en mit une autre.

« Tu dois me faire confiance sur cette jupe aussi. »

Joop n'était pas du genre à lui acheter des vêtements ; ça devait être un cadeau de Noël, disait-il, mais il voulait qu'elle l'ait maintenant. Le tissu allait avec le chemisier, et ce n'était pas la peine de le contredire sur quelque chose qui n'avait aucune importance.

Il la prit dans ses bras de nouveau.

« Promets-moi de tout me dire, dit-il. Promets-moi de me faire savoir quand je dois m'inquiéter, pour que je n'aie pas à m'inquiéter tout le temps. »

Truus se pencha légèrement en arrière, pour mieux le regarder.

« Je te le promets », dit-elle.

Il l'embrassa, ses lèvres étaient si douces et si chaudes qu'elle se demanda comment elle pouvait l'abandonner pour un lit froid, dans une chambre d'hôtel vide, dans une ville aux mains des nazis.

« Et moi, je te promets de te donner la liberté de tracer ton propre chemin, comme toujours. »

Il sourit ironiquement.

« De toute façon, tu ne me laisserais pas faire autrement. »

Le ghetto de Leopoldstadt

Stephan se glissa dans l'appartement au rez-de-chaussée, aussi encombré de meubles que la boutique d'un brocanteur ; plusieurs familles entassées dans quelques pièces, nombre d'entre elles célébrant le shabbat. Au fond, dans une pièce désolée – une pièce pleine à craquer d'une partie du mobilier familial –, Mutti dormait dans un lit simple, Walter serré dans ses bras. Stephan s'agenouilla près d'eux.

« Chut…, dit-il. Mutti, c'est moi. »

Mutti se réveilla en sursaut, bondit comme si elle avait vu un spectre et posa la main sur le cou de Stephan. Le contact de sa peau sèche, semblable à du papier, mais qui transmettait plus de chaleur qu'il n'en avait ressenti depuis des jours lui laissa une telle douleur dans la gorge qu'il fut incapable de parler pendant un moment.

« Ça va, parvint-il à articuler. Tout va bien. Je veux juste que tu saches que je sais où vous êtes. Je vais trouver un moyen de m'occuper de vous.

— Pour moi, ça n'a plus d'importance, Stephan. Ça n'a plus d'importance pour moi, seulement pour Walter », répondit Mutti.

Il mit un morceau de pain et une noix de beurre emballée dans les mains de sa mère, ainsi qu'un bocal de tomates marqué de l'écriture de Žofie-Helene, rapporté de la ferme de sa grand-mère en Tchécoslovaquie, supposait-il. Il était soulagé d'avoir réussi à donner la nourriture à Mutti avant de céder à sa propre faim. Combien de fois avait-il laissé une portion de beurre plus grande que celle-ci sur son assiette au Café Landtmann, ou un strudel à moitié entamé au Central ? Combien de chocolats avait-il mangés, surmontés de ses initiales en fleur de sel, son nom en petits morceaux d'amandes grillés, une note de musique en ganache dorée, ou même un piano miniature peint avec une variété de glaçage ? Combien de fois s'était-il moqué de tomates en conserve ? Désormais, il avait l'eau à la bouche rien que de penser à n'importe quoi d'autre que les petits morceaux de pain rassis et les fèves de cacao avec lesquels il survivait depuis des jours.

« Je vais m'occuper de vous deux, Mutti. De Walter et de toi. Je vais trouver un moyen, je te le promets. Si tu as besoin de moi, dis à Walter d'aller voir Žofie-Helene.

— Elle sait où tu es ?

— Ce n'est pas prudent que quelqu'un le sache, Mutti, mais elle sait comment me faire parvenir un message.

— Tu l'as vue ?

— Non », répondit-il, un demi-mensonge.

Il se demandait si Mutti mangerait le pain, ou si elle laisserait tout à Walter. Elle était terriblement maigre.

« Ils ont commencé à libérer certains des hommes arrêtés. Peut-être que ce sera moins dangereux pour toi ?

— Au moins ce sera plus facile de venir te voir toi ici, sans les nazis à l'étage du dessous, dit Stephan. Et ici il y a des gens pour t'aider. »

Un mince rayon de soleil parmi les nuages noirs qui obscurcissaient le ciel.

Vienne

En haut de la passerelle de l'avion, Truus regarda l'horizon de Vienne : la cathédrale Saint-Étienne, la flèche de l'hôtel de ville, la grande roue du parc du Prater. La nuit dernière, il avait été trop tard pour prendre un avion KLM, elle avait dû prendre la Lufthansa et faire une escale à Berlin. Maintenant, c'était le shabbat ; elle devrait attendre le coucher du soleil pour rencontrer les représentants de la communauté juive de Vienne. Mais cela lui laissait le temps de se rafraîchir et de prendre ses marques. Elle descendit les escaliers, traversa le tarmac, fit la queue pour montrer son passeport et trouva un taxi. Non, assura-t-elle au chauffeur, son sac de voyage serait très bien sur la banquette à côté d'elle, pas besoin de s'embêter avec le coffre.

Pas de notre ressort

Dans sa chaise roulante, Ruchele attendait dans l'entrée du consulat britannique tandis que la file avançait lentement. Elle faisait déjà le tour du pâté de maisons à leur arrivée, alors qu'il ne faisait pas encore jour et que c'était le shabbat. Maintenant, Walter était en haut des escaliers, presque en tête de la file de femmes portant un foulard et, aujourd'hui, d'hommes coiffés de la kippa – les hommes qui avaient été libérés des camps. Ruchele était en proie à une inexplicable pulsion, elle avait envie de leur hurler dessus pour avoir survécu à ce qui avait tué Herman, mais c'étaient les tentatives de Herman pour la sauver qui avaient causé sa mort. Il n'avait pas voulu être séparé d'elle et ils l'avaient passé à tabac, il avait survécu aux coups mais pas au long trajet sur le plancher froid de cet affreux camion.

Walter l'appela par-dessus la rambarde : « Mutti ! Pierre et moi on est là ! » C'était le premier sourire qu'il faisait depuis le réveil. C'était impossible, toutes ces heures pour faire un pas et tout doucement un autre. Mais l'impossible devait être possible, désormais ; l'impossible était nécessaire pour survivre.

Les trois hommes qui avaient passé des heures derrière eux dans la queue descendirent les escaliers et la file s'écarta pour les laisser passer.

« Très bien, madame Neuman, vous êtes prête ? » demanda le plus vieux.

Quand Ruchele, gênée, acquiesca, il la souleva de la chaise et l'emmena en haut des escaliers.

Les autres portèrent la chaise, tout le hall se tut, pour la première fois depuis le matin, seules les voix des demandeurs et des employés se faisaient encore entendre à l'étage.

Quand elle fut rassise dans sa chaise, la file ayant repris son murmure bas et désespéré, elle leva un regard plein d'espoir à l'avant de la queue. Elle continuait dans une large pièce et en faisait le tour – une longue attente les séparait encore de quelqu'un qui avait passé l'interminable matinée à écouter récit après récit, quelqu'un qui se montrerait compatissant ou serait peut-être si épuisé qu'une femme mourante et son petit garçon seraient incapables de toucher son cœur.

Walter grimpa sur ses genoux. Il ferma les yeux, épuisé, et retrouva la respiration lente et constante de l'enfant endormi. Elle l'embrassa sur le front.

« Tu es un gentil petit garçon, murmura-t-elle. Tu es un bon garçon. »

Ruchele, arrivée enfin en tête de la file, réveilla Walter. Elle essuya le sommeil de ses yeux et l'humidité de ses lèvres, heureuse d'être reçue avant la fermeture du consulat – plus tôt aujourd'hui en raison du décret Winterhilfe qui obligeait les Juifs à quitter les rues avant l'ouverture du *Christkindlmarkt* cet après-midi. Sur le signe de tête d'un guichetier libre, elle fit avancer elle-même sa chaise sur la courte distance, désireuse qu'il s'adresse d'abord à elle et non à quelqu'un qui l'avait aidée.

« Mon mari a déjà fait une demande pour des visas britanniques, dit-elle, espérant qu'il la regarde dans les yeux – il ne le fit pas. Mais on a entendu dire que la Grande-Bretagne se préparait à accepter des enfants juifs avant l'émission des visas, qu'une opération pour transporter des enfants depuis l'Allemagne avait commencé, et qu'il y en aurait une ici aussi. »

L'homme rangeait des papiers sur son bureau. Comme tant d'autres, parler avec quelqu'un en chaise roulante le mettait mal à l'aise.

Elle se grandit du mieux qu'elle put, pour suggérer la force. Mais elle n'était grande et forte que dans son esprit.

« Madame…, dit-il.

— Neuman, répondit-elle. Ruchele Neuman. Mes fils sont Stephan et Walter. Voici Walter. Vous voyez que c'est un bon garçon, il a attendu patiemment avec moi tout ce temps. Mon mari… Il a été tué par les Allemands sur le chemin du camp. »

L'homme leva les yeux, son regard passa sur son visage avant de s'arrêter quelque part au-dessus et derrière son oreille gauche.

« Toutes mes condoléances, madame. »

Elle tourna Walter afin que l'homme, pour un court instant au moins, regarde ce gentil garçon qu'il semblait déterminé à ignorer.

« S'il vous plaît, dit-elle, je ne veux pas de votre pitié. Je veux que vous m'aidiez à mettre mes garçons en sécurité. »

L'homme remua ses papiers de nouveau – des papiers qui n'avaient rien à voir avec elle. On ne lui avait encore donné aucun formulaire à remplir.

« Je crois effectivement qu'un projet comme vous le décrivez est en train de prendre forme, dit-il, mais il n'a rien à voir avec le gouvernement britannique. »

Ruchele, incrédule, attendit jusqu'à ce que l'homme lui rende enfin son regard.

« Mais ça ne peut pas être fait sans votre gouvernement. Qui accorderait ou refuserait les visas dans ce cas ?

— Je suis désolé, madame, dit-il en s'adressant de nouveau à son bureau. Je ne peux que vous suggérer de contacter le comité. »

Il écrivit une adresse londonienne sur un morceau de papier et le lui tendit.

« Vous ne pouvez pas...

— Je suis désolé, dit-il, ce n'est pas de notre ressort. »

Il fit un signe de tête à la personne suivante dans la file, ne laissant à Ruchele d'autre choix que de rouler vers le haut des escaliers. Là, Walter descendit de ses genoux et tapota poliment le bras d'un homme dans la queue pour demander : « Excusez-moi, monsieur. Ma maman a besoin d'aide pour descendre les escaliers. »

Une fois dans la rue, Ruchele remercia les hommes qui l'avaient aidée et Walter prit les poignées du fauteuil. Il ne pouvait pas voir par-dessus le dossier mais ils avaient fait tout le trajet depuis Leopoldstadt jusqu'au consulat ainsi, Ruchele disant à son fils de tourner ici ou là, de ralentir à l'angle des rues, de s'arrêter pour laisser passer des nazis. Il faudrait se dépêcher maintenant, pour ne pas être encore dans les rues quand le décret Winterhilfe prendrait effet.

Un bon garçon

Walter avait l'impression de pousser la chaise de Mutti depuis toujours, elle était devenue particulièrement lourde. Mutti était devenue silencieuse aussi, alors que pendant tout le trajet, jusqu'à cet endroit avec la longue file, elle lui avait dit quoi faire et qu'il était un bon garçon. Il lâcha prise et le fauteuil bascula en avant, contre une bordure de trottoir que Mutti ne lui avait pas signalée.

« Mutti ? » appela-t-il.

Il fit le tour de la chaise et trouva sa mère penchée en avant, les yeux fermés.

« Mutti ? Mutti ! »

Une automobile fit une embardée à l'angle de la rue, pour les éviter. La voiture derrière klaxonna. Des passants aussi les évitaient. C'était parce qu'il avait crié, parce qu'il pleurait maintenant, ce que les bons garçons ne faisaient jamais en public. Il ne voulait pas pleurer, mais il ne pouvait pas s'arrêter. Si seulement Mutti se réveillait, il arrêterait de pleurer, mais elle ne se réveillait pas et personne ne l'aidait à le faire parce qu'il était un méchant garçon.

Il déplaça les jambes de Mutti et grimpa sur les repose-pieds pour redresser ses épaules. Sa tête tomba en arrière, son cou était tendu, blanc et affreux.

« Mutti, s'il te plaît, réveille-toi. Mutti, réveille-toi. Mutti, je suis désolé d'avoir crié. Mutti, s'il te plaît, réveille-toi. »

Il prit Pierre Lapin sur les genoux de Mutti et le posa contre sa joue, comme elle aimait qu'il le fasse.

« Mutti, dit Pierre Lapin, est-ce que tu peux te réveiller ? Je ferai en sorte que Walter se tienne bien. C'est promis. Mutti, pourrais-tu te réveiller ? Fais-le pour moi, je suis un gentil lapin. »

Walter essuya son nez sur sa manche avant de se souvenir qu'il n'était pas censé faire ça, il devait utiliser le mouchoir dans sa poche.

« Je suis désolé, Mutti, j'ai oublié, dit-il. J'ai oublié. »

Il tira le mouchoir de sa poche, comme il devait le faire, le déplia comme Papa le lui avait appris, se moucha et s'essuya les yeux. Il posa Pierre Lapin tout droit sur les genoux de Mutti et essuya le nez du lapin avec son mouchoir avant de replier soigneusement le carré de tissu le long des plis bien repassés et de le ranger dans sa poche. Il descendit des repose-pieds, remit les jambes de Mutti en place et regarda pour voir où finissait la chaussée et où reprenait le trottoir.

Il poussa la chaise roulante de l'autre côté de la rue, essayant d'ignorer les voitures qui klaxonnaient.

Enfin, une grande femme à l'air austère, qui ressemblait un peu à sa dernière maîtresse d'école, s'arrêta.

« Est-ce que c'est ta mère, mon petit ? demanda-t-elle. Je crois que nous ferions mieux de l'amener à l'hôpital. »

Walter leva les yeux vers son gentil visage.

« Elle n'a pas le droit d'aller à l'hôpital.

— Oh, je vois. »

Elle regarda furtivement autour d'elle, puis abaissa son chapeau pour dissimuler son visage.

« Très bien, dépêchons-nous. Je vais t'aider à rentrer chez toi, mais après il faudra que tu ailles chercher quelqu'un d'autre. »

Elle poussait la chaise à vive allure, Walter se dépêchait pour rester à son niveau, s'excusant auprès des passants.

La femme hésita devant le pont qui traversait le canal.

Un homme de leur immeuble, les apercevant, s'avança pour prendre la chaise et remercia la femme dans un marmonnement. Il poussa le fauteuil jusqu'à leur pièce, Mme Isternitz de la pièce d'à côté les rejoignit.

« Est-ce que tu peux aller trouver ton oncle, mon chéri ? lui demanda Mme Isternitz. Celui qui laisse des enveloppes pour ta mère, cachées sous le banc de la promenade.

— Pierre n'aime pas le parc, répondit Walter.

— Ton oncle sera à son bureau ou chez lui.

— Pierre n'a pas le droit d'aller voir Oncle Michael.

— Il… Je vois. Très bien, est-ce que tu peux trouver ton frère dans ce cas ? Je vais envoyer quelqu'un pour aller chercher le docteur Bergmann. »

Walter se rua aussi vite qu'il le put, traversant le pont pour sortir de Leopoldstadt sans même se demander s'il en avait le droit.

Walter

Otto ouvrit la porte et trouva le petit frère de Stephan – comment s'appelait-il ? – dans un manteau léger, sans écharpe, ni gants, ni chapeau.

« C'est Mutti », dit le garçonnet.

Il se baissa au niveau du petit garçon.

« Est-ce qu'elle…

— Elle est avec Mme Isternitz, la voisine, expliqua le garçon. Elle ne se réveille pas. »

Žofie vint à la porte et serra dans ses bras le garçon, qui se mit à pleurer.

« Ça va aller, Walter, dit-elle. On va arranger ça. Tu peux y retourner pour tenir la main de ta maman. Cours et tiens sa main et je vais trouver Stephan… »

Otto, après avoir vérifié que personne ne pouvait les voir, tira le garçon à l'intérieur du petit appartement, l'appartement de Käthe, où il prenait soin de ses petites-filles depuis l'arrestation.

« Žofie-Helene, tu ne peux pas…

— Grandpapa Otto va venir avec toi, Walter, disait sa petite-fille au garçon. Il va prendre de la soupe d'abord, pour la porter à ta maman.. »

Elle enfila son manteau. Otto essaya de la retenir, mais elle lui échappa et sortit.

Walter la suivit. Elle était déjà en bas des escaliers, le garçon dans son sillage.

« Žofie-Helene, appela Otto. Non ! Je te l'interdis ! »

Il attrapa Johanna et courut après eux, se dépêchant dans les escaliers et au coin de la rue où il aperçut Walter. Le pauvre petit garçon se tenait là, tout seul dans la rue déserte. Žofie-Helene n'était plus là.

Le garçon se tourna vers lui et le regarda d'un air courageux.

« Žofie-Helene va trouver Stephan, dit-il, plein d'espoir.

— Žozo va trouver Stephan », répéta Johanna.

Walter glissa sa main dans celle d'Otto.

Otto sentit son estomac se décomposer de façon aussi réelle que les poignées de terre dont il avait recouvert la tombe de son fils. Il décala Johanna pour mieux la maintenir contre sa hanche, tout en tenant fermement les doigts fragiles du garçonnet, qui auraient pu tout aussi bien être ceux de son petit garçon hier encore. C'était quelque chose qu'aucun parent ne devait endurer : la perte d'un enfant.

« Allons... allons chercher la soupe, dit-il. Et je dois aussi déposer Johanna chez des voisins. »

Il ne savait pas qui accepterait de la garder ; même les plus amicaux de leurs voisins avaient maintenant peur d'aider la famille d'une journaliste subversive emprisonnée. Mais emmener sa petite-fille avec lui pendant qu'il aidait des Juifs ?

« Viens avec moi, Walter. Rentrons. Tu vas te réchauffer une minute, puis on ira retrouver ta mère. Si elle est réveillée, elle sera… elle sera très inquiète. »

L'HÔTEL BRISTOL

Truus garda son manteau, essayant de chasser le froid de son arrivée, tandis qu'elle vidait son sac, rangeait ses produits de toilette dans la salle de bains vide, déposait sa chemise de nuit soigneusement pliée sur le lit en attendant que l'opératrice de l'hôtel la rappelle. La réception des appels internationaux pouvait aussi bien mettre quelques minutes que trois ou quatre heures. Elle pendit son chemisier propre dans la penderie et allait prendre sa nouvelle jupe quand le téléphone sonna. Elle sentit une vague de soulagement, malgré le prix exorbitant de l'appel. Juste un rapide coup de téléphone pour dire à Joop qu'elle était arrivée.

Alors que l'opératrice l'annonçait, la belle voix de Joop dit : « Truus ! »

Elle lui raconta que le vol avait été un peu agité et la longue escale à Berlin désagréable, mais elle était bien arrivée et avait facilement trouvé l'hôtel, qui était très confortable.

« Tu feras attention, Truus ? Tu vas juste rester à l'hôtel jusqu'à ta rencontre avec cet Eichmann ? »

Il n'y avait pas vraiment de rendez-vous planifié avec Eichmann, du moins pas encore.

L'espoir, c'était que cet homme accepterait peut-être d'ouvrir sa porte à Truus alors qu'il avait refusé d'écouter les représentants de la communauté juive de Vienne. Mais cela, Truus ne le rappellerait pas à Joop.

« Il va falloir que je parle aux gens d'ici quelques minutes après la fin du shabbat, dit-elle d'un ton léger, pour le mettre à l'aise.

— Pas à l'hôtel dans ce cas.

— Non, même si j'ai entendu dire qu'ils regardaient ailleurs dans le cas des Juifs américains.

— Geertruida…

— Dans tous les cas, le coupa-t-elle avant qu'il puisse étaler sa peur sur elle, comme une colle sur sa peau, je dois voir les installations prévues pour l'organisation, ou m'en occuper si elles ne sont pas prêtes. Je ne peux pas simplement enlever des milliers d'enfants et les cacher dans les toilettes d'un train pendant que je donne un pot-de-vin aux gardes-frontières. »

Elle avait voulu le faire rire mais il ne fit que soupirer.

« Bien, vas-y au crépuscule et reviens à l'hôtel avant qu'il ne fasse complètement nuit ?

— Il n'y a que trente minutes entre le coucher du soleil et le couvre-feu, Joop. Je ne serai pas en retard.

— Mange un morceau. Repose-toi. Je t'aime, Truus. Fais attention, s'il te plaît. »

Après avoir raccroché, Truus ouvrit les portes-fenêtres pour aérer. Elle posa un pied sur le balcon qui surplombait le Ring. Le soleil d'hiver était bas, la pluie menaçait. Le boulevard était pourtant plein de passants, et les portes du magnifique opéra attenant étaient grandes ouvertes, la séance en matinée venait de se terminer. Elle observa les gens qui bavardaient, qui riaient. Elle se demanda quel spectacle ils avaient vu.

Elle irait manger quelque chose de léger au restaurant de l'hôtel, décida-t-elle, avant de se diriger vers le quartier juif pour trouver les représentants qu'elle devait rencontrer.

Le liftier répondit poliment à sa demande de la déposer au rez-de-chaussée en disant : « C'est un bel après-midi pour se promener, madame.

— Oh non, je ne vais qu'au restaurant de l'hôtel. »

Il lorgna son manteau, qu'elle n'avait pas enlevé, et ses gants jaunes.

En bas, les lourdes portes lambrissées qui menaient à la salle étaient marquées d'un « *Juden verboten* ». Un grand portrait de Hitler surplombait les tables pour la plupart vides.

Elle n'avait plus faim. Peut-être n'avait-elle jamais eu faim.

Elle retourna à l'ascenseur et attendit. Juste au moment où il arrivait, elle changea d'avis et se dirigea vers les portes qui menaient au Ring.

« C'est un bel après-midi pour se promener, madame », dit le portier, comme s'ils répétaient tous cette phrase au début de leur service, et, par la force de l'insistance, pouvaient faire croire aux visiteurs que cette morne journée viennoise était tout autre.

Elle demanda au portier si elle pouvait marcher jusqu'à l'endroit où se vendaient les boules à neige. Il lui restait environ une heure avant le coucher du soleil et la fin du shabbat.

« Des boules à neige ? répondit-il. Je ne saurais pas vous dire, madame, mais vous pourriez essayer le *Christkindlmarkt*. Il est de nouveau à Am Hof cette année, au bas de la Kärntner Strasse, après la cathédrale Saint-Étienne. Mais la plus jolie promenade est sur la droite, après l'Opéra, jusqu'au palais, au Volksgarten et au Burgtheater, et de l'autre côté du Ring vers le Parlement et l'université.

— Et sur la gauche ?

— À gauche, il n'y a que le Stadtpark. Sinon, il n'y a rien d'autre que des maisons particulières tout le long du canal.

— Et après le canal ? demanda-t-elle, ce mot lui rappelait Amsterdam et Joop, qui lui manquaient.

— Madame, traverser le canal et aller à Leopoldstadt serait… inapproprié pour une femme respectable telle que vous.

— Je vois, répondit-elle. Bien, peut-être que je vais simplement me promener sur le Ring. »

Elle tourna à gauche, laissant la désapprobation du portier derrière elle.

Elle avait à peine fait cinq pas qu'un homme secoua sa boîte en fer-blanc sous son nez. « Personne n'aura ni faim ni froid », dit-il. Ce slogan nazi résonnait partout dans le Reich à cette époque de l'année, pour vanter la campagne de bienfaisance du Winterhilfswerk et inciter à donner de la nourriture, des vêtements et du charbon aux citoyens les moins fortunés pendant la saison des fêtes, du moins c'est ce que prétendaient les nazis ; c'était en réalité la plus grande escroquerie jamais montée sous prétexte de charité. Même des acteurs et des actrices célèbres comme Heinz Rühmann et Paula

Wessely avaient été appelés à soutenir cette campagne, sans réelle possibilité de refuser.

« Un Reichsmark pour les enfants ? » demanda l'homme.

Truus serra son sac comme s'il allait fouiller à l'intérieur. Un Reichsmark pour Hitler, Göring et Goebbels plutôt, pensa-t-elle.

« Comme c'est gentil, dit-elle. Je suis effectivement ici pour aider les enfants viennois. »

L'homme eut un sourire franc.

« Vos enfants juifs », ajouta-t-elle.

Le sourire de l'homme disparut. Il secoua sa tirelire avec hargne tandis qu'elle s'éloignait.

Sans issue

Žofie-Helene éteignit une fois de plus la lumière dans la cave à cacao vide. Les vivres qu'elle apportait à Stephan chaque jour étaient emportés, comme l'avaient été la couverture, le stylo, le cahier et l'exemplaire de *Kaleidoskop*. Parfois Stephan lui laissait un mot sur un emballage qu'elle gardait dans la petite boîte sous son lit. Elle savait qu'il vivait quelque part ici, mais elle avait fouillé les ruines de la synagogue, les trois niveaux du couvent et tous les autres endroits suffisamment secs pour qu'elle puisse imaginer quelqu'un y vivre. *Stephan, où es-tu ?* aurait-elle voulu crier à travers tous les souterrains, mais elle attendit simplement que ses yeux s'habituent puis tâtonna pour retrouver l'échelle qui descendait. Elle rampa dans le tunnel inférieur et déboucha dans le passage souterrain, souhaitant pouvoir encore sentir le chocolat, le goûter dans l'obscurité, le sentir encore et encore sur sa langue. Il faisait si sombre ici, beaucoup plus sombre, il lui semblait, que la première fois qu'elle était descendue avec Stephan. Même un kaléidoscope ne refléterait que les ténèbres infinies, sans angles, sans motifs, sans répétition.

Sentant un mouvement, elle se figea. Juste de la vermine, songea-t-elle. Elle hésita à avancer avant que ses yeux ne s'habituent. Il vaudrait mieux utiliser la lampe torche dans la cave à cacao la prochaine fois, plutôt que l'ampoule. Ce serait plus sûr.

Étaient-ce des voix ? Elle était pétrifiée. De quelle direction venaient-elles ?

Une main couvrit sa bouche. Elle essaya de crier, mais la paume était trop serrée. On la tirait en arrière. Elle essayait de se libérer, de crier, la main avait un goût de terre et de salissure.

« Chut… » Juste dans son oreille tandis que ses pieds étaient traînés sur le bord d'un tas de débris.

La paume était toujours plaquée contre sa bouche, la terreur toujours dans sa gorge, les voix approchaient, se réverbéraient dans le tunnel, dans la direction de son appartement. Si elle criait, pourraient-ils l'entendre ? Viendraient-ils l'aider ?

Le souffle sur sa nuque empestait la terre et le cacao amer. Les mains la tenaient si fermement qu'elle ne pouvait ni bouger ni se tourner.

« Chut… »

Les voix étaient de plus en plus proches. Un chien aboya. Férocement.

Les mains qui l'emprisonnaient la tirèrent en arrière, vers l'escalier en colimaçon. Elle suivait de son plein gré maintenant, pour s'éloigner des aboiements effrayants – pas seulement d'un chien mais de plusieurs.

Les voix s'approchaient de plus en plus, les aboiements étaient si puissants, si perçants.

Les mains la firent grimper les marches, et elle monta aussi silencieusement que possible, plus effrayée par ceux qui arrivaient maintenant.

Le son de quelque chose qui se cognait contre la plaque d'égout, un très discret bruit métallique contre l'un des triangles, mais cela l'inquiéta tout de même. Les chiens l'auraient-ils entendu par-dessus leur vacarme ?

Elle leva les yeux. Rien que l'obscurité et le silence à la surface, une bénédiction. Les bruits de la rue auraient pu les perdre.

Ils attendirent en haut des escaliers, prêts à fuir mais effrayés à cette idée. À la surface, dans la rue, les voix sourdes d'hommes s'approchaient, puis s'éloignaient.

Dans les tunnels, les aboiements devinrent de plus en plus puissants. Des hommes qui couraient. Des hommes qui criaient.

Des bruits de pas qui couraient, une seule personne. Les pas les dépassèrent et disparurent.

Les aboiements se réverbéraient de façon si terrifiante qu'on aurait cru qu'il y avait cinquante chiens. Une légion de bruits de pas suivit, et les souterrains furent illuminés par les faisceaux oscillants de lampes torches. Des voix criaient, juste en dessous : « Sale petit Juif ! » « On sait que tu es là ! »

Criaient-ils en direction des escaliers ?

Tout aussi rapidement, les chiens, les bottes et les voix s'éloignèrent dans l'autre direction.

« Stephan ? » murmura-t-elle.

La main sur sa bouche encore, pas une menace mais un avertissement. Elle resta immobile, l'oreille tendue, pendant ce qui semblait une éternité.

Des bruits de pas, plus lents, vinrent de nouveau, depuis la direction de son appartement, un homme qui éclairait son chemin à l'aide d'une lampe torche et disait : « Il n'y a qu'un Juif pour vivre dans de telles immondices. »

Tu passeras ce message à ta mère : tu lui diras que M. Rothschild est très content de nous laisser utiliser son petit palais sur la Prinz-Eugen-Strasse.

Elle se préparait à entendre ce rire en ennéagone irrégulier, mais il n'y eut que le bruit des pas. Le compagnon à qui parlait l'homme était le chien que tout Vienne avait appris à craindre.

Lorsque tout fut de nouveau absolument silencieux, Stephan lécha son doigt pour le nettoyer du mieux qu'il put avant de le placer devant les lèvres de Žofie, pour lui faire comprendre la nécessité de garder le silence. Il approcha sa bouche de son oreille et chuchota, aussi bas que possible : « Il ne faut pas que tu viennes ici, Žofie. »

Elle murmura à son oreille : « Je… je n'aurais jamais cru… », sa voix était si chaude, si douce. Combien de temps s'était écoulé depuis qu'ils avaient écouté l'*Ave Maria* ensemble, depuis qu'il l'avait regardée expliquer ses équations complexes aux deux professeurs, ou qu'il lui avait donné du chocolat, ou qu'elle avait récité des répliques qu'il avait écrites rien que pour elle ?

« C'est pour ça que tu ne restes pas dans la caverne sous la cave ? Parce qu'il n'y a pas d'issue. »

Les doigts de Žofie frôlèrent sa joue, mais il recula. Il se passa la main dans les cheveux. Il était si sale.

« Ceux-là ne sont pas les Irréguliers de Baker Street, murmura-t-il, essayant de lui faire comprendre sans trop l'effrayer. Il ne faut pas qu'on te surprenne en train de m'aider. »

Très loin dans les tunnels, des coups de feu retentirent, effrayants malgré leur faible son.

Presque aussi effrayant : la chaleur des doigts de Žofie qui se mêlaient aux siens. Avait-elle pris sa main, ou lui la sienne ?

Un unique coup de feu retentit, suivi par le silence.

Il sentit de nouveau le souffle de Žofie contre son oreille.

Elle murmura : « Stephan, c'est ta mère. »

Au canal

Le canal du Danube était immobile et trouble, le pont qui le traversait était ouvert, mais au-delà la route était bouclée. De ce côté du canal, comme n'importe quel samedi soir, des gens passaient à côté de Truus en prononçant de chaleureux vœux de la Saint-Nicolas, tandis que de rares voitures et tramways poursuivaient leur route. Mais derrière le cordon, les grandes rues pavées de Leopoldstadt étaient plus vides que les rues d'Amsterdam à la nuit tombée, sous la pluie, quand les canaux étaient gelés.

Truus marcha dans une direction, puis dans l'autre. Pourtant elle ne voyait toujours absolument personne dans le quartier de l'autre côté du pont. Le soleil venait de se coucher, les lampadaires s'allumaient, c'était la fin du shabbat, néanmoins le secteur restait abandonné.

Commençant à s'inquiéter, alors que le ciel gris s'effaçait et que le couvre-feu approchait, elle demanda à une passante : « Il n'y a personne dehors à cause du shabbat ? »

La femme, surprise, jeta un œil de l'autre côté du canal.

« À cause du décret Winterhilfe, bien sûr, dit-elle. Ah, vous êtes étrangère. Je vois. Aujourd'hui c'est le samedi qui précède la Saint-Nicolas. Les Juifs n'ont pas le droit d'être dans les rues, pour qu'on puisse tous profiter du *Christkindlmarkt* sans être dérangés. »

Truus regarda par-dessus son épaule comme si le portier de l'hôtel pouvait voir les quinze pâtés de maisons qui suivaient la courbe du Ring ou comme si Joop pouvait la voir depuis Amsterdam. Les Juifs de Vienne étaient confinés, les enfants n'avaient pas le droit de rejoindre leurs amis pour jouer à chat dans la neige qui se mettait tout juste à tomber ? Elle devait s'arrêter là. Elle devait rebrousser chemin. Il n'y aurait personne à rencontrer. Comment les trouverait-elle ? Elle ne ferait que semer la terreur en frappant aux portes pour demander où étaient les dignitaires juifs.

C'étaient des problèmes qu'elle n'anticipait pas…

Pourtant, elle traversa le pont, le ciel désormais aussi noir que l'eau. Elle se glissa derrière le cordon de sécurité, son cœur battant la chamade.

Caché dans l'ombre

Stephan appuya son dos contre la pierre froide du bâtiment, se cachant dans l'ombre, à l'affût. Si on l'arrêtait pour l'envoyer dans un camp de travail, il ne pourrait ni aider Mutti ni s'occuper de Walter. Et les Juifs n'avaient pas le droit d'être dehors ce soir.

La silhouette était une femme. Il se détendit un petit peu en le comprenant. Que faisait une femme dans les rues de Leopoldstadt ? Une femme prospère, à en juger par son apparence. C'était difficile à dire dans l'obscurité, mais son allure suffisait à suggérer qu'elle avait de l'argent.

Il la regarda descendre la rue, elle marchait doucement, comme si elle attendait ce qui allait sûrement arriver.

Un instant plus tard, deux officiers SS accoururent vers elle, réclamant de savoir ce qu'elle faisait dans ce quartier.

Stephan profita de la diversion pour se glisser par la porte de l'immeuble de sa mère. Il se hâta dans le couloir sombre, essayant de ne pas penser à ce que Walter et lui feraient si Mutti n'était plus là.

La cellule

Truus fut escortée par l'entrée de service de l'hôtel Metropole jusqu'à la prison souterraine de l'hôtel, passant devant les innombrables cellules renfermant des silhouettes silencieuses. *Quand je marche dans la vallée de l'ombre de la mort, je ne crains aucun mal.* Une porte se referma derrière elle avant qu'elle ait pu se repérer ; elle était seule. *Car tu es avec moi.* Tu es avec moi.

Elle frappa à la porte.

Le garde ne leva même pas les yeux de son journal.

« Ferme-la, lança-t-il.

— Excusez-moi, dit-elle, je suis certaine que vous voudrez surveiller votre langage devant moi. Maintenant, vous devez me laisser sortir et me ramener à mon hôtel. »

L'INTERROGATOIRE COMMENCE

« Comme je l'ai déjà rabâché vingt fois à plusieurs personnes, monsieur, je suis venue d'Amsterdam en visite », répéta Truus au jeune nazi qui l'avait « rejointe » dans la salle d'interrogatoire dépouillée du sous-sol, dans laquelle on l'avait amenée une heure après l'avoir mise en cellule. Elle entrelaça doucement ses gants en cuir jaune et souple comme pour dire : vous ne voyez pas comme je suis élégante ? La chaise en métal était dure contre son coccyx, l'odeur de linge humide, pénétrante. Des instruments de torture attendaient sous la forme de larges ceintures militaires en cuir dans lesquelles ses interrogateurs glissaient leurs pouces, ornées de boucles aussi grosses que des soucoupes à thé, de svastikas et d'aigles capables de casser les dents de quelqu'un. *Tu dresses devant moi une table, en face de mes adversaires.* Elle posa sur la table ses mains gantées, entre elle et l'interrogateur. « Je suis arrivée par avion aujourd'hui », dit-elle. Elle n'était pas n'importe qui. Elle était une chrétienne néerlandaise qui voyageait en avion. L'un d'eux avait-il seulement déjà pris l'avion ?

Les yeux de l'homme passèrent de ses mains gantées à son beau manteau – une protection contre le froid qui régnait dans la salle. Il soutint son regard, attendant qu'elle baisse les yeux.

Lorsqu'il se tourna enfin vers l'un des autres soldats, elle prit garde à ne pas laisser sa victoire transparaître dans ses yeux, sa posture, ou le placement de ses mains. Être une femme était son atout. Quel homme pouvait s'imaginer battu par une femme, même lorsque c'était le cas ?

Il la regarda de nouveau dans les yeux.

« Ceci, dit-il, n'explique pas ce que vous faisiez dans le ghetto juif à une heure où les Juifs n'ont pas le droit de sortir. »

LA PROMESSE

Stephan, assis sur le lit de sa mère, lui donnait de la soupe à la cuillère dans la petite pièce miteuse – un placard plutôt, plus exigu, plus sombre et plus vicié que ce qu'ils auraient osé donner à la moindre de leurs femmes de chambre.

« Promets-moi que tu emmèneras Walter, dit Mutti faiblement. Tu trouveras un moyen de quitter l'Autriche et tu l'emmèneras avec toi.

— Je te le promets, Mutti. Je te le promets. »

Il aurait promis n'importe quoi pour qu'elle arrête de parler, pour qu'elle économise ses forces.

« Et tu resteras toujours avec lui. Tu le surveilleras. Toujours.

— Toujours, Mutti. Je te le promets. Maintenant mange la soupe que M. Perger a apportée ou Žofie me tirera les oreilles. »

Humant le parfum d'aneth et de pomme de terre de la soupe, il essaya de ne pas avoir envie de la manger mais il échoua.

« Je t'aime, Stephan, dit Mutti. N'en doute jamais. Un jour, tout cela sera fini et tu écriras tes pièces, et je ne pense pas être encore là pour les voir jouer, mais…

— Chut... Repose-toi, Mutti. Mme Isternitz s'occupe de Walter ce soir pendant que tu te reposes.
— Écoute-moi, Stephan. »

La voix de Mutti avait une vigueur soudaine qui le réjouit de ne pas s'être servi de soupe pour lui en laisser plus.

« Tu seras assis à côté de Walter dans l'obscurité du théâtre quand le rideau se lèvera, tu lui prendras la main et tu sauras que je suis là avec vous, que Papa et moi nous sommes là. »

L'INTERROGATOIRE CONTINUE

« Pourquoi devrais-je douter que vous soyez juive ? demanda le nouvel interrogateur – il s'appelait Huber et tout chez lui criait qu'il était aux commandes.

— Vous pouvez simplement regarder mon passeport. Comme je l'ai dit à vos collègues, vous le trouverez au Bristol, où je séjourne », répondit poliment Truus.

Huber fronça les sourcils en entendant le nom de l'hôtel cossu. Il dévisagea Truus, qui se tenait toujours droite dans la même chaise inconfortable où elle avait passé la nuit et le début de la matinée.

« Pourquoi êtes-vous vraiment ici, madame Wijsmuller ? questionna-t-il. Quel était votre objectif en venant des Pays-Bas ?

— Encore une fois, comme je l'ai dit à vos nombreux collègues, répondit Truus patiemment, je suis à Vienne au nom du Conseil pour les Juifs d'Allemagne. Je suis envoyée par Norman Bentwich, d'Angleterre, pour un rendez-vous ce matin avec l'*Obersturmführer* Eichmann. Je vous encourage à…

— Un rendez-vous avec l'*Obersturmführer* Eichmann ? dit Huber à l'intention des hommes. Et ce rendez-vous n'est pas sur l'emploi du temps ? »

Les interrogateurs se regardèrent.

« Qui a arrêté cette femme ? » demanda Huber.

Nul n'avoua, bien que les officiers concernés fussent fiers de leur haut fait encore quelques minutes auparavant.

« Aucun de vous n'a pensé à vérifier si ce rendez-vous était effectivement prévu ?

— Devait-on déranger l'*Obersturmführer* Eichmann en plein milieu de la nuit ? demanda l'homme qui avait interrogé Truus en premier.

— Vous auriez pu appeler son attaché, sombre crétin. »

Huber se retourna et quitta la petite salle froide, l'interrogateur le suivait comme un chien. Les autres sortirent en file, laissant Truus seule dans la pièce.

Elle resta parfaitement immobile, sauf pour jeter un coup d'œil à sa montre. C'était presque le matin. Bientôt Joop se lèverait, s'habillerait, couperait un morceau de la tartine recouverte de *hagelslag* qu'elle lui avait préparée avant de partir et s'installerait seul à l'étroite table. Dans un petit appartement donnant sur un canal non loin, Klara Van Lange et son mari s'assiéraient à leur propre table de petit déjeuner, faisant des projets pour le bébé qu'ils attendaient. Klara n'oublierait pas d'apporter à dîner à Joop. Elle avait promis, et Klara Van Lange tenait toujours parole.

Huber et ses hommes réapparurent enfin.

« Madame Wijsmuller, dit-il, j'ai bien peur que l'attaché de M. Eichmann n'affirme que votre rendez-vous n'apparaît pas dans l'agenda de l'*Obersturmführer*.

— Vraiment ? dit Truus. Je suppose que cet attaché est absolument certain de ne pas avoir fait d'erreur. J'ai cru comprendre que M. Eichmann est peu disposé à pardonner à ceux qui s'opposent à sa volonté. Et, bien sûr, il y a la question de la presse étrangère.

— La presse étrangère ?

— Ce serait dommage que la presse étrangère s'empare de l'histoire de cette femme de la bonne société néerlandaise venue souhaiter une joyeuse Saint-Nicolas à l'*Obersturmführer* Eichmann depuis l'Angleterre et les Pays-Bas et qui se retrouve à passer la nuit dans une cellule froide et inhospitalière. »

Oui, cela serait fort dommage.

Après avoir amplement laissé à Huber le temps de mariner dans la possibilité d'une erreur là où il n'y en avait aucune et dans la menace réelle d'une mauvaise presse, Truus reprit : « Peut-être voudriez-vous vérifier auprès de M. Eichmann ? Ou je pourrais l'appeler et le réveiller moi-même ? »

Huber demanda congé à Truus et sortit de la pièce pour discuter à voix basse avec ses hommes. Quand ils rentrèrent, les officiers qui l'avaient arrêtée s'inclinèrent tous, une marque de respect qu'ils ne lui avaient pas accordée auparavant.

« Excusez ces garçons pour leur bévue, madame Wijsmuller, dit Huber. Je m'assurerai personnellement que cette erreur de calendrier soit rectifiée pour inclure votre rendez-vous avec M. Eichmann. Maintenant, laissez-moi vous faire escorter par un officier jusqu'à votre hôtel. »

Et maintenant, votre jupe

Truus, debout, attendait, observant en silence, tandis qu'Eichmann écrivait dans son bureau du palais Rothschild, une pièce qui avait dû être un salon destiné à recevoir des invités, au vu de sa taille et de ses fenêtres qui montaient jusqu'au plafond, de sa collection de statues et d'œuvres d'art. L'homme avait fait mine de ne pas la voir, même lorsque le réceptionniste avait annoncé son entrée. Le chien, assis derrière son bureau, en revanche, ne l'avait pas quittée une seule fois du regard, tout comme elle n'avait pas cessé de fixer son maître.

Eichmann leva enfin les yeux, contrarié.

« *Obersturmführer* Eichmann, je suis Geertruida Wijsmuller. Je viens pour une urgence...

— Ce n'est pas dans mes habitudes d'avoir affaire à des femmes.

— Je suis désolée d'avoir dû laisser mon mari dans notre pays », répondit Truus sans l'ombre d'un regret à ce sujet.

Eichmann reprit son travail et dit : « Vous pouvez partir. »

Les oreilles du chien se dressèrent, en alerte, quand Truus prit un siège ; elle s'était pourtant déplacée avec prudence, non à cause du chien, mais pour essayer de dissimuler ses genoux. Qu'était-il passé par la tête de Joop, remplacer sa jupe parfaitement respectable par celle-ci, beaucoup plus courte ? Comme si ses jambes pouvaient être aussi utiles que celles de Klara Van Lange.

Eichmann, sans lever les yeux, dit : « Je vous ai donné la permission de sortir. Ce n'est pas un privilège que j'accorde à tout le monde.

— Vous n'aurez certainement pas d'objection à m'écouter, dit-elle. Je viens de très loin pour vous rencontrer, afin d'organiser l'émigration vers l'Angleterre d'un certain nombre d'enfants autrichiens…

— Ce sont vos enfants ? demanda-t-il, la regardant maintenant dans les yeux.

— Ce sont des enfants que la Grande-Bretagne…

— Ce ne sont pas vos enfants ?

— Je n'ai pas eu la chance de…

— Vous allez sans doute m'expliquer pourquoi une Néerlandaise respectable s'embêterait à venir jusqu'à Vienne pour organiser le voyage d'enfants qui ne sont pas les siens vers un pays dont elle…

— C'est parfois ce que nous ne pouvons pas avoir, *Obersturmführer* Eichmann, que nous apprécions le plus. »

Le chien s'était penché très légèrement en avant en l'entendant interrompre son maître, avec des mots auxquels elle n'avait pas réfléchi avant de les prononcer, et pourtant, ils étaient si vrais.

« Vous avez, j'en suis certain, beaucoup d'expérience pour ce qui est d'aider les rebuts de l'humanité ? » dit Eichmann.

Truus, essayant de contenir la colère qui, mêlée à sa tristesse, se changeait en quelque chose d'explosif, répondit : « Depuis que je suis née, c'est dans les habitudes de ma famille d'aider les autres. Nous avons accueilli des enfants réfugiés pendant la Grande Guerre, des enfants qui ont aujourd'hui votre âge. Peut-être avez-vous été mis en sécurité de cette manière ?

— Vous savez que vous aurez besoin de certains documents pour justifier de votre rôle. Vous les avez sans doute emportés avec vous pour que nous puissions les étudier ?

— Le gouvernement britannique m'a chargée de...

— Rien par écrit ? Et combien d'enfants voulez-vous emmener ?

— Autant que vous le permettrez.

— Madame Wijsmuller, voulez-vous avoir l'obligeance de me laisser voir vos mains, dit Eichmann d'un ton neutre.

— Mes mains ?

— Enlevez vos gants que je puisse les voir. »

Les mains, l'outil des outils pour Aristote. *Quand il est à ma droite, je ne chancelle pas.*

Elle hésita puis défit le bouton de nacre de son gant gauche et desserra le poignet festonné orné de délicats motifs noirs, puis le cuir français jaune. Elle ôta la douce protection de son poignet veiné de bleu, de sa paume robuste et carrée, ses doigts aussi fripés et tavelés que le dos de sa main.

Eichmann lui fit signe d'enlever l'autre gant, ce qu'elle fit en pensant : *Béni soit l'Éternel, mon rocher, qui exerce mes mains au combat, mes doigts à la bataille...*

Eichmann ajouta : « Et vos souliers.

— *Obersturmführer*, je ne vois pas...

— On peut distinguer une Juive à la forme de ses pieds. »

Truus n'avait pas l'habitude de dévoiler ses pieds à quiconque, à part à Joop. Mais elle n'avait pas non plus l'habitude de montrer ses jambes. Elle enleva une chaussure, puis l'autre, seuls ses bas d'hiver beiges neufs la couvraient encore.

« Maintenant, marchez un peu », dit Eichmann.

Elle se demanda comment elle avait pu laisser les choses aller aussi loin, un pas après l'autre, tandis qu'elle parcourait lentement la pièce dans un sens, puis dans l'autre. C'était peut-être la faute de cette jupe. Si celle avec laquelle elle avait voyagé n'avait pas été sale après non seulement la nuit dans les avions jusqu'à Vienne, mais aussi la seconde nuit dans la cellule et dans la salle d'interrogatoire, elle aurait pu la remettre ce matin et inventer un petit mensonge bien innocent pour Joop. Mais cela lui donnait confiance en elle, à vrai dire, que Joop puisse encore imaginer qu'elle était le genre de femme capable de distraire un homme avec une jupe courte et un jeu de jambes.

« Et maintenant vous allez remonter votre jupe au-dessus de vos genoux », dit Eichmann.

Truus jeta un coup d'œil vers le chien, se souvenant des paroles de Joop : elle devait lui faire confiance pour la jupe. Elle rassembla la confiance de Joop et sa propre dignité, et souleva sa jupe.

« Incroyable, dit Eichmann. Une femme si pure et pourtant si folle. »

Elle regarda le chien, dont l'expression semblait suggérer qu'il était d'accord avec elle : incroyable. Un homme si fou et si impur.

« Faites entrer le Juif Desider Friedmann », lança Eichmann par la porte ouverte du bureau.

Un homme avec de grands yeux, une large moustache et un petit visage, qui faisait nerveusement tourner le bord ourlé de son homburg en feutre noir entre ses doigts, les yeux rivés sur le chien, entra dans le bureau. Il était, Norman Bentwich le lui avait dit, l'un des représentants du Kultusgemeinde, l'organisation communautaire juive qui devait aider à choisir les enfants si Eichmann acceptait de les laisser partir.

« Friedmann, lui dit Eichmann, est-ce que vous connaissez Mme Wijsmuller ? »

Friedmann, jetant un rapide regard nerveux au chien puis à Truus, fit signe que non.

« Et pourtant vous êtes dans mon bureau ce matin en même temps qu'elle. »

Friedmann détacha son regard du chien pour regarder Eichmann.

« Mme Wijsmuller semble être une femme néerlandaise parfaitement normale. Elle est venue chercher une partie de vos petits Juifs pour les emmener en Grande-Bretagne. Pourtant, elle n'a apporté aucun document qui suggère que cette demande a été dûment étudiée. »

Eichmann se pencha pour caresser la tête du chien, ses oreilles pointues et sa truffe pointue. Des dents pointues aussi, pensa Truus, mais elle ne les avait pas encore vues.

« Jouons à un petit jeu, voulez-vous, Friedmann ? continua Eichmann. D'ici à samedi, vous ferez en sorte que six cents enfants soient prêts à partir en Angleterre.

— Six cents enfants, répéta Friedmann, qui avait pratiquement poussé un cri de surprise en entendant le chiffre. Six cents. Merci beaucoup, *Obersturmführer*.

— Si vous avez six cents enfants d'ici à samedi, reprit Eichmann, Mme Wijsmuller pourra les emmener. Mais il ne doit pas en manquer un seul.

— Monsieur, je…, balbutia Friedmann.

— Et Mme Wijsmuller doit les emmener elle-même, continua Eichmann. Elle restera avec nous, ici, à Vienne, afin de les emmener. »

Friedmann, en proie à une peur noire, parvint à articuler : « Mais en si peu de temps, c'est impossible de…

— Merci, *Obersturmführer*, le coupa Truus, qui se tenait toujours là, sans chaussures, ses gants jaunes à la main. Et après les six cents premiers ? »

Eichmann éclata de rire – un rire bruyant et méchant, celui d'un homme à qui l'on avait longtemps tout refusé, mais qui ne voulait pas que cela se sache.

« Et après les six cents premiers – mais pas moins, pas cinq cent quatre-vingt-dix-neuf, ma pure et folle madame Wijsmuller ? »

Il l'examina, de son visage à ses mains découvertes, ses jambes, ses pieds presque nus.

« Si vous parvenez à débarrasser Vienne de ces six cents, peut-être que je vous permettrai de nous débarrasser de tous nos Juifs. Ou peut-être que non. Maintenant, vous pouvez partir. »

Tandis que Desider Friedmann se hâtait vers la porte, Truus reprit sa place sur la chaise face à Eichmann. Avec une lenteur délibérée, elle remit ses chaussures et les laça. Tout aussi lentement, elle enfila un gant, attacha avec délicatesse le bouton de nacre du poignet festonné, puis mit l'autre, tout en ignorant le regard incrédule du chien.

Elle se leva avec aisance et marcha vers la porte par laquelle M. Friedmann avait disparu.

« Une seule valise par enfant », lui lança Eichmann.

Elle se retourna vers lui. Il écrivait de nouveau, ne lui accordant ou feignant de ne lui accorder que peu d'attention.

« Pas d'objets de valeur, reprit-il sans lever les yeux. Pas plus de dix Reichsmarks par enfant. »

Elle attendit qu'il la regarde dans les yeux.

« Si jamais vous vous trouvez à Amsterdam, monsieur Eichmann, répondit-elle, venez prendre le café avec moi. »

Qui rira le dernier

Tandis qu'elle quittait l'extravagant palais avec Friedmann, qui l'avait attendue à la porte du bureau d'Eichmann, Truus établissait mentalement la liste des choses à faire. Elle était venue à Vienne pour organiser le transport des enfants, mais sans envisager qu'elle les ramènerait immédiatement avec elle. Cependant, elle attendait que Friedmann parle le premier. Il avait l'expérience de ce que cet homme ignoble était capable de faire, et elle si peu. Et elle se sentait coupable de l'avoir interrompu devant Eichmann, même si elle ne le regrettait pas. Parfois, une faiblesse pouvait être une force.

Friedmann ne parla qu'une fois qu'ils eurent descendu l'allée en forme de U qui menait à la rue et tourné au coin du Ring, le palais désormais hors de vue.

« Ce n'est pas possible d'organiser si rapidement le départ de six cents enfants de Vienne, dit-il, et encore moins de les loger en Angleterre. »

Truus attendit que le tramway passe, un tramway que cet homme juif n'avait sûrement plus le droit d'emprunter.

« Monsieur Friedmann, répondit-elle alors que le bruit diminuait, c'est vous et moi qui rirons les derniers au "petit jeu" de M. Eichmann, même si nous devrons rester discrets à ce propos, bien sûr. »

Elle traversait la route d'un bon pas maintenant, Friedmann dans son sillage.

« La Grande-Bretagne ne demandera pas de visas ou de documents allemands, expliqua-t-elle. Le ministère de l'Intérieur britannique n'a besoin que de fiches d'identité en deux parties, avec un code couleur et prétamponnées, qui serviront de visas. Une moitié de la fiche sera conservée par le ministère de l'Intérieur et l'autre restera avec l'enfant, avec ses informations et sa photographie. Nous n'avons besoin que de soumettre une liste de noms pour un visa de groupe.

— Mais la tâche de rassembler tant d'enfants, cependant, madame Wijsmuller.

— Bien sûr, il faut que dès maintenant vous annonciez la nouvelle par tous les moyens, acquiesça Truus. Dites aux gens qu'ils peuvent mettre leurs enfants en sûreté mais qu'ils ne peuvent pas changer d'avis, sinon ils mettront les autres en danger. »

Tout en parlant, elle réfléchissait et ajouta : « Trouvez autant d'enfants plus âgés que vous le pouvez, des enfants qui n'ont pas besoin qu'on s'occupe d'eux et qui pourront nous aider. Pas d'enfants en dessous de quatre ans, pas cette fois-ci, avec si peu de temps. Pas plus de dix-sept ans. Six cents, et autant d'autres que vous le pouvez, au cas où – mais, encore une fois, ne laissez pas aux parents la possibilité de changer d'avis. Nous aurons besoin de médecins pour les examens médicaux, pour vérifier que les enfants sont en bonne santé.

De photographes. De toutes les bonnes âmes que vous pourrez trouver pour renseigner et inscrire les enfants. Un endroit pour procéder à l'inscription, avec des tables et des chaises. Du papier et des stylos. »

Friedmann s'immobilisa d'un coup, ce qui obligea Truus à s'arrêter et à se retourner.

« Je vous le dis, ce sera impossible de toute façon, dit Friedmann. Mais voyager le jour du shabbat ? Les Juifs pratiquants…

— Vos rabbins doivent les persuader du contraire, le coupa Truus. Vos rabbins doivent convaincre les parents que les enfants passent avant tout. »

LA FORME D'UN PIED

Truus enleva son manteau et le rangea dans la penderie de sa chambre d'hôtel en attendant que l'opératrice demande la communication, songeant malgré elle à la forme des mains, des genoux et des pieds de l'élégante Helen Bentwich. Quand le téléphone sonna, elle souleva le combiné de sa main gantée, réticente à dénuder ses mains même en sachant Eichmann à l'autre bout de la ville. Elle remercia l'opératrice et expliqua la proposition d'Eichmann à Helen, qui écouta dans un silence attentif. Quand Truus eut fini, Helen demanda : « Est-ce que ça va, Truus ?

— Six cents enfants partiront de Vienne samedi. Pourrez-vous être prêts quand ils arriveront ?

— Je vous assure, répondit Helen, que si ces enfants frappaient à la porte de l'Angleterre à cet instant même, je la sortirais de ses gonds moi-même si c'était nécessaire. »

Truus passa un second coup de téléphone. Tandis qu'elle attendait que l'opératrice la rappelle, elle regarda par les portes-fenêtres. En contrebas, sur le Ring, des promeneurs dominicaux mêlés aux soldats marchaient.

« J'ai besoin que tu m'aides à organiser le transport de six cents enfants pour samedi, répondit-elle au "allô" de Joop.

— Moins d'une semaine de délai, Truus ? Mais...

— C'est tout le temps dont je dispose.

— Un train entier et deux ferries ? On ne peut pas mettre six cents personnes sur un seul ferry.

— Des enfants, Joop.

— On ne peut pas mettre six cents enfants sur un seul ferry.

— Deux ferries, dans ce cas.

— Six cents enfants et leurs accompagnateurs ? Tu ne peux pas faire traverser la frontière à tant d'enfants par toi-même, et encore moins les amener jusqu'en Angleterre.

— Des adultes de Vienne auront le droit d'accompagner les enfants.

— Mais s'ils ne...

— Les adultes ont de la famille ici, expliqua Truus. Ils savent que si l'un d'eux ne revient pas, non seulement aucun enfant ne sera plus autorisé à partir, mais en plus leurs propres familles seront en danger.

— Mais cet Eichmann ne peut pas te forcer à respecter ce délai invraisemblable. Tu as un levier pour négocier, Truus, tu as un endroit pour recevoir une partie de ces Juifs.

— Joop, je peux préparer les enfants pour qu'ils soient prêts à partir dès que les moyens de transport seront disponibles. Ça, je peux le faire. Cet homme, il... il maintient son pouvoir par l'humiliation. Il tient à son pouvoir plus que tout. Je ne doute pas une seconde que si nous avons une minute de retard ou qu'il nous manque un seul enfant, il annulera tout. Il a sans aucun doute formulé cette menace par pur plaisir sadique, mais maintenant qu'il l'a proférée, son pouvoir dépend de son exécution. »

Après avoir raccroché, Truus entra dans la salle de bains, et, de sa main toujours gantée, ouvrit le robinet. Elle regarda l'eau s'écouler, la vapeur emplir la pièce. Elle attendit que la baignoire soit pleine pour couper l'eau, retourner dans la chambre et se déshabiller.

Sans ôter ses gants, elle délaça ses chaussures, les retira et les mit de côté. Elle dégrafa l'un de ses bas beiges, le fit rouler sur sa cuisse, par-dessus son genou, sur sa jambe et par-dessus son talon, son pied. Elle le plia soigneusement et le déposa sur le petit bureau de la chambre d'hôtel. Elle fit la même chose avec l'autre bas, avec son chemisier, la jupe courte que Joop lui avait offerte, qu'Eichmann lui avait fait soulever, et même avec son mouchoir ; elle lissa le tissu avec précaution avant de le poser sur la pile ordonnée, sur le bureau. Elle enleva son soutien-gorge et son corset, mais les mit à côté de ses chaussures. Elle n'avait qu'un soutien-gorge, qu'un corset. Elle enleva sa culotte en dernier, lissa avec précaution le coton et la plia, avant de la mettre sur le dessus de la pile de vêtements. Avec la même précaution, elle plaça la pile en question dans la poubelle à côté du bureau.

Elle n'enleva ses gants qu'à ce moment-là, et les posa à côté du corset. Nue, à l'exception de ses deux anneaux, elle retourna dans la salle de bains et grimpa dans la baignoire.

UN DIVERTISSEMENT

Otto épousseta les cheveux des épaules de l'officier SS tandis que l'homme disait : « C'est une plaisanterie, bien entendu. L'*Obersturmführer* Eichmann nous offre un divertissement : des Juifs qui détalent comme des rats ! Si seulement cette folle voulait bien prendre les parents juifs avec. »

Otto fit semblant de glousser en enlevant la cape. Il n'y avait rien à gagner à tenir tête à ces hommes.

« Vous devez me dire où ça se passe, pour que je puisse aller m'amuser moi aussi, dit-il.

— Sur Seitenstettengasse. La synagogue où l'incendie a dû être éteint, celle cachée au milieu d'autres bâtiments auxquels le feu aurait pu se propager. »

Alors que son client sortait, Otto retourna le panonceau sur la porte pour qu'il affiche « *Fermé* » et décrocha son téléphone.

UNE FEMME D'AMSTERDAM

Otto entra dans la petite pièce miteuse à contrecœur. Mme Neuman était dans sa chaise roulante, aussi fine, pâle et frêle que les sculptures en sucre dans la vitrine du magasin de thé qui semblaient prêtes à s'effondrer au moindre souffle, mais qui ne le faisaient jamais. Walter était assis, occupé à faire la lecture à son lapin en peluche, dont le petit manteau bleu était de travers ; un si petit garçon qui savait déjà lire. La pièce était encombrée de meubles, mais le lit était soigneusement fait, une tentative de conserver sa dignité. Le petit Walter avait dû le faire, supposa Otto. Le petit Walter qui s'occupait de sa mère, bien qu'ici au moins ils aient l'aide des voisins.

« Madame Neuman, dit Otto. J'ai appris qu'une femme ici à Vienne – une femme venue d'Amsterdam, je crois – est en train d'organiser quelque chose pour... pour placer les enfants juifs auprès de familles en Angleterre, où ils pourraient aller à l'école et être... être en sécurité jusqu'à ce que cette sombre période s'achève. J'ai pensé à Stephan et à Walter. J'ai songé que si vous me le permettiez, je pourrais les accompagner pour les inscrire. Ils...

— Vous êtes un cadeau du ciel, monsieur Perger », le coupa Mme Neuman, laissant Otto incrédule devant la facilité avec laquelle elle acceptait qu'il prenne ses fils pour ce qui, elle devait le savoir, serait le reste de sa vie. Il avait passé tout le trajet en tramway depuis le Burgtheater à trouver des arguments, à chercher des mots qui seraient à la fois doux et persuasifs.

« Mais vous devez trouver Stephan, reprit-elle. Il n'est pas...

— Oui, acquiesça Otto. Je pensais prendre Walter...

— Sans Stephan ? »

Des larmes apparurent dans les yeux enfoncés de la femme, qui avait du mal à parler, et pas seulement à cause de son mal.

« Mais bien sûr, un enfant en sécurité, ce serait mieux que...

— Žofie-Helene trouvera Stephan, je vous le promets, madame Neuman. Je l'ai appelée dès que j'ai appris la nouvelle. Johanna et elle font déjà la queue pour réserver une place pour vos fils. Nous trouverons Stephan, et je ferai en sorte d'envoyer les garçons ensemble, pour qu'il puisse veiller sur Walter. Mais il faut y aller maintenant.

— Walter, dit la mère du garçon sans hésiter, avec une force qui surprit Otto, allons chercher ta valise. »

Walter tendit à Mme Neuman son petit lapin en peluche et lui passa les bras autour du cou.

« Je crois que c'est seulement pour l'inscription. J'enverrai Žofie-Helene chercher la valise de Walter si c'est plus que ça, mais je suis presque sûr que ce n'est que l'inscription. »

La pauvre femme retira les bras de Walter et l'embrassa désespérément.

« Tu dois aller avec M. Perger, dit-elle au garçonnet. Sois un bon garçon et vas-y. Fais exactement ce qu'il te dit.

— Pierre va rester ici pour veiller sur toi, Mutti », répondit Walter.

Tout enfant en danger

Otto regarda la longue file d'attente. Il ne pouvait pas déjà y avoir six cents personnes, n'est-ce pas ? Pas si on enlevait les adultes, pensait-il. « Regarde, Walter, elles sont là ! » dit-il, remarquant Žofie-Helene debout, Johanna dans ses bras.

Walter leva les yeux vers lui en silence. Le garçon n'avait pas dit un mot depuis qu'ils avaient quitté le petit appartement. Il était si jeune. Comment pouvait-il imaginer ce qu'ils avaient en tête pour lui ?

Otto guida le garçon jusqu'à ses petites-filles, Johanna disant, alors qu'ils les atteignaient : « Žozo, j'ai froid. »

Žofie-Helene la serra contre elle pour la réchauffer.

« Ça va aller, ma petite *Mausebär*, répondit-elle. Je vais te réchauffer. Je vais m'occuper de toi. »

Une femme devant eux dans la file – une jeune mère superbe, aux yeux lilas et aux sourcils parfaits, aux jolies clavicules, un nourrisson dans les bras – dit : « Vous êtes une grande sœur formidable. » La mère avait-elle vraiment l'intention d'envoyer son bébé en Angleterre ? Elle faisait la queue avec une femme plus âgée, dont la petite-fille, une petite rousse avec un œil qui louchait, se tenait à ses jupes.

« Les enfants doivent-ils être présents lors de l'inscription ? leur demanda Otto tandis qu'il prenait Johanna à Žofie.

— Pourquoi est-ce que cette femme nous observe ? » demanda Žofie-Helene, et ils se tournèrent ensemble dans la même direction – la grand-mère et la petite rousse qui louchait, et la mère magnifique avec son bébé, et Otto lui-même, comme si les paroles de Žofie leur avaient révélé qu'ils se sentaient observés.

Une femme pâle à l'air étranger se tenait à quelque distance de la file d'attente, elle semblait être à sa place et pourtant pas réellement – une femme dotée d'un menton et d'un nez forts, de sourcils marqués, d'une bouche si large qu'elle aurait été cruelle si elle n'avait été adoucie par de tendres yeux gris. Elle se déplaça, voyant la gêne dans les visages qui lui rendaient son regard, puis leva une main gantée de jaune en guise de salutation et entra dans le bâtiment, avec autant d'aisance que si la synagogue lui avait appartenu.

« Oui, il le faut », répondit la grand-mère. Et devant l'expression déconcertée d'Otto, elle ajouta : « Les enfants doivent être là pour être inscrits. Ils prennent des photos et font passer une visite médicale.

— Žofie, il faut que tu ailles trouver Stephan, dit Otto. Ramène-le ici, il faut qu'il fasse la queue. Walter, Johanna et moi, nous garderons la place, mais dépêche-toi de le ramener. J'ai dit à leur mère que je les inscrirais tous les deux. C'est ce qu'ils font ici. Ils organisent le transport d'enfants juifs vers l'Angleterre.

— Et d'autres, ajouta la jolie mère.

— D'autres pays que l'Angleterre ? demanda Otto.

— D'autres enfants. Pas seulement des enfants juifs. »

Otto posa la main sur l'épaule de Žofie avant qu'elle puisse s'en aller en disant aux femmes : « Ils prennent des enfants non juifs ?

— Les enfants des communistes et des opposants politiques.

— Vous pensez qu'ils prendraient mes petites-filles ? Leur mère a été arrêtée parce qu'elle dirige un journal qui critiquait le Reich. »

Les femmes le regardèrent avec scepticisme.

« Notre Žofie-Helene est un prodige des mathématiques, ajouta-t-il. Elle suit des cours à l'université depuis l'âge de neuf ans. Auprès du professeur Gödel, qui est très célèbre. Elle pourrait étudier en Angleterre.

— Ce n'est pas nous qu'il faut convaincre, répondit la grand-mère.

— Tous les enfants qui sont en danger, dit la mère aux yeux lilas. C'est ce que M. Friedmann a dit. Ils doivent être en bonne santé, c'est tout. En bonne santé et avoir moins de dix-huit ans. »

Otto se débattit avec sa conscience et perdit rapidement.

« Žofie-Helene, il faut que tu restes ici, dit-il.

— Je vais revenir, Grandpapa. Je ne raterai pas notre tour, c'est promis. Si je ne retrouve pas rapidement Stephan, je reviendrai. »

Et elle était déjà partie en courant, laissant Otto qui l'appelait, tiraillé entre son envie de la retenir de peur qu'il lui arrive quelque chose et la conscience que si quelque chose arrivait à Stephan, il ne se le pardonnerait jamais.

« J'ai froid, Grandpapa », dit Johanna.

Otto serra l'enfant contre lui, il avait froid lui aussi maintenant. Glacé par l'horreur du choix qu'il devait faire, le choix que Mme Neuman avait affronté avec tant de bravoure. Enverrait-il ses petites-filles dans un pays dont elles ne parlaient même pas la langue ? Et s'il le faisait, les reverrait-il un jour ? Käthe lui pardonnerait-elle ou voudrait-elle qu'il les fasse partir ?

Walter tendit son écharpe à Johanna.

« Tu peux prendre mon écharpe, dit-il. Je n'ai pas très froid. »

NOS DIEUX DIFFÉRENTS

Truus entra dans la synagogue principale, sur Seitenstettengasse, où la longue file d'attente faisait le tour de la carcasse brûlée du grand hall puis serpentait autour du balcon des femmes, qui avait survécu à la nuit des incendies de synagogues. C'est là-haut qu'elle trouva M. Friedmann en train d'organiser les volontaires aux tables pliantes et les autres, bloc-notes à la main, qui dirigeaient les enfants dans l'une ou l'autre direction. Une adolescente disparut derrière un rideau pour sa visite médicale. Un garçon se faisait tirer le portrait. M. Friedmann emmena Truus dans un coin tranquille, sans perdre la file de vue.

« Comment avez-vous répandu l'information si vite ? demanda-t-elle.

— Bon nombre d'entre nous sont confinés dans le même quartier, expliqua M. Friedmann. Le miracle c'est que les parents se soient informés entre eux. Le problème, ce ne sera pas de trouver assez d'enfants, mais d'en avoir trop.

— Et les visites médicales ? demanda Truus. Il faut qu'on puisse assurer aux Britanniques que les enfants sont en bonne santé, vraiment. Un problème durant le premier transport pourrait mettre en péril...

— En aussi bonne santé que des enfants mal nourris peuvent l'être, l'interrompit M. Friedmann. Nos médecins s'en assureront. Ils n'ont plus le droit d'exercer à Vienne à présent et sont venus en un rien de temps, c'est une consolation.

— Nous n'aurons aucun mal à réunir six cents enfants. La question va être de décider qui va partir. Est-ce qu'on peut déterminer lesquels sont les plus en danger et les faire partir par le premier train ?

— Les plus en danger, ce sont les garçons les plus âgés, répondit M. Friedmann. Ils sont en camp de travail et leurs mères font la queue à leur place. »

Des adolescents seraient plus difficiles à placer en Grande-Bretagne. Les familles voudraient des bébés, mais ils ne pouvaient tout simplement pas organiser l'évacuation de tout-petits en si peu de temps et avec si peu d'adultes pour surveiller.

« Est-ce qu'on peut évaluer la santé des garçons dans les camps et les prendre en photo ? » demanda-t-elle.

Desider Friedmann concéda que c'était impossible.

« Bien, alors nous sommes revenus à la case départ : les enfants qui sont ici, entre quatre et dix-sept ans. »

Les plus mignons, pensa-t-elle, sans le dire. Des petits enfants si mignons que l'Angleterre pourrait les voir comme ses propres enfants.

« Assurons-nous de prendre suffisamment de grandes filles pour s'occuper des plus jeunes dans le train. Les filles d'un certain âge seront faciles à placer. Elles pourront servir comme domestiques quand elles arriveront en Angleterre.

— Ces enfants ne sont pas faites pour être domestiques, madame Wijsmuller. »

Les visages des mères tout autour de la pièce étaient emplis de peur et d'espoir. Chacune d'elles serait heureuse de servir comme domestique en Angleterre, pour être près de ses enfants. Des domestiques. L'idée n'était pas de Truus.

« Monsieur Friedmann, nous devons penser de façon pratique, répondit-elle. Ces premiers enfants doivent être répartis rapidement.

— On m'a dit qu'il y avait des camps de vacances qui…

— Si les camps de vacances se remplissent, les Britanniques seront réticents à accepter de nouveaux enfants tant qu'il n'y a pas de foyers prévus pour eux. »

Une autre idée qui n'était pas la sienne. Mais Norman et Helen Bentwich avaient raison : qui était-elle pour remettre en question la générosité de la Grande-Bretagne qui acceptait ces enfants selon ses conditions ? Son propre pays ne leur donnait qu'un droit de passage en train, de la frontière allemande aux ferries à Hoek van Holland.

« Et prévoir des foyers prend plus de temps que nous n'en avons, reprit-elle. Bien, peut-être pourrions-nous noter la qualité de leurs manières et leurs compétences en anglais ? Des enfants qui parlent anglais seront plus faciles à placer et des bonnes manières pourraient leur être utiles. Nous pourrions leur apprendre quelques mots d'anglais et privilégier ceux qui assimilent vite.

— Nous n'avons que jusqu'à samedi.

— Oui, bien sûr », répondit Truus. Tant de choses à faire. Tant d'enfants.

« Il doit déjà y avoir plus de six cents enfants qui font la queue, dit M. Friedmann, et nous devons choisir ceux qui s'échapperont ? Nous devons jouer à Dieu ? »

La longue file d'attente faisait le tour du balcon des femmes, descendait dans le hall brûlé et sortait jusque dans la rue – tant de parents qui attendaient une chance d'envoyer leurs enfants dans un pays où ils ne connaissaient personne, avec des coutumes qu'ils ne pouvaient pas même imaginer, une langue qu'ils ne parlaient pas. D'adorables chérubins qui seraient faciles à placer, pour certains d'entre eux, mais aussi des garçons turbulents et des filles comme la rousse qui louchait que Truus avait vue dans la queue. Elle n'aurait pas dû la fixer, mais cela lui fendait le cœur d'imaginer cette jolie petite fille attendant d'être choisie, ou non, par des parents potentiels.

Elle dit à M. Friedmann : « "Car qui a connu la pensée du Seigneur, pour l'instruire ?" » Elle s'apprêtait à dire « Corinthiens », mais c'était le Nouveau Testament, les paroles de son Dieu à elle mais pas du sien. À la place, elle ajouta simplement : « Qui sommes-nous, monsieur Friedmann, pour questionner l'ordre dans lequel Dieu nous apporte Ses enfants ? »

UNE TRACE ÉCRITE

Dans la cave à cacao, Žofie-Helene prit l'une des feuilles au centre du bloc-notes et la déchira en plusieurs morceaux, travaillant vite dans la lumière faible de la lampe torche de la cave, consciente qu'à chaque instant quelqu'un des Chocolats Neuman, à l'étage, pouvait descendre et la trouver. Sur un lambeau, elle écrivit : *Viens tout de suite à la synagogue derrière Saint-Rupert ! On fait la queue pour un train vers l'Angleterre avec W...*

Elle griffonna le *W* et écrivit *ton frère*.

Elle répéta le message sur les autres morceaux de papier, les glissa dans sa poche et remit le bloc-notes à sa place. Elle emporta la lampe torche, se faufila sous l'escalier et descendit l'échelle vers la caverne en contrebas, où elle plia l'un des mots pour le poser en équilibre sur un barreau.

De retour dans le tunnel, elle coinça un mot dans la plaque d'égout octogonale en haut des escaliers en colimaçon. Elle courut vers le tunnel qui menait à la crypte sous Saint-Étienne, où elle déposa un petit papier. Un autre au couvent. À la synagogue. Quels autres endroits Stephan lui avait-il montrés ?

Le dernier morceau de papier à la main, elle courut pour voir où était Grandpapa dans la file. Elle avait encore un peu de temps.

Elle tira de nouveau la lampe torche de la poche de son manteau et traversa les tunnels au pas de course dans l'autre direction, jusqu'à la sortie de l'autre côté du canal de Leopoldstadt, près de l'appartement où vivait désormais la mère de Stephan.

Binaire

Žofie-Helene se dépêcha de rejoindre la tête de la file d'attente à la synagogue, où Grandpapa attendait avec Johanna et Walter, derrière la mère aux yeux lilas avec son bébé et la grand-mère avec la petite fille rousse.

« Ha, Žofie-Helene ! » s'exclama Grandpapa.

Les gens dans la file se retournèrent tous. Žofie s'attendait que la grand-mère fasse taire Grandpapa comme elle l'avait fait avec sa petite-fille de nombreuses fois. Même les volontaires aux bureaux d'inscription et ceux avec des blocs-notes froncèrent les sourcils en entendant l'exclamation de Grandpapa.

Alors que la grand-mère était appelée à l'une des tables, Grandpapa posa Johanna par terre, sortit son mouchoir et essuya le visage de Žofie. La mère aux yeux lilas venait d'être appelée à l'autre table.

« J'ai cherché partout, dit Žofie à Grandpapa. J'ai laissé des messages. Je sais qu'il sera bientôt là. Nous pouvons attendre comme tu as dit que je…

— Nous ne pouvons pas attendre, Žofie, répondit Grandpapa. Ce n'est pas possible. »

La grand-mère avec la petite rousse exigeait maintenant de savoir pourquoi les enfants devaient voyager pendant le shabbat. La mère aux yeux lilas se mit à pleurer à l'autre table ; la femme qui les avait observés dans la file – celle avec les beaux gants jaunes – lui parlait gentiment, lui disait qu'elle était désolée, sincèrement désolée, mais que pour le premier transport ils ne pouvaient tout simplement pas accepter de bébés. La femme aux mains gantées prit le bras de la mère et l'éloigna doucement de la table.

« Nous n'avons pas les moyens de prendre soin d'eux en si peu de temps, expliquait-elle. Les enfants doivent avoir au moins quatre ans. Entre quatre et dix-sept ans. »

Quatre, le plus petit nombre composé. Žofie se concentra sur le réconfort de ce nombre. Et dix-sept, la somme des quatre premiers nombres premiers et le seul à être la somme de quatre nombres premiers consécutifs.

La femme à la table fit signe à Žofie et à Grandpapa de s'approcher, se présenta comme Mme Grossman et tendit à Grandpapa des formulaires à remplir. Grandpapa en prit deux pour Johanna et Walter et un troisième pour que Žofie le complète elle-même.

Grandpapa demanda s'il pouvait avoir un quatrième formulaire pour le frère de Walter, qui, il l'espérait, les rejoindrait vite. Mme Grossman répondit qu'elle ne pouvait enregistrer que les enfants présents.

Žofie s'attardait sur le formulaire, gagnant du temps pour Stephan.

« La petite n'est pas juive ? demanda Mme Grossman à Grandpapa.

— Non, mais...

— Et elle n'a que trois ans.

— Elle en aura quatre en mars, et sa sœur...

— Je suis désolée, monsieur, coupa Mme Grossman. Le garçon est juif ? »

Mme Grossman lança un regard impatient à Žofie, qui, en jetant un dernier coup d'œil par-dessus son épaule – la mère aux yeux lilas la regardait si intensément que c'en était déconcertant –, rendit à contrecœur le formulaire. Il n'y avait toujours aucun signe de Stephan.

Un homme disait à la grand-mère de la petite fille rousse : « Oui, je comprends que ce soit un choix cruel, mais le transport part le jour du shabbat. Soyez certaine que ce n'est pas notre décision. Cependant, vous devez vous engager pour votre petite-fille, ou laisser la place à quelqu'un d'autre. Si quelqu'un se retire au dernier moment, les six cents enfants ne pourront pas partir. »

Mme Grossman dit à Grandpapa : « Je suis désolée, mais nous n'enregistrons que les enfants juifs ici. Les non Juifs doivent être...

— Mais j'ai fait la queue plusieurs heures, objecta Grandpapa. Et nous sommes ici avec un garçon juif qui a perdu son père et dont la mère est malade. Nous ne pouvons pas être à deux endroits à la fois !

— Néanmoins...

— La mère de mes petites-filles a été arrêtée simplement parce qu'elle écrivait la vérité dans un journal ! »

La femme aux gants jaunes s'avança et prit les papiers de la main de Grandpapa en disant : « Ça va aller, madame Grossman. Peut-être que je peux vous aider, monsieur...

— Perger. Otto Perger, répondit Grandpapa en essayant de se calmer.

— Je suis Truus Wijsmuller, monsieur Perger », dit la femme.

Puis elle s'adressa aux autres volontaires : « Nous en sommes à combien ? »

Mme Grossman échangea avec la femme à l'autre table, chacune comptant le nombre de pages qu'elle avait remplies et le nombre de noms sur les dernières pages, remplies partiellement.

« Voyons voir, dit Mme Grossman. Vingt-huit multiplié par neuf puis…

— Cinq cent vingt et un », répondit Žofie.

Elle regretta de l'avoir dit à la minute où elle prononça le chiffre. Plus elles prenaient de temps, plus Stephan avait de chance de voir les mots et de venir ici.

La femme lui adressa un sourire condescendant.

« Vingt-huit multiplié par dix font deux cent quatre-vingts. » Puis aux autres : « Enlevez vingt-huit qui font deux cent cinquante-deux.

— Deux cent cinquante-deux fois deux, cinq cent quatre. Plus ton dix et mon sept, cela fait… »

Avec un gentil sourire adressé à Žofie-Helene, la femme aux beaux gants jaunes répondit : « Cinq cent vingt et un. »

La jolie mère avec son bébé, qui observait encore, sourit aussi.

« C'est un nombre premier, expliqua Žofie, essayant de continuer à les faire parler. Comme dix-sept, l'âge limite des enfants que vous inscrivez. Dix-sept est le seul nombre premier qui est la somme de quatre nombres premiers consécutifs. Si l'on additionne quatre nombres entiers consécutifs, on obtient toujours un nombre pair, et les nombres pairs ne peuvent pas être des nombres premiers parce qu'ils sont divisibles par deux. Enfin, sauf deux, bien sûr. Deux est un nombre premier. »

Les deux autres femmes regardèrent la longue file d'attente des gens qui attendaient toujours pour s'inscrire.

« Ils sont plus de six cents, dit Mme Grossman. Des centaines de plus. »

La femme gantée s'approcha de Žofie et lui prit la main, le cuir des gants plus doux que de la peau contre les doigts de Žofie.

« Et tu es ? demanda la femme.

— Je m'appelle Žofie-Helene Perger.

— Žofie-Helene Perger, je suis Geertruida Wijsmuller, mais tu peux m'appeler "Tante Truus".

— Mais vous n'êtes pas ma tante », répondit Žofie.

La femme rit, un joli rire en forme d'ellipse, comme celui de la tante Lisl de Stephan.

« Non, c'est vrai, je ne le suis pas, n'est-ce pas ? dit la femme. Mais Mme Wijsmuller est un peu compliqué à dire pour beaucoup d'enfants. Pas pour toi, bien entendu. »

Žofie-Helene y réfléchit.

« C'est plus efficace. »

La femme rit de nouveau.

« "Plus efficace." C'est bien ça, n'est-ce pas ?

— Les gens m'appellent "Žofie" parce que c'est plus efficace, ajouta Žofie. Parfois, mon ami Stephan m'appelle juste "Žofe". Je n'ai pas de tante mais lui en a une. Sa tante Lisl. Je l'aime beaucoup. Mais elle est à Shanghai maintenant.

— Je vois, répondit Tante Truus.

— C'est aussi la tante de Walter. Walter et Stephan sont frères. »

Elle attendit que Tante Truus pose une question sur Stephan, mais la femme se contenta de se retourner pour regarder Walter.

« Bien, pourquoi vous deux n'iriez pas sur le côté pour vous faire prendre en photo ? » suggéra Tante Truus.

Grandpapa tendit à la femme le formulaire de Johanna.

« Je suis vraiment désolée, monsieur Perger, mais pour ce train, veuillez me croire, il est impossible d'inclure des tout-petits. Nous espérons pouvoir le faire sur le prochain.

— Je suis une grande. J'ai trois ans ! répliqua Johanna.

— Sa sœur serait avec elle, et c'est une gentille fille, elle ne fera pas d'histoires.

— J'en suis persuadée, monsieur Perger, mais je ne peux simplement pas... Je n'ai pas le temps de discuter avec tout le monde. Je vous en prie, comprenez-moi. Nous devons établir des règles et nous y tenir.

— Je..., dit Grandpapa en jetant un coup d'œil à la longue file derrière eux. Oui, je... je suis désolé. Je comprends. »

Tante Truus sortit un mouchoir en lin et essuya un peu plus le visage de Žofie, puis défit ses tresses et fit gonfler ses cheveux.

« Souris pour la photo, Žofie-Helene », dit-elle.

Le flash crépita, laissant des étoiles danser dans les yeux de Žofie.

Tante Truus lui prit la main et la guida derrière un paravent, où elle devait se déshabiller pour l'examen médical. Žofie voulait lui dire qu'elle n'était pas un bébé, que Walter avait plus besoin d'aide qu'elle. Mais elle ne retira que ses chaussures, ce qui semblait fasciner Tante Truus alors qu'elle lui avait dit de se déshabiller.

« C'est vous qui êtes responsable ici, Tante Truus ? demanda Žofie tandis qu'elle enlevait ses bas et les pliait soigneusement, voulant rester dans ses bonnes grâces. C'est Mama qui dirige le journal. Les gens ne s'attendent pas qu'une fille dirige. Elle dit que ça peut jouer en sa faveur.

— Bien, dans ce cas, je suppose que je devrais diriger ici. J'aime quand les choses jouent en ma faveur.

— Moi aussi, répondit Žofie. Je suis plutôt douée en mathématiques.

— Oui, c'est ce que j'ai vu.

— Le professeur Gödel a quitté l'université, mais je l'aide quand même avec son hypothèse généralisée du continu. »

Tante Truus la regarda étrangement, comme les gens le faisaient souvent.

« Vous savez, à propos des ensembles infinis ? dit Žofie. Le premier des vingt-trois problèmes de Hilbert. Mon ami Stephan est aussi doué avec les mots que je le suis avec les concepts mathématiques. Il pourrait étudier auprès de Stefan Zweig s'il allait en Angleterre. Il devait être ici avec nous, peut-être que quand il arrivera vous pourrez le mettre avec Walter et moi ?

— Ah, c'est donc là que tu voulais en venir. Et pourquoi ton ami n'est-il pas ici lui-même ?

— Il n'est pas dans un camp », lui assura Žofie.

Elle avait entendu des gens dans la file dire qu'il n'y aurait pas assez de temps pour faire sortir les garçons des camps.

« Où est-il dans ce cas ? » demanda Truus.

Žofie la regarda dans les yeux, ne voulant pas trahir la confiance de Stephan.

« Il faut que tu comprennes, je ne peux pas faire dépasser toute la file à quelqu'un. Ce ne serait pas juste pour les autres. Maintenant, déshabille-toi, Žofie-Helene, pour que le docteur puisse voir que tu es en bonne santé.

— Stefan se cache ! lâcha Žofie. Ce n'est pas sa faute s'il n'est pas là !

— Je vois, dit Tante Truus. Et tu sais où il est ?

— Il peut prendre ma place. Je peux rester ici avec Jojo.

— Oh, ma chérie, je ne peux pas faire ça. Tu vois, chaque fiche correspond à un seul enfant. La seconde moitié de ta fiche est en Angleterre et il n'y a que toi qui pourras…

— Mais Stephan aura dix-huit ans et il sera trop vieux ! » Žofie ravala les sanglots qui montaient dans sa gorge. « Vous pouvez envoyer sa carte à la place de la mienne et dire que vous vous êtes trompée. Même moi je fais des erreurs. »

La femme l'attira contre elle et lui fit un câlin comme le faisait parfois Mama. Žofie ne put se retenir ; des larmes jaillirent de ses yeux et furent absorbées par les vêtements de la femme, presque aussi doux que ses gants. Cela faisait si longtemps que Žofie n'avait pas vu Mama.

« Je crois que Stephan a beaucoup de chance d'avoir une aussi bonne amie, Žofie-Helene, dit Tante Truus, et Žofie sentit les lèvres de la femme sur son front. J'aimerais avoir une... une amie comme toi. »

Le docteur jeta un œil par-dessus le paravent. Tante Truus aida Žofie à enlever rapidement le reste de ses vêtements.

« Bien, inspire profondément pour le docteur, dit Tante Truus. Puis aussi vite que tu peux, habille-toi et va chercher ton ami. Amène-le-moi sans attendre. Je ne peux pas l'inscrire sans photo ou sans certificat de santé, mais fais comme s'il n'y avait pas de file et viens directement me voir. »

Le docteur écouta la respiration de Žofie-Helene, qui respirait aussi vite qu'elle le pouvait.

« Plus lentement, dit-il. De profondes inspirations. »

Žofie ferma les yeux et laissa les nombres remplir ses pensées, comme elle le faisait la nuit lorsqu'elle n'arrivait pas à trouver le sommeil. Ce qui lui vint à l'esprit tandis que le médecin reposait le stéthoscope et finissait son examen, tapant sur ses genoux avec un petit maillet et regardant ses oreilles, son nez et sa bouche, était un problème simple : si l'inscription de chaque enfant prenait, disons, quatre minutes, et qu'on en inscrivait deux à la fois, cela voulait dire qu'elle avait deux heures et trente-quatre minutes pour retrouver Stephan. Deux heures dix-huit, en vérité, puisqu'elle et Walter avaient déjà quitté la table, et que les deux suivants s'inscrivaient maintenant.

« Žofie-Helene, dit Tante Truus. Je vais aider ton ami du mieux que je peux, mais je ne peux pas le faire passer devant quelqu'un qui a déjà un numéro avant son arrivée. Tu dois me promettre que tu monteras dans le train, avec ou sans Stephan. Si tu n'embarques pas, six cents autres enfants ne partiront pas à cause de toi. Est-ce que tu comprends ? »

Cinq cent quatre-vingt-dix-neuf autres enfants, pensa Žofie, mais elle ne dit rien parce qu'elle ne voulait pas perdre de temps.

Elle se rhabilla tout en répondant : « C'est un choix binaire. Six cents ou zéro. » Zéro, son nombre préféré d'habitude, mais pas maintenant.

« Je comprends, reprit-elle, et je promets que j'irai en Angleterre même si Stephan est numéro 601. J'emmènerai Walter.

— Binaire, grand Dieu ! dit Tante Truus. Dépêche-toi dans ce cas. Va aussi vite que possible ! »

Quoique bannis, méprisés et persécutés

Žofie-Helene courut vers l'entrée des souterrains la plus proche, essayant de ne pas penser à ce que serait sa vie sans Stephan, mais les souvenirs la submergeaient : ce jour où Grandpapa avait fait semblant de couper les cheveux de Stephan ; l'anniversaire de Stephan, dont elle ignorait la date exacte ; lorsqu'elle ne savait pas qu'il vivait dans un grand palais sur le Ring avec un portier, des tableaux célèbres et une tante très élégante ; la première fois qu'elle avait lu une de ses pièces, ce sentiment que, même si la pièce ne parlait pas d'elle, elle était comprise ; cette soirée sur la scène du Burgtheater, quand elle avait fermé les yeux et prétendu que c'était Stephan, et non Dieter, qui l'embrassait ; quand Stephan avait levé les yeux vers elle alors qu'il marchait au pas de l'oie sur la promenade au parc du Prater, qu'elle avait compris à la honte dans son regard qu'elle devait mentir aux nazis et emmener Walter. Ce jour-là, elle n'avait même pas eu peur. La peur l'avait envahie seulement plus tard, quand Stephan avait refusé de la voir, quand elle avait compris qu'en sauvant son frère elle avait perdu son seul ami.

À l'instant où elle gagna l'obscurité des souterrains, elle se mit à chanter. Elle chanta tout bas, les mots de cette journée dans la chapelle royale, la voix de ce garçon seul au balcon, la voix d'un chœur entier qui résonnait sous les voûtes sur croisées d'ogives sans fresques, le poids du berceau supporté par les piliers aux intersections et transmis aux murs extérieurs.

« Ave Maria ! Ô douce Vierge », entonna-t-elle doucement.

Elle n'était pas une très bonne chanteuse, pas comme les garçons du chœur. Pourtant, elle chanta plus fort.

« Écoute la prière d'une jeune fille ! »

Elle s'arrêta pour tendre l'oreille. Elle n'entendait rien.

« Tu peux m'entendre, bien que je prie au fond d'un désert, reprit-elle, encore plus fort, sa voix résonnant tandis qu'elle allumait la faible lampe torche et se hâtait à travers les ténèbres glaciales. Tu peux me sauver du désespoir. Sous tes soins protecteurs, nous pourrons encore dormir en paix, même bannis, méprisés et persécutés. »

MÊME SÉPARÉS

Truus, qui venait d'arriver dans sa chambre d'hôtel au Bristol, ne s'était pas encore assise pour enlever ses chaussures quand le téléphone sonna. L'opératrice s'excusa de la déranger à cette heure, mais elle avait un appel urgent d'Amsterdam. Acceptait-elle de le prendre ? En attendant que la communication soit établie, Truus enleva ses gants, s'assit et retira une chaussure, puis l'autre. Elle détacha l'un des bas de son porte-jarretelles et le fit descendre, la rayonne à l'extérieur, la laine et le coton qui en doublaient l'intérieur pour protéger du froid laissèrent apparaître sa cuisse blanche et fatiguée, son genou, son mollet, la peau sèche de son talon qui accrochait le tissu. Elle plia ses doigts de pieds nus, les os arqués, les ongles nets. Un pied simple et chrétien. Qu'est-ce qu'un pied juif pouvait avoir de plus ou moins remarquable ?

Elle plia le bas et le déposa sur la commode. Les vêtements qu'elle avait jetés la nuit dernière étaient toujours aussi bien pliés, mais sur la commode plutôt que dans la corbeille. Bien entendu, la femme de chambre avait dû être déconcertée.

La voix de Joop grésilla dans le combiné, demandant : « Où est-ce que tu étais, Truus ? J'ai essayé de te joindre toute la journée ! »

Truus soupira dans l'air humide.

« Six cents enfants, Joop », dit-elle.

Elle s'enfonça sur la chaise, une jambe nue, l'autre encore couverte du beige de ses bas. Elle aurait pu renverser la tête, fermer les yeux et dormir, assise et à moitié habillée.

« D'accord, répondit Joop. Le bateau à vapeur *Prague* sera amarré, prêt au départ, à Hoek van Holland. Mais ce n'est qu'un seul ferry. Je suis désolé. Je n'ai pas pu en trouver un second en si peu de temps.

— Six cents ou pas un seul, Joop. Eichmann a été on ne peut plus clair.

— Mais ça n'a aucun sens. Il veut se débarrasser des Juifs de Vienne et l'Angleterre accepte de les prendre. Pourquoi exiger qu'ils partent tous samedi ? Pourquoi pas dimanche ou…

— Samedi, c'est le shabbat, expliqua-t-elle avec lassitude. Nous devons trouver six cents familles prêtes à confier leurs enfants à des inconnus pour voyager le seul jour où leur religion l'interdit, vers un monde où ils seront sans aucun doute esseulés et effrayés. Et si un seul parent change d'avis à la dernière minute, tout s'effondre.

— Il ne peut pas être si cruel.

— Joop, si tu savais l'humiliation qu'il… »

La vérité, les détails ne feraient qu'inquiéter son mari, et l'inquiétude ne leur servirait à rien.

« Nous n'avons même pas entrevu toute l'étendue de la cruauté de cet homme, Joop.

— Quelle humiliation, Truus ? »

Elle se leva, le combiné coincé sous le menton, prit la pile de vêtements pliés sur la commode et la jeta, toujours bien ordonnée, dans la corbeille vide.

« Truus ? »

Elle tira de la corbeille la jupe courte qu'il lui avait donnée et la tint contre elle. Elle voulait lui dire. Elle avait envie de se défaire de ce fardeau qui pesait sur son esprit, mais elle ne pouvait accepter de le lui faire porter. Il avait déjà tant supporté. Il méritait tant de choses qu'elle ne serait peut-être jamais capable de lui donner.

« Truus, dit-il doucement, rappelle-toi, nous sommes plus forts ensemble, même quand nous sommes loin l'un de l'autre. »

FAIRE SA VALISE

Žofie choisit trois de ses carnets de mathématiques et les rangea dans sa valise vide, posée sur son lit. Elle se tint devant la petite bibliothèque que lui avait construite son père et essaya de déterminer combien de ses *Sherlock Holmes* elle pouvait faire rentrer dans ses bagages. Ceux qu'elle aimait le plus étaient la nouvelle *Un scandale en Bohême* et les romans *Une étude en rouge*, *Le Signe des quatre*, *Le Chien des Baskerville*, *La Vallée de la peur*, mais Grandpapa lui avait dit d'en choisir seulement deux. Son choix s'arrêta donc sur *Les Aventures de Sherlock Holmes* pour les nouvelles et *Le Signe des quatre*, parce qu'il y avait le nombre quatre dans le titre, un nombre si réconfortant, et aussi parce qu'elle adorait Mary Morstan, les six perles mystérieuses et le dénouement, où, si Mary ne devient pas l'une des plus riches femmes d'Angleterre, elle se fiance au docteur Watson.

Johanna s'approcha de Žofie en disant « Žozo » et lui tendit une photographie encadrée d'elles deux avec Mama, Jojo encore bébé, dans le cadre préféré de Mama. Elle essaya de penser à la photo cachée dans

Un scandale en Bohême pour se changer les idées, pour ne pas fondre en larmes.

« Il fera froid en Angleterre, dit Grandpapa. Tu auras besoin de plus de vêtements. Et n'oublie pas, pas d'objets de valeur. »

Il lui emprunta le cliché, le retira de son cadre précieux et le mit dans la valise, à l'intérieur du cahier, sur le dessus pour qu'il ne s'abîme pas.

Žofie prit Johanna dans ses bras, la serra contre elle et enfouit son visage dans le cou chaud de la petite fille.

« Johanna ne peut pas partir, dit-elle à Grandpapa. Stephan ne peut pas non plus. Et Mama n'est pas là pour me dire au revoir.

— Je veux aller avec Žozo », dit Johanna.

Grandpapa plia le pull préféré de Žofie et le mit dans la valise, à côté des carnets. Il ajouta jupes, chemisiers, culottes et chaussettes, tout en parlant d'une voix rassurante : « Ta maman va être libérée bientôt, Žofie. On m'a assuré qu'elle serait bientôt libérée. Mais l'Autriche n'est plus sûre pour nous. Elle voudrait que tu ailles en Angleterre. Quand elle sera libérée, nous irons tous en Tchécoslovaquie chez grand-mère Betta jusqu'à ce qu'on obtienne des visas pour te rejoindre. »

Il ferma la valise, pour s'assurer qu'elle n'était pas trop remplie, puis l'ouvrit à nouveau.

« Pense à toutes les choses qui t'attendent, *Engelchen*, reprit-il. Tu pourras aller voir la pierre de Rosette au British Museum.

— Et le papyrus Rhind, ajouta-t-elle.

— La maison de Sherlock Holmes sur Baker Street.

— Je pourrais donner ma place à Stephan et aller chez grand-mère avec Mama, Johanna et toi, dit-elle. Il y aurait encore six cents enfants. »

Grandpapa passa ses bras autour de ses petites-filles et les serra contre lui, en sécurité.

« Mme Wijsmuller t'a déjà expliqué, Žofie, que les fiches ont été contrôlées par les Allemands. Elles doivent correspondre ici, mais aussi à la frontière allemande, puis en Angleterre. Stephan sera dans le prochain train.

— Mais il n'y aura peut-être pas d'autre départ avant ses dix-huit ans ! »

Elle s'écarta de Grandpapa, Johanna toujours au creux de ses bras.

« Tante Truus n'a pas voulu me promettre qu'il y aurait un autre train !

— Si on ne se dépêche pas de faire les valises et d'aller à la gare, il n'y aura certainement pas d'autres trains, ni même de premier », gronda Grandpapa.

Johanna se mit à pleurer à chaudes larmes. Žofie-Helene l'attira contre elle, comme Mama le faisait pour les protéger, pour les rassurer.

Grandpapa, qui avait les larmes aux yeux maintenant, dit : « Je suis désolé. Je suis désolé. »

Il tendit la main et caressa les cheveux de Jojo.

« C'est aussi dur pour moi de te dire au revoir, Žofie-Helene, que ça l'est pour toi de partir. »

Žofie sentit les larmes monter, malgré toutes les promesses qu'elle s'était faites de ne pas pleurer ; ses larmes ne feraient que rendre Grandpapa et Jojo plus tristes encore.

« Mais tu auras Mama et Johanna. Et moi je n'aurai que Sherlock Holmes, qui n'est pas réel.

— Mais tu auras Cambridge, *Engelchen*, répondit Grandpapa d'une voix encore plus rassurante. Je crois que tu auras Cambridge. C'est là où ta mère voudrait que tu ailles, même si tu n'avais pas à quitter l'Autriche. »

Žofie reposa Jojo, sortit son mouchoir et se moucha.

« Parce que je suis très bonne en maths, dit-elle.

— Parce que tu es brillante, répondit Grandpapa. Quelqu'un en Angleterre le remarquera forcément et t'aidera à trouver un mentor là-bas. »

Il prit l'un des chemisiers dans la valise et le remit dans la commode.

« Tu es brillante, dit-il. Maintenant, regarde, j'ai fait de la place pour un autre Sherlock Holmes et un autre carnet de maths. Tu auras besoin de crayons aussi. Mais dépêche-toi, il est l'heure de partir. »

Les adieux

Stephan, vêtu d'un manteau et de l'écharpe à carreaux roses de Žofie-Helene, embrassa sa mère sur le front.

« Tu ferais mieux de partir, ou tu vas rater le train, dit Mutti. Prends bien soin de lui, Stephan. Garde-le toujours près de toi.

— Wally, tu vas veiller sur moi, n'est-ce pas ? » dit Stephan à son frère.

Mutti boutonna le manteau de Walter et resserra son écharpe.

Stephan détourna les yeux, regarda les deux valises côte à côte près de la porte. La sienne contenait un seul change, son carnet, un crayon et l'exemplaire de *Kaleidoskop* que Žofie avait gardé malgré le danger. C'était aussi dangereux de l'apporter dans le train, mais ça n'avait pas d'importance.

« Je sais que tu es jeune, lui dit Mutti. Mais tu dois être un homme désormais. »

Elle attira Walter contre elle et prit une profonde inspiration.

« Tu fais ce que ton frère te dira, peu importe ce qu'il te dit, d'accord ? lui dit-elle. Tu me le promets ?

— Je te le promets, Mutti », répondit Walter.

Elle reprit la main de Stephan.

« Promets-moi que tu lui tiendras la main jusqu'en Angleterre, dit-elle. Trouve une famille qui vous accepte tous les deux. »

Stephan la regarda droit dans les yeux, il devait faire semblant de mémoriser son visage, pour s'en souvenir à jamais. Si seulement il n'avait pas hésité en entendant Žofie chanter… S'il avait couru plus vite… Mais alors Mutti n'aurait plus eu personne.

« Je prendrai soin de lui », répondit-il.

Cela au moins, c'était vrai.

« Stephan et toi irez ensemble dans une famille, Walter, dit Mutti.

— Et Pierre aussi ? demanda Walter.

— Oui, Pierre aussi. Stephan, Pierre et toi. Vous vivrez tous ensemble avec une famille. Vous veillerez les uns sur les autres.

— Jusqu'à ce que tu viennes en Angleterre pour faire la maman, dit Walter.

— Oui, mon chéri, répondit Mutti, un sanglot dans la voix. Oui, jusqu'à ce que je vienne, il faudra que tu m'écrives des tas de lettres, et je te répondrai. »

Voyant à quel point elle retenait ses larmes, Stephan eut lui aussi envie de pleurer. Il voulait lui dire de ne pas s'inquiéter, qu'il serait encore là. Il prendrait soin d'elle. Elle ne serait pas toute seule.

« Apprends-lui à être un homme comme toi, Stephan. Tu es quelqu'un de bien. Ton père serait très fier. Fais comprendre à ton frère combien nous l'aimons, combien nous vous aimons tous les deux, peu importe ce qui arrive. »

Walter sortit son mouchoir, le déplia soigneusement et essuya les yeux de Pierre Lapin.

« Pierre veut rester avec toi, Mutti.

— Je le sais bien », répondit Mutti en serrant Walter et Pierre dans ses bras une dernière fois.

Stephan prit les deux valises.

« Tiens-lui la main », insista Mutti.

Stephan donna à Walter la plus légère des valises, la sienne, et porta celle de Walter. Il mêla ses doigts à ceux de son frère, autour d'une des oreilles de Pierre Lapin.

« Walter ne se souviendra pas de nous, dit doucement Mutti. Il est trop jeune. Il ne se souviendra d'aucun de nous, Stephan, à part à travers toi. »

NOMBRES

La Westbahnhof était déjà bondée quand Stephan arriva avec Walter. Partout, des femmes serraient contre elles des enfants cramponnés à des animaux en peluche et à des poupées. Des hommes en chapeau noir portant des barbes noires et des papillotes prononçaient des bénédictions en hébreu au-dessus de jeunes têtes, mais la plupart des familles étaient semblables à celle de Stephan ; à l'exception de la petite valise posée à côté de chaque enfant sur le quai, ç'aurait pu être n'importe quelle famille viennoise.

Une mère qui ressemblait un peu à Mutti se tenait silencieuse parmi la foule, un panier dans une main et un bébé dans l'autre. Un père prit un enfant en pleurs des bras de sa mère et le gronda, lui disant de se comporter comme un grand garçon. Partout, des nazis patrouillaient, certains avec des chiens qui tiraient sur leur laisse.

Un homme appelait les noms d'une liste. Une femme passait une carte numérotée attachée à une ficelle au cou d'un garçon, comme un collier, et mettait une étiquette avec le même numéro sur sa valise. L'enfant, bagage à la main, s'éloigna de ses parents, en direction du train qui attendait.

La femme qu'ils devaient appeler Tante Truus se querellait avec l'un des nazis. L'officier disait que les wagons seraient scellés et ne seraient ouverts qu'à la frontière allemande pour la vérification des documents.

« Le train doit être scellé pour la sécurité de tout le monde, disait le nazi.

— Mais nous n'avons le droit qu'à six adultes pour accompagner et il y a dix voitures, objecta Tante Truus. Dix voitures avec soixante enfants dans chacune ! Et maintenant vous m'annoncez que les adultes ne pourront pas se déplacer d'une voiture à l'autre pour surveiller les enfants ?

— C'est un train de nuit, dit l'officier. Ils dormiront de toute façon. »

Stephan fut pris au dépourvu en apercevant Žofie, quand bien même il savait qu'elle serait là. Il aurait été horrifié si elle n'était pas venue. Sans ne serait-ce que l'un des six cents enfants, le train ne pourrait pas partir, et elle en faisait partie. Elle avait l'air plus âgée, avec ses longs cheveux détachés qui lui couraient dans le dos, encore humides d'avoir été lavés, et sa poitrine, sous le collier qu'elle portait tout le temps, qui tendait les boutons de son manteau. Même lorsqu'elle embrassait encore et encore sa petite sœur, ses grands yeux verts, derrière ses lunettes, ne quittaient pas son grand-père, qui lui disait une chose puis une autre, essayant de condenser toute une vie de conseils dans un au revoir, tout comme Mutti l'avait fait.

Le silence tomba sur la gare, Eichmann s'avançait, son horrible chien à son côté. Stephan recula tandis que Tante Truus faisait un pas en avant.

« Bonjour, monsieur Eichmann, salua Tante Truus.

— Six cents, madame Wijsmuller », répondit Eichmann sans s'arrêter.

Il disparut dans l'escalier qui menait aux bureaux à l'étage.

Lentement, la gare se ranima, d'une façon plus retenue.

Stephan étreignit silencieusement Walter.

« Wally », dit-il.

Il voulait être comme le grand-père de Žofie-Helene, il voulait s'assurer que Walter sache tout ce dont il aurait besoin pour le reste de sa vie. Mais il était incapable de prononcer d'autres mots que le surnom de son frère. Ça ne paraissait pas assez. Il lui semblait qu'il lui fallait au moins l'appeler par son prénom. Mais dire « Walter » l'inquiéterait. Wally. Ce courageux Wally.

La main de Walter fermement dans la sienne, comme depuis qu'ils avaient quitté Leopoldstadt – ainsi que Mutti lui avait demandé de le faire jusqu'en Angleterre –, Stephan s'avança pour rejoindre Žofie-Helene, son grand-père et sa sœur. Ce n'est qu'à ce moment-là qu'il s'agenouilla au niveau de son frère pour lui dire la vérité.

« Il n'y a pas de place pour moi dans ce train, Walter. »

Il utilisait son prénom maintenant, pour qu'il comprenne combien c'était sérieux, et il essayait tant bien que mal de garder son regard fixe. Il voulait tant pleurer, mais il devait être l'homme que sa mère imaginait.

« Mais Žofie-Helene sera avec toi, continua-t-il. Elle veillera sur toi comme si c'était moi, et je serai dans le prochain train. Je serai dans le prochain train et je te trouverai dès que j'arriverai en Angleterre. Je te trouverai, peu importe où tu seras.

Des larmes coulaient sur les joues de Walter.

« Mais tu as promis à Mutti de me tenir la main jusqu'en Angleterre !

— Oui, concéda Stephan, mais Žofie-Helene me remplacera, tu comprends ?

— Non, c'est pas vrai.

— Walter, Mutti veut que nous allions en Angleterre. Tu le sais, n'est-ce pas ? Tu lui as promis d'être sage jusqu'en Angleterre.

— Mais avec toi, Stephan !

— Oui, avec moi. Mais le problème, c'est qu'ils ne peuvent emmener que six cents enfants dans ce train, et je suis le numéro 610.

— C'est un nombre qui porte chance, Walter, 610. C'est un nombre de la suite de Fibonacci », dit Žofie-Helene.

Walter leva les yeux vers elle avec la même perplexité que Stephan. Elle voulait le rassurer, Stephan le savait. Mais le dernier nombre qui portait chance aujourd'hui, c'était le 600. Pourquoi n'avait-il pas couru plus vite ?

« Žofie-Helene sera moi pour quelque temps, dit-il. Seulement jusqu'à ce que je puisse venir en Angleterre.

— Pierre et moi on peut prendre le prochain train avec toi.

— Mais tu ne peux pas, c'est bien le problème. Si tu ne pars pas avec ce train, les autres ne peuvent pas partir. Personne ne pourra plus jamais partir.

— C'est un choix binaire, dit doucement Žofie-Helene. Six cents ou aucun.

— Mais je serai dans le prochain train », lui assura Stephan sans lui faire de promesse.

Il avait décidé à un moment – peut-être quand il avait appris, plus tôt dans la semaine, qu'il avait raté le premier départ – de faire tout son possible pour que Walter monte dans le train avec Žofie, de mentir si nécessaire, mais de faire de son mieux pour conserver une part de vérité.

« Jusqu'à ce que j'arrive, dit-il à Walter, Žofie-Helene prendra soin de toi. Žofie-Helene sera moi. »

Il sortit son mouchoir et essuya le nez de Walter.

« Souviens-toi de ça, Wally. Žofie-Helene est moi. »

Cela au moins était vrai, tout comme il l'avait dit à Mutti : il s'assurerait que Walter arrive en sûreté en Angleterre. Žofie-Helene avait promis de veiller sur Walter, de prendre la place de Stephan.

« Žofie-Helene est moi, répéta-t-il une dernière fois.

— Sauf qu'elle est plus intelligente », répondit Walter.

Walter adressa un sourire à Žofie-Helene.

« Oui, Žofie-Helene est moi, mais en plus intelligente. »

Et beaucoup plus belle, pensa-t-il.

« Elle est moi jusqu'à ce que je te rejoigne, et je serai dans le prochain train, puisque je suis un nombre de la suite de Fibonacci. Je ne sais pas combien ils en prendront, mais je suis sûr qu'il y en aura au moins dix.

— Et on ira ensemble dans une famille ?
— Oui. Exactement. Je te trouverai et on ira ensemble dans une famille. Mais pour le moment, tu dois faire tout ce que Žofie te dit, comme si c'était moi. »

Walter prit son mouchoir et essuya le museau de Pierre Lapin.

L'homme avec la liste appela une fille aux flamboyants cheveux roux et les accompagnatrices lui passèrent un numéro autour du cou et mirent une étiquette sur son bagage.

« Je crois que nous sommes les prochains, Walter. Tu es prêt ? Tu ferais mieux de faire un dernier câlin à ton frère », dit Žofie-Helene.

Stephan serra Walter contre lui, respirant une dernière fois son odeur, tandis que Žofie embrassait sa sœur des dizaines de fois encore.

L'homme appela : « Walter Neuman. Žofie-Helene Perger. »

Žofie tendit sa petite sœur à son grand-père, mais la pauvre fillette se mit à pleurer. « Je veux aller avec Žozo ! Je veux aller avec Žozo ! »

Stephan aussi avait envie de fondre en larmes. Il voulait prendre la main de Walter et celle de Žofie et s'enfuir. Mais il n'avait nulle part où aller.

« Sois sage et prépare le terrain pour ta sœur. Nous la mettrons dans le train dès qu'elle aura quatre ans. Ta mère et moi, nous t'écrirons. Nous viendrons aussi, dès qu'on pourra obtenir des visas. Mais, Žofie, nous serons toujours avec toi, quoi qu'il arrive. Comme ton père qui veille toujours sur toi quand tu fais des mathématiques, nous serons toujours là. »

Žofie-Helene prit la main de Walter, avec l'oreille du lapin, comme Stephan le faisait toujours. Ils descendirent ensemble les quelques marches qui les séparaient de l'homme à la liste. Ils inclinèrent la tête pour que la femme leur passe un numéro autour du cou.

Numéro 522 – Walter. Et numéro 523 – Žofie-Helene. Stephan grava les nombres dans sa mémoire, comme s'ils portaient une quelconque signification.

Le collier

Žofie arrangea le numéro de Walter au bout de la ficelle autour de son cou.

« Numéro 522 ! C'est un nombre très spécial, dit-elle. On peut le diviser en entiers, par un, deux, trois, six, et... voyons voir... par dix-huit, vingt et un, quatre-vingt-sept, cent soixante-quatorze et deux cent soixante et un. Et bien sûr on peut le diviser par lui-même, cinq cent vingt-deux. Ce qui veut dire qu'il a dix facteurs ! »

Walter leva les yeux vers le numéro de Žofie-Helene.

« Le mien est un nombre premier, dit-elle. Il n'est divisible que par un et par lui-même. Il est spécial, mais d'une façon différente. »

Walter continuait de froncer les sourcils.

« Pierre n'a pas besoin de son propre collier ? » demanda-t-il.

Žofie attira Walter contre elle, puis embrassa Pierre Lapin.

« Pierre a le droit de voyager gratuitement avec ton billet, Walter. C'est chouette, non ? »

Elle prit sa main et ils firent la queue devant la voiture que M. Friedmann leur avait indiquée, derrière la petite fille rousse qui avait été devant eux à l'inscription. Tandis qu'ils patientaient, Tante Truus vint vers eux.

« Žofie-Helene, tu es une jeune fille gentille et intelligente, dit-elle. Je te confie la responsabilité de ce wagon. Tu comprends ? Il n'y aura pas d'adultes, il faudra donc que tu prennes des décisions intelligentes pour tout le monde. Peux-tu faire ça pour M. Friedmann et moi ? »

Žofie acquiesça. Tante Truus, qui l'observait, sembla s'alarmer soudainement. Avait-elle dit quelque chose qu'il ne fallait pas ? Mais elle n'avait rien dit du tout.

« Ma chérie, tu ne peux pas emporter ce collier », dit Tante Truus.

Žofie toucha du doigt le symbole infini à son cou, la pince à cravate de son père que Grandpapa avait transformée en pendentif. C'était son seul souvenir de son père.

« Donne-le à ton grand-père, dit Tante Truus. Vas-y vite. »

Žofie courut et donna le collier non pas à Grandpapa, mais à Stephan. Elle embrassa ses lèvres balafrées, humides de larmes et un peu gonflées, et si douces et si chaudes que ses entrailles devinrent douces et chaudes à leur tour. C'est tout ce qu'elle pouvait faire pour ne pas pleurer.

« Un jour, tu écriras une pièce qui donnera à des gens des sensations aussi fortes que la musique, je le sais », dit-elle avant de courir vers la file d'attente, de prendre la main de Walter et de monter dans le train.

Un garçon juif de dix-sept ans

Partout dans la gare, des parents attendaient, certains dévastés de devoir dire au revoir à leurs enfants, tandis que tant d'autres – des parents qui avaient aidé leurs enfants à faire leur valise dans l'espoir terrible qu'ils auraient une chance qu'ils n'avaient pas eue – étaient dévastés de ne pas dire au revoir. Tant de petites Adele. Tant de visages de mères emplis du même espoir triste que celui de la mère d'Adele ce matin-là à la gare de Hambourg. Truus se demanda comment Reicha Freier avait annoncé à la mère d'Adele la mort de l'enfant, et comment Mme Weiss l'avait supporté ; combien elle devait blâmer Truus d'avoir pris le bébé ou combien elle devait se reprocher d'avoir donné Adele. Comment enlever des enfants à leurs parents pouvait-il être la bonne chose à faire ?

Elle chercha Eichmann des yeux dans la gare, se demandant où était l'homme cruel maintenant.

« On ne peut pas tirer l'enfant de son lit et le mettre dans le train, disait Mme Grossman à Truus et à Desider Friedmann, à voix basse de peur d'être entendue par les gardes nazis. Ils attraperaient tous la rougeole avant d'avoir atteint Harwich, et toute l'organisation serait suspendue. Il y a sûrement un autre garçon de sept ans que nous pouvons prendre à sa place.

— L'*Obersturmführer* Eichmann a déjà les fiches, dit Truus. Les Allemands les vérifieront avant que le train ne quitte l'Allemagne. »

Tant de parents éplorés attendaient de faire leurs derniers adieux à leurs enfants qui ne pourraient peut-être pas partir à cause d'un seul garçon malade. C'étaient les problèmes qu'on n'anticipait pas...

« Il faut trouver un enfant qui puisse se faire passer pour celui sur la photo, dit-elle. Et qui soit bon acteur.

— Mais le risque que nous courons si le mensonge est découvert... », objecta M. Friedmann en jetant un coup d'œil inquiet en direction de la fenêtre du premier étage qui surplombait le quai.

Truus suivit son regard jusqu'à l'homme et son chien, tous deux parfaitement immobiles là-haut. Étrangement, elle pensa à sa mère derrière la fenêtre à Duivendrecht, ce matin neigeux vingt ans auparavant. Elle supposait que cet homme riait, mais il n'y avait pas de bonhomme de neige cette fois. Son rire serait bien différent de celui de sa mère.

« Avons-nous vraiment le choix ? dit-elle doucement. Sans lui, aucun enfant ne partira, ni aujourd'hui ni vraisemblablement jamais. »

Tous les trois passèrent en revue les visages des parents qui cherchaient leurs enfants aux fenêtres des voitures, et des autres qui désiraient avoir cette chance, qui priaient pour elle.

Truus aperçut le garçon plus âgé que cette chère Žofie-Helene – Žofie, pour être plus « efficace » – lui avait amené, seulement trop tard pour être inscrit dans le premier train. Comment s'appelait-il ? Elle se targuait d'avoir la mémoire des noms, mais six cents, c'était trop, et il ne faisait même pas partie des six cents. Il se tenait là, une valise à côté de lui, les yeux rivés sur le wagon dans lequel Žofie-Helene avait fait monter son petit frère. Truus se souvenait de lui – le petit garçon, Walter Neuman. Walter Neuman et son frère, Stephan.

Truus suivit le regard de Stephan jusqu'à Žofie, à l'intérieur du wagon, qui essuyait la condensation sur la vitre, puis le petit Walter qui tenait un animal en peluche à hauteur de la fenêtre tandis que Žofie aidait un autre enfant à s'installer.

« Ce garçon, Stephan Neuman, souffla-t-elle à M. Friedmann et à Mme Grossman, et avant qu'ils puissent objecter, elle prit le numéro et l'étiquette à bagage et se hâta vers Stephan. Monte dans le dernier wagon, Stephan, murmura-t-elle en lui tendant ses numéros. Je te rejoins dans une minute. Si quelqu'un te demande avant que j'arrive, tu t'appelles Carl Füchsl et ils se sont trompés sur ton âge. Vas-y vite. »

Le garçon prit le numéro et sa valise en répétant : « Carl Füchsl. »

« Mais le garçon a dix ans de trop ! objecta M. Friedmann tandis que Stephan filait vers le train.

— Nous n'avons pas le temps, dit Truus en évitant de regarder en direction d'Eichmann pour ne pas donner l'impression de faire quelque chose qui sortait de l'ordinaire en cette étrange matinée. Nous devons faire partir ce train avant que quelqu'un se doute de quoi que ce soit.

— Mais il…

— C'est un garçon malin. Il a réussi à échapper aux arrestations depuis des semaines. Et je l'ai mis dans le dernier wagon, avec moi.

— Oui, mais…

— C'est un garçon juif de dix-sept ans, monsieur Friedmann. Il sera probablement trop vieux quand nous pourrons organiser un deuxième transport. »

Elle tendit la liste à l'officier nazi, qui devait la remettre à Eichmann pour qu'il autorise le départ.

L'AUTRE MÈRE

Žofie essayait de faire asseoir un petit garçon mutique qui suçait son pouce quand Walter cria « Stephan ! » et escalada le garçon assis à côté de lui. Il se précipita dans le couloir vers la porte du wagon.

« Walter, non ! Reste dans le train ! » s'écria-t-elle, se ruant à sa suite et apercevant Stephan, sur le quai, qui se détournait du dernier wagon derrière eux pour marcher dans la direction de Walter.

Stephan sauta dans leur voiture, souleva Walter dans les airs et rit, la cicatrice sur ses lèvres disparaissant presque dans la largeur de son sourire.

« Je suis là, Wally ! Je suis là ! »

Žofie, à la porte du wagon, fouilla le quai bondé jusqu'à trouver Grandpapa, qui tournait le dos au train. Johanna regardait Žofie par-dessus son épaule.

« Žozo, je veux aller avec toi ! criait Johanna.

— Je t'aime, Johanna ! cria Žofie, se retenant de toutes ses forces de pleurer, essayant de ne pas penser qu'elle ne reverrait peut-être plus jamais Jojo, Grandpapa ou Mama. Je t'aime ! criait-elle. Je t'aime ! Je t'aime ! Je t'aime ! »

Sur le quai, une femme dont les enfants n'avaient pas été appelés devint hystérique.

Stephan prit la main de Žofie alors que des nazis sortaient de partout pour encercler la mère et ses enfants, les aboiements des chiens assourdissants autour d'eux, assourdissants dans toute la gare.

L'un des chiens cassa sa laisse, ou fut lâché. Il se rua sur la femme, déchirant ses vêtements tandis que les nazis la rouaient de coups de matraque.

Dans la panique, les parents se bousculèrent sur le quai.

« Žofie-Helene », fit une voix de femme.

La femme de la file d'attente, la mère du bébé, celle qui avait les yeux couleur lilas, était là, pleurant à chaudes larmes tout près du train. Elle posa un panier de pique-nique à l'intérieur du wagon, aux pieds de Žofie.

« Merci », dit Žofie, par réflexe.

De l'intérieur du panier monta un gazouillis.

La mère leva les yeux vers Žofie, aussi affolée qu'elle.

« Chuttt ! dit la mère. Chuttt ! »

Elle dit quelque chose d'autre, mais Žofie n'écoutait plus ; Žofie, en larmes maintenant, criait : « Jojo ! Grandpapa ! Attendez ! »

Grandpapa avait disparu à un angle, Jojo avec lui.

« S'il te plaît, prends soin d'elle, Žofie-Helene Perger », implora la mère aux yeux lilas.

La mère recula alors que le nazi fermait la porte de la voiture, les enfermant à l'intérieur. Le desserrement des freins fit un grand bruit métallique et le train se mit tout doucement en mouvement. De l'autre côté de la fenêtre de la voiture, la mère aux yeux lilas regardait grandir la distance qui les séparait. Un père grimpa à la paroi d'un wagon en mouvement, appelant un enfant. D'autres parents se mirent à courir, pleurant, faisant de grands signes, criant leur amour, tandis que le train accélérait.

À l'intérieur du wagon, les enfants contemplaient silencieusement le père qui lâcha prise et tomba sur le sol près des rails. Ils regardèrent les parents, puis la gare disparaître. La grande roue enneigée qui devenait de plus en plus petite. Les toits de Vienne qui disparaissaient.

Numéro 500

Des flocons de neige venaient s'écraser et fondre sur la vitre de Stephan, derrière laquelle tout était presque aussi sombre que dans les souterrains. Le train claquait sur les rails, ralentissait et penchait dans les virages. Dans les rangées, les enfants mangeaient la nourriture que leurs parents leur avaient donnée, bavardaient, restaient assis en silence, révisaient leur anglais, dormaient ou tentaient de ne pas pleurer. Walter était allongé sur les genoux de Stephan, au dernier rang, sa tête posée sur Pierre Lapin contre la vitre. Dans la rangée de l'autre côté du couloir, Žofie changeait la couche du bébé, tout en racontant une des aventures de Sherlock Holmes à trois enfants agglutinés sur le siège en face d'elle.

Stephan déposa Walter sur le siège et emmena la couche sale dans les toilettes, qui sentaient encore plus mauvais. L'un des petits garçons – ou plusieurs – devait avoir raté sa cible à cause des mouvements du train. L'odeur rappela à Stephan les souterrains, sa propre honte. Il rinça la couche dans les toilettes, l'essora puis tira la chasse, et la rinça de nouveau.

De retour dans le wagon, il étendit la couche mouillée sur l'accoudoir d'un siège près de Walter, puis prit le bébé à Žofie, pour la laisser souffler. Il s'assit non loin du petit garçon qui n'avait pas dit un mot, qui n'avait pas même, du moins de ce que Stephan avait vu, enlevé son pouce de sa bouche.

« Numéro 500, pair, dit Stephan à Žofie.

— On ne peut pas penser à lui comme ça, comme à un numéro, répondit Žofie. Même un nombre si beau. »

Stephan ne voyait pas en quoi penser à lui en tant que « le garçon qui suce son pouce » était mieux.

Il essaya de faire dire son prénom au garçon, mais celui-ci le regarda sans arrêter de sucer son pouce.

« Est-ce que tu veux tenir le bébé ? » lui demanda Stephan.

Le garçon le fixait, sans ciller.

Žofie se glissa à côté d'eux, l'une des bouteilles de lait du panier à la main.

« C'était la dernière couche, dit-elle en reprenant le bébé à Stephan, comme si elle avait besoin de sa chaleur ou de quelqu'un dont s'occuper.

— Walter et moi on a des mouchoirs qu'on pourra utiliser, répondit Stephan. Et les autres garçons aussi, je parie. »

Il passa la main dans les boucles marron du garçon qui suçait son pouce.

« T'as un mouchoir, mon petit gars ? »

Le garçon ne faisait que le regarder, tandis que, par la fenêtre, les lumières d'une ville se reflétaient sur la rivière. Un grand château sur une colline apparut. Ils traversèrent une gare – Salzbourg – mais ne s'arrêtèrent pas.

« Stefan Zweig vivait ici avant, raconta Stephan à Žofie.

— Nous sommes presque en Allemagne », répondit-elle.

Le train devint silencieux, les enfants qui étaient éveillés regardaient par les fenêtres.

« Tu crois vraiment que je vais le faire, Žofe ? » demanda Stephan.

Žofie, berçant le bébé pour qu'il s'endorme, le regarda sans répondre.

« Écrire des pièces, reprit-il. Comme tu as dit à la gare. »

Quand elle l'avait embrassé, ses lèvres plus douces que le plus doux des chocolats.

Žofie l'étudia : ses cils droits qui ne battaient pas, ses francs yeux verts derrière ses lunettes inhabituellement propres.

« Mon père me disait souvent que personne n'imagine vraiment être Ada Lovelace, mais que quelqu'un l'est. »

Par la fenêtre, on voyait des troupes marcher sur la route dans l'obscurité.

« Ada Lovelace ? interrogea Stephan.

— Augusta Ada King, comtesse de Lovelace. Elle a écrit un algorithme permettant de calculer les nombres de Bernoulli et a suggéré que la machine analytique du mathématicien britannique Charles Babbage pouvait avoir d'autres applications au-delà du calcul pur, bien plus que ce que Babbage lui-même pouvait imaginer. »

Le bruit des pas au-dehors s'évanouit, ne laissant que le claquement du train et le silence de la peur des enfants. L'Allemagne.

« Peut-être que tu pourras vraiment rencontrer Stefan Zweig à Londres, dit Žofie. Il pourrait te prendre sous son aile comme le professeur Gödel l'a fait avec moi. »

Elle se tourna vers le garçon, le numéro 500.

« Est-ce que tu sais que Sherlock Holmes vit à Baker Street ? lui demanda-t-elle. Mais tu es peut-être un peu jeune pour apprécier ses histoires, n'est-ce pas ? Bien, peut-être que tu aimerais chanter ? Est-ce que tu connais *La lune s'est levée* ? »

Les yeux de l'enfant, par-dessus son pouce dans la bouche, l'étudièrent.

« Bien sûr que tu la connais, reprit-elle. Même Johanna la connaît. »

Elle toucha la joue du bébé.

« N'est-ce pas, Johanna ? »

Et elle se mit à chanter doucement : « La lune s'est levée ; les étoiles dorées brillent dans le ciel illuminé. »

Lentement, d'autres enfants se joignirent à elle. Le petit garçon ne chantait pas, mais il se pencha vers Žofie. Son pouce glissa doucement de sa bouche tandis qu'il tombait de fatigue, son collier avec ce beau numéro 500 toujours autour du cou.

COUCHES HUMIDES

Alors que le train prenait un virage, approchant de la frontière entre l'Allemagne et les Pays-Bas – et de la liberté ! –, Stephan retirait les couches et les mouchoirs encore humides des dossiers des sièges et cherchait déjà un endroit où les dissimuler de la fouille à la frontière. Il avait l'impression d'être dans ce train depuis toujours : toutes ces longues heures depuis leur départ hier, à assimiler l'irréalité de la situation ; la nuit passée à chercher le sommeil sur ces sièges, avec sans cesse l'un ou l'autre des enfants en besoin de réconfort, y compris Pierre Lapin, même si, à part cela, Walter était terriblement stoïque ; la longue journée d'aujourd'hui presque sans nourriture, la plupart de ce que les parents avaient donné ayant déjà été mangé. Il ouvrit la vitre pour jeter les couches, en pensant que quelqu'un leur en fournirait sans doute de nouvelles, de vraies couches, après la frontière néerlandaise. Le long de la route, près des voies, des troupes casquées défilaient tout le long des rails courbes, jusqu'à la locomotive qui crachait une fumée noire et une vapeur blanche, et derrière, à l'horizon, aussi loin qu'il pouvait voir dans la clarté de ce deuxième jour : des vallées baignées de la pâleur de l'hiver jusqu'aux forêts qui semblaient incroyablement lointaines.

Il ferma la vitre et se tourna vers Žofie, qui essayait de rendormir l'enfant. Il ressentait maintenant le genre de panique qu'avait dû éprouver le docteur dans *Amok*, de Zweig, avant de se jeter sur le cercueil de la femme, l'emportant avec lui au fond de la mer. Tous les deux morts à cause d'un bébé. Il se souvint de la voix de Papa lorsqu'ils étaient assis tous deux près de la cheminée dans la bibliothèque, à Vienne, dans son ancienne vie, Papa disant : « Tu es un homme intègre, Stephan. Tu ne seras jamais en position d'avoir un bébé que tu ne devrais pas avoir. »

Papa avait été un homme intègre, et maintenant il était mort.

Stephan alla de l'autre côté du train pour jeter les couches, mais il y avait des gens le long des rails de ce côté aussi : un homme avec une casquette en cuir, si près du train qu'il fit sursauter Stephan ; un vendeur de saucisses avec un client devant son petit stand métallique ; une nourrice qui promenait un bébé dans un landau, un enfant qui sans doute portait des couches sèches et douces plutôt que des mouchoirs fins. Il essayait d'imaginer ce que son père aurait voulu qu'il fît, ce qu'un homme intègre devait faire.

Il ouvrit sa valise et fourra les couches et les mouchoirs parmi ses vêtements, son cahier et le recueil de nouvelles de Zweig. Peut-être les couches humides détremperaient-elles le livre interdit jusqu'à ce qu'on ne puisse plus le reconnaître, mais il y aurait toujours les couches, la preuve qui trahissait ce bébé qu'ils n'étaient pas censés avoir.

Žofie était en train de border le nourrisson dans le panier à pique-nique.

Stephan ferma sa valise.

Žofie glissa le panier sous les sièges, le cachant du mieux qu'elle pouvait.

« Maintenant, tout le monde, n'oubliez pas, dit Žofie aux autres enfants, soyez gentils avec les soldats et ne dites pas un mot à propos du bébé. Le bébé est notre secret.

— Si on en parle, ils le prendront, ajouta le garçon qui suçait son pouce, le numéro 500.

— C'est exactement ça, répondit Žofie, aussi surprise que Stephan d'entendre la voix feutrée mais étonnamment assurée du garçon. C'est très bien. Tu es un bon garçon. »

Le train s'arrêta brusquement, la vapeur tourbillonna devant les fenêtres, les enveloppant dans ce qui sembla soudain être le néant ; c'était comme être seul au monde. Mais ils n'étaient pas seuls. Ils entendaient les voix des soldats qu'ils ne pouvaient pas voir, des voix allemandes donnant l'ordre de monter à bord, de fouiller chaque enfant, chaque valise, de s'assurer que chaque enfant avait des papiers en règle.

« Le numéro doit correspondre aux papiers, ordonnait un homme dans un mégaphone. Ils ne doivent transporter aucune contrebande, aucun objet de valeur qui appartient de plein droit au Reich. Vous m'amènerez directement chaque Juif qui aura désobéi. »

TJOEK – TJOEK – TJOEK

Truus se tint à l'avant du wagon et appela : « Les enfants. » Puis plus fort : « Les enfants. » Puis enfin, sur un ton que ses parents lui avaient toujours défendu d'utiliser avec les enfants qu'ils avaient recueillis après la guerre : « *Les enfants !* »

Le wagon devint silencieux, tous les yeux se tournèrent vers elle. Mais il n'y avait jamais eu plus d'une poignée d'enfants à la maison, et ici il y en avait soixante, et neuf voitures supplémentaires à visiter après qu'ils auraient descellé celle-ci. La première chose à faire c'était de trouver Stephan Neuman qui n'était pas vraiment Carl Füchsl avant les nazis. Il serait dans le prochain wagon, avec son frère et Žofie-Helene Perger. Maintenant il fallait qu'elle le fasse monter dans le wagon dans lequel Carl Füchsl était supposé être avant qu'on s'intéresse de trop près à lui.

« Je sais que ça a déjà été un très long voyage », dit-elle plus gentiment aux enfants.

Une journée, une nuit et une demi-journée encore, avec le plus dur au début, les adieux.

« Nous serons bientôt aux Pays-Bas, mais nous n'y sommes pas encore. Vous devez rester dans le wagon, peu importe ce qu'il se passe. Restez à vos places et faites ce que vous ordonnent les SS, et tenez-vous bien. Quand ils auront fini, le train redémarrera et vous entendrez un changement dans le bruit du train. Ses roues… » Elle imita le mouvement d'un piston avec son avant-bras. « Ici, en Allemagne, les roues font *tjoek – tjoek – tjoek – tjoek*. Mais quand nous serons aux Pays-Bas, vous entendrez *tjoeketoek – tjoeketoek – tjoeketoek*. À ce moment-là, vous y serez. Mais jusque-là personne ne doit descendre du train. »

La disparition des jumeaux

Alors que la vapeur se dissipait, Stephan aperçut des nazis qui montaient déjà dans l'autre wagon et brutalisaient les enfants avec leurs voix et peut-être avec autre chose. Stephan ne voyait pas ce qu'il se passait dans le reste des voitures. Il ne pouvait qu'entendre des pleurs d'enfants, mais peut-être n'était-ce que de la peur.

Deux bambins – de vrais jumeaux – apparurent sur le quai, escortés loin du train par des SS.

« Où est-ce qu'ils emmènent ces garçons ? » demanda Walter.

Stephan passa son bras autour de son frère.

« Je ne sais pas, Wally.

— Pierre et moi on ne veut pas aller avec eux.

— Non, dit Stephan. Non. »

Des enfants non comptés

Alors que Truus descendait sur le quai, un officier SS ordonna : « Personne ne doit descendre du train. » Déjà, d'autres personnes dans la gare les observaient : un employé dans un uniforme bleu étincelant aux épaulettes argentées, une femme qui devait être la propriétaire de la douzaine de bagages sur le chariot qui les séparait, un homme sur un banc qui abaissa son numéro de *Der Stürmer* pour mieux voir.

« Personne ne descendra, mon cher. Je vais m'en occuper, assura-t-elle au SS, alors même qu'elle venait de le faire. Maintenant, n'effrayez pas ces enfants. »

Elle jeta un coup d'œil au wagon suivant, dans lequel, heureusement, les gardes n'étaient pas encore entrés. Si seulement elle pouvait hâter cet imbécile, elle pourrait faire monter Stephan Neuman dans la bonne voiture avant que quiconque s'en rende compte.

« Vous avez les papiers ? » demanda l'homme.

Elle lui tendit le dossier et ajouta : « Il y a un dossier dans chaque voiture. Ils devraient être plutôt bien organisés, mais avec six cents enfants, ce n'est pas une mince affaire. Un ou deux pourraient être dans le mauvais wagon. »

Elle entendit la femme avec les nombreuses valises dire « *Judenkinder* » avec dégoût.

Elle regarda de nouveau en direction du train. Des SS, que l'on voyait par la fenêtre d'une des voitures, fouillaient les valises, les renversaient et obligeaient les pauvres enfants à se déshabiller, bon sang !

« Vos hommes terrifient les enfants ! » dit-elle.

Le chef des SS jeta un regard indifférent en direction de ses hommes. L'homme sur le banc plia son *Der Stürmer*, lui et les autres observaient le spectacle par les fenêtres du train.

« Nous faisons notre travail, dit le SS.

— Ils ne font pas leur travail », insista Truus, se retenant de dire « vous » alors qu'il avait parlé de lui et de ses soldats comme d'un tout.

Il valait mieux ne pas le réprimander personnellement.

« Ils se comportent très mal », ajouta-t-elle.

Mme Grossman se dirigeait droit sur elle, dans tous ses états. D'un geste du poignet, Truus lui fit signe de ne pas l'interrompre.

« Mais c'est comme vous voulez, dit-elle au chef des SS. Arrêtez-les tout de suite, avant que d'autres enfants ne se fassent dessus de terreur, ou vos hommes devront nous aider à changer six cents enfants. »

Cela capta l'attention du SS, et celle des badauds, qui tournèrent leurs visages étonnés dans sa direction. Elle n'envisageait pas réellement que les soldats puissent eux-mêmes les aider à changer les vêtements souillés, mais ils ne voudraient pas non plus avoir à surveiller le train pendant qu'elle et les autres accompagnateurs changeraient les enfants eux-mêmes, sous les yeux de tous ces gens, dans la gare.

Tandis que le SS se hâtait, criant à ses hommes : « Fouillez les bagages mais ne faites pas peur aux enfants ! », Truus songea à toutes les choses qu'elle aurait faites différemment. Elle aurait dû faire en sorte que des gardes-frontières payés voyagent dans le train avec eux plutôt que de devoir s'arrêter pour ce genre de fiasco ; elle pourrait demander l'aide du baron Appartient pour organiser les prochains transports, des gardes différents chaque fois, qu'elle récompenserait en cadeaux pour leurs femmes une fois les enfants en sécurité. Elle aurait dû apporter quelque chose pour capter plus facilement l'attention des enfants, peut-être son parapluie jaune qu'elle pouvait lever très haut, plus voyant que ses gants jaunes, mais avec des centaines d'enfants, elle ne pouvait pas faire dans la dentelle.

« Truus, appelait Mme Grossman frénétiquement, et Truus se tourna vers elle maintenant qu'elle en avait fini avec le SS.

— Je suis désolée, répondit Truus, mais je dois trouver Stephan Neuman...

— Ils ont emmené deux garçons, les jumeaux ! dit Mme Grossman.

— Les petits Gordon ? Comment sont-ils montés ? Ils n'étaient pas dans les six cents premiers.

— Je ne sais pas. J'étais en train d'installer tout le monde et ils ont scellé le wagon, le train est parti et ils étaient juste là, près de la porte, pleurant à l'identique !

— Que Dieu nous vienne en aide, répondit Truus, évaluant les deux urgences, espérant qu'elle avait raison à propos de l'instinct de survie du jeune Neuman. Très bien, venez avec moi. Vous allez leur expliquer qu'ils ont jeté leur numéro par la fenêtre. Des jeux de garçons. Je m'occuperai du reste.

— Mais je... J'ai eu si peur. Ils m'ont demandé pourquoi ces enfants n'avaient pas de numéro et je leur ai dit qu'ils n'étaient pas censés être dans le train. »

Truus se sentit pâlir à vue d'œil.

« Très bien, dit-elle. Très bien.

— Les parents des garçons...

— Essayons de ne pas juger les parents, dit Truus. Nous aurions pu faire la même chose. Voyons voir si... Non, venez avec moi. Peut-être pouvons-nous persuader les Allemands de vous laisser rentrer à Vienne avec ces deux garçons et d'autoriser le reste du train à continuer jusqu'aux Pays-Bas. Nous pouvons difficilement demander plus. Nous ne pouvons pas risquer tout le train. Dieu merci, ces deux-là forment un duo particulièrement adorable. »

LE PARADOXE D'EICHMANN

L'homme força le passage dans le bureau de Michael, son chien à son côté. Anita, dans son sillage, essayait d'annoncer son arrivée alors qu'ils étaient fermés. Tandis que Michael se levait pour l'accueillir, l'homme examina le portrait accroché au-dessus du bureau, le Kokoschka de Lisl. Michael avait revendiqué la propriété du tableau, bien qu'il eût été peint longtemps avant sa rencontre avec Lisl. Il appartenait à Herman, et, en tant que tel, revenait de plein droit au Reich.

« Il me faut six cents chocolats pour un rassemblement au Metropole ce soir, annonça l'homme sans une salutation, une adresse personnelle ou une excuse.

— Ce soir ? » répondit Michael, surpris non seulement par le délai restreint qu'on lui donnait, un jour où ses chocolatiers n'étaient même pas là, mais plus encore par le fait qu'Eichmann était venu en personne pour une si modeste affaire.

Michael, lui, n'était ici que pour voir Anita.

« Bien entendu, monsieur Eichmann, dit-il, essayant de recouvrer son sang-froid. Ce serait un honneur pour les Chocolats Neuman de fournir…

— Les Chocolats Neuman ? On m'a assuré que ce n'était plus une entreprise juive.

— Les Chocolats Wirth », se corrigea Michael, ne sachant pas s'il valait mieux admettre son erreur ou faire comme si de rien n'était.

L'homme était dans une colère noire, et selon toute vraisemblance l'était depuis que le convoi rempli d'enfants avait quitté la gare la veille. Michael avait vu Eichmann sortir de la Westbahnhof avec son horrible chien après que le train eut disparu des voies. C'était la dernière d'une douzaine de fois où Michael avait parcouru le même chemin ce jour-là, espérant apercevoir Stephan et Walter, regrettant de ne pas avoir organisé leur départ pour Shanghai en même temps que celui de Lisl. Il aurait même pu le faire plus tard, au moment où elle était partie, il y avait des semaines de ça. Aurait-ce vraiment été un plus grand risque d'organiser un voyage pour trois ? Mais il ne l'avait pas fait. Puis, après la nuit de violences, il n'y avait plus eu de départ possible, et tout non-Juif surpris à se renseigner pour des billets pour Shanghai aurait été regardé avec suspicion.

Les garçons étaient partis maintenant, dans un train qui se trouvait quelque part entre Vienne et les Pays-Bas. Il espérait que cet homme tiendrait parole et les laisserait quitter l'Allemagne, mais il pensait plus probable qu'il trouverait une excuse pour arrêter le transport, et alors que leur arriverait-il ?

« Six cents – oui, bien sûr, nous pouvons le faire », dit-il.

Il jeta un œil à sa montre. Il appellerait ses chocolatiers. Ils devraient rabioter une sélection sur les stocks destinés à ses clients.

« Bien sûr, nous serons très honorés de vous fournir un assortiment de tous nos chocolats pour ce soir.

— Six cents décorés d'un train, dit Eichmann.

— Les six cents ? lâcha Michael. Oui, bien sûr », se reprit-il rapidement, sans même savoir comment ses chocolatiers pourraient faire tant de chocolats en si peu de temps, chaque petit train peint à la main avec une variété de glaçage, mais quel autre choix avait-il ?

« Peut-être aimeriez-vous une boîte d'échantillons pour rapporter à votre femme et à vos enfants ? » proposa Michael, rendu nerveux non seulement par sa gaffe – mettre en doute la moindre parole de cet homme –, mais aussi par la façon dont il examinait le portrait. Avez-vous des enfants, monsieur Eichmann ? » demanda-t-il, meublant le silence gêné, pensant qu'il aurait mieux fait de cacher le tableau dans un placard avec l'autre, pour préserver la thèse crédible qu'ils avaient été dissimulés là par Herman, à qui l'on ne pouvait plus faire de mal. Mes... »

Mes filleuls, avait-il presque dit. Stephan et Walter.

« Je n'ai moi-même pas d'enfants, mais nous avons des petits chocolats ornés de la grande roue du Prater qui je crois sont très appréciés par les...

— Vous les Viennois et votre grande roue grotesque, cracha Eichmann. Six cents trains pour ce soir, sept heures. »

Il se retourna et quitta le bureau, son chien sur ses talons.

Dieu merci, Anita tenait la porte de l'ascenseur ouverte – elle n'était pas très maligne, mais savait faire le nécessaire. Tandis que la porte de l'ascenseur se refermait sur l'homme et l'animal, elle murmura à Michael : « On l'a obligé à laisser sa femme et ses enfants en Allemagne. »

Dissimuler l'infini

Les enfants assis, silencieux, les yeux écarquillés, regardaient un garde-frontière entrer dans la voiture. Stephan, assis à l'arrière, serrait la main de Walter. Žofie-Helene était assise de l'autre côté du couloir, le petit garçon qui suçait son pouce à côté d'elle et le panier avec le nourrisson à ses pieds. Dieu merci, le bébé était silencieux. Mais si le soldat mettait à sac le wagon, si les enfants se mettaient à hurler comme ceux des autres voitures, le bébé pleurerait. Ce n'était qu'un nourrisson.

Stephan aurait souhaité que Tante Truus soit avec eux. Il aurait aimé qu'elle soit au courant pour le bébé, qu'elle puisse leur expliquer. Mais elle avait disparu avec l'une des autres accompagnatrices, dans le sillage des jumeaux que Walter ne voulait pas rejoindre, pas plus que lui.

« Tout le monde debout ! » ordonna le garde-frontière.

Ils obéirent tous, et le garde les inspecta soigneusement ; son regard s'enflamma quand il remarqua Žofie-Helene. Stephan n'aimait pas du tout ça : la façon dont cet homme regardait les longs cheveux de Žofie, ses grands yeux verts, sa poitrine sous son chemisier.

Comme s'il avait senti qu'on devinait ses pensées, l'homme se tourna vers Stephan. Stephan, la main de Walter dans la sienne, fixa le plancher du wagon.

Le collier, se rappela-t-il. Le pendentif de Žofie-Helene, trop précieux pour être emporté dans le train – celui que Tante Truus lui avait demandé de donner à M. Perger –, il était dans sa poche !

Sans quitter Stephan des yeux, le garde-frontière annonça : « Je vais appeler votre nom, vous le répéterez, et vous pourrez vous asseoir seulement lorsque je vous ferai signe. »

Le garde se mit à lire une liste ; après chaque nom, il vérifiait quel enfant l'avait répété, puis lui faisait un signe de tête. À mesure que les noms défilaient, Stephan se demandait s'il pouvait discrètement s'asseoir. Carl Füchsl ne devait pas être dans ce wagon ; mais que lui était-il passé par la tête ? Il avait dix ans de plus que le garçon dont il devait prendre le nom, un garçon qui devait être dans une autre voiture. Et il n'avait même pas pensé à le dire à Walter ou à Žofie.

Le garde, comme s'il soupçonnait Stephan de chercher à le rouler, lui jetait sans cesse des regards tandis qu'il parcourait la liste, et qu'un à un les enfants s'asseyaient.

Je suis un imposteur, pensa Stephan. Un imposteur qui va être démasqué par son frère, qui ne se doute de rien. Cette fois, je serai passé à tabac comme Papa, ou abattu comme cet homme devant la synagogue en feu, pendant qu'il regardait sa femme se vider de son sang.

Le garde appela le nom de la petite fille rousse qui louchait et dont Walter avait dit qu'elle était devant eux dans la file de l'inscription. L'homme la dévisagea avec un air de dégoût avant de barrer son nom. Il répéta son nom et lui fit signe de s'asseoir.

« Walter Neuman », appela le garde.

Walter répéta son nom et le garde tourna les yeux vers lui, tandis qu'il tenait fermement la main de Stephan, son Pierre Lapin contre son torse.

Le garde raya son nom et dit : « Tu peux t'asseoir, mais le lapin reste debout. »

Walter, terrifié, agrippa Pierre plus fort sans le quitter des yeux.

« Les Juifs n'ont vraiment aucun sens de l'humour », lâcha le garde-frontière.

Stephan se pencha pour murmurer à Walter : « Pierre voyage avec toi, il fait tout ce que tu fais », en pensant que ce qui lui arriverait n'était pas bien grave, qu'il fallait protéger Walter.

« Žofie-Helene Perger, appela le garde.

— Žofie-Helene Perger », répéta Žofie.

Le garde la regarda de haut en bas mais ne lui fit pas de signe, comme s'il souhaitait qu'elle s'asseye avant qu'il l'ait autorisée à le faire, cherchant un prétexte pour lui faire quelque chose. Stephan refusait de penser à ce que le garde comptait faire. Il sentit la main de Walter dans la sienne. Il ne pouvait pas se permettre de penser à ce que le garde pourrait faire à Žofie-Helene.

Žofie attendait calmement – si sûre d'elle et si belle, comme il avait imaginé la femme dans *Amok ou le Fou de Malaisie* de Zweig. Tout ici tournait à la folie, comme dans l'histoire. Le collier. Le bébé.

L'exemplaire de *Kaleidoskop*, trop dangereux pour être emporté, mais il ne pensait pas embarquer quand il avait fait sa valise, il était encore le numéro 610. Il observa le garde-frontière et retrouva l'obsession du docteur de la nouvelle de Zweig dans le regard affamé que l'homme portait sur Žofie, ou peut-être dans sa propre réaction à l'appétit de l'homme.

Regardant à travers ses lunettes embuées.

Le carnet. Tout ce qu'il avait écrit. Ils n'auraient besoin de rien d'autre pour le condamner que ses propres écrits, même s'ils croyaient qu'il était ce Carl Füchsl qu'il n'était pas, même s'ils acceptaient l'erreur de dix ans sur ses papiers, même si Walter, sans comprendre ce qu'on ne lui avait pas expliqué – pourquoi n'avait-il pas pensé à lui dire ? –, ne le démasquait pas.

Le garde fit un pas vers eux.

Le bébé était toujours silencieux.

Le garde s'approcha de Žofie, plus près, toujours plus près, jusqu'à être dans le couloir entre elle et Stephan, juste en face d'elle, mais si près que Stephan pouvait tendre le bras, qu'il pouvait mettre ses mains autour du cou maigre de l'homme. À peine plus un homme que lui, comprit Stephan, et la voix de Mutti lui revint : *Je sais que tu es jeune, mais tu dois être un homme désormais*. Aux quatre coins de l'Allemagne, des garçons se faisaient passer pour des hommes.

Le garde tendit la main et toucha les cheveux de Žofie, comme Stephan avait tant désiré le faire depuis qu'il l'avait vue à la gare, sa chevelure détachée qui coulait en boucles le long de son dos.

Le garde fit un signe de tête.

Žofie, debout, soutint son regard.

Ne fais pas ça, Žofie, pensa Stephan. Ne fais rien. Assieds-toi simplement.

Stephan souleva la main de Walter dans la sienne, pour que Žofie puisse la voir, et toussa, un bruit rapide, étouffé.

Ni Žofie ni le garde ne se retournèrent. Du dehors venaient les bruits de la foule. Un chien aboyait.

Stephan mit un doigt sur ses lèvres pour inviter Walter à garder le silence.

« Tout va bien, Wally », murmura-t-il bruyamment, faisant semblant de ne pas vouloir être entendu.

Žofie et le garde se tournèrent tous les deux vers le son de sa voix, dans la voiture silencieuse.

Quand le garde se retourna vers Žofie, il lui fit à nouveau signe, et, Dieu merci, elle s'assit.

Le garde rejoignit l'avant de la voiture et appela les derniers noms de la liste. Stephan contempla avec une terreur croissante les derniers enfants qui s'asseyaient.

Seul Stephan était debout.

« Tu n'es pas sur la liste, dit le garde.

— Carl Füchsl », répondit Stephan.

Walter leva les yeux vers lui. Stephan déglutit nerveusement, priant pour que son frère ne le démasque pas. Les secondes duraient des siècles. De la sueur coulait le long de son dos et perlait au-dessus de ses lèvres glabres. Pourquoi n'avait-il pas écouté Tante Truus ? Pourquoi ne lui avait-il pas obéi ?

Le garde le regarda de haut en bas.

Stephan se tenait absolument immobile, la main de Walter dans la sienne, qui était moite elle aussi, peau humide contre peau humide.

Le garde vérifia sa liste, comme si l'erreur avait pu venir de lui – presque aussi effrayé que Stephan, à sa façon. Depuis quand le monde ne marchait-il plus qu'à la peur ?

« Carl Füchsl », répéta le garde.

Stephan acquiesça.

« Épelle-le », ordonna le garde.

Stephan essaya de dissimuler sa panique : un garçon ne se trompait jamais en épelant son nom.

« C... A...

— Ton nom de famille, imbécile, dit l'homme.

— C'est le numéro 120 », intervint Žofie.

Le garde se tourna vers elle.

« C'est cinq factoriel », dit-elle.

Le garde la fixait, perdu.

« Nous avons tous un numéro d'identification, dit-elle. Ce sera plus simple de le trouver par son numéro. »

Le garde la dévisagea pendant un long moment gênant, puis se tourna et sortit de la voiture. Stephan le regarda descendre sur le quai et discuter avec un officier.

« C'est notre secret, Walter, si quelqu'un demande, je m'appelle Carl Füchsl, d'accord ? » glissa-t-il à son frère.

Il tira le pendentif de Žofie de sa poche et l'enfonça dans la couture du siège derrière le sien, où personne n'était assis et ne pourrait être blâmé. Il ne pouvait pas cacher le livre ou le carnet, mais il pouvait au moins dissimuler le collier.

« Je suis Carl Füchsl. Numéro 120, répéta-t-il.

— C'est cinq factoriel, un nombre qui porte chance, dit Žofie-Helene.

— Je m'appelle Carl Füchsl, répéta Stephan une troisième fois.

— Pour toujours ? demanda Walter.

— Jusqu'à ce qu'on arrive en Angleterre, répondit Stephan.

— Après le bateau.

— Oui, quand on sera descendus du bateau, acquiesça Stephan.

— Est-ce que Žofie-Helene est encore toi, dans ce cas ? »

Le garde réapparut à l'avant de la voiture.

« Tu es dans le mauvais wagon, Carl Füchsl, annonça-t-il. Maintenant, tout le monde ouvre sa valise et vide ses poches. »

Stephan, sans autre choix, ouvrit sa valise avec les autres. Les bords des pages du livre étaient ondulés à cause de l'humidité des couches. Le carnet aussi était humide, mais pas assez pour être illisible.

Tandis que le garde inspectait les valises des autres enfants, Stephan enveloppa discrètement le livre et le carnet dans les couches, puis glissa le tout dans son seul change de vêtements.

Le garde fouilla les affaires des enfants, les jetant pour qu'elles retombent sur le sol sale du wagon. Personne ne l'arrêtait. Quand il découvrait une photo de famille dans un petit cadre en argent, il obligeait l'enfant à se déshabiller et secouait ses habits. Lorsqu'il ne trouvait rien d'autre, il prenait le cadre avec la photographie et passait au suivant. Il découvrit une pièce d'or cachée dans la doublure du manteau d'une petite fille et la frappa si fort que sa lèvre s'ouvrit. De grosses larmes coulèrent le long de ses joues, mais elle resta silencieuse tandis qu'il empochait la pièce.

Comme le garde-frontière atteignait la dernière rangée, la sienne et celle de Žofie et Walter, une odeur d'excréments remplit l'air.

Le garde regarda le garçon qui suçait son pouce.

Allez, s'il te plaît, trompe-toi, pensa Stephan.

Le regard du garde passa du garçon au panier aux pieds de Žofie. Il regarda Žofie puis de nouveau le panier. Il passa sa langue sur ses lèvres et déglutit, sa pomme d'Adam saillit dans son cou mince et glabre.

Stephan serra la main de Walter plus fort et lança : « Le panier est à moi.

— Ce n'est pas vrai, insista Žofie. Il est à moi. »

Ils attendirent tous que le garde-frontière demande à ce qu'on ouvre le panier. Brisant le silence, le bébé gazouilla. Un tout petit bruit. Un inimitable bruit de bébé.

Le garde eut l'air aussi terrifié que Stephan.

« Qu'est-ce qui prend tout ce temps ? » demanda une voix.

Un deuxième garde-frontière entra par l'avant de la voiture et le premier salua à la hâte, « *Heil Hitler !* », lorgnant sur le panier ; il ne voulait pas être celui qui dénoncerait le nourrisson, Stephan pouvait le lire sur son visage, mais il ne pouvait pas être pris en train de laisser partir un enfant sans papiers, et il n'y avait pas de bébé déclaré dans ce train.

« Beurk, dit le deuxième garde-frontière. Ces sales Juifs, ils ne savent même pas utiliser des toilettes. »

Le wagon entier l'observait.

« S'ils sont tous en règle, on en a fini avec eux, dit-il au premier garde. C'est le problème des Néerlandais maintenant. »

Dans une autre direction

Žofie-Helene se pencha sur le panier pour essayer de faire taire le bébé alors que le train s'éloignait doucement de la gare, en direction d'une cabane rouge et d'une barrière blanche sale ornée d'un drapeau nazi. Était-ce la frontière avec les Pays-Bas ? Le train s'arrêta brusquement, Žofie se cogna la tête contre le siège devant elle. Le train fit une embardée vers l'avant puis s'immobilisa de nouveau.

Assis en silence, les enfants attendaient, le seul bruit était celui du bébé, qui s'agitait alors que le wagon était secoué.

Le train se mit à reculer doucement, s'éloignant de la cabane rouge.

Walter demanda à Stephan : « Est-ce qu'on rentre voir Mutti ? » avec cette même espérance que Žofie ressentait un peu ; une partie d'elle s'imaginait que si elle avait une seconde chance, elle pourrait au moins essayer d'amener sa sœur avec elle, que si un bébé qui n'avait personne pour prendre soin de lui avait pu venir, Jojo aurait pu aussi.

Le train s'arrêta de nouveau. À l'extérieur, des bruits métalliques retentirent, comme un marteau qui frappait le métal.

Les enfants étaient parfaitement immobiles et silencieux, terrifiés.

Le train fit de nouveau une courte embardée ; mais dans quelle direction, c'était difficile à dire ; ce n'était qu'un petit mouvement. Žofie regarda Stephan. Il ne savait pas plus qu'elle ce qui était en train de se passer.

Le train se mit à bouger, si lentement qu'elle ne pouvait pas dire dans quelle direction ils allaient. Il devait y avoir un paradoxe pour ça, pensa-t-elle en fixant la cabane rouge, essayant de déterminer s'ils s'en rapprochaient ou s'en éloignaient. Mais s'il en existait un, impossible de s'en souvenir.

Le train siffla, il avançait tout droit maintenant, Žofie en était presque certaine. La petite maison rouge se rapprochait, n'est-ce pas ? Elle regardait, impatiente, concentrée sur le drapeau frappé d'un svastika, sur la cabane rouge, sur les tas de charbon derrière elle.

Stephan vint s'asseoir à côté d'elle et prit Walter sur ses genoux. Il passa son bras autour de son épaule, son contact à la fois lourd et léger. Le paradoxe du toucher de Stephan. Il ne disait rien. Il était simplement assis, son bras autour d'elle, et Walter tenait son Pierre Lapin contre son visage en faisant un bruit de baiser, et elle essaya de ne pas penser au Pierre Lapin qu'elle n'avait jamais acheté à Jojo.

Lentement d'abord, puis plus vite, le drapeau, la cabane rouge et les tas de charbon grossirent dans son champ de vision, même si ce n'était pas le cas en réalité. Ils dépassèrent la maison, le bruit du train sur les rails passa de *tjoek – tjoek – tjoek – tjoek* à *tjoeketoek – tjoeketoek – tjoeketoek,* quand un « Hourra ! » débordant de gaieté retentit du wagon derrière eux, celui de Tante Truus. Les enfants autour d'elle, entendant les autres, reprirent le cri de joie : « Hourra ! Hourra ! Hourra ! Hourra ! »

Carl Füchsl

Le train s'arrêta quelques instants plus tard, cette fois à une gare aux Pays-Bas, où il n'y avait ni soldats ni chiens. Une femme en manteau à col de fourrure blanche s'approcha de la voiture, un large plateau couvert de paquets dans les mains. Elle frappa à la vitre sale trois rangées devant Žofie et l'un des plus grands enfants vint lui ouvrir la vitre. Les portes étaient toujours verrouillées.

« Qui veut des biscuits ? » demanda la femme, et elle se mit à distribuer les paquets aux petites mains tendues par la fenêtre. Elle leur annonça qu'il allait y avoir des viennoiseries, du beurre et du lait, mais qu'ils pouvaient manger les biscuits maintenant, qu'ils pouvaient manger autant de biscuits qu'ils voulaient, même avant d'avoir avalé un vrai repas.

« Ne vous rendez pas malades pour autant ! » lança gaiement la femme, et elle tint le plateau à la fenêtre ; trois enfants passèrent les paquets aux autres avant de se servir eux-mêmes.

Tout le long de la voiture, on ouvrait les autres fenêtres.

Par la vitre sale, Žofie vit Tante Truus dans les bras d'un homme qui lui embrassait le front. Žofie sentait le poids du bras de Stephan dans son dos, contre ses cheveux, le poids de sa main sur son épaule. Elle pensa à Mary Morstan, au docteur Watson qui évoquait la douleur de son deuil dans *La Maison vide* et de son réemménagement avec Sherlock Holmes au numéro 221B Baker Street. Elle ne savait pas pourquoi elle se sentait si triste alors que tout le monde était joyeux.

Les portes furent déverrouillées, et d'autres femmes montèrent à bord avec plus de nourriture, avec des câlins et des bisous, des inconnues maternant ces étranges enfants dans cet étrange nouveau pays. Walter sauta des genoux de Stephan et Stephan courut après son frère. Le garçon qui suçait son pouce fit de même et laissa Žofie seule avec le bébé Johanna, qui dormait dans son panier malgré le remue-ménage.

Johanna était un bébé délicieux. Žofie aurait voulu prendre l'enfant dans ses bras, mais elle avait peur que ces femmes ne le lui enlèvent.

De nouveau, elle regarda Tante Truus sur le quai ; elle parlait à l'homme qui l'avait embrassée, puis elle le quitta et monta dans le premier wagon, emmenant l'une des accompagnatrices avec elle. Une minute ou deux plus tard, elle descendit de la première voiture et grimpa dans la suivante.

Des femmes escortaient des enfants du premier wagon. Pas tous. Seulement quelques-uns.

Autour de Žofie, dans la voiture, les enfants retournèrent à leur place, bavardant, bouteille de lait à la main, délivrés de la prison de leur peur. Žofie aurait voulu se sentir ainsi. Stephan, Walter et le garçon qui n'avait jamais dit son nom lui rapportèrent une bouteille de lait. Elle la posa sur le siège à côté d'elle avant que quiconque puisse s'y asseoir.

Stephan regarda la bouteille de lait, puis Žofie. Elle détournait les yeux pour ne pas voir la pointe de douleur dans les siens. Il prit place de l'autre côté du couloir, et les garçons s'assirent à côté de lui.

Tante Truus monta dans le wagon et demanda l'attention de tout le monde. La voiture fit silence, tous les regards se tournèrent vers elle. Elle expliqua que la plupart des enfants traverseraient les Pays-Bas pour rejoindre Hoek van Holland et le ferry pour l'Angleterre. En revanche, il n'y avait pas de place pour tout le monde sur le premier bateau. Il n'y avait de la place que pour cinq cents. Ses amis s'étaient organisés pour qu'une centaine d'enfants restent aux Pays-Bas pendant deux jours, jusqu'à ce que le ferry revienne les chercher.

« Je veux aller avec toi, Stephan », dit Walter.

Stephan se pencha vers lui et murmura : « Souviens-toi de m'appeler "Carl" jusqu'à ce qu'on arrive en Angleterre. Il n'y en aura plus pour longtemps maintenant. »

Walter acquiesça avec sérieux.

Tante Truus annonça qu'une de ses amies, Mme Van Lange, viendrait lire une liste de noms, et que ces enfants suivraient les femmes. Il y aurait du chocolat chaud pour eux à la gare, dit-elle, et des lits pour dormir. Soudain, tous les enfants voulaient rester aux Pays-Bas.

Žofie fut surprise de voir que l'amie de Tante Truus était enceinte. Elle se tenait à l'avant du wagon et lisait les noms de la dizaine d'enfants dont les femmes s'occupaient ensuite, une fois leurs bagages récupérés. Elle avait l'air si gentille que Žofie envisagea de lui parler du bébé. Si elle attendait elle-même un enfant, elle la laisserait forcément garder Johanna.

Mme Van Lange appela le nom d'une enfant assise en face d'elle – l'une des filles qui avaient été si attentives pendant qu'elle racontait l'histoire de Sherlock Holmes. Quand une femme vint la prendre par la main, sa camarade, sur le siège d'à côté, se mit à pleurer.

« Tout va bien, murmura Žofie. Tu peux t'asseoir avec Johanna et moi. »

Et elle mit le bébé sur ses genoux. Johanna était toujours silencieuse. Personne ici n'avait remarqué le bébé.

Par la fenêtre, elles regardèrent les enfants qui traversaient le quai. Žofie essaya de ne pas penser aux jumeaux qu'on avait emmenés, en Allemagne.

Après le départ de ceux qui devaient s'arrêter là, le reste des enfants s'installa, attendant que le train redémarre. Après un long moment, cependant, Mme Van Lange revint, appelant : « Carl Füchsl ? Y a-t-il un Carl Füchsl dans ce wagon ? »

Žofie sentit une bouffée d'angoisse. Walter ne pouvait pas être séparé de Stephan. Elle non plus.

« Carl Füchsl ? » répéta Mme Van Lange.

Žofie jeta un coup d'œil à Stephan, toujours assis, la main de son frère serrée dans la sienne.

« Carl Füchsl ? » demanda une nouvelle fois Mme Van Lange.

L'une des autres femmes échangea quelques mots avec elle.

« Je sais, mais il n'est pas dans le wagon dans lequel il devait être », expliqua Mme Van Lange à la femme, qui suggéra que l'enfant était peut-être devenu muet, comme tant d'autres.

« Écoutez-moi, les enfants, reprit Mme Van Lange. Si vous êtes à côté de Carl Füchsl – numéro 120 –, dites-le-moi. »

Stephan retourna discrètement son numéro. Personne ne répondit.

« Il vaudrait mieux aller chercher Mme Wijsmuller », dit Mme Van Lange.

Ensemble

Truus monta dans l'avant-dernier wagon, où se trouvait Klara Van Lange, en disant : « Il manque un des enfants ? » La grossesse de Klara était maintenant plus avancée que celles de Truus ne l'avaient jamais été, mais pas moyen de la dissuader de faire son travail – bien que ce fût seulement de ce côté-ci de la frontière désormais.

« Carl Füchsl, dit Klara.

— Je vois », répondit Truus.

Elle passa en revue les enfants dans le wagon et trouva Stephan Neuman au dernier rang. Le garçon tenait son frère sur ses genoux. Bien entendu, il ne voulait pas partir sans lui. Très bien, Stephan Neuman était une complication qui ne s'achèverait pas maintenant, de toute façon. Le garçon était loin des mains allemandes, mais il n'était pas encore en Angleterre. Elle ne pouvait pas courir le risque d'avoir du retard, il aurait dix-huit ans dans quelques semaines.

« Fais-moi voir la liste, dit-elle – elle la prit à Klara et la parcourut en vitesse. Très bien, dit-elle aux enfants, qui veut s'arrêter ici pour boire du chocolat chaud et dormir dans un bon lit ? »

Presque toutes les mains se levèrent. Bien entendu. Quel enfant ne voulait pas descendre du train maintenant qu'ils étaient plus ou moins en sécurité ?

« Tante Truus, Elsie était très triste quand Dora a été appelée et pas elle. Elles étaient amies à Vienne. Je crois que leurs mères les ont inscrites en même temps pour qu'elles restent ensemble », dit Žofie-Helene.

Stephan Neuman s'alarma quand Tante Truus s'avança en direction de l'arrière du wagon et dit : « Elsie, tu veux venir boire un chocolat et manger des biscuits avec Dora ? »

L'enfant se cramponnait à Žofie – partagée entre la jeune fille et son amie –, mais déjà Žofie l'aidait à se mettre dans le couloir et la poussait en avant, aussi inquiète à l'idée que Truus emmène Stephan que le garçon lui-même. Comment pouvaient-ils ne pas se rendre compte qu'elle faisait tout pour prendre un autre enfant ?

« Tout va bien, Stephan, dit-elle au garçon. Tu peux aller en Angleterre avec ton frère. »

Le petit frère, le jeune Walter Neuman, leva son lapin en peluche et lui fit dire, de sa voix de lapin : « Ce n'est pas le frère de Walter. C'est Carl Füchsl. »

Truus prit la fillette dans ses bras et se tourna, ne voulant pas que le garçon voie le rire dans ses yeux. Grand Dieu, voilà ce dont elle avait besoin : un lapin en peluche pour assumer la responsabilité des petits mensonges qu'elle était parfois forcée de dire.

La petite Elsie s'était fait dessus ? Mais non. Truus supposait que c'était l'odeur de soixante enfants dans un seul wagon pendant un jour, une nuit et encore une journée.

Alors qu'elle atteignait l'avant de la voiture, elle se retourna. Était-ce le bruit d'un bébé ? Seigneur, voilà qu'elle s'imaginait des choses maintenant !

Elle regarda par la fenêtre, Joop, son roc, tout en essayant de repousser le souvenir de ces bébés qu'on amenait aux jeunes mères tandis qu'elle était allongée sur les draps blancs d'une chambre blanche de l'hôpital. Ça devait être la vue de Klara Van Lange si enceinte qui lui rappelait tout cela.

« Seigneur, la valise d'Elsie ! » dit-elle.

Déjà, Stephan Neuman se précipitait dans le couloir, le bagage à la main, en faisant un boucan de tous les diables.

Voilà qu'elle l'entendait à nouveau. Un gazouillis de bébé, elle en aurait mis sa main à couper.

Stephan lui donna la valise, en soliloquant interminablement, lui expliquant à quel point Elsie avait adoré l'histoire de Sherlock Holmes que Žofie-Helene lui avait racontée ; parbleu, il avait l'air de vouloir la faire sortir au plus vite de la voiture !

« Merci, Stephan », dit-elle sur un ton destiné à le faire taire, pour pouvoir tendre l'oreille.

Le pauvre garçon avait l'air contrit. Elle n'aurait pas dû être aussi sèche. Est-ce qu'elle entendait des voix ?

Les enfants étaient tous assis en silence. Trop silencieux.

Elle passa la petite Elsie à Klara, pour qu'elle emmène l'enfant à la gare retrouver Dora. Elle informerait elle-même Joop de la substitution.

Elle se retourna vers le wagon et, silencieuse, sur le qui-vive, attendit. Les enfants la regardaient. Personne ne disait mot.

Leur silence était soit de la peur, soit de l'espoir. Elle n'aurait pas dû soupçonner ces enfants de lui cacher quelque chose. Pourquoi cacheraient-ils quelque chose, maintenant qu'ils étaient en sécurité, hors du Reich ?

Une nouvelle fois, le bruit d'un bébé, qui venait de l'arrière de la voiture.

Truus remonta lentement le couloir, l'oreille tendue.

De nouveau, le gazouillis d'un enfant, qui se changeait doucement en pleurs.

Elle examina chaque siège, se demandant encore si le bruit du bébé n'était pas seulement dans son imagination.

Au fond, aux pieds de Žofie-Helene, se trouvait un panier à pique-nique. De l'intérieur provenait le gazouillis d'un nourrisson.

Truus soupira de soulagement : elle n'était pas devenue folle, elle n'imaginait pas des bébés qui n'existaient pas.

Elle tendit la main vers le panier.

Žofie-Helene, essayant de l'en empêcher, le bouscula par inadvertance et l'enfant à l'intérieur se mit à brailler. La jeune fille, un air de défi dans ses yeux verts, ouvrit le panier, souleva la petite et la berça pour la calmer. Truus observait la scène, incapable de croire qu'il y avait vraiment là un bébé, même alors que la petite chose tendait la main vers les lunettes de Žofie.

« Žofie-Helene, dit-elle, sa voix à peine plus qu'un murmure, grand Dieu, mais d'où vient ce bébé ? »

La jeune fille ne répondit pas.

« Klara ! » appela Truus en direction du couloir, pensant que l'enfant pourrait aller à l'orphelinat avec les cent autres en attendant qu'elle clarifie la situation.

Mais Klara était dehors, bien sûr, elle emmenait la petite Elsie rejoindre son amie Dora.

« C'est ma sœur, dit Žofie.

— Ta sœur ? répéta Truus, déconcertée.

— Johanna.

— Mais, Žofie-Helene, tu n'avais pas… Un panier à pique-nique ? Tu n'avais pas de panier à pique-nique…

— Quand j'ai couru pour donner le collier, comme vous m'avez dit. Je l'ai prise à ce moment-là. »

Truus regarda la jeune fille, si à l'aise avec l'enfant. Elle avait bien une petite sœur, Truus s'en souvenait. Cela avait été si dur d'annoncer au grand-père que la petite était trop jeune. Tant de souffrances ancrées dans ses souvenirs de cette journée.

« Ta sœur est plus grande, Žofie », dit-elle, se souvenant tout à coup.

Je suis une grande. J'ai trois ans !

Le nourrisson agrippa le doigt de la jeune fille et émit un son qui ressemblait à un rire. À quel âge les bébés riaient-ils ?

« Si l'Angleterre peut prendre tout un train d'enfants, dit Žofie, elle peut bien recueillir un bébé de plus. Elle restera sur mes genoux dans le ferry. Elle n'aura pas besoin d'un siège. »

Le regard de Truus passa de Žofie-Helene à Stephan. D'où venait vraiment ce bébé ? Žofie la protégeait avec autant d'assurance que si elle avait été la sienne.

La jeune fille avait tant insisté pour sauver ce garçon. Mais ils étaient si jeunes. Ils ne pouvaient pas…

Truus se pencha et écarta la couverture du visage de l'enfant, pour mieux voir. Un bébé sans papiers. D'à peine quelques mois. On ne pouvait rien savoir d'un bébé si petit.

DÉSASSEMBLER

« Oui, six cents chocolats décorés d'un train, annonça Michael aux chocolatiers réunis. Je sais que d'habitude seul Arnold dessine les trains, mais à moins qu'il ne soit capable de tout faire en quelques heures... »

Mieux valait livrer six cents chocolats imparfaits que de rater la livraison.

Six cents. La fête pour laquelle il les préparait, il le comprenait maintenant, était une célébration du succès d'Eichmann : « Avoir débarrassé l'Autriche de six cents petits Juifs. »

Six cents, pensa Michael, y compris Stephan et Walter.

« Utilisez n'importe quel chocolat, enjoignit-il aux chocolatiers. Ce qui importe à Eichmann ce sont les trains, pas le fourrage. Et, oui, vous pouvez expliquer aux autres clients pourquoi leurs commandes seront incomplètes », ajouta-t-il.

Pour une grande partie de Vienne désormais, le fait qu'Eichmann ait passé une commande si importante aux Chocolats Wirth augmenterait son prestige, et les autres clients comprendraient : c'était une commande qu'il n'avait pu refuser.

Après en avoir fini avec ses chocolatiers et avoir organisé la livraison, Michael demanda à Anita qu'on ne le dérange plus et retourna dans son bureau. Il ferma la porte et poussa le verrou, puis resta longuement assis sur le canapé, revoyant le portrait de la Lisl dont il était tombé amoureux. Ses cheveux foncés et ses yeux sombres et voluptueux. Ses lèvres qui, d'un simple frôlement contre son cou, le rendaient fou de désir. Elle avait couché avec Kokoschka, du moins le supposait-il, mais il ne lui avait jamais posé la question et elle n'en avait jamais parlé, il ne voulait pas vraiment le savoir. Sur ses joues, ces égratignures d'une rage qui n'était pas celle de Lisl mais plutôt celle du peintre. Peut-être n'avait-elle pas couché avec lui, peut-être la rage était-elle due à son refus.

Il décrocha délicatement le portrait, le posa sur le sol et se mit à séparer le cadre du support. Il désassembla précautionneusement le tableau étape par étape et retira même la toile du support.

Quand la toile fut libérée, il glissa le cadre vide dans le placard : il s'en débarrasserait par une nuit sombre.

Il tira l'autre tableau qu'il avait gardé dans le placard et le désassembla avec le même soin.

Il enroula les deux toiles ensemble et attacha les extrémités avec de la ficelle, puis enfila son manteau et les glissa en dessous. Il les cala en boutonnant soigneusement son manteau, sentant les martèlements de son cœur devant ce risque insensé, puis sortit de son bureau, descendit les escaliers et s'avança dans les rues de Vienne.

À L'HÔTEL METROPOLE

Eichmann, Tier à son côté, était assis seul à l'unique table qui se trouvait à l'étage de l'immense salle à manger de l'hôtel Metropole, une baie vitrée derrière lui, les chandeliers à son niveau, et en contrebas, tous les Allemands qui avaient une quelconque importance dans Vienne occupée. Ses invités achevaient un repas luxueux tandis qu'un orchestre jouait. Dans quelques instants, il ferait un discours, juste quelques mots pour proclamer sa victoire : il avait débarrassé Vienne de six cents petits Juifs aux frais des Britanniques. C'était son triomphe ; il avait ordonné que tout soit fait selon ses conditions, et on lui avait obéi.

« Selon mes conditions, Tier », dit-il.

Il enverrait chercher le Juif Friedmann ce soir et le garderait en cellule au sous-sol pour une nuit ou deux, décida-t-il en balayant d'un regard noir tous ces gens assis en bas, qui riaient et bavardaient. Pourquoi avait-il autorisé ces gens à amener leurs épouses alors que Vera, elle, était encore à Berlin ?

Un serveur vint lui apporter le premier dessert, conformément à ses instructions. L'homme s'inclina et posa le plat en cristal devant lui : une *Torte* spéciale préparée en l'honneur d'Eichmann par le chef, décorée des meilleurs chocolats de Vienne, tous ornés d'un train.

En contrebas, les serveurs enlevaient les assiettes du dîner tandis que d'autres se tenaient prêts, tenant des plateaux de *Torten* identiques qui devaient être servies uniquement après qu'Eichmann eut mangé la sienne et fait son discours.

Il prit sa fourchette et coupa un morceau de gâteau alors que le serveur versait du café d'une cafetière en argent dans sa tasse en porcelaine. Il voulait que ça avance, il souhaitait en avoir déjà fini. Pourtant, en sentant l'odeur amère du café, il reposa sa fourchette, sans avoir goûté sa *Torte*. Le toupet de cette horrible Néerlandaise, suggérer qu'elle serait digne de prendre un café avec lui.

Il repoussa sa tasse.

« Je n'ai plus faim, dit-il au serveur. Vous pouvez enlever mon café et donner ma *Torte* à Tier. »

Les lumières de Harwich

Le jeune Walter Neuman fut le premier. Les amarres du *Prague* étaient à peine larguées et la côte encore bien en vue quand la mer du Nord s'empara de l'estomac du garçon. Truus était en train d'aider un autre enfant à s'installer dans l'une des couchettes du ferry, à quelques mètres. Le frère du garçon venait d'ouvrir sa valise et d'en tirer un affreux paquet qui se révéla être, quand il en sépara les morceaux, les couches du bébé, précautionneusement lavées mais encore trempées, des mouchoirs tout aussi humides et, au cœur du ballot, un cahier et un livre. Elle pensa que le garçon allait se mettre à pleurer en voyant l'état du livre, sa couverture gonflée par l'humidité des couches, les pages ondulées et collées entre elles.

Son petit frère posa son Pierre Lapin sur le genou de Stephan et utilisa la patte du lapin pour ouvrir le livre et tourner un amas de pages.

« Je crois que même Pierre ne pourra plus lire ça », dit Stephan.

Il riait si vaillamment. Puis le petit Walter annonça qu'il se sentait mal et s'exécuta sur-le-champ en vomissant sur les pages ouvertes. Cela s'était passé des heures auparavant. Le premier, mais loin d'être le dernier.

Truus avança sur le pont du ferry, un enfant dans chaque main. « L'air frais va vous aider, si on arrive à se tenir chaud, assura-t-elle aux enfants, mais restez ici, sur le banc, ne vous approchez pas de la rambarde et de l'eau. »

Le petit garçon – le numéro 500, disait son étiquette recouverte d'une coulure de vomi qu'elle avait essuyée avec un mouchoir déjà sale – enleva son pouce de sa bouche assez longtemps pour annoncer : « Je me sens encore malade.

— Je ne crois pas qu'il te reste grand-chose dans l'estomac, Toma, dit-elle d'une voix rassurante. Mais au cas où, reste ici. »

La traversée n'était pas une mince affaire, même par beau temps. Truus aurait pu être malade elle-même, mais elle ne pouvait pas se le permettre, il y avait trop d'enfants dont il fallait s'occuper. Comment avait-elle pu imaginer qu'elle y arriverait ? Tant d'enfants malades, en larmes ou, par miracle, tombant de fatigue. Quelle première impression terrible ils feraient aux bonnes gens d'Angleterre.

« Est-ce que je peux faire coucou au bébé ? » demanda la mince Erika Leiter, treize ans. Elle était la fille d'un fabricant de meubles, l'un des rares enfants qui iraient directement dans une famille à Camborne au lieu d'attendre dans l'un des camps de vacances qu'on lui trouve un foyer.

Truus suivit le regard d'Erika jusqu'à Žofie-Helene, qui se tenait à la rambarde du ferry, blanche comme un linge, pareille aux autres enfants.

« Ne bougez pas ! ordonna-t-elle aux enfants, et elle se rua pour prendre le bébé des bras de Žofie-Helene.

— J'ai promis à sa mère de la garder jusqu'en Angleterre, dit Žofie.

— Vous allez nager toutes les deux jusqu'en Angleterre, voilà ce qui va arriver ! Reviens me voir quand la mer en aura fini avec toi et je te la redonnerai. Allez, fais attention. Tu ne veux pas t'écarter un peu de la rambarde ? Assieds-toi sur l'un des bancs.

— Je ne veux pas vomir sur le pont.

— Un de plus ne fera pas une grande différence, je t'assure. »

Elle prit le bras de Žofie de sa main libre et l'escorta loin de la rambarde et de l'eau en dessous, jusqu'à une place inoccupée sur le banc, à côté d'Erika.

« Fixe l'horizon, dit-elle. Ça t'aidera à te sentir mieux. »

Žofie-Helene resta assise avec les deux autres, face à la mer. Au bout d'un moment, elle dit : « Ce sont les lumières de Harwich, je suppose. »

À peine visible à l'horizon : une faible lueur clignotante qui pouvait être la côte anglaise ; si c'était le cas, il leur restait environ une heure.

« Peut-être le phare d'Orford Ness, répondit Truus. Ou celui de Dovercourt – ce n'est pas très loin de Harwich. Cependant, on ne verra pas Harwich avant d'avoir contourné Dovercourt, la ville est dans une baie, un peu protégée.

— C'est une phrase d'une nouvelle de Sherlock Holmes, *Son dernier coup d'archet*, expliqua Žofie-Helene. "Ce sont les lumières de Harwich, je suppose."

— Vraiment ? répondit Truus. Bien, fixe les lumières et tu devrais te sentir mieux bientôt. Je vais confier le bébé à l'une des autres filles. »

Elle ne donna pas le nourrisson à l'une des filles, mais l'amena dans un coin tranquille, hors de la vue de Žofie-Helene. Elle s'assit sur un banc et berça doucement l'enfant – Johanna, comme Žofie-Helene l'avait appelée, le nom de sa propre sœur. Truus devait vraiment les séparer ou cela allait mal finir.

Il n'y avait pas encore d'endroit pour le bébé en Angleterre, et l'idée d'expliquer un autre enfant, de demander aux Anglais de prendre soin d'un nourrisson qu'ils n'attendaient pas et ne savaient pas où mettre… Vraiment, elle ferait mieux de ramener la petite à Amsterdam jusqu'à ce qu'on lui trouve un foyer.

« Tu aimerais vivre à Amsterdam, n'est-ce pas, petite enfant sans nom ? » roucoula-t-elle, essayant de refouler les souvenirs de la petite Adele Weiss dans son minuscule cercueil. Truus n'avait même pas parlé du petit cercueil à Joop.

Elle se mit à chanter, une vieille chanson populaire : « La lune s'est levée ; les étoiles dorées brillent dans le ciel illuminé. »

Elle ouvrit les yeux en sursaut, s'attendant à moitié à voir Joop, les sourcils froncés, mais bien entendu Joop était à la maison, seul, au lit, une unique assiette sur la table pour un petit déjeuner solitaire qu'il aurait préparé avec un peu de pain de la réserve et des vermicelles de chocolat du bocal. C'était un enfant qui se tenait devant elle, avec du vomi sur son manteau. D'autres enfants l'entouraient, et une jeune fille arriva à vive allure, criant que deux garçons étaient en train de se battre.

« L'un des deux m'a mordue, Tante Truus ! » disait la fille.

Elle montra sa main à Truus – des marques de morsures superficielles. À contrecœur, Truus donna sa place et le bébé à la jeune fille.

« Occupe-toi d'elle jusqu'à ce que je revienne, dit-elle. Je me charge des garçons. »

Puis elle dit à l'enfant malade : « Viens avec moi, mon chéri. On va te laver. »

Et quand elle eut fini de calmer les garçons querelleurs et de nettoyer le petit malade, elle se faufila pour jeter un œil aux enfants sous le pont. Il y avait Stephan et son frère, Walter, qui dormaient tous les deux à poings fermés avec le lapin en peluche. Sur le sol gisait un livre – complètement fichu. Elle le tourna pour voir le dos : un recueil de nouvelles de Stefan Zweig intitulé *Kaleidoskop*.

Le bout d'une chaîne en or que Stephan n'aurait jamais dû emporter pendait de sa poche. Truus aurait dû le gronder. Il avait mis tout le convoi en danger en emportant une chaîne en or et un livre interdit dans le train. Mais il ne s'attendait pas à embarquer, le pauvre garçon était venu accompagner son frère. Et c'était fait maintenant, il s'en était tiré on ne sait comment. Les deux garçons avaient grandi au milieu de tant de richesses – non seulement matérielles, mais aussi familiales – et il leur restait si peu, pas même ce livre que Stephan avait sacrifié pour le bien du bébé.

Elle repoussa la chaîne au fond de sa poche et caressa les cheveux du garçon, en pensant que Joop aurait aimé avoir un fils comme lui. Joop aurait adoré avoir un fils.

Harwich

L'air était froid contre les chapeaux et les manteaux boutonnés jusqu'au col tandis que le ferry entrait dans le dock de Harwich. Un cameraman des actualités et des photographes consignaient l'arrivée des enfants qui regardaient gravement, depuis la rambarde du *Prague*, les vagues se briser et les oiseaux marins tournoyer bruyamment. Truus était très triste pour ces pauvres enfants maintenant qu'ils étaient tout proches de la sécurité de l'Angleterre – la sécurité sans leurs parents, sans leurs familles ou leurs amis, dans un pays dont si peu parlaient la langue et dont aucun ne connaissait les coutumes. Assurément, ils iraient dans de bonnes maisons. Qui, en dehors de bonnes âmes, accueillerait des enfants d'un pays étranger et d'une religion différente dans sa vie pour ce qui pouvait être des années ?

Truus, apercevant Helen Bentwich qui attendait sur le quai, une liste à la main, laissa la mise en rang des enfants aux autres adultes. Elle avait envisagé de commencer par ceux qui posaient problème – Stephan Neuman et le bébé –, mais avait finalement décidé de les faire descendre en file indienne, dans l'ordre des numéros. C'était ce que Helen avait demandé, et bien que cela tracassât un peu Truus – ces enfants avec des noms, des personnalités et des envies, avec désormais un avenir, qu'on réduisait aux numéros sur les étiquettes qu'ils portaient autour du cou –, il valait mieux que le processus ait débuté au moment où elle devrait donner quelques explications. Elle était soulagée de devoir exposer les choses à Helen. Helen, la femme qui ne disait jamais non. Il restait si peu de gens comme elle dans le monde d'aujourd'hui.

Truus songea qu'elle devait dire quelque chose de solennel à ces enfants, mais qu'avait-elle à dire ? Elle décida de leur dire qu'ils étaient de bons enfants.

« Vos parents sont tous très fiers de vous, dit-elle. Vos parents vous aiment tous beaucoup. »

Les amarres du ferry avaient été lancées et attachées, la passerelle descendue pour relier ces enfants au pays qui était désormais leur nouvelle patrie. Truus prit la main du premier – le petit Alan Cohen, le numéro 1 autour du cou – et descendit avec précaution la coupée. Les enfants suivaient dans un silence terrifié, les plus jeunes agrippés à l'unique poupée ou peluche qu'ils avaient été autorisés à emporter, tout comme Alan. Bien sûr qu'ils avaient peur. Truus aussi avait un peu peur, maintenant que c'était fait, maintenant qu'elle avait enlevé ces enfants à leurs parents. *Mon Dieu, mon Dieu, pourquoi les as-tu abandonnés ?* Mais ce n'étaient pas ces enfants qui étaient abandonnés ; comme Jésus, ils allaient revivre.

Elle atteignit le bas de la coupée, elle gagna l'Angleterre, la main du petit Alan Cohen fermement serrée dans la sienne.

« Je ne savais pas que vous viendriez, Helen ! dit-elle. Quel plaisir, et quel soulagement. »

Les deux femmes s'étreignirent, Truus tenant toujours la main d'Alan Cohen.

« Je n'ai pas pu m'empêcher de venir quand j'ai su que vous seriez là, répondit Helen Bentwich.

— Grand Dieu, jusqu'à la dernière minute je n'étais moi-même pas sûre d'arriver jusqu'ici ! dit Truus, et elles rirent toutes deux. Madame Bentwich, permettez-moi de vous présenter Alan Cohen ? » dit-elle en tendant la main du petit garçon à Helen, qui la prit et la tint avec une tendresse rassurante.

Truus dit au garçon : « *Alan, das ist Frau Bentwich.* »

Alan observa Helen avec prudence. Bien sûr, c'était une réaction compréhensible.

« Alan vient de Salzbourg », dit Truus.

La famille du garçon avait été parquée dans le ghetto de Leopoldstadt, à Vienne, après l'invasion allemande, mais sa maison était à Salzbourg, et Truus voulait rendre hommage à cela, Truus souhaitait que Helen sache que chacun de ces enfants était un individu, pas un numéro, même le numéro 1.

« Il a cinq ans et deux petits frères. Son père est banquier. »

Son père avait été banquier jusqu'à ce qu'on le prive de son métier, mais Helen Bentwich devait le savoir. La famille de Helen était juive, et aussi dans la banque, elle était au courant de la façon dont l'Allemagne dépouillait ses Juifs de tout.

« *Willkommen in England, Alan* », dit Helen Bentwich.

Truus aurait pu pleurer en entendant le nom de l'enfant répété, accueilli dans sa propre langue.

Tandis que Truus prenait la main du suivant, Harry Heber, sept ans, Helen caressait doucement la tête de ce qu'Alan Cohen avait dans la main, cette peluche en forme de... Eh bien, c'était difficile à dire ; elle avait été aimée jusqu'à être méconnaissable.

« *Und wer ist das ?* » demanda Helen au garçon. *Qui est-ce ?*

Alan répondit, l'air enjoué : « *Herr Bär. Er ist ein Bär !*

— Bien oui, c'est un ours, n'est-ce pas ? dit gaiement Helen. Très bien, monsieur Cohen et monsieur Ours, Mme Bates va vous aider à monter dans le bus. »

Elle désigna deux bus à impériale qui attendaient non loin.

« Les autres enfants te rejoindront, mais comme tu es le premier, cela prendra... »

Truus regarda ce qui semblait, même après les kilomètres que le garçon avait traversés, un vide incroyablement grand entre eux et les bus.

Dans sa langue, elle dit au garçon : « Alan, pourquoi M. Ours et toi ne patienteriez-vous pas une minute pendant que je présente Harry et Ruth à Mme Bentwich, puis Mme Bates vous accompagnera tous les trois. Comme ça M. Ours et toi n'aurez pas à attendre seuls dans le bus. Ça te va ? »

Le garçon acquiesça gravement.

Helen et Truus échangèrent un regard entendu.

« Madame Bentwich, dit Truus en serrant doucement la main de Harry, puis-je vous présenter Harry Heber ? »

À nouveau, elle tendit la main de l'enfant à Helen.

« Et voici la grande sœur de Harry, Ruth. Ils viennent d'Innsbruck, leur famille vend du tissu. »

Leur pauvre père à la gare de Vienne avait béni ses enfants.

« Ruth aime dessiner », ajouta-t-elle.

La petite fille avait parlé à Truus des fusains qu'elle avait dans sa valise ; voilà tout ce qu'il restait à la petite désormais : quelques vêtements et des fusains. Mais Ruth et Harry étaient ensemble. Un frère ou une sœur, c'était beaucoup plus que ce que la plupart de ces enfants avaient.

Les deux bus avaient été remplis et Truus, au fond de son cœur, avait déjà dit au revoir à plus d'une centaine d'enfants – les plus grands allaient à Lowestoft et les plus jeunes à Dovercourt – quand Stephan Neuman atteignit la tête de la file. Dans sa main, l'unique valise, sans les couches détrempées et les mouchoirs, avec seulement un change, le cahier humide et le livre illisible.

« Madame Bentwich, dit-elle à Helen, puis-je vous présenter Stephan Neuman. Carl Füchsl a attrapé la rougeole. Nous avons pensé qu'il valait mieux prendre un enfant en bonne santé que d'amener toute une cargaison de miasmes.

— Merci, Truus ! dit Helen.

— Le père de Stephan... »

Le père de Stephan avait été chocolatier avant de mourir au cours de la terrible nuit de violences contre les Juifs du Reich.

« La famille de Stephan a offert au monde l'un de ses meilleurs chocolats, et j'ai cru entendre dire que Stephan lui-même est un bon écrivain, dit-elle, se souvenant du plaidoyer de Žofie-Helene lors de l'inscription. Il a dix-sept ans et son anglais est excellent. Je sais que vous envoyez les plus âgés qui n'ont pas encore de famille à Lowestoft, mais le petit frère de Stephan, Walter, est plus loin dans la file avec leur amie qui est aussi très responsable. Peut-être pourrions-nous envoyer Stephan et leur amie, Žofie-Helene Perger, avec Walter à Dovercourt ? J'imagine que vous aurez besoin d'enfants plus âgés pour aider à s'occuper des petits, et un qui parle anglais serait d'une grande aide. »

Helen raya le nom de Carl Füchsl à côté du numéro 120 et inscrivit à la place celui de Stephan, ainsi que son âge, avec la mention « Dovercourt ».

« Tu peux monter dans le bus, Stephan, dit Truus.

— J'ai promis à ma mère de ne pas quitter Walter des yeux, dit-il dans un très bon anglais mâtiné d'un fort accent.

— Mais tu ne devais même pas faire partie du voyage, répondit Truus.

— Je lui ai dit que je partais. Je ne pense pas qu'elle l'aurait laissé s'en aller autrement. Et elle est... » Il ravala un sanglot. « Et ma mère est morte. »

Truus mit la main sur son épaule et dit : « *Tot, Stephan ? Das habe ich nicht gewusst...*

— Euh... non, pas morte, elle est... », dit-il, troublé.

Truus, voyant que le mot, qu'il le connût ou non, ne lui viendrait pas, que sa langue était fatiguée et inutile, expliqua à Helen que la mère du garçon était malade, ne voulant pas préciser à quel point mais essayant de faire passer dans son expression que ces garçons n'auraient bientôt plus que l'un et l'autre. Combien de ces enfants affrontaient cette perspective ? Mais Truus ne pouvait rien y faire ; elle faisait déjà tout ce qui était en son pouvoir.

« Stephan, pourquoi n'attends-tu pas ton frère à côté du bus dans ce cas ? Je m'assurerai que vous restiez ensemble. »

La file touchait à sa fin quand Truus, qui présentait chacun des enfants à Helen par son prénom, arriva à Žofie-Helene et au nourrisson, accompagnés du petit Walter. Le bébé était très calme, elle dormait peut-être. C'était une enfant si délicieuse. Qui ne voudrait pas accueillir un bébé si sage ?

« Madame Bentwich, permettez-moi de vous présenter Žofie-Helene Perger, dit-elle.

— Helene, comme moi, même si mon prénom n'est pas aussi joliment prononcé, répondit Helen.

— Žofie a eu la bonté de prendre soin de ce nourrisson depuis Vienne, reprit Truus. Le bébé a été… »

Grand Dieu, voilà qu'elle allait se mettre à pleurer, ici et maintenant, au moment où les enfants avaient le plus besoin d'elle.

Helen lui toucha le bras, la soutenant comme elle l'avait fait lors de leur première rencontre, quand Truus, dans le bureau de Helen, tenant la boule à neige dans sa main, s'était autorisée un instant à imaginer un enfant qui ressemblerait à Joop, qui construirait des bonshommes de neige ou lui lancerait une boule de neige, qui la ferait rire.

« Le bébé a été mis dans le train par sa mère », parvint à dire Truus, toujours incapable de concevoir l'abîme de détresse qui avait poussé une mère à mettre une enfant sans défense entre les mains d'une fille qui était encore une enfant elle-même, sans même un nom ou un moyen de la retrouver. Une mère qui croyait donner son bébé pour qu'il soit mis en sécurité, quand la petite aurait pu glisser des mains de la jeune fille, qu'elle aurait pu tomber par-dessus la rambarde du ferry, dans les flots. Elle aurait pu être couchée par une femme qui l'aurait aimée comme la sienne, pour finir par perdre la vie dans le froid d'un baraquement de quarantaine sur une terre étrangère. Elle aurait pu mourir dans une zone de quarantaine alors qu'elle aurait pu tout aussi bien vivre avec un couple sans enfants qui l'aurait choyée, qui aurait trouvé un moyen de délivrer sa mère, de les réunir.

« Elle l'a mise dans le train dans un… », dit Žofie-Helene.

Elle se tourna vers Truus.

« Comment dit-on *Picknickkorb*, Tante Truus ?

— Un panier à pique-nique, répondit Truus tant bien que mal.

— Je ne savais pas que c'était un bébé », ajouta Žofie.

Helen regarda la fille d'un air soupçonneux. Bien entendu, l'histoire semblait invraisemblable, et ce n'était pas le même récit que celui qu'avait d'abord fait la jeune fille à Truus. Truus repensa à l'amitié qui unissait Žofie et Stephan ; le garçon avait presque dix-huit ans, et il était visiblement amoureux d'elle, la fille n'était pas beaucoup plus jeune, et elle en pinçait pour lui.

« Bien, nous ne savons pas du tout qui est cette enfant », dit-elle à Helen.

Cela au moins c'était vrai ; elle, du moins, l'ignorait.

« Elle sera la première à être placée, je suppose : une enfant que personne ne pourra réclamer. »

Helen étudia Truus pendant un long moment, si long que Truus dut combattre son instinct de se détourner.

« Quel nom dois-je inscrire, dans ce cas ? demanda Helen.

— Johanna, répondit Žofie-Helene.

— Sans nom, affirma Truus. Ses nouveaux parents pourront choisir un prénom eux-mêmes. Je crois que si vous les envoyez toutes les deux à Dovercourt, Žofie-Helene prendra soin de l'enfant jusqu'à ce qu'elle soit placée. »

Žofie resta silencieuse tandis que Helen rayait son nom.

« Est-ce que je dois attendre Walter ? demanda la jeune fille à Truus, dans sa langue. Il était avant moi. Il est numéro 522 et je suis numéro 523. »

Truus sourit. C'était une fille charmante, et qui était-elle pour juger, au vu de l'existence à laquelle Žofie-Helene avait été condamnée cette année passée : son père mort et sa mère Dieu sait où, qui avait mis sa famille en danger pour le bien des autres. Elle croyait la jeune fille. La simplicité de cette histoire de panier à pique-nique avait quelque chose de vraisemblable : un bébé placé au dernier moment entre les mains de quelqu'un qui pouvait le secourir, donné seulement quand la mère n'avait plus eu le choix et plus le temps de changer d'avis.

« Madame Bentwich, Žofie va patienter pendant que je vous présente son ami Walter Neuman, dit-elle en prenant la main de Walter. C'est le petit frère de

Stephan Neuman, qui attend patiemment depuis tout ce temps. »

Helen Bentwich jeta un œil vers le bus, où l'aîné des Neuman regardait. Elle caressa la tête du Pierre Lapin de Walter.

« Et qui c'est, celui-là ? demanda-t-elle. *Und wer ist er ?*

— *Das ist Pierre*, répondit Walter, puis il continua ses explications : Žofie m'a dit qu'il n'avait pas besoin de son propre collier, qu'il pouvait voyager gratis avec le mien. »

Žofie acquiesça pour l'encourager.

« C'est un nombre spécial, dit-elle. Il a dix… On dit *Faktoren* ? Un, deux, trois, six, dix-huit, vingt-neuf, quatre-vingt-sept, *Einhundertvierundsiebzig, Zweihunderteinundsechzig, Fünfhundertzweiundzwanzig.* »

Helen Bentwich eut un rire élégant.

« *Willkommen in England, Walter und Pierre*, dit-elle. Vous avez tous les deux beaucoup de chance, à ce que je vois ! »

Truus regarda les trois enfants s'éloigner vers le plus grand ; Stephan, avec une joie immense, souleva Walter dans ses bras et le fit tournoyer, puis il embrassa d'abord le garçon, et ensuite le lapin en peluche, tandis que Žofie riait, ce qui réveilla le nourrisson qui émit un délicieux gazouillis qui n'aurait gêné personne, pas même s'il vous avait gardé éveillé toute la nuit.

« Un bébé seul au monde, Truus », dit Helen.

Truus détourna le regard, vers les flots bleu acier qui léchaient les flancs du ferry qui la reconduirait chez elle, seule.

« Vous avez pensé à la ramener à Amsterdam ? demanda Helen.
— Le bébé ? »
Helen lui lança un regard.

« Ce n'est pas trop tard, dit-elle, faisant un signe de la main pour dire au chauffeur du bus d'attendre. Jusqu'au départ du bus, je peux modifier la liste. »

Truus regarda les enfants disparaître dans l'autobus, essayant d'imaginer leur vie ici. Le bébé irait bien. Une femme gentille, comme Truus, qui désirait un enfant. Une femme comme elle qui verrait ce bébé comme un cadeau de Dieu. Une femme qui tomberait sous le charme de cette enfant, et porterait la culpabilité du désir secret que personne ne vienne jamais la réclamer. Y avait-il des chances que cela arrive ? Que ferait Hitler à ces Juifs si la guerre était déclarée ? « Si » – comme s'il y avait un doute sur l'imminence de la guerre, malgré le monde entier qui prétendait le contraire.

Elle regarda la courte file des enfants qui restaient sur la passerelle, puis le ferry, l'étendue d'eau qu'elle devrait retraverser, sans enfant malade dont il faudrait s'occuper au retour, sans rien pour distraire son esprit de la douleur, cheminant dans ce qu'elle avait et ce qu'elle n'avait pas, la famille qu'elle et Joop n'auraient vraisemblablement jamais.

« Il y a encore une centaine d'enfants qui attendent aux Pays-Bas, un autre ferry à organiser, dit-elle. Et tant d'enfants en Autriche. »

Helen lui prit la main, tout comme Truus avait pris la main des enfants avant de leur dire au revoir et de les envoyer vers leurs nouvelles vies.

« Vous êtes sûre, Truus ? »

Truus n'était sûre de rien. L'avait-elle même jamais été ? Tandis qu'elle regardait, incapable de répondre à Helen, de dire que ce n'était pas le bébé qu'il était si dur de laisser partir, une neige légère se mit à tomber.

Helen serra sa main, comprenant d'une certaine façon ce que Truus elle-même ne comprenait pas totalement, et elle fit signe au conducteur de l'autobus. Le moteur démarra dans un toussotement. Un enfant appelait du bus – Žofie-Helene criait depuis l'une des fenêtres à l'étage : « On t'aime, Tante Truus ! » À toutes les vitres de l'autobus, en haut et en bas, les enfants agitaient la main et disaient : « On t'aime, Tante Truus ! On t'aime ! » Il y avait Walter qui secouait la patte de Pierre Lapin pour dire au revoir. Et Žofie-Helene, qui tenait le bébé sans mère, qui remuait ses petits doigts tandis que le bus s'éloignait dans un grondement, Žofie-Helene agitant aussi la main.

Dovercourt

Stephan, Walter sur ses genoux, regardait par la fenêtre alors que le bus passait sous une pancarte : « *Camp de vacances Warner* ». Ils descendirent le chemin d'accès mouillé par la neige qui fondait déjà après la bourrasque qui venait de s'achever, donnant au monde un air plus froid mais pas plus beau pour autant. Le bus s'arrêta dans le camp de vacances constitué d'un bâtiment central, long et bas, et de petites maisons aux pignons défraîchis le long d'une plage venteuse.

« Pierre a froid », dit Walter.

Stephan passa son bras autour de son frère et du lapin.

« Ne t'inquiète pas, Pierre, répondit-il. Regarde, il y a de la fumée qui monte de la cheminée du grand bâtiment. Je crois que c'est là que nous allons. »

Mais devant eux, les enfants du bus portaient leurs valises jusqu'aux petites maisons, dépourvues de cheminées. Seuls les adultes qui sortaient des voitures se dirigeaient vers le grand bâtiment.

Une femme tenant un bloc-notes monta à bord du bus.

« Bienvenue en Angleterre, les enfants ! dit-elle. Je m'appelle Mlle Anderson. S'il vous plaît, donnez-moi votre nom en débarquant du bus. Quand je vous donnerai le numéro de votre chalet, prenez vos affaires. »

Les enfants échangèrent des regards déconcertés.

Žofie murmura à Stephan : « Ça veut dire quoi "débarquer" ? »

Stephan ne connaissait pas le sens du mot, mais ce qu'il comprenait, c'est que la femme voulait qu'ils aillent du bus vers les petites maisons. « *Die Hütten* », répondit-il. Il y aurait sûrement du chauffage électrique dans les cabanes.

« Allez-y d'abord, mais attendez-moi, d'accord ? » dit Žofie.

Stephan et Walter descendirent les marches, Žofie et le bébé juste derrière eux, et ils se rangèrent dans la file d'enfants qui venaient du bas du bus.

« Stephan et Walter Neuman, annonça Stephan quand ce fut leur tour.

— Walter Neuman, tu es dans le chalet 22, mon petit », dit Mlle Anderson.

Elle vérifia sa liste.

« Je n'ai pas de Stephan Neuman, dit-elle. Tu es monté dans le mauvais bus. Ici c'est Dovercourt. Les grands sont envoyés à Lowestoft.

— Je suis Carl Füchsl, répondit Stephan, qui ne savait pas vraiment comment l'expliquer clairement dans sa deuxième langue. Il a... *Masern* ? Il est malade. Mme Bentwich m'a dit d'aider avec les petits garçons. »

Mlle Anderson l'observa, se demandant peut-être s'il était à la hauteur de la tâche.

« Très bien, chalet 14.

— Tante Truus a dit que mon frère et moi pourrions être ensemble.

— Qui ? Ah, très bien. Restez ici le temps que j'organise le reste du bus, puis on vous trouvera un chalet où vous mettre tous les deux. »

Stephan la remercia dans son meilleur anglais, puis donna un coup de coude à Walter, qui ajouta « Merci » en anglais également.

Alors qu'ils s'écartaient et que Mlle Anderson s'adressait à Žofie, un homme et une femme s'approchèrent de Walter.

« Regarde, George, quel petit garçon adorable ! dit la femme.

— Nous sommes frères, dit Stephan.

— Ma chérie, nous avons déjà choisi un petit garçon d'Allemagne. Je crois qu'un enfant de cinq ans, c'est tout ce dont Nanny sera capable de s'occuper à son âge. Il faut qu'on aille le chercher à l'intérieur. »

Mlle Anderson, qui parlait avec Žofie-Helene, dit : « Mon Dieu, est-ce que le bus est rempli d'enfants que l'on n'attendait pas ? Bon, très bien, restez sur le côté avec ces garçons le temps que je m'occupe des autres enfants. »

La femme qui avait trouvé Walter mignon s'exclama : « Un bébé ? George ! Oh, comme j'aimerais un bébé qui soit à nous. Ils nous ont dit qu'il n'y en aurait pas. S'il te plaît, prends-le avant que quelqu'un d'autre le fasse.

— Ces enfants viennent juste d'arriver d'Autriche, répondit son mari. Ils ne se sont même pas lavés. »

La femme toucha le visage du bébé et dit : « Comment tu t'appelles, mon trésor ?

— Ma petite sœur s'appelle Johanna », répondit Žofie-Helene.

La femme essaya de lui prendre le bébé mais Žofie tint bon.

« Tu es un peu vieille pour avoir une sœur si jeune, non ? » dit la femme en s'écartant de Žofie comme si elle était contagieuse.

Žofie la regarda avec une expression que Stephan n'avait jamais vue dans ses yeux : l'incertitude. Elle était si intelligente. Elle savait toujours tout dans sa propre langue.

La femme prit le bras de son mari et se dirigea vers le bâtiment principal en disant : « Grand Dieu, ils nous envoient des filles impures. Quelle ruine ! »

Stephan observait, voulant prendre la défense de Žofie même s'il ne parvenait pas à décrypter complètement ce que la femme avait voulu dire. Ruine. Comme les ruines de Pompéi, qu'on ne pouvait plus reconstruire. On ne pouvait reconstruire ce qui avait été ruiné, mais une chose pouvait être en ruine et être pourtant parfaite.

Un visa de sortie d'un autre genre

Ruchele se mit à pleurer longtemps avant que le grand-père de Žofie-Helene ne finisse de parler, de lui annoncer que les trois enfants étaient sains et saufs en Angleterre.

Otto Perger posa son chapeau, qu'il avait dans les mains. Ruchele se rapetissait le plus possible de peur qu'il ne la touche. Elle ne pensait pas pouvoir affronter une once de tendresse.

« Ils sont dans un camp de vacances à Harwich jusqu'à ce qu'ils trouvent une famille », expliqua Otto Perger.

Elle pleurait et pleurait encore – une faiblesse, elle le savait. Elle aurait dû se ressaisir, mais elle n'y parvenait pas. Il y avait si peu à saisir, de toute façon.

« C'est si dur de ne pas les avoir près de soi, je sais », dit Otto.

Ruchele rassembla assez de force pour dire : « C'est un tel soulagement de les savoir en sécurité. Merci, monsieur Perger. »

Il esquissa un sourire.

« Otto, dit-il. S'il vous plaît. »

Elle aurait dû répondre en donnant son nom, mais elle n'y arrivait pas. Elle savait qu'il penserait que même ici, même privée de tout ce qui avait jadis fait sa dignité, elle se sentait supérieure à lui. Ce n'était pourtant pas le cas. Elle avait éprouvé ce sentiment à un moment, et elle le regrettait. Elle aurait aimé s'excuser, mais il lui restait si peu d'énergie, et elle avait encore une chose à faire.

Du tiroir du haut de son bureau, elle tira une quarantaine de fines enveloppes qui contenaient des lettres écrites sur du papier récolté à droite et à gauche, portant des timbres que Mme Isternitz avait achetés pour elle avec le reste de l'argent donné par Michael. Les noms de Stephan et de Walter étaient inscrits sur les enveloppes, sans adresse. Ce simple geste la fit souffrir, mais elle refusa l'aide d'Otto. Il ne fallait pas qu'il la pense faible. S'il devait voir quelque chose d'elle – le mieux était encore qu'il ne voie rien, mais au cas où –, cela devait être sa force, sa détermination.

Elle les lui tendit toutes, sauf une dernière enveloppe, sans timbre.

Il les fixa, refusant de les prendre, comme s'il savait ce qu'elles signifiaient, ce qu'elle lui demandait.

« Monsieur Perger, commença-t-elle, c'est si difficile pour moi de sortir, et il me reste si peu de temps…

— Non, je ne les prendrai pas, insista-t-il.

— Je sais que ce n'est pas juste de ma part de vous demander cela, concéda-t-elle. Je suis juive. »

Il pouvait être jeté en prison pour le simple fait d'avoir envoyé une lettre pour elle.

« Ce n'est pas ça, répondit-il. Ce n'est pas ça, bien sûr, madame Neuman. Vous ne devez pas…

— Je les aurais données à quelqu'un ici, mais nous... Personne n'imagine que nous allons rester. Mon mari est déjà mort, monsieur Perger, et je mourrai de toute façon. Vous devez bien voir que je meurs : on m'a laissé une chambre pour moi toute seule. »

Elle rassembla toutes les forces qui lui restaient pour sourire faiblement. Elle espérait que ce soit un sourire. Cela faisait si longtemps qu'elle n'avait pas souri.

« S'il vous plaît, accordez-moi cette bonté, supplia-t-elle. Sinon pour moi, alors pour mes fils ? »

Elle était heureuse de la sympathie de l'homme pour Stephan.

« Une lettre par semaine, pour qu'ils continuent de savoir que je vais bien.

— Vous pourriez...

— Pour qu'ils puissent commencer leur nouvelle vie en Angleterre et s'occuper l'un de l'autre sans s'inquiéter pour moi. » Des mots prononcés dans un souffle, une douleur physique mais pas seulement. « La dernière lettre est écrite d'une façon différente, pour leur annoncer que je suis partie, parvint-elle à dire. Ils s'y attendront, du moins Stephan, et je ne veux pas qu'ils souffrent de ne pas avoir eu un mot de moi. »

Il porta une main incertaine à sa barbiche.

« Mais... mais comment saurai-je quand l'envoyer ? »

Ruchele le regarda, sans rien dire. C'était un vieil homme, derrière ses lourdes lunettes rondes ses yeux devenaient chassieux. Si elle devait mettre des mots dessus, il se déroberait. N'importe qui se déroberait. Même un vieil homme compréhensif.

« Madame Neuman, vous... » Il posa ses mains sur les siennes, sur les lettres. « Vous ne devez pas...

— Monsieur Perger, ce que je dois faire de ma vie, c'est m'assurer que mes fils deviendront de jeunes hommes honnêtes et bons. » La fermeté de sa voix la surprit autant que lui, elle pouvait le voir. Elle dit plus doucement : « Je ne pourrai jamais assez vous remercier du rôle que vous avez joué pour me permettre cela. Maintenant vous devez me laisser me reposer avec la bonne nouvelle que mes fils sont en sécurité. »

Elle mit les lettres dans sa main.

« Il n'y a pas d'adresse, dit-il.

— Je ne sais pas où ils seront, mais peut-être pourriez-vous écrire à Žofie que vous les envoyez pour moi parce qu'il m'est difficile d'écrire ? Žofie, je crois, saura toujours où est Stephan. »

Les larmes lui montaient à nouveau. Comment cette étrange jeune fille pouvait-elle remplir les espoirs qu'elle avait pour Stephan, et avec lui, pour Walter ?

« Je reviendrai demain, dit Otto Perger. Je vous apporterai à manger. Vous devez vous nourrir, madame Neuman.

— S'il vous plaît, ne vous dérangez plus pour moi, répondit-elle, à part pour envoyer les lettres.

— Mais vous devez garder vos forces. Il faut que vous soyez forte pour vos fils.

— Mes voisins m'apporteront l'aide dont j'ai besoin, vous ne feriez que vous mettre en danger. »

Il scruta son visage. Il savait sans savoir – elle le voyait dans son regard derrière les verres, elle le sentait dans la pression un peu plus forte de sa main sur les lettres. Il avait envie de savoir, mais en même temps il ne voulait pas.

Elle soutint son regard. Si elle faisait cela, si elle gardait sa force jusqu'au dernier moment, il hésiterait à revenir, à déranger.

« Dans quelques jours alors, ajouta-t-il.

— S'il vous plaît, répondit-elle, les lettres sont tout ce dont j'ai besoin.

— Quand j'aurai des nouvelles de Žofie-Helene. Je vous dirai quand j'aurai de ses nouvelles. Et moi je vais vouloir savoir ce que vous racontent Stephan et ce cher petit Walter. »

Elle acquiesça, craignant qu'il ne parte pas si elle ne le faisait pas, et maintenant que les lettres étaient entre ses mains, elle avait besoin qu'il s'en aille. Que ferait-elle s'il changeait d'avis ? Que ferait-elle si elle-même changeait d'avis ? – une pensée qui lui venait à l'évocation des lettres pour ses garçons.

Il se leva à contrecœur, se retournant alors qu'il atteignait la modeste porte. Elle ferma les yeux, comme incapable de repousser le sommeil.

Quand la porte se referma doucement sur lui, elle tira de la dernière enveloppe une photographie de Stephan et Walter, ensemble. Elle embrassa chacun des deux visages, une fois, puis une fois encore.

« Vous êtes de bons garçons, murmura-t-elle. Vous êtes de bons garçons et vous m'avez apporté tant d'amour. »

Elle glissa la photo dans ses vêtements, contre sa poitrine, puis tira un mouchoir de l'enveloppe, le dénoua et dévoila les dernières lames de rasoir de Herman.

Troisième partie

Après
Janvier 1939

LAPIN NUMÉRO 522

Stephan s'assit sur le bord de la couchette de Walter. « Allez, Wally, c'est l'heure de se lever, dit-il gentiment. Les autres garçons sont partis depuis longtemps. » Il tira les couvertures. « C'est un jour nouveau, une nouvelle année ! »

Walter remit les couvertures par-dessus sa tête.

« On a déjà raté le petit déjeuner », reprit Stephan.

Le premier petit déjeuner de l'année 1939. Dans quelques semaines, Stephan aurait dix-huit ans. Et alors quoi ? Si Walter et lui n'étaient pas placés dans une famille d'ici là, que lui arriverait-il ?

« Pierre n'a pas faim, dit Walter. Pierre dit qu'il fait trop froid pour manger. »

C'est un lapin intelligent, pensa Stephan.

« J'ai une nouvelle lettre de Mutti », répondit-il.

Le bureau de poste du camp, situé à une extrémité de la salle principale du grand bâtiment, était fermé le dimanche, mais Stephan gardait la lettre, qui arrivait la veille, pour l'avoir après le départ des parents potentiels. C'était fatigant, toute une journée assis à bavarder poliment avec des inconnus qui tenaient peut-être leur avenir entre leurs mains. Jusque-là, celui de Walter et le sien ne se précisaient pas. Mais ce n'était que leur troisième dimanche, et la semaine précédente pratiquement aucun parent n'était venu, puisque c'était Noël. Chez eux il y aurait eu le grand *Christkindlmarkt* avec du pain d'épice, du vin chaud et des ornementations, des gens venus des quatre coins du pays pour admirer le sapin sur la Rathausplatz. À la maison, ils auraient orné l'arbre de décorations en or et en argent et d'étoiles de paille, et ils auraient allumé le sapin et échangé des cadeaux en chantant « *Stille Nacht, Heilige Nacht* », le même air mais des paroles si différentes de celles des Anglais. Des garçons d'un lycée proche du camp leur avaient appris la version anglaise, une façon pour eux de commencer à apprendre la langue. Stephan se demandait avec qui Mutti avait chanté, si elle avait chanté.

Il fit asseoir Walter et passa un second pull par-dessus celui avec lequel il avait dormi, puis son manteau et une écharpe. Son chapeau et ses gants étaient déjà mis ; ils dormaient tous les deux avec, les bras de Stephan enlaçant son petit frère dans le lit, pour garder la chaleur. Il avait dit à tous les garçons du chalet de dormir avec leur bonnet et leurs gants et de partager les couchages pour avoir plus chaud.

Quand Walter fut habillé, Stephan lui tendit son Pierre Lapin, puis il prit le numéro de Walter pour le lui mettre autour du cou. Walter se pencha pour l'éviter. Il était devenu si têtu à propos de cette satanée étiquette. Stephan ne pouvait pas vraiment lui en vouloir. Lui non plus n'aimait pas porter son étiquette, il détestait être réduit à quelque chose de froid et de numérique, quels qu'aient été les efforts de Žofie pour rendre leurs numéros spéciaux. Mais c'était la règle : les enfants de Dovercourt devaient garder leur numéro, quoi qu'il arrive.

« Je sais, dit-il d'une voix douce. Je sais, mais... »

Il prit l'étiquette et fit plusieurs tours avec la ficelle, en disant : « Et si c'était Pierre qui la portait aujourd'hui ? »

Walter réfléchit un instant puis acquiesça.

Stephan enroula la ficelle autour du cou de Pierre : lapin numéro 522.

Il faisait un peu plus chaud dans le bâtiment principal grâce aux cheminées, mais les enfants prenaient tout de même leur petit déjeuner en manteau, finissant leur hareng et leur porridge sur les longues tables. Une radio jouait de la musique tandis que deux des garçons les plus âgés enlevaient le sapin de Noël. L'une des responsables sermonna en anglais trois enfants qui se disputaient à propos d'une partie de ping-pong : « Si vous ne vous tenez pas mieux, on vous renverra en Allemagne. »

Les enfants se tournèrent vers elle, mais s'ils avaient compris ce qu'elle leur disait, ils ne le montraient pas. Walter demanda ce qu'avait dit la femme et Stephan lui expliqua.

Walter, déconcerté, murmura : « Si je suis un méchant garçon, je pourrai rentrer voir Mutti ? »

La gorge de Stephan se noua d'un coup.

« Comment est-ce que je ferai sans toi pour ne pas geler la nuit, Wally ?

— Tu pourrais être un méchant garçon aussi », dit Walter. Puis il se tourna vers son lapin et ajouta : « Pierre, est-ce que tu pourrais être un méchant lapin ?

— Mais ça rendrait Mutti triste, répondit Stephan. Comment pourrait-elle venir en Angleterre si nous rentrons à la maison ?

— Est-ce qu'on peut lire la lettre de Mutti maintenant ? » demanda Walter.

Sans enlever ses moufles, Stephan tira l'enveloppe de la poche de son manteau, leurs noms étaient écrits de la main de Mutti, mais l'adresse, comme les deux premières missives, de celle de M. Perger. La première lettre était arrivée avec un mot du grand-père de Žofie leur disant de ne pas s'inquiéter à propos de leur mère, qu'il aidait – en prenant de gros risques pour lui et Johanna, Stephan le savait ; si M. Perger était jeté en prison pour avoir aidé une Juive, qui s'occuperait de la sœur de Žofie ? Leur mère était toujours aux mains des nazis.

Stephan chercha Žofie du regard, mais elle n'était pas encore là, bien que le tableau noir que l'équipe utilisait pour noter la liste des enfants adoptés chaque semaine fût couvert d'équations qui n'y étaient pas quand Stephan était parti la veille au soir.

« On peut lire la lettre de Mutti maintenant, si on lit vite, dit-il à son frère. Mais ne pleure pas, d'accord ? Peut-être que la famille qui va nous prendre arrivera aujourd'hui, dans quelques minutes.

— Si elle nous choisit, on ira dans une maison avec du chauffage pour Pierre et moi et une bibliothèque pour toi. »

Stephan lui tendit la lettre.

« Pour la bibliothèque, on ne peut qu'espérer, mais pour le chauffage, c'est certain. Cette fois, c'est à toi de lire.

— Pierre veut lire », dit Walter.

Walter, avec sa voix de Pierre Lapin, se mit à lire : « "Mes très chers fils, vous nous manquez beaucoup ici à Vienne, mais cela me réconforte de vous savoir tous les deux en Angleterre où vous prendrez toujours soin l'un de l'autre." » C'est ainsi que les deux premières lettres de Mutti avaient commencé, des lettres qu'ils lisaient et relisaient tellement que Walter les connaissait maintenant par cœur. Walter devenait un très bon lecteur ; ils avaient tant lu ces dernières semaines, il n'y avait pas beaucoup d'autres choses à faire. Comme la plupart des livres du camp étaient en anglais, cependant, Walter lisait mieux en anglais que dans sa propre langue, ce que Stephan ne remarqua que lorsque Walter lui demanda de l'aide. Bien sûr, les livres qu'ils lisaient étaient en caractères d'imprimerie, tandis que Mutti écrivait en cursive, une écriture qui, même pour Stephan, était difficile à déchiffrer. Lui aussi devait parfois s'en remettre à sa mémoire.

Stephan essuya les larmes de Walter avec son mouchoir – qui avait un jour servi de couche – en disant : « Allons, Wally. Les larmes, c'est pour la nuit. »

Žofie et le bébé les rejoignirent, l'enfant emmaillotée dans des couvertures que les femmes avaient apportées. Stephan retira les lunettes de Žofie, embuées par le passage entre l'air froid de l'extérieur et l'air un peu plus chaud à l'intérieur. Il les essuya avec ses moufles et les lui remit sur le nez.

« Qui aurait pu deviner qu'il pouvait faire encore plus froid ? dit-il.

— Les températures continuent à descendre après le solstice même si les jours rallongent parce que la chaleur de l'été emmagasinée dans la terre et la mer continue de se dissiper, expliqua Žofie.

— Stephan et moi on a dormi ensemble avec tous nos vêtements et j'avais quand même froid ! Pierre était gelé. Il n'a qu'une petite veste. Mais peut-être qu'une famille va nous choisir aujourd'hui.

— J'en suis persuadée, Walter. J'ai l'impression que c'est votre semaine de chance », répondit Žofie.

L'une des femmes se saisit d'un tampon effaceur et fit disparaître les équations du tableau. Stephan prit la main de Walter, et, tous les quatre, ils rejoignirent les enfants qui se rassemblaient autour de la femme, une petite fille s'exclamant : « Moi ! Moi ! Moi ! Je vais avoir une famille ! » tandis que la craie crissait sur le tableau. Quand la liste fut terminée, la file d'enfants à la porte – qui seraient raccompagnés à leur chalet pour faire leur valise – n'était constituée que de filles et de très jeunes garçons. Le reste s'installa aux tables. Les parents potentiels n'allaient pas tarder à arriver.

« Très bien, Wally, dit Stephan, c'est à toi.

— Bonjour, c'est très gentil de votre part de nous rendre visite », répéta Walter dans un anglais plus clair que celui du dimanche précédent. Ce n'était pas parfait, mais la pratique portait ses fruits.

« Très bien, le félicita Stephan pour donner confiance à son frère. Maintenant, où veux-tu t'asseoir cette semaine ?

— Avec Žofie et Johanna. Tous les parents viennent voir Johanna. »

Comme toujours, ils s'assirent à côté de Žofie et du bébé, sur les chaises qui avaient été détournées des tables, les dernières assiettes du petit déjeuner désormais débarrassées en préparation d'un autre long dimanche triste, de ce que Stephan commençait à appeler « l'Inquisition ». Pourtant, il regarda avec espoir les portes s'ouvrir et les futurs parents entrer.

DIX-NEUF BOUGIES

Stephan se réveilla en sursaut, désorienté par l'affreux petit chalet et son frère serré contre lui dans le lit. Aujourd'hui, c'était son dix-huitième anniversaire. S'il était resté à Vienne, il n'aurait plus eu le droit de faire partie du *Kindertransport*. Il était en Angleterre, mais il n'avait pas encore trouvé de famille. Le renverraient-ils ?

Il ferma les yeux et imagina se réveiller dans son lit chaud, dans le palais sur le Ring dont il n'avait jamais envisagé qu'il puisse appartenir à quelqu'un d'autre qu'à sa famille, même après que les nazis s'en furent emparés. Il s'imagina descendre les escaliers en marbre sous les lustres de cristal, effleurer les sculptures à chaque virage jusqu'à la femme de pierre au bas des marches, celle qui avait des seins comme ceux de Žofie. Il s'imagina passer devant les tableaux dans l'entrée – les troncs de bouleaux à l'étrange perspective ; le Klimt qui représentait Malcesine, sur le lac de Garde, où ils passaient parfois leurs vacances d'été ; le Kokoschka de Tante Lisl. Il s'imagina entrer dans la salle de musique au son de la *Suite pour violoncelle n° 1* de Bach – sa préférée. Il imagina un gâteau préparé avec le meilleur chocolat de son père et par Mutti, comme l'année dernière, même si elle avait dû passer une journée complète au lit pour se remettre de la fatigue causée par la préparation d'un seul gâteau. Son père allumerait ses bougies comme il l'avait fait chaque année de la vie de Stephan, jusqu'à celle-ci. Il y aurait eu dix-neuf bougies, une pour chaque année et une pour la chance. Et Stephan aurait guetté Žofie par la fenêtre, une nouvelle pièce à lui faire lire à la main. Il fallait qu'il écrive nouvelle pièce. Il devait en composer une en anglais, sa nouvelle langue. Mais il n'était pas sûr de pouvoir supporter d'écrire sur cet endroit.

Il ne dirait à personne que c'était son anniversaire. Pas à Walter. Pas même à Žofie-Helene.

Il s'habilla dans la pièce glaciale, puis réveilla tous les garçons, les aida à se vêtir et les fit se dépêcher pour traverser la cour froide jusqu'au bâtiment principal. Il dit aux garçons d'aller jouer et Walter les suivit, ce qui le ravit. Il regarda son frère un moment avant de chercher Žofie des yeux ; elle se tenait au bout de la longue file du courrier.

Il la rejoignit et ils firent patiemment la queue, jouant avec le bébé. Quand vint leur tour, Stephan reçut une lettre et un paquet. Il eut à peine le temps d'en être surpris que Žofie s'écriait : « Regarde, Stephan ! » en lui mettant une enveloppe sous le nez – une qui ne portait pas l'écriture penchée de son grand-père comme la sienne, mais une élégante calligraphie tout en arabesque.

Elle tendit le bébé à Stephan et déchira l'enveloppe.

Stephan posa la lettre et son paquet sur l'une des longues tables de peur de faire tomber l'enfant. Son courrier lui parvenait toujours avec son nom et celui de Walter écrits de la main de Mutti et l'adresse dans l'écriture de M. Perger. Il le gardait jusqu'à ce que Walter ait fini de jouer ; il était heureux que son frère se fasse des amis. Mais le colis n'était adressé qu'à lui seul, et dans une calligraphie plus ordonnée que celle de Mutti ou de M. Perger. Et sans cachet de la poste ?

« C'est de Mama ! s'écria Žofie. Ils sont en Tchécoslovaquie ! Mama a été libérée la semaine dernière et ils sont partis immédiatement. Ils sont hors de portée de Hitler. »

Elle se mit à pleurer et Stephan, le bébé dans un bras, passa gauchement son autre bras autour d'elle, étreignant à la fois le nourrisson et la jeune fille.

« Voyons, ne pleure pas, dit-il. Ils sont en sécurité. »

Les pleurs de Žofie ne firent que redoubler.

« Ils sont tous ensemble, dit-elle. Et maintenant, ils ne viendront jamais en Angleterre, pas même Johanna. »

Stephan lui prit la lettre des mains et la parcourut.

« Ta mère dit qu'ils feront une demande de visas depuis la Tchécoslovaquie, Žofe. Ça ne prendra pas longtemps, c'est beaucoup plus rapide pour les non-Juifs. Je suis sûr qu'ils seront là dès le printemps. »

Stephan ne repensa pas à son propre courrier avant que Žofie ait cessé de pleurer et soit assise devant un bol de porridge et de lait versé d'une grande jarre blanche. Alors qu'il ouvrait prudemment le paquet, Žofie sourit à pleines dents.

« C'est ton anniversaire !

— Chut », dit-il, et elle eut soudain l'air affolée. Dix-huit ans.

De l'emballage en papier kraft, il tira un livre, emballé dans du papier cadeau et orné d'un petit ruban. Il retira le papier pour dévoiler un volume neuf : *Kaleidoskop*, de Stefan Zweig – le livre qui avait appartenu à son père, que son père lui avait donné et qu'il avait donné à Žofie, que Žofie lui avait rendu pendant cette période affreuse où il vivait dans les souterrains de Vienne.

« Quel beau livre ! » dit Žofie.

Stephan l'ouvrit et le feuilleta.

« Il est en anglais.

— Il est signé, Stephan. Regarde. Il y a la signature de Stefan Zweig. "D'un auteur à un autre, avec les meilleurs vœux d'anniversaire d'une femme qui t'admire tant", lut Žofie.

— "D'un auteur à un autre, avec les meilleurs vœux d'anniversaire d'une femme qui t'admire tant", répéta Stephan.

— Ça vient de ta mère ? »

Stephan lui jeta un regard sceptique. Faisait-elle semblant ? Sa mère se serait identifiée. Sa mère aurait écrit « aime » au lieu d'« admire ».

Il passa en revue l'emballage, en pensant que si ce n'était pas de Žofie, celle qui avait envoyé le paquet devait avoir glissé un mot. Mais il n'avait aucune autre indication de l'expéditeur. Pas de carte. Ni même un nom ou une adresse de l'expéditeur sur le colis.

« Il n'est pas arrivé par la poste, dit-il. Il n'y a pas de cachet. »

Ce qui signifiait qu'il venait nécessairement de Žofie.

« Il a été livré par un coursier ? demanda Žofie.

— Žofie, répondit-il. Je suis désolé de te le dire, mais personne d'autre ici ne sait que c'est mon anniversaire, à part toi. Même Walter ne s'en souvient pas, ou il ne s'en est pas rendu compte. »

L'expression sur son visage : la honte soudaine. Elle n'avait rien pour lui. Bien sûr qu'elle n'avait rien pour lui. Personne ici n'avait rien.

« Je parie que c'est un cadeau de ta mère », dit-elle.

Mais qui à part Žofie savait que c'était ce livre qu'il avait emporté avec lui, qui avait été enroulé dans des couches humides et sur lequel son frère avait vomi ? Qui à part Žofie pouvait imaginer qu'il garde le recueil ruiné ? Ruiné. Illisible à tout jamais.

« Tu dois avoir raison, dit-il, peu convaincu. Et la lettre est sans aucun doute de Mutti ! » Elle portait un cachet de Tchécoslovaquie. M. Perger avait dû la poster pour Mutti quand la mère de Žofie avait été libérée et qu'ils avaient fui l'Autriche. Il supposait qu'il devait s'estimer heureux que M. Perger n'ait pas oublié de l'envoyer tout court. Pourvu que sa mère trouve quelqu'un d'autre pour poster ses lettres ! Elles étaient la raison de vivre de Walter, de se laver le visage tous les dimanches matin et d'enfiler sa plus belle tenue, d'enlever son manteau pour s'asseoir dans la grande salle froide pour être choisi ou non encore une fois. Il se disait qu'il devait attendre Walter pour ouvrir la lettre, mais son frère était en train de jouer et, après tout, c'était son anniversaire.

Il décacheta l'enveloppe et en sortit la fine feuille de papier, et lut :

Joyeux anniversaire, tous mes vœux de Vienne.

Mutti était désolée de ne pas lui envoyer de cadeau pour célébrer l'occasion, mais il était un homme désormais, il avait dix-huit ans, et elle voulait qu'il sache à quel point elle était fière de lui.

Les délaissés

Žofie-Helene s'assit une nouvelle fois à la longue table avec le bébé et regarda Stephan. Grandpapa aurait dit qu'il avait bien besoin d'une coupe de cheveux, mais tous les garçons du camp de vacances Warner en avaient maintenant besoin. Pourtant, Žofie aimait bien ce Stephan plus négligé. Il avait l'air chic, même s'il semblait avoir froid aussi, sans son manteau et ses gants.

Il enleva son manteau à Walter et arrangea le col de sa chemise et son blazer.

« Allez, encore une fois, Wally, dit-il.

— Pierre n'aime pas la façon dont les adultes le regardent, dit Walter.

— Je sais, répondit Stephan. Moi aussi je commence à me sentir comme une pomme gâtée sur l'étal d'un primeur. Mais ça ne fait pas si longtemps. Allez, encore une fois.

— Bonjour. C'est très gentil de votre part de nous rendre visite », répéta Walter sans enthousiasme.

Žofie enfouit son visage dans le cou du bébé, pensant à la vraie Jojo qui était chez sa grand-mère

Betta maintenant, avec Mama et Grandpapa. Peut-être qu'un jour Stephan écrirait une pièce à propos de tout ça, avec un personnage comme cette femme à l'air sympathique qui s'approchait de Walter. C'était un petit garçon si mignon. Il serait déjà avec une bonne famille si Stephan le laissait s'en aller, mais chaque fois qu'elle abordait le sujet, il lui répondait qu'il avait fait une promesse à sa mère, et que, de toute façon, elle était mal placée pour lui faire cette remarque. Mais maintenant qu'il avait dix-huit ans – trop vieux pour être accueilli par une famille, même s'il faisait semblant du contraire – il laisserait sûrement partir son frère.

« Comment tu t'appelles, mon garçon ? demanda la femme à Walter.

— Lui, c'est Walter Neuman. Je suis son frère, Stephan », répondit Stephan, comme il le faisait toujours.

Žofie soupira.

« Bonjour. C'est très gentil de votre part de nous rendre visite. Voici Pierre Lapin. Il vient aussi avec nous, dit Walter.

— Je vois. Vous deux voulez rester ensemble ? » dit la femme.

Les parents disaient tous cela quand ils comprenaient qu'il faudrait prendre Stephan avec Walter.

« Stephan est un dramaturge très doué, dit Žofie.

— Un bébé ! s'exclama la femme. Je croyais qu'il n'y aurait pas de bébé ! »

Elle agita ses clés devant Johanna et l'enfant tendit la main en gazouillant.

Žofie la laissa prendre Johanna. Elle laissait toujours les gens qu'elle appréciait prendre le bébé. C'était dur pour eux de le rendre.

« Oh oui, je crois que j'ai la maison parfaite pour toi », dit la femme à Johanna.

Dans son meilleur anglais, Žofie lui demanda : « Où habitez-vous ? »

La femme, décontenancée, répéta : « Où j'habite ? »

Elle eut un rire chaud, le genre de rire elliptique que Žofie associait aux gens qu'elle estimait.

« Bien, nous avons une maison sur Bishops Avenue, à Hampstead, dit-elle. Et Melford Hall à la campagne.

— Ça a l'air charmant, répondit Žofie.

— C'est vrai, c'est le cas.

— Est-ce que c'est près de Cambridge ? demanda Žofie.

— Melford Hall ? Eh bien, oui, en vérité.

— Je pourrais être la nourrice du bébé, dit Žofie. Je me suis occupée de Johanna quand je travaillais avec le professeur Gödel. À l'université de Vienne. Je l'ai aidé avec l'hypothèse généralisée du continu.

— Oh ! Je... Mais... Bien, je ne sais pas si Nurse Bitt serait d'accord. Elle est avec nous depuis la naissance d'Andrew, et il a ton âge maintenant, à peu près. Est-ce que... tu es... la sœur du bébé ? »

Žofie l'observa, cherchant la meilleure réponse. Il fallait quelque chose de différent, elle en avait conscience, mais elle ne savait pas quoi exactement.

Johanna tendit la main vers Žofie et cria : « Mama ! »

La femme, surprise, rendit Johanna à Žofie et sortit en vitesse.

Žofie lui lança : « Johanna et Žofie-Helene Perger. »

Elle se tourna vers Stephan, qui fixait Johanna.

« Je ne savais pas que le bébé savait parler, dit-il.

— Moi non plus ! » répondit Žofie.

Elle enfouit son nez dans le petit cou chaud du bébé en disant : « Tu es très intelligente, Johanna, n'est-ce pas ? »

LA GAZETTE DE PRAGUE

LE CONGRÈS AMÉRICAIN EXAMINE UN PROJET DE LOI *A MINIMA* POUR LES ENFANTS RÉFUGIÉS

Ce projet de loi rencontre l'opposition d'associations préoccupées par le sort des Américains dans le besoin

PAR KÄTHE PERGER

PRAGUE, TCHÉCOSLOVAQUIE, 15 février 1939 – Un projet de loi bipartisan a été présenté devant le Sénat américain par Robert F. Wagner, de New York, et devant la Chambre des représentants par Edith Nourse Rogers, du Massachusetts, réclamant l'entrée, sur une période de deux ans, de 20 000 enfants réfugiés d'Allemagne, âgés de moins de quatorze ans. De nombreuses organisations caritatives travaillent à obtenir du soutien pour ce projet de loi, face à une opposition féroce, nourrie par la peur, qui prétend que l'arrivée de ces enfants étrangers se ferait au détriment des Américains nécessiteux.

Il est urgent d'assouplir les restrictions concernant l'immigration des citoyens du Reich à la lumière du traitement inhumain que subissent les Juifs en Allemagne, en Autriche et dans les Sudètes, cette région cédée à l'Allemagne dans les accords de Munich, signés en septembre dernier en échange de la paix. Malgré les accords, l'Allemagne a réitéré ses menaces de détruire notre ville si les frontières tchèques n'étaient pas ouvertes à ses troupes...

Une autre lettre

Stephan se roula en boule, les bras autour de Walter – il était trop tôt pour se coucher, mais il faisait déjà nuit et si froid, et, de toute façon, quelle importance ? Il essayait de ne pas penser à la lettre, la sixième depuis son anniversaire, une lettre par semaine. Son nom et celui de Walter étaient écrits de la main de Mutti et la lettre à l'intérieur commençait comme toutes les autres, disant à quel point ils lui manquaient, mais qu'elle voulait qu'ils sachent qu'elle allait bien. Le reste de la lettre racontait les faits et gestes de ses voisins dans son petit appartement de Leopoldstadt, à Vienne. Mais l'adresse avait été écrite une fois de plus par M. Perger, et l'enveloppe postée en Tchécoslovaquie, des timbres tchèques couvraient les timbres autrichiens.

Sur la plage

Stephan, Walter, Žofie et le bébé étaient assis sur une couverture sur le sable, Žofie travaillait à une démonstration dans un cahier posé sur ses genoux, Stephan écrivait dans son carnet. L'hiver avait cédé, le sable était maintenant plus doré et l'eau plus bleue sous le ciel clair. Il ne faisait pas exactement chaud, mais il faisait assez doux pour sortir en manteau. Devant eux les vagues toutes proches léchaient la plage.

Walter jeta son livre d'histoire sur la couverture en pestant : « Je ne peux pas lire ! »

Stephan ferma les yeux, voyant toujours le soleil à travers la peau fine de ses paupières, ressentant toute sa culpabilité : celle d'ignorer son frère pendant toutes ces journées où il tapait à la machine à écrire que Mark Stevens, l'un des étudiants qui apprenaient l'anglais aux enfants et *aficionado* de Zweig, lui avait apportée ; celle d'avoir voulu confier Walter à des parents le dimanche précédent, n'importe quels parents ; celle de la déception qu'il infligeait à Mutti.

Il passa le bras autour de son frère et ouvrit le livre.

« Est-ce que Pierre peut nous aider à lire ? demanda-t-il. Il est très doué en anglais.

— Il est encore meilleur que toi », répondit Walter en se blottissant contre son frère, cherchant de l'amour.

Bien sûr qu'il avait besoin d'amour. Bien sûr que Stephan ne pouvait pas le donner à un inconnu. Seulement de temps à autre, Stephan songeait à ce qu'il pourrait faire seul, sans la charge de Walter. Parfois il s'imaginait quitter le camp et trouver du travail quelque part, n'importe lequel, pour commencer sa vie à lui, gagner de l'argent pour acheter des livres et du papier, avoir vraiment le temps d'écrire.

« Tu te souviens de tous les livres dans la bibliothèque de Papa ? demanda Stephan à Walter. Je suis sûr que Pierre pourrait tous les lire maintenant. »

Il entendit la voix de Mutti : *Walter ne se souviendra pas de nous. Il est trop jeune. Il ne se souviendra d'aucun de nous, Stephan, à part à travers toi.*

Johanna se mit à ramper sur la couverture, en direction du sable, et Žofie jeta son cahier pour la récupérer en disant : « Oh non ! Pas par là !

— Mama ! répondit le bébé.

— Je ne suis pas Mama, andouille, dit tendrement Žofie. Mama, c'est pour la femme qui nous accueillera chez elle. »

Stephan, qui les observait, toucha le script dans sa sacoche – un autre cadeau de Mark. « J'ai écrit une nouvelle pièce, annonça-t-il, rassemblant son courage et la lui tendant. J'ai pensé que tu pourrais la lire et me donner ton avis. »

Voilà, c'était fait. Il l'avait dit. Cela devait être ainsi.

Tandis qu'elle se saisissait des pages, Stephan prit Walter dans ses bras et se leva, mettant son frère debout sur le sable à côté de lui.

« On fait la course ! » lança-t-il, exactement comme son père le défiait pendant leurs vacances d'été en Italie.

Ils coururent tous les deux vers la mer, Stephan résistant à son envie de se retourner pour regarder Žofie-Helene jusqu'à ce qu'ils soient au bout de la plage, Walter pourchassant un oiseau dans la surprenante clarté du soleil. Žofie était assise, le bébé sur les genoux, le visage penché au-dessus des pages, les cheveux tombant vers les mots qu'il venait d'écrire pour elle :

LE PARADOXE DU MENTEUR
Par Stephan Neuman
ACTE I, SCÈNE 1

Dans la grande salle du camp de vacances Warner, des enfants sont assis, plus sagement que des enfants devraient jamais l'être. Des parents potentiels passent entre les tables comme s'ils cherchaient un morceau de viande pour le dîner, une poire non gâtée, une aubergine à mettre dans un saladier au milieu de la table, pour décorer. Il ne reste que les enfants plus âgés, les bambins ont tous trouvé preneurs les semaines précédentes.

La grande et élégante Lady Montague s'approche d'une belle adolescente, Hannah Berger, qui tient un bébé.

Lady Montague : Quel délicieux bébé ! Vous n'êtes pas la mère de l'enfant, n'est-ce pas ? Je ne pourrais pas arracher un bébé à sa mère...

Juste un bébé dans un train

Stephan ramassa la veste de Walter et son Pierre Lapin sur le sol et appela son frère, qui jouait au foot devant le grand bâtiment.
« Tu ne devais pas te salir, dit-il.
— Adam a dit que je pouvais être gardien. »
Stephan rentra la chemise de Walter dans son pantalon et l'aida à enfiler son blazer ; les manches étaient déjà trop petites, mais c'étaient les plus beaux vêtements qu'il possédait. Il lui tendit son Pierre Lapin.
« Allez, dit-il. Encore une fois, Wally. Vas-y.
— Bonjour, c'est très gentil de votre part de nous rendre visite. »
À l'intérieur du bâtiment, Žofie était déjà assise à l'une des tables, le bébé sur les genoux et un cahier ouvert devant elle. L'enfant était propre et portait une robe que quelqu'un avait donnée au camp. Les cheveux de Žofie n'étaient pas maintenus dans leurs tresses habituelles, mais peignés, longs et ondulés.
« Asseyons-nous à une nouvelle table aujourd'hui, Wally », dit Stephan.

Walter l'étudia un long moment, comme s'il était capable de lire ses pensées traîtresses.

« Pierre veut s'asseoir avec Johanna, répondit Walter, et il s'éloigna pour rejoindre Žofie et le bébé et grimpa sur un siège près d'elles.

— C'est une démonstration sur laquelle je travaille, Johanna, disait Žofie au nourrisson quand Stephan arriva. Tu vois, le problème c'est... »

Elle leva les yeux vers Stephan.

Stephan se pencha par-dessus Walter pour prendre les lunettes sur son nez.

« C'est un bébé, dit-il en essuyant les verres sur le bas de sa chemise. Elle ne sait pas dire trois mots.

— Papa disait que les mathématiques sont comme n'importe quelle autre langue, répondit-elle. Plus tôt on l'apprend, plus naturellement elle nous vient. »

Elle regarda son équation à travers ses verres propres, en disant au bébé :

« Tu vois ce problème – appelons-le "le Paradoxe de Stephan" : considérons l'ensemble de tous les amis qui ont été méchants les uns envers les autres de manière inexcusable, et qui refusent de présenter leurs excuses ; sont-ils toujours amis ? S'ils s'excusent, alors ils ne sont plus si inexcusablement méchants. S'ils ne le font pas, alors ils ne sont plus amis.

— Je suis désolé, Žofe, mais je crois que c'est le rôle des amis de s'entraider et de ne pas laisser se répéter les choses qui les empêchent de trouver une maison. Je devais le dire », répondit Stephan.

Elle fit glisser les pages de la pièce de Stephan sur la table jusqu'à lui, avec ses corrections :

LE PARADOXE DU MENTEUR
Par Stephan Neuman
ACTE I, SCÈNE 1

Dans la grande salle du camp de vacances Warner, des enfants sont assis, plus sagement que des enfants devraient jamais l'être. Des parents potentiels passent entre les tables comme s'ils cherchaient un morceau de viande pour le dîner, une poire non gâtée, une aubergine à mettre dans un saladier au milieu de la table, pour décorer. Il ne reste que les enfants plus âgés, les bambins ont tous trouvé preneurs les semaines précédentes.

La grande et élégante Lady Montague s'approche ~~d'une belle adolescente, Hannah Berger,~~ d'un beau garçon, *Hans Nieberg*, qui tient ~~un bébé~~ *son petit* frère.

Lady Montague : Quel délicieux ~~bébé~~ *petit garçon !* Vous n'êtes pas ~~la mère~~ *le frère* de l'enfant, n'est-ce pas ? Je ne pourrais pas arracher un ~~bébé~~ *petit garçon* à ~~sa mère~~ *son frère*...

Stephan, assis, fixait les mots.
« Je suis désolée, dit Žofie-Helene doucement, mais il fallait que je le dise.
— Qu'est-ce qu'il fallait que tu dises ? » demanda Walter.

Stephan plia les pages de sa pièce et les fourra dans sa sacoche. Il tendit à Walter un livre à lire et ouvrit son carnet. Les dimanches passaient plus vite depuis qu'ils avaient décidé de faire quelque chose plutôt que d'attendre les bras croisés que les parents les ignorent au profit des nouveaux arrivants.

« Qu'est-ce qu'il fallait que tu dises ? répéta Walter.

— Que même ce satané lapin en peluche est capable d'écrire de meilleures pièces que moi. Maintenant lis en silence, veux-tu ? »

Walter serra son lapin contre lui, évidemment.

« Je suis désolé, s'excusa Stephan. Je suis désolé, Walter. Je suis désolé, Pierre. »

Il caressa doucement la tête du lapin. Voilà à quoi il en était réduit, devoir s'excuser auprès d'un lapin en peluche.

« Je n'ai pas voulu dénigrer tes capacités d'écriture, petit lapin », ajouta-t-il.

Walter leva les yeux vers lui, ses longs cils humides. Humides mais pas mouillés. Stephan avait lui aussi envie de pleurer maintenant, non pas parce que son frère était au bord des larmes, mais parce qu'il ne pleurerait pas ; en quelques semaines, il s'était tant endurci.

« Je suis désolé, Wally. Je n'ai vraiment pas voulu dire ça comme ça, reprit-il. Je suis aussi grincheux que ce vieux Rolf, n'est-ce pas ?

— Encore plus grincheux, répondit Walter.

— Encore plus grincheux, concéda Stephan. Mark Stevens m'a rapporté une rumeur selon laquelle les organisateurs vont fermer le camp, dit-il à Žofie.

— L'autre fana de Zweig ? demanda Žofie, encore un peu renfrognée.

— *Dixit* la fille qui connaît par cœur toutes les répliques de Sherlock Holmes. »

Ce n'était pas très juste pour autant. Žofie n'apprenait pas comme la plupart des gens, elle se contentait de lire et s'en souvenait.

« Ils devront nous envoyer dans des familles, dans ce cas-là ? demanda Žofie.

— Dans des pensions, je crois. Ou des écoles. »

À la fin du mois de mars, lui avait dit Mark, ce qui semblait terriblement précis pour une rumeur. Aujourd'hui, on était le 12 mars. Stephan songeait que Walter et lui ne pourraient sûrement pas aller dans la même école, aujourd'hui était peut-être leur dernière chance de rester ensemble.

« J'aimerais bien retourner à l'école, pas toi ? demanda Žofie. Peut-être que je pourrais aller à Cambridge. »

D'après Mark, ils seraient envoyés dans des écoles juives spéciales, mais Žofie n'était pas juive, alors il ne savait pas.

« Je ne crois pas qu'ils acceptent les filles avec des bébés à Cambridge », dit-il.

C'était méchant. Il savait que c'était méchant et qu'il n'aurait pas dû le dire, il le vit à la façon dont Žofie retraça doucement un symbole dans son cahier. Mais elle refusait de voir ce que les gens pensaient ; elle refusait de voir que tous les parents adoptants imaginaient que le bébé était le sien et peut-être le sien à lui aussi, que c'était ce bébé qui les empêchait tous de trouver des familles. Tant de parents voulaient le bébé, jusqu'à ce qu'ils se mettent à penser, comme la femme le jour de leur arrivée à Dovercourt, que Johanna était peut-être l'enfant d'une fille « ruinée ». Pas seulement abîmée mais ruinée, impossible à réparer. Mais la ruine de Žofie n'était pas celle que la femme avait imaginée ;

il comprenait maintenant ce qu'elle avait voulu dire. Žofie avait été ruinée, comme Walter et lui-même, par les circonstances, par leurs origines, par un monde entier qui restait les bras croisés alors qu'il fallait que quelqu'un, *quelqu'un*, se révolte.

Žofie reposa son crayon et embrassa le bébé sur le front.

« Sa maman a dit mon nom, murmura-t-elle. Comment sa mère va-t-elle la retrouver si elle ne reste pas avec moi ? »

Stephan baissa les yeux vers son carnet, les mots se brouillaient tandis qu'il imaginait Mutti à leur recherche, à Walter et lui.

« Je me demande si Pierre n'est pas fatigué de lire, parvint-il à dire en s'adressant au lapin. Peut-être que je devrais vous faire la lecture à tous les deux ? »

Walter lui tendit le livre et s'appuya contre lui, terriblement indulgent.

« Tu ressembles beaucoup à Mutti, Walter », dit Stephan.

Il passa le bras autour de son frère et le serra contre lui, puis ouvrit le livre.

« Je suis désolé d'être grincheux. Je suis vraiment désolé. »

Les parents adoptants commençaient à arriver, et une élégante femme d'âge mûr et son époux s'approchèrent d'eux, la femme parlant au bébé – « Eh bien, mon trésor, comment tu t'appelles ? » – tandis que le mari regardait le cahier de Žofie.

« Puis-je jeter un coup d'œil ? » demanda l'homme à Žofie.

Stephan l'appréciait déjà. La plupart des adultes partaient du principe qu'ils pouvaient regarder à leur guise le travail de Žofie, ou les écrits de Stephan.

« C'est juste quelque chose que je fais pour m'amuser », dit Žofie, son anglais bien meilleur que lorsqu'ils étaient arrivés.

L'homme, quelque peu incrédule (*incrédule*, un mot que Stephan venait d'apprendre ; il aimait beaucoup sa sonorité), dit : « Tu "t'amuses" avec l'axiome du choix ?

— Oui ! Vous connaissez ? répondit Žofie. C'est assez controversé, bien sûr, mais je ne vois rien d'autre pour les ensembles infinis, pas vous ?

— Eh bien, ce n'est pas mon domaine de compétence, enfin pas exactement. Tu as dit que tu avais quel âge ?

— Je ne l'ai pas dit. Je vous l'aurais dit mais vous ne l'avez pas demandé. J'ai presque dix-sept ans.

— Regarde ça, ma chérie. Regarde », dit l'homme en montrant le cahier de Žofie.

Sa femme ne l'avait pas entendu ; elle était à l'autre bout de la pièce, en pleine discussion avec une volontaire. Elle lança un regard vers son mari, sourit à pleines dents, puis se dépêcha de revenir.

Stephan observa Žofie qui regardait la femme, tout en gardant Johanna dans ses bras. D'habitude c'est à ce moment-là qu'elle tendait le bébé aux parents potentiels. Elle savait à quel point il était aisé de tomber sous le charme de la petite Johanna, combien tous ceux qui la tenaient voulaient la ramener chez eux, et tous savaient que c'était l'objectif : trouver des parents pour vous emmener avec eux. Mais Žofie ne faisait que serrer l'enfant plus près d'elle. Elle voulait tant cette famille, cet homme qui parlait la même langue qu'elle, en mathématiques, même si ce n'était pas son domaine, enfin pas exactement. Stephan aurait aimé en savoir autant que l'homme. Il aurait aimé pouvoir parler avec Žofie de tous ces étranges symboles sur les pages quadrillées. Il souhaitait ne jamais avoir écrit cette satanée pièce, ne jamais l'avoir poussée. Et si cette famille la prenait ? Il voulait qu'ils le fassent, bien sûr qu'il le voulait. Mais il ne pouvait pas le supporter.

« Seigneur, dit la femme à son mari, à voix basse comme pour échanger un secret. Le bébé n'a pas de papiers. » Elle se tourna vers l'enfant, disant : « Tu n'as pas de papiers, mon trésor ? » Puis elle reprit pour son mari : « C'est compliqué, je sais, mais... bien, nous pourrions demander à mon frère Jeffrey de... d'arranger un acte de naissance, n'est-ce pas ? Je veux dire si... si personne ne vient jamais la chercher ? Elle doit être orpheline. Qui enverrait un bébé hors d'Allemagne avec des inconnus ? »

Le mari regarda Žofie-Helene. Le mari prendrait Žofie, Stephan en était certain. L'homme préférait accueillir Žofie. Pourquoi ne le disait-il pas ?

Žofie, essayant de ne pas pleurer, tendit le bébé à la femme, comme elle le faisait chaque semaine, sauf qu'elle était moins larmoyante d'habitude.

L'enfant toucha le visage de la femme dans un éclat de rire.

« Oh ! Toi je pourrais t'aimer jusqu'à t'étouffer, dit-elle.

— Est-ce que... est-ce que c'est ta sœur ? » demanda le mari à Žofie.

Žofie-Helene, incapable de dire un mot, hocha la tête.

« Comment s'appelle-t-elle, ma chérie ? demanda la femme.

— Johanna, bredouilla Žofie.

— Oh ! Toi je pourrais t'aimer jusqu'à t'étouffer, ma petite Anna, dit la femme. Ça c'est sûr, je vais te croquer.

— Et le nom de famille de l'enfant ? » demanda l'homme.

Žofie ne répondit pas. Elle regardait Stephan à travers ses verres embués. Si elle essayait de dire un mot, elle allait s'effondrer en pleurs.

« On ne sait pas, expliqua Stephan à l'homme. C'était juste un bébé dans le train. Elle était simplement là, dans un panier, on l'a trouvée après que les portes ont été fermées et verrouillées. »

Frères

Stephan patientait dans le bâtiment principal avec Walter, sa valise et Pierre Lapin à la main. Žofie attendait avec eux, tous les trois se tenaient à la porte, ouverte sur l'après-midi de printemps, tout comme Walter et lui avaient patienté avec elle quand les parents étaient venus chercher Johanna deux jours auparavant, bien que ce fût une journée froide et pluvieuse et que la porte eût été fermée.

« Tu as promis à Mutti qu'on irait dans une famille tous les deux, dit Walter.

— Je sais, j'ai promis à Mutti, concéda Stephan avant de reprendre son explication. Mais maintenant j'ai dix-huit ans, alors il faut que je travaille. Je suis trop vieux pour aller dans une famille et je ne peux pas encore bien prendre soin de toi. Mais je penserai à toi tous les jours et tu seras très occupé dans ta nouvelle école. Je viendrai te voir le week-end. Les Smythe ont dit que je pourrais te rendre visite chaque week-end. Et quand j'aurai mis un peu d'argent de côté, je prendrai un appartement et j'irai te chercher et on pourra vivre ensemble, d'accord ?

— Et Mutti aussi ? »

Stephan détourna les yeux vers le tableau noir, « Walter Neuman » était désormais écrit dans la liste des enfants qui avaient trouvé un foyer. La radio était allumée, de la musique avec des paroles en anglais et un présentateur anglais, pour les aider à apprendre. Il ne savait rien à propos de Mutti, pas vraiment. Il n'était sûr de rien. Ses lettres venaient toutes de Tchécoslovaquie et racontaient une vie viennoise ; toute l'impression qu'il en tirait c'était ce sentiment qu'il ne voulait pas savoir, le sentiment que Mutti ne souhaiterait pas qu'il le dise à Walter, certainement pas aujourd'hui.

« Je viendrai te rendre visite le plus vite possible, promit-il. À toi et à Pierre.

— Et Žofie viendra aussi ? »

Walter tourna Pierre Lapin vers Žofie.

« Tu viendras nous voir, Žofie ? demanda-t-il avec sa voix de lapin. Mme Smythe a dit qu'on pourra visiter le Tower Bank Arms, le pub du *Conte de Sophie Canétang*. Pas dans le livre, celui en vrai. »

Cambridge n'était pas tout près du Lake District, où vivait la famille d'accueil de Walter. C'était encore plus loin de Chatham et de l'École royale d'ingénierie militaire où irait Stephan non comme étudiant, mais pour travailler. Il ne savait pas exactement en quoi consistait cet emploi, mais il avait deux jours de congés par semaine, juste assez de temps pour prendre le train pour Windermere et revenir s'il partait juste après le travail.

« Žofie va être très occupée », expliqua Stephan. Le père qui avait accueilli le bébé avait fait en sorte qu'elle puisse étudier les mathématiques à Cambridge, où il enseignait.

« Je viendrai vous voir, Pierre et toi, promit Žofie, et elle embrassa d'abord Pierre puis Walter tendrement sur la joue. Et peut-être que Stephan vous emmènera tous les deux pour me rendre visite. Ou on pourrait se retrouver à Londres, devant le 221B Baker Street ! »

Les Smythe arrivèrent, dans une Standard Flying Nine noire à quatre portes salie par le trajet. La voiture s'était à peine arrêtée que M. Smythe sortait ses longues jambes et se dépêchait pour tenir la portière à Mme Smythe. Tandis que le couple s'avançait, Stephan étreignit son frère. Il n'avait pas imaginé à quel point cet instant serait terrible.

« Est-ce que monsieur Lapin est prêt pour de nouvelles aventures ? demanda M. Smythe.

— Tu me le promets, Stephan ? » dit Walter.

Stephan ravala la douleur dans sa gorge. À quoi bon les promesses ? Il avait promis si peu à Mutti, et l'avait déçue chaque fois.

Walter appuya le visage de Pierre contre la joue de Stephan et fit un bruit de baiser.

Stephan prit son frère dans ses bras et le serra contre lui, une dernière fois.

« C'est promis », dit-il.

Il reposa Walter et retira l'étiquette – numéro 522 – du cou du garçon.

« Allez, vas-y, Wally. Et souviens-toi, ne te retourne pas. »

Il fit pivoter son frère en direction des Smythe.

M. et Mme Smythe prirent chacun une main du petit garçon, M. Smythe serrant aussi la patte de Pierre Lapin. Ils se mirent à bavarder gaiement de la chambre confortable qu'ils avaient préparée pour Walter et

Pierre dans leur nouvelle maison à Ambleside, tout près d'une maison qui avait la réputation d'être la plus petite au monde. Maintenant que le temps s'améliorait, ils pourraient aller sur le lac avec Pierre. Ils pourraient emporter les bicyclettes sur le ferry jusqu'à Mitchell Wyke Ferry Bay et rouler jusqu'à Near Sawrey, pour voir tous les endroits des livres de Beatrix Potter.

« Mais Pierre ne sait pas faire du vélo, dit Walter.

— Nous avons mis un petit panier pour lui sur ta bicyclette à toi, le rassura M. Smythe.

— Je vais avoir un vélo ? dit Walter.

— Il t'attend à la maison, répondit M. Smythe. Tu as dit que ta couleur préférée était le bleu, comme la veste de Pierre Lapin, alors nous l'avons choisi bleu.

— Mais je ne sais pas faire du vélo non plus. »

M. Smythe le prit dans ses bras et, en jetant un œil à Stephan, fit semblant de murmurer, assez fort pour être entendu : « Je vais t'apprendre et tu pourras faire la surprise à Stephan quand il viendra te voir ! Est-ce que Stephan sait faire du vélo ?

— Stephan sait tout faire. Il est encore plus intelligent que Žofie-Helene. »

Et ils étaient dans la voiture, Walter regardait par la fenêtre et tenait Pierre Lapin pour qu'il puisse voir. Stephan ferma le poing sur l'étiquette de son frère tandis que Žofie-Helene serrait son autre main dans la sienne.

« Tu ne lui as pas dit », dit-elle doucement.

Il ne répondit pas. Il ne pouvait pas. Il était incapable de prononcer un mot. Mais il gardait en quelque sorte sa promesse à Mutti, qui ne voulait pas que Walter sache, qui ne voulait qu'aucun des deux sache. Il gardait cette étrange promesse faite à sa mère en regardant la voiture passer sous la pancarte du camp de vacances Warner et disparaître sur la route.

Le Paradoxe de Kokoschka

Il n'y avait pas vraiment de queue à la poste du camp ce matin-là, la plupart des enfants étaient maintenant dans des familles. Žofie n'eut pas besoin de patienter pour que la postière lui donne le courrier du jour : une lettre de Mama et une autre de Jojo. La postière demanda toutefois à Stephan d'attendre. Tandis que Žofie patientait avec lui, elle ouvrit la lettre de Jojo, sans aucun mot, seulement un dessin qui les représentait tous ensemble dans un cœur – Mama, Grandpapa, grand-mère Betta et Žofie.

La postière revint avec une lettre pour Stephan, de sa mère, ce qui le rendait toujours triste. Žofie aurait bien écrit à Grandpapa pour lui dire d'arrêter de les envoyer, mais elle pensait que la seule chose qui rendrait Stephan plus triste que de recevoir les lettres d'outre-tombe de sa mère serait de ne plus les recevoir.

Aujourd'hui l'attendait également un intrigant colis – une étroite boîte presque aussi longue que Žofie était grande.

« C'est un timbre de Shanghai, dit Žofie. Ça doit venir de ta tante Lisl. Vas-y, ouvre-le ! »

Stephan posa le paquet sur la longue table vide où ils avaient eu l'habitude de manger ensemble, d'écrire dans leurs carnets – Žofie ses mathématiques et Stephan ses pièces – et d'attendre tandis que les parents passaient devant eux sans s'arrêter. Stephan ouvrit le colis avec précaution. À l'intérieur, une enveloppe était grossièrement attachée à un rouleau emballé dans du papier kraft. Il décacheta l'enveloppe et lut.

Žofie toucha tendrement son bras alors que des larmes coulaient sur le visage de Stephan. Il lui tendit la lettre pour qu'elle la lise :

Mon très cher Stephan,
Je suis très peinée de t'apprendre le décès de Mutti. Tu dois savoir combien elle t'aimait.
J'espère que tu sais combien je vous aime aussi – toi et Walter. Je vous aime comme j'aurais aimé mes propres fils. Je prie pour que toute cette horreur se termine et que nous puissions être réunis.
Je m'inquiète pour toi, Stephan. Tu as maintenant dix-huit ans, et tu es peut-être trop vieux pour être accueilli dans une famille ? Tu es très talentueux. Je sais que tu trouveras du travail. Mais ta mère voudrait que tu continues tes études. Je t'envoie donc ceci, que Michael m'a fait parvenir ici, à Shanghai. C'est la seule chose de valeur que je puisse te transmettre. Trouve l'artiste, Stephan. Il vit à Londres, maintenant. Il a quitté Prague pour Londres l'année dernière, mais il est de Vienne. Dis-lui que tu es mon neveu, dis-lui que tu es le fils de ta mère et de ton père et il t'aidera à trouver un galeriste réputé.

Je sais que tu ne vas pas vouloir le vendre, mais je te promets que je garde le portrait de ta Mutti et que je ferai en sorte qu'il te revienne un jour. Celui-là, Stephan, tu dois le vendre. Je sais que tu voudras le garder pour moi, mais je serais heureuse pour celui ou celle qui le possédera, peu importe qui. Cela voudra dire que cette personne t'aura permis d'aller à l'université, de réussir ta vie.

Avec tout mon amour,

Tante Lisl

Žofie savait ce que le colis contenait même avant que Stephan enlève délicatement la toile de la boîte et déroule le portrait de sa tante Lisl avec ses joues égratignées. Dérangeant et élégant. Fard et blessure.

LA GAZETTE DE PRAGUE

LES TROUPES ALLEMANDES ENTRENT EN TCHÉCOSLOVAQUIE

Proclamation de Hitler depuis le château de Prague

PAR KÄTHE PERGER

PRAGUE, TCHÉCOSLOVAQUIE, 16 mars 1939 – À 3 h 55 hier matin, après une entrevue à Berlin avec Adolf Hitler, le président Hácha a livré le destin du peuple tchèque au Reich. Deux heures plus tard, au milieu d'une tempête de neige, l'armée allemande marchait sur nos frontières, suivie la nuit dernière par un convoi de dix véhicules qui amenait Hitler en personne à Prague.

Hitler n'a pas été accueilli par des foules en liesse mais plutôt par des rues désertes. Il a passé la nuit au château de Prague, où il a prononcé aujourd'hui un discours…

À LA GARE DE PRAGUE :
1ᵉʳ SEPTEMBRE 1939

Käthe Perger fixa le petit visage de Johanna par la vitre du wagon jusqu'à ce qu'elle ne puisse plus voir sa fille. Avec les autres parents, elle regarda le train disparaître, puis le vide qu'il laissait. Elle observa le reste des parents qui partaient au compte-gouttes, jusqu'à être pratiquement seule, avant d'aller dans une cabine téléphonique.

Elle ferma la porte vitrée, appela l'opératrice longue distance et donna le numéro de Žofie à Cambridge – un numéro que Žofie lui avait envoyé dans sa dernière lettre. Žofie-Helene étudiant les mathématiques à Cambridge. Imaginez ça. Elle inséra le nombre de pièces que demandait l'opératrice et le téléphone au bout du fil sonna miraculeusement vite.

Une voix anglaise répondit, et quand l'opératrice demanda Žofie-Helene Perger, la fille dit qu'elle allait la chercher. Käthe écouta le bruit du combiné qu'on reposait, et les sons étouffés de la vie de Žofie dans cet autre monde.

De l'autre côté de la gare de Prague, tandis que Käthe attendait Žofie, deux agents de la Gestapo et leurs chiens marchaient droit vers elle.

« S'il vous plaît ! dit-elle dans le combiné. S'il vous plaît ! Dites à Žofie que sa sœur arrive ! Dites à Žofie que Johanna vient de partir de Prague en train !

— Mama ? » fit une voix, celle de Žofie.

Käthe se retint de toutes ses forces de fondre en larmes.

« Žofie-Helene, dit-elle aussi calmement que possible.

— Johanna va venir en Angleterre ? demanda Žofie.

— Son train vient de partir, répondit rapidement Käthe. Elle a déjà une famille alors elle sera directement envoyée à la gare de Liverpool Street, où ils viendront la chercher. Elle devrait arriver vers onze heures du matin le 3 septembre. Si tu peux y être, tu pourras la voir et rencontrer la famille. Tu pourras y aller, n'est-ce pas ? Je dois partir, je dois laisser les autres parents utiliser le téléphone. »

Il n'y avait pas d'autres parents. Il n'y avait que la Gestapo, dont l'un des agents ouvrait déjà la porte de la cabine téléphonique.

« Je t'aime, Žofie-Helene, dit-elle. Je t'aimerai toujours. Ne l'oublie pas. Ne l'oublie jamais.

— Tu vas avoir un visa aussi, Mama ? demanda Žofie. Et Grandpapa Otto ?

— Je t'aime », répéta une nouvelle fois Käthe, et elle reposa le combiné aussi doucement que s'il avait été Žofie-Helene bébé, un bébé posé dans son berceau, un bébé avec toute une belle vie devant elle.

« Käthe Perger ? » entendit-elle, et elle se détourna lentement du téléphone pour faire face aux deux hommes de la Gestapo qui se tenaient devant la cabine. Mais ses enfants étaient en sécurité désormais. C'était tout ce qui comptait. Žofie et Johanna étaient en sécurité.

Newnham College, Cambridge

Dans le combiné du téléphone, Žofie-Helene dit : « Oui, à la gare de Liverpool Street après-demain, le 3. » Elle écouta, puis répondit : « Je sais. Moi aussi. »

Elle raccrocha et retourna dans la salle d'études, certaines des autres filles levèrent la tête tandis qu'elle reprenait sa place, une démonstration notée de sa main étalée sur la table.

« Tout va bien, Žofe ? demanda sa camarade de chambrée, assise à côté d'elle.

— Ma sœur va venir, répondit Žofie. Ils lui ont trouvé une famille et Mama vient de la mettre dans le train qui part de Prague. Elle sera à Londres après-demain et je pourrai la voir à la gare de Liverpool Street et rencontrer la famille avant qu'elle l'emmène. »

Sa camarade la serra dans ses bras et dit : « C'est super, Žofie !

— C'est vrai », répondit Žofie, pourtant elle ne se sentait pas super. Mama n'avait pas eu l'air super non plus. Mais bien sûr cela devait être dur pour elle de laisser partir Jojo. Elle aurait voulu que Mama et Grandpapa Otto viennent aussi, ainsi que grand-mère

Betta. Elle aurait aimé que son père vienne, mais cela bien sûr, c'était impossible.

« Tu veux de la compagnie ? demanda sa camarade. Je peux venir au train avec toi.

— Je… Merci, mais un ami de Vienne qui étudie la littérature à University College va me retrouver là-bas. »

Son amie eut l'air déconcertée. Žofie retourna à sa démonstration, le sourire aux lèvres.

C'était après le dîner, et Žofie était de nouveau dans la salle d'études avec quelques-unes des filles quand la surveillante entra et alluma la radio.

« Les filles, laissez votre travail un instant, je pense que vous voudrez écouter ça », dit-elle.

La voix était celle de Lionel Marson de la BBC – Lionel, quel drôle de nom, songeait Žofie. Elle essaya de ne pas paniquer, de ne pas se laisser aller à penser à toutes les choses terribles qu'elle avait imaginées depuis que Mama avait raccroché sans attendre que Žofie lui dise qu'elle l'aimait aussi.

« … L'Allemagne a envahi la Pologne et bombardé de nombreuses villes, annonçait Lionel Marson. La mobilisation générale a été ordonnée en Grande-Bretagne et en France. Le Parlement devait se réunir à six heures ce soir. Des ordres complétant la mobilisation de l'armée, de la marine et de l'aviation ont été signés par le roi lors d'une réunion du Conseil privé…

— Est-ce qu'il dit que l'Angleterre et la France sont en guerre contre l'Allemagne ? demanda Žofie à sa camarade.

— Pas encore. Mais il dit que nous sommes au bord de la guerre. »

Gare de Liverpool Street :
3 septembre 1939

Žofie sortit du wagon dans la vapeur et les bruits métalliques. Dans le chaos de la gare de Liverpool Street, parmi la foule, une horloge affichait nettement dix heures quarante-trois. Elle cherchait Stephan des yeux quand celui-ci s'approcha derrière elle et l'enlaça.

« Stephan ! Tu es là ! »

Elle se tourna, se jeta à son cou et l'embrassa – se surprenant elle-même.

Mais il lui rendit son baiser, et l'embrassa encore.

Il lui enleva ses lunettes, et l'embrassa encore une fois, un long baiser qui leur attira des regards désapprobateurs. Mais Žofie ne les remarqua d'abord pas, et quand elle le fit, quand le baiser fut terminé, elle n'en eut que faire. Žofie avait l'habitude des regards désapprobateurs. Même à Cambridge, les gens la dévisageaient d'un air suspicieux lorsqu'elle parlait. Et si elle n'était pas aussi délicate ou aussi bien gantée que la Mary Morstan du docteur Watson, elle comprenait maintenant ce qui pendant longtemps n'avait été qu'une histoire pour elle : comment l'on se sentait quand on pouvait enfin exprimer des sentiments qu'on avait gardés enfouis au fond de soi.

« Si ton train avait été plus en retard, Žofe, je crois que l'attente m'aurait achevé. »

Il essuya ses verres sur sa chemise, lui remit ses lunettes et lui adressa son habituel sourire balafré.

« J'ai cherché le train de Johanna, mais ils n'ont pas encore annoncé le quai, dit-il. Il devrait arriver d'une minute à l'autre. »

Elle glissa sa main dans la sienne tandis qu'ils traversaient le quai vers la gare, leurs doigts toujours entremêlés alors qu'ils regardaient les palettes du grand tableau tourner à toute vitesse pour annoncer le train de Harwich, le train de Jojo. Ils attendirent au bout du quai que les passagers débarquent : des femmes et des soldats, des mères avec leurs enfants. Žofie était encore plus heureuse que lorsqu'elle avait appris qu'elle étudierait à Cambridge.

Alors que les derniers passagers sortaient au compte-gouttes, Žofie dit : « J'ai dû me tromper de train. »

Johanna n'était pas là. Il n'y avait aucun enfant non accompagné.

« On fait tous des erreurs, répondit Stephan d'un ton léger. Même toi, Žofie. On va appeler pour connaître le bon train.

— Et si elle était déjà arrivée et repartie ?

— Alors on trouvera un moyen de retrouver la maison de la famille. »

Il était si rassurant, Stephan.

« Même quand tu n'es pas avec moi à Cambridge, dit-elle, je sors tes lettres et je les relis. Elles me font toujours me sentir mieux.

— Tu sais que personne ne dit des choses comme ça, Žofe, répondit-il.

— Pourquoi pas ? »

Il rit, de son charmant rire en ellipse.

« Je ne sais pas, dit-il. Moi aussi, je relis tes lettres. »

Stephan hésita. Il détestait se séparer du pendentif infini de Žofie-Helene, mais il le tira de sa poche et arrangea la chaîne.

« Mon collier ! » s'exclama Žofie.

Stephan aurait sacrifié n'importe quoi pour voir cette joie sur son visage – même cette petite pièce d'or froid qu'il avait touchée tant de fois pour se réconforter depuis qu'elle la lui avait donnée à la gare de Vienne, depuis qu'il l'avait récupérée dans la couture du siège du wagon au premier « Hourra ! ».

« Je voulais te rendre ton collier plus tôt, dit-il. J'aurais dû le faire depuis longtemps déjà, mais je… je voulais garder un petit morceau de toi pour moi tout seul. »

Žofie-Helene l'embrassa sur la joue et dit : « Tu sais, Stephan, personne ne dit des choses comme ça.

— Pourquoi pas ? » répondit-il.

Elle sourit et ajouta : « Je n'en ai aucune idée. »

Stephan prit le collier, le lui passa autour du cou et ferma le fermoir pour qu'il reste là où il devait être, contre sa jolie peau.

« On dit tous la même chose que tout le monde, ou on se tait, de peur de passer pour des imbéciles.

— Mais pas toi », répondit Žofie.

Une phrase de Zweig qu'il avait lue la veille au soir lui vint à l'esprit : *Mille années ne rachètent pas une heure de négligence.* Il avait lu la moitié de la nuit, incapable de dormir parce qu'il savait qu'il allait voir Žofie-Helene. Il avait essayé de trouver ce qu'il allait lui dire, comment lui avouer qu'il l'aimait. Puis elle l'avait embrassé, avant qu'il ait pu dire un mot.

Il hésita, ne voulant pas rompre le charme, mais il avait besoin d'être honnête, qu'elle sache tout ce qu'il y avait à savoir.

« Pourtant je l'ai fait, dit-il doucement. J'ai salué les troupes allemandes le jour où elles sont entrées dans Vienne. »

Il attendit qu'elle soit choquée, ou horrifiée, ou même simplement déçue. Comment avait-il pu accueillir les soldats qui venaient assassiner son père ? Il ne savait pas que c'était la raison de leur venue, mais il savait qu'il ne fallait pas les saluer, il était conscient que personne à Vienne n'aurait dû saluer des troupes qui venaient envahir le pays. Mais Žofie lui prit la main, et la serra.

Il toucha du doigt le pendentif à son cou, effleurant sa peau en même temps.

« Ton père, est-ce qu'il était mathématicien ? demanda-t-il.

— Il était bon en maths, mais il était écrivain, comme toi. Il disait qu'il aurait été meilleur en mathématiques, mais que les écrivains étaient plus importants maintenant, à cause de Hitler. »

Ils marchèrent tous les deux vers une cabine téléphonique rouge. Tandis qu'ils attendaient qu'un homme termine son appel, une voix sortit des haut-parleurs de la gare, le Premier Ministre Neville Chamberlain disait : « Ce matin, l'ambassadeur de Grande-Bretagne à Berlin a remis au gouvernement allemand une note finale dans laquelle il est stipulé que, à moins que nous n'ayons une réponse avant onze heures indiquant que les Allemands sont prêts à retirer immédiatement leurs troupes de Pologne, nous serions en état de guerre. »

Un silence s'abattit sur la gare. L'homme dans la cabine sortit et se tint à côté d'eux. Stephan regarda l'horloge, l'estomac noué. Onze heures vinrent et passèrent.

« Je dois maintenant vous annoncer, continua Chamberlain, qu'en l'absence d'un engagement dans ce sens notre pays est donc en guerre avec l'Allemagne. »

Stephan, qui tenait toujours la main de Žofie, entra dans la cabine téléphonique et demanda l'opératrice. Le téléphone sonnait et sonnait alors que Chamberlain disait : « ... Dieu vous garde. Puisse-t-Il défendre le juste. C'est contre le mal que nous nous battrons – la force brutale, la mauvaise foi, l'injustice, l'oppression et la persécution – et je suis sûr que la justice l'emportera. »

Dans le silence qui suivit les paroles du Premier Ministre, un murmure sourd s'éleva dans la gare. Ce n'est qu'à ce moment-là que la sonnerie dans le combiné s'arrêta et qu'une voix, qui ravalait des larmes, demanda : « Opératrice. Que puis-je faire pour vous ?

— Le Mouvement pour la protection des enfants allemands, s'il vous plaît, parvint à articuler Stephan. Je crois qu'ils sont à Bloomsbury. »

Il tira Žofie dans la cabine avec lui, ferma la porte et passa son bras libre autour d'elle. Il pencha le combiné pour qu'elle puisse entendre.

« Oui, bonjour. J'appelle au sujet du train qui transporte des enfants de Prague à Londres », dit-il.

Paris : 10 mai 1940

Truus était assise sur le balcon de l'appartement parisien de Mies Boissevain-Van Lennep, une carte posée entre elles. Le son de la radio flottait dans l'air, mais aucune d'elles n'y prêtait grande attention. Elles étaient absorbées par une discussion sur l'impact que l'agression allemande allait avoir sur le monde.

« Mais les Allemands, avec leurs communications sans fil et leur mobilité, ils peuvent se coordonner, disait Mies. S'ils voient une faille, ils partagent l'information et… »

Elles s'arrêtèrent de parler en comprenant ce qui se disait à la radio : « … Au vu de l'outrageuse attaque allemande envers les Pays-Bas, une attaque initiée sans préavis, le gouvernement néerlandais juge qu'il existe présentement un état de guerre entre le royaume et l'Allemagne. »

Truus posa sa tasse et se leva.

« Ce n'est pas sûr de rentrer, Truus, dit Mies. Joop arrivera à sortir. Joop est probablement…

— Mais, Mies, il y a encore tant d'enfants aux Pays-Bas », répondit Truus.

IJMUIDEN, PAYS-BAS : 14 MAI 1940

Le bus rempli d'enfants s'immobilisa près de Bodegraven. Truus se retourna pour regarder le second autobus, celui de Joop, qui s'arrêtait derrière eux sur les docks. Déjà, elle soulevait la petite Elizabeth des genoux de sa grande sœur en disant : « Dépêchons-nous, les enfants ! Vite ! »

Les enfants se déversaient du bus, pressés par les accompagnatrices – soixante-quatorze enfants sans papiers d'identité –, pour les faire entrer en Grande-Bretagne, mais Truus laisserait aux Britanniques le soin de gérer ce problème.

« Regarde, Elizabeth, dit-elle. Tu vois ce bateau ?

— Il est très sale », répondit la petite fille.

Truus retira les lunettes de la fillette, les essuya et les remit sur son adorable petit visage.

« Et maintenant ? »

La petite fille rit.

« Oui ! Il est sale !

— Bien, oui, c'est vrai, n'est-ce pas ? lui dit Truus en pensant que dans ce monde où tout allait de travers on pouvait encore faire confiance aux enfants pour dire la vérité. D'habitude il transporte du charbon, mais il va vous emmener en Angleterre, où tu pourras saluer de ma part la princesse Élisabeth.

— Élisabeth ? Comme moi ?

— Et elle a une sœur, Margaret, comme ta sœur à toi, sauf que la sienne est plus jeune et la tienne plus âgée.

— Est-ce que les princesses seront là pour accueillir notre bateau, Tante Truus ? » demanda la sœur de la petite.

Truus lui caressa doucement les cheveux. La jeune fille leva les yeux, des yeux inquiets derrière des verres aussi sales que ceux de sa petite sœur, des lunettes qui rappelaient à Truus la jeune Žofie-Helene Perger. C'était binaire, l'enfant l'avait compris. Toute la vie était devenue binaire. Le vrai et le faux. Le bien et le mal. Le combat ou la reddition. La guerre sans possibilité de neutralité cette fois-ci.

« Et si personne ne veut de nous ? demanda la petite Elizabeth. Est-ce qu'on pourra rester avec toi, Tante Truus ?

— Oh, Elizabeth. »

Truus embrassa la petite fille, encore et encore, se souvenant de Helen Bentwich à Harwich lui demandant si elle était sûre de ne pas vouloir ramener le bébé à Amsterdam avec elle. Ça n'avait jamais été le nourrisson que Truus aurait voulu garder.

« Même si les princesses ne sont pas là pour vous accueillir, dit-elle aux deux fillettes, quelqu'un va trouver une famille très gentille pour s'occuper de vous, une mère qui vous donnera beaucoup d'amour. »

Elle embrassa rapidement ces soixante-quatorze derniers enfants pour leur dire au revoir, les appelant tous par leur nom alors qu'elle les faisait embarquer.

Elle regarda les derniers monter à bord et se mit à pleurer comme les enfants ne pouvaient plus la voir en essayant de ne pas trop s'inquiéter de la possibilité que sa promesse aux deux sœurs se révèle fausse. L'autre option, rester aux Pays-Bas, était maintenant impossible. À La Haye, au moment où Truus et Joop disaient au revoir aux derniers enfants, le gouvernement était en train de donner à l'armée néerlandaise l'ordre de se rendre aux Allemands.

Joop passa le bras autour de sa taille et ils regardèrent le bateau qui partait, les enfants qui agitaient la main sur le pont et criaient : « On t'aime ! On t'aime, Tante Truus ! »

Quatrième partie

Et ensuite...

Quelque dix mille enfants, dont les trois quarts juifs, trouvèrent refuge en Angleterre grâce aux héros bien réels qui participèrent au *Kindertransport*, parmi lesquels Geertruida Wijsmuller et son mari Joop, des Pays-Bas, Norman et Helen Bentwich, d'Angleterre, et Desider Friedmann, d'Autriche, mort à Auschwitz en octobre 1944. Les enfants sauvés devinrent d'éminents artistes, des politiciens, des scientifiques et même, comme Walter Kohn, secouru à Vienne à seize ans par Tante Truus, des prix Nobel.

Le dernier ferry emportant soixante-quatorze enfants à son bord quitta les Pays-Bas le 14 mai 1940, le jour où les Néerlandais se rendirent aux Allemands. Ce même printemps vit le début de l'internement d'une partie des garçons plus âgés réfugiés en Angleterre, parfois avec des prisonniers nazis ; beaucoup rejoignirent plus tard les forces alliées.

Les efforts d'organisation de transports similaires vers les États-Unis, matérialisés par le projet de loi Wagner-Rogers, présenté devant le Congrès en février 1939, rencontrèrent une opposition anti-immigrants et antisémite.

Un mémo daté du 2 juin 1939 demandant le soutien du président Franklin Delano Roosevelt est annoté, de sa plume : « Classé, ne pas donner suite. FDR. »

L'écrivain Stefan Zweig, qui faisait partie des auteurs les plus populaires au monde dans les années 1930 et au début des années 1940, quitta son exil en Grande-Bretagne pour rejoindre les États-Unis qu'il finira par quitter pour Petrópolis, dans les montagnes au nord de Rio de Janeiro. C'est là-bas qu'il achèvera son autobiographie, *Le Monde d'hier. Souvenirs d'un Européen*, et une dernière nouvelle, qu'il enverra à son éditeur le 22 février 1942. Le lendemain, désespérés par la guerre, l'exil et l'avenir de l'humanité, sa seconde femme et lui se suicidèrent, main dans la main.

Le système mis en place par Adolf Eichmann pour dépouiller les Juifs de Vienne de leurs biens et de leur liberté deviendra un modèle dans tout le Reich. Eichmann supervisera les déportations massives vers les camps de la mort. Après la guerre, il fuira vers l'Argentine, où il sera capturé en 1960, jugé en Israël et déclaré coupable de crimes contre l'humanité. Il sera pendu en 1962.

Le dernier *Kindertransport* provenant du Reich – le neuvième de Prague – avec deux cent cinquante enfants à son bord partit le 1er septembre 1939, le jour où l'Allemagne envahit la Pologne et qui signa le début de la Seconde Guerre mondiale. Il n'arriva jamais aux Pays-Bas. Le sort de ces enfants reste inconnu.

La plupart des enfants secourus par le *Kindertransport* ne revirent jamais leurs parents.

Geertruida Wijsmuller – Tante Truus – resta aux Pays-Bas pendant toute l'occupation allemande, faisant passer des enfants juifs en Suisse, dans la France de Vichy et en Espagne. Arrêtée par la Gestapo une seconde fois en 1942, elle fut, comme à Vienne, relâchée. Une notice nécrologique la décrit comme « la mère de mille et un enfants, qui fit du sauvetage des enfants juifs le travail de toute sa vie ».

Remerciements

Le chemin qui m'a menée à l'écriture de ce livre a commencé un après-midi il y a plus d'une décennie, quand mon fils, qui avait à l'époque quinze ans, est rentré du Palo Alto Children's Theater ; Michael Litfin, un metteur en scène avec qui Nick travaillait, avait eu l'idée de faire plancher un groupe restreint de ces petits acteurs qu'il aimait tant sur l'histoire méconnue du *Kindertransport* et de leur faire écrire une pièce sur ce sujet. Mon fils – d'habitude si volubile – était étrangement silencieux lorsqu'il est rentré de la première des quatre entrevues que ses amis du cours et lui eurent avec Ellen Fletcher, Helga Newman, Elizabeth Miller et Margot Lobree. Quand, à peine quelques mois plus tard, Michael fut atteint d'un cancer de l'estomac, la directrice du théâtre, Pat Briggs, lui promit sur son lit de mort de continuer à faire connaître cette histoire. À la fin de sa vie, alors que les enfants avaient grandi et s'étaient dispersés, Pat m'a permis de reprendre ce flambeau à ma façon. Tout au long de l'écriture de cette histoire, j'ai gardé dans un coin de mon cœur le silence de mon fils, et tout près, l'affection que ces adultes portaient aux enfants dont ils s'occupaient.

Ce livre m'a été inspiré par Truus Wijsmuller-Meijer et il a été écrit pour honorer sa mémoire et celle des enfants qu'elle a sauvés, ainsi que celle de toutes les personnes qui ont rendu le *Kindertransport* possible. J'ai fait tout mon possible pour rester fidèle à l'esprit des faits de l'Anschluss, de la Nuit de cristal et du changement terriblement rapide de la société viennoise dans les quelques mois qui ont séparé ces deux événements, y compris le rôle d'Adolf Eichmann, alors jeune et ambitieux, et des efforts des Britanniques et de Truus pour faire venir le premier *Kindertransport* d'Autriche. Mais puisque c'est un livre de fiction et non d'histoire, j'ai pris de petites libertés dans l'intérêt du récit. L'historien rigoureux découvrira par exemple que Helen Bentwich, bien qu'ayant été une importante contributrice bien réelle au *Kindertransport*, n'est pas allée à Amsterdam avec son mari, Norman, pour demander l'aide de Truus, et que c'est Lola Hahn-Warburg, et non Joop, qui organisa les ferries entre Hoek van Holland et Harwich. J'ai lu et relu *Geen Tijd Voor Tranen*, le livre de Truus, mais une grande partie du personnage de Truus dans ce roman est le produit de ma propre imagination, tiré de ce rudimentaire récit de sa vie.

Comme Melissa Hacker de la Kindertransport Association me l'a expliqué, « certains détails de l'opération *Kindertransport* sont encore flous ». Les témoignages diffèrent même à propos de la date du premier *Kindertransport* de Vienne. Le *Times of London* et le *New York Times* rapportent tous deux dans des brèves que le premier transport de Vienne est parti le 5 décembre 1938 – le jour où Truus écrit qu'elle a rendez-vous avec Eichmann. Le récit plus détaillé de Truus raconte qu'elle est partie pour Vienne le 2 décembre, qu'elle a rencontré Eichmann le lundi (c'est-à-dire le 5 décembre), qu'elle s'est organisée pour que les enfants quittent Vienne pendant le shabbat et arrivent à Cologne à trois heures trente le dimanche (le 11 décembre) pour une traversée depuis Hoek van Holland le même jour. Le United States Holocaust Memorial Museum donne lui-même la date du 12 décembre 1938 comme étant celle de l'arrivée du premier *Kindertransport* de Vienne à Harwich, ce qui correspond au témoignage de Truus – c'est ce calendrier que j'ai finalement choisi d'utiliser.

En plus de l'autobiographie de Truus et des interviews menées par le Children's Theater, les sources que j'ai utilisées comprennent : des ressources en ligne et d'autres consultables sur place, au United States Holocaust Memorial Museum ; des interviews de la Tauber Holocaust Library au Jewish Family and Children's Services Holocaust Center de San Francisco ; l'« Interview avec Geertruida (Truus) Wijsmuller-Meijer, 1951, Institut néerlandais de documentation de guerre NIOD, Amsterdam » ; *Les Chemins de la liberté* de Mark Jonathan Harris et Deborah Oppenheimer ; *My Brother's Keeper* de Rod Gragg ; *Never Look Back* de Judith Tydor Baumel-Schwartz ; *Nightmare's Fairy Tale* de Gerd Korman ; *Rescuing the Children* de Deborah Hodge ; *Children's Exodus* de Vera K. Fast ; *Les Enfants de Willesden Lane* de Mona Golabek et Lee Cohen ; *Ten Thousand Children* d'Anne L. Fox et Eva Abraham-Podietz ; « Touched by Kindertransport Journey » de Colin Dabrowski ; « The Children of Tante Truus » de Miriam Keesing et « The Kindertransport: History and Memory » de Jennifer A. Norton, son mémoire de master en histoire à la California State University de Sacramento. M'ont aussi été d'une grande aide : *They Found Refuge* de Norman Bentwich ; *Men of Vision: Anglo-Jewry's Aid to Victims of the Nazi Regime: 1933-1945* d'Amy Zahl Gottlieb ; des documentaires tels que *Defying the Nazis: The Sharps' War* de Ken Burns ; *The Children Who Cheated the Nazis* de Sue Read ; *La Famille de Nicky* de Matej Mináč ; ainsi que le film de Melissa Hacker sur sa mère, *My Knees Were Jumping*.

Et également d'autres sources parmi lesquelles : *Le Monde d'hier. Souvenirs d'un Européen* de Stefan Zweig, ainsi que ses œuvres de fiction ; le très émouvant *Lièvre aux yeux d'ambre* d'Edmund De Waal ; *The Lady in Gold* d'Anne-Marie O'Connor ; *The Burgtheater and Austrian Identity* de Robert Pyrah ; *Adolf Eichmann* de David Cesarani ; *If It's Not Impossible: The Life of Sir Nicholas Winton* de Barbara Winton ; *Whitehall and the Jews, 1933-1948* de Louise London ; *Eichmann avant Jérusalem* de Bettina Stangneth ; *50 Children* de Steven Pressman ; *Incompleteness: The Proof and Paradox of Kurt Gödel* de Rebecca Goldstein et *Jewish Vienna: Heritage and Mission* publié par le Musée juif de Vienne.

Je suis extrêmement redevable à l'historienne Patricia Heberer Rice du United States Holocaust Memorial Museum, qui a répondu à mes questions, et à Sandra Kaiser, qui a permis notre rencontre, ainsi qu'à Yedida Kanfer du JFCS Holocaust Center, qui m'a aidée dans mes recherches. La Kindertransport Association, dont je suis une membre discrète, mais attentive, m'a fourni tant d'informations et d'inspiration ; mes remerciements vont tout particulièrement à Melissa Hacker. Le Musée juif de Vienne et l'application « Between the Museums » m'ont aidée à connaître Vienne. Et la visite du musée du *Kindertransport* à Vienne, le contenu de ces valises, est un souvenir qui restera à jamais gravé dans ma mémoire ; toute ma gratitude va à Milli Segal pour m'avoir ouvert son musée et pour m'avoir offert un endroit calme où pleurer ensuite.

J'ai trop de remerciements que ce que l'on peut dignement mettre par écrit envers les éditeurs qui ont exprimé dès le début de l'intérêt pour ce livre, particulièrement envers le trio de HarperCollins : Lucia Macro, Laura Brown et mon incroyable éditrice Sara Nelson. La perspicacité de Sara, son sens du détail et son enthousiasme sans limites sont tout ce dont un écrivain peut rêver. Merci à toute l'équipe de Harper, dont Jonathan Burnham, Doug Jones, Leah Wasielewski, Katie O'Callaghan, Katherine Beitner, Robin Bilardello, Andrea Guinn, Juliette Shapland, Bonni Leon-Berman, Carolyn Bodkin et Mary Gaule.